Les Ailes
du Destin

Données de catalogage avant publication (Canada)

Ouellette, Francine, 1947-

    Les ailes du destin

    ISBN   2-89111-518-X

    I. Titre.

PS8579.U423A86 1992   C843'.54   C92-096359-5
PS9579.U423A86 1992
PQ3919.2.O83A86 1992

Maquette de la couverture: France Lafond

Illustration de la couverture: Gilles Archambault

Photocomposition et mise en pages: Composition Monika, Québec

© Éditions Libre Expression,
2016, rue Saint-Hubert,
Montréal H2L 3Z5

Dépôt légal:
1er trimestre 1992

ISBN 2-89111-518-X

Francine Ouellette

Les Ailes du Destin

L'Alouette en cage

Libre Expression

À Gaston Maillé, pilote de brousse, sans qui ce roman n'aurait pu être ce qu'il est.

Avertissement au lecteur

Toute ressemblance avec des personnes existantes ou ayant existé ne serait que pure coïncidence. À l'exception du pénitencier de Laval, aujourd'hui désaffecté, aucun centre de détention n'est nommé dans ces pages, un des objectifs de ce roman étant de rendre la réalité carcérale des années 1968-73 et non de faire revivre un lieu précis.

Remerciements

J'aimerais remercier toutes les personnes suivantes, qui m'ont fourni leur collaboration avec énormément de spontanéité et de gentillesse. Comme l'apport de chacune d'entre elles a été pour moi d'une importance capitale, je place ici leurs noms par ordre alphabétique: Monsieur Jean-Marc Bigras, agent de gestion de cas; Monsieur Billy Clarkson; Monsieur Gérald Crépeau, agent de la paix; Monsieur Arthur Fauteux, directeur de l'établissement de détention de Montréal; Monsieur Yvan Fortin, CLSC de Mont-Laurier; Monsieur Charles Mathieu, inspecteur de colonisation; Monsieur Jean-Claude Pelletier, aumônier, établissement La Macaza; Monsieur Réjean Thibeault, cultivateur; Madame Lily Tronche, directrice du Centre fédéral de formation.

L'homme vole. Cela n'est pas nouveau.

L'aéronautique m'a expliqué comment agissent les
     filets d'air.

L'homme vole; l'avion vole.

Mais j'aime à penser qu'il y a plus.

Qu'il y a plus qu'une simple logique

Qui fait voler les hommes,

Qui les arrache au temps et aux hurlements de la terre,

Qui les isole dans des cages vitrées et bruyantes,
     à regarder se dérouler un pays sous eux,
     à reconnaître un clocher,
     à saluer une femme d'un coup d'aile.

J'aime à penser qu'il y a plus qu'une science,
     qu'il y a plus...

Qu'il y a l'obéissance à un vieux rêve.

Un vieux rêve d'homme accroupi sur la terre...

Un vieux rêve de fou... refoulé, de fou refoulé...

Un rêve d'illuminé,

D'azur illuminé...

D'abîme illuminé...

Quand je m'envole, j'aimerais, Léonard de Vinci ou
     Icare, que vous soyez à mes côtés.

1

Alouette, je te plumerai!

Lundi, 7 octobre 1968.

Laval, pénitencier à sécurité multiple servant de centre de réception. C'est ici qu'on étudiera son cas. C'est ici qu'on décidera où il devra purger la sentence de sept ans qui lui a été imposée. Sentence réduite à quatre ans et huit mois puisqu'on l'en gracie automatiquement du tiers.

Il descend gauchement du fourgon cellulaire. Menottes aux poignets et chaînes aux pieds, il avance sous l'œil glacial et vigilant des gardiens.

Le cliquetis des chaînes l'anéantit. Jamais il n'aurait cru qu'un jour... Qu'un jour, à ses pieds et à ses mains, pèseraient les entraves réservées aux criminels. Qu'un jour ce bruit froid et métallique ayant ponctué les pas des esclaves ponctuerait les siens.

Un soleil déjà ardent, déjà radieux le réchauffe aussitôt. Il lui semble qu'un ciel blafard et pluvieux aurait été plus de circonstance. Il cligne des yeux. Regarde en direction du nord-ouest. Vers les Laurentides. Cap 315°, à une heure de vol, c'est chez lui. Ou plutôt c'était chez lui.

C'est d'où il vient, en tout cas. Et d'où il vient c'est féerique au début d'octobre, avec cette lumière qui coule sur la forêt, la transformant en un brasier de couleurs éclatantes. Féerique à effleurer de ses ailes les arbres vibrant de rouge, de jaune et d'ocre. Il baisse la tête. Remarque un pissenlit dans une fente du ciment et le reflet du soleil sur les maillons.

Un gardien marche devant, deux derrière. Il tente d'accorder son pas aux leurs mais ses chaînes l'incommodent. Il veut tellement leur démontrer qu'il n'est pas un criminel. Qu'il n'a ni tué ni volé. Mais ces hommes n'ont aucun égard pour lui. À leurs yeux, il n'est qu'un être à surveiller. Un être condamné et enchaîné.

Ils pénètrent dans un bâtiment sombre et humide. À droite de l'entrée, une cage surélevée avec un surveillant armé. La porte se referme et la panique le gagne. Non! Il ne veut pas être enfermé! Tout à coup, il pense à fuir... Oui, fuir. Pourquoi n'y a-t-il jamais pensé auparavant? Parce que, bêtement, naïvement, tout au fond de lui il avait la conviction profonde de s'en sortir. L'incarcération, cela ne pouvait pas lui arriver. Pas à lui. Mais voici que cela lui arrive aujourd'hui. Les paroles du juge, scellées par son coup de marteau, viennent de perdre leur sens abstrait. C'est comme si auparavant il s'était trouvé dans une autre dimension. Une espèce d'antichambre illusoire qui le protégeait et le différenciait des vrais criminels. Cela ne pouvait pas lui arriver. Pas à lui, dont un seul pas fut faux parmi tant d'autres tous honnêtes. Mais l'enclenchement sec du verrou de la lourde porte vient de le confirmer: cela lui arrive.

Brusquement, il passe de l'antichambre à ce lieu sordide où surveille un homme armé dans une cage grillagée. Un mouvement de répulsion déferle en lui. Non! Il ne veut pas de cette vie! Il ne veut pas de ces murs de

14

ciment! De ces barreaux! De ces gardiens! Non! Il ne veut pas... mais on le dirige et il obéit, refrénant la tentation de se ruer sur ces hommes fermés, sur ces portes et ces fenêtres barricadées. Il obéit. En ayant l'air résigné. Pourtant, un séisme d'une grande amplitude dévaste son âme. Tout s'effondre. Le sol se dérobe et il tombe dans le vide avec tout ce qu'il a pu édifier, former ou gagner. Il tombe dans le vide et il grelotte. Qu'il fait froid, ici! Quel lieu lugubre et inhospitalier! Que fait-il dans ce bâtiment rempli d'assassins? Ces hommes ont fait couler le sang des autres. Il a peur. Oui, peur de les rencontrer. Il n'est pas des leurs. Il ne veut pas qu'on l'enferme avec eux.

—Nom, prénom, lieu d'origine?

Une voix d'automate provenant d'un homme chauve penché sur des papiers.

—Maltais, Luc, Lac-des-Îles.

L'homme écrit. Sans lever la tête. Sans lui accorder la moindre attention. Quelle pensée peut bien exister sous ce crâne luisant?

—Date de naissance?

—Premier avril 1947.

Aucun sourcillement. D'habitude, cette date ne passe pas inaperçue. Émile ne l'avait-il pas traité de «poisson d'avril» en remplissant le formulaire d'inscription d'élève pilote?

—Est-ce que ce sont tes effets personnels?

L'homme vide le contenu d'une enveloppe brune sur le comptoir: un portefeuille, une ceinture avec une boucle représentant un cheval au galop, un peigne, de la monnaie, un paquet de gomme, le livre *Plein vol*, un petit calendrier, deux crayons, une tablette à écrire. Voilà les richesses que l'homme inscrit sur une fiche. C'est bien peu. Il n'est qu'un pauvre type, ça se voit. Un pauvre diable né pour un petit pain. L'homme demeure impassible. Peut-être aurait-il fallu qu'il y ait dans l'enveloppe une bague à diamant comme celles des gros caïds de la pègre pour lui soutirer un regard, une parole, une expression. Mais il n'est qu'un pauvre type né pour un petit pain. Un pauvre type qui aurait dû écouter sa mère. Car c'est elle qui avait raison, finalement. C'est elle qui gagne. Et sur lui et sur son père. Il n'aurait pas dû monter si haut, voir si grand. «Trop d'ambition, c'est sacrilège, disait-elle. Faut pas oublier qu'on est nés pour un petit pain.» Lui, il a voulu oublier.

— Déshabille-toi et donne-nous tes vêtements.

— Ici?

— Au Reine-Élisabeth, peut-être?

Ici. Comme ça. On le libère de ses chaînes afin qu'il s'exécute. Mais qu'il fait froid dans cette pièce! Qu'il regrette la chaleur pénétrante du soleil de tantôt sur sa peau! Il aurait dû faire provision de ses bienfaits plutôt que de lui préférer un ciel blafard et pluvieux. Avec réticence, il se départit de sa chemise à carreaux en flanelle, de ses bottes, jeans et bas.

— Au complet!

Au complet? Ce n'est pas qu'il soit prude... mais être flambant nu quand les autres sont habillés a quelque chose d'indécent, d'infériorisant. Et puis oui, il est prude. Il n'a pas l'habitude de se dévêtir devant les autres. Comme il était l'aîné suivi de quatre filles, sa mère l'a toujours incité à cacher «ça». Et «ça», c'est ce qui se trouve dans son caleçon.

— C'est-y parce qu'est p'tite que t'as peur d'la montrer?

Éclats de rire. Les épaules de l'homme chauve sautent. Il rit comme les autres. Avec les autres. Ils ont capté son embarras et profité du court moment d'hésitation qui a suivi pour se payer sa tête.

Prestement, il enlève son caleçon, avec l'envie de le leur jeter au visage.

— Signe ici.

Il s'exécute. En pesant bien fort sur le stylo-bille pour exprimer sa rage. Mais personne ne fait attention à la manière dont il signe.

— Passe ici.

Il obéit. À contrecœur. Les dents serrées.

— Tourne-toi, penche-toi en avant.

L'homme enfile un gant prophylactique.

— Penche-toi, j'ai dit.

Il obéit. Il présente son postérieur et sent aussitôt un doigt s'introduire dans son anus. Instinctivement, son sphincter se contracte pour l'expulser. Jusqu'où ira la dégradation? On lui fouille le rectum sans vergogne et sans ménagement.

Cette intrusion dans son corps l'humilie, le révolte. Il se sent violé. Profané. Outragé dans sa dignité. Il entend rigoler les gardiens et force pour expulser ce doigt hors de lui.

— Ah! Ah! Tu dois cacher quelque chose là-d'dans!

Odieux! Ils sont odieux! Il pousse. Aimerait éjecter hors de lui ce doigt de merde. «Vous m'faites chier! Vous m'faites chier!», pense-t-il. Mais il ne doit pas être impoli. Ne doit pas trahir sa révolte mais plutôt leur démontrer qu'il n'est pas comme les autres. Qu'il n'est pas un criminel. Un irrécupérable.

Une idée inquiétante l'empale. Née de ce corps étranger en lui, elle envahit son cerveau et l'alarme. Cette intrusion n'est-elle qu'un prélude à d'éventuelles relations homosexuelles? Est-ce ainsi que les hommes en état de privation se satisfont entre eux? Est-ce qu'Émile est du genre à...? Non, pas Émile, voyons! Qu'est-ce qu'il va imaginer là? Horreur! Le voilà habité tout entier par ce doigt et cette idée. Et par cette position qu'il a. Par sa nudité... Quelle humiliation! Si sa mère le voyait! «J'te l'avais ben dit, aussi, que t'étais né pour un p'tit pain!» Si son père le voyait! Et ses frères et sœurs! Lui, l'aîné, qui a toujours été discret. Qui jamais n'a laissé voir à ses sœurs ce qui le différenciait d'elles sexuellement. Lui qui, à treize ans, a endossé les lourdes responsabilités de son père devenu infirme. Lui qui bénéficiait d'une certaine autorité et d'un certain respect se retrouve aujourd'hui flambant nu, plié devant un gardien qui lui fouille le rectum à la recherche de drogue ou d'argent.

— Y'a rien.

L'homme se débarrasse du gant avec dédain, le conduit vers une chaise et, d'un regard, lui intime l'ordre de s'asseoir.

Il obéit, désirant absolument démontrer qu'il n'est pas comme les autres.

— T'as les cheveux pas mal longs. On va te faire une belle p'tite coupe.

Clip! Clip! La paire de ciseaux claque un instant dans le vide pour confirmer la menace puis s'engage dans son épaisse chevelure. Crounch! Un son consistant prouvant qu'elle en a à se mettre sous la lame. Et tombent les mèches sur ses épaules et sur le plancher de ciment. Et tombent les paroles de Sylvie. «Ça te va assez bien, les cheveux longs!» À cause d'elle, il les avait laissés pousser. Tombent les mèches, tombent les souvenirs liés aux boucles que Sylvie tournait dans ses doigts. Liés aux doigts qui erraient amoureusement dans sa tignasse. Crounch! Crounch! Il sent la paire de ciseaux contre son crâne.

18

Dure, froide, inexorable, elle s'acharne à le dépouiller. À le plumer. «Alouette, gentille alouette, alouette, je te plumerai!» Mais il n'est pas une gentille alouette, il n'est qu'un petit oiseau qui s'est brûlé les ailes. Qu'un rêve d'Icare qui s'est trop approché du Soleil, d'après la plaidoirie emphatique de son avocat. Il a volé trop haut. Trop loin du petit pain qui lui était destiné. Sa mère avait raison. «C'te fille-là est pas pour toé.» Il aurait dû y renoncer dès qu'il a senti ses oreilles brûler sous son regard. Mais il n'a rien fait et est resté là à la regarder danser, l'air nigaud et incongru avec ses cheveux courts, ses larges épaules de bûcheron moulées dans une chemise de coton sergé, ses jeans neufs et sa boucle de ceinture représentant un cheval au galop. Il aurait dû y renoncer dès le premier instant. Il voyait bien qu'il n'était pas à sa place parmi ces jeunes qui se trémoussaient au son d'une musique barbare. Il avait peine à croire que ces garçons aux cheveux étonnamment longs, traînant des jeans à pattes d'éléphant frangés sur le plancher de la discothèque, étaient presque de son âge. Qu'ils étaient, en fait, de sa génération. Hébété, il les observait et mesurait l'écart entre lui et eux qui avaient usé les bancs d'école. Lui, il avait terminé sa septième année et avait commencé à travailler en forêt dès l'âge de quatorze ans. D'abord comme charretier, puis comme ébrancheur et bûcheron. Ses diplômes, il les avait dans ses bras puissants, son cou robuste, ses reins solides. Mais il ne savait pas danser, ne savait pas s'habiller à la mode et portait les cheveux courts. Il ne savait pas non plus où s'asseoir et restait planté près de la porte, la tête effleurant les filets de pêche suspendus au plafond. Et elle, elle dansait. Si différente des filles de son village, qui rêvaient de batteries de cuisine et de robes de mariée. Si différente et si attirante. Il aurait dû partir. Mais il est resté là. Fasciné par cette fille qui n'était pas pour lui. «Hé! *man!* Viens t'asseoir.» Un barbu, les cheveux noués en couette sur la nuque, l'avait invité à sa table. C'était un hippie qui prêchait le retour à la terre à un auditoire attentif.

Par politesse, il prêta attention à son discours sur la revalorisation des travaux des champs, irrité par cette description inexacte d'un mode de vie faite par un homme qui n'avait vraisemblablement jamais travaillé de ses mains. Ni ne s'était plié aux saisons ou mesuré aux éléments. «La terre, la semence, le blé, le pain...» Des mots, des mots. Personne ne semait de blé dans la région. «Faire lever son pain... Cuire son pain...» Sa tante Ernestine avait cuit des milliers de pains aux chantiers de l'oncle Thomas et jamais elle ne s'était exaltée de la sorte.

«C'est la première fois que tu viens ici, toi.» Il ne passait pas inaperçu. D'habitude, quand il désirait prendre quelques bières, il allait à l'hôtel Laforge, fréquenté surtout par les travailleurs forestiers. Depuis l'âge de quatorze ans, il s'était taillé une place parmi ces rustauds qui gagnaient leur pain à la sueur de leur front et considéraient la «broue» de fin de semaine comme une récompense bien méritée. Initié à leurs jurons, à leurs farces grivoises, à leur parler cru et à leurs rires bruyants, il avait acquis assez tôt le privilège d'être traité en homme par eux et par le propriétaire de l'établissement, qui avait dû fermer les yeux sur son âge. C'est là que le prédicateur hippie aurait dû emmener ses ouailles... Là où les vrais travailleurs de la terre engourdissaient leurs maux de reins. Mais, reconnaissance et timidité aidant, il ne souffla mot de ce qu'il pensait, soulagé qu'on lui ait offert cette place dans la discothèque bondée, enfumée et bruyante.

De son poste, il pouvait observer la porte d'entrée et la piste de danse et, à chaque nouvel arrivant, ses yeux quittaient momentanément les hanches de cette fille. Il attendait Émile, l'instructeur de vol. Non pas qu'il lui ait donné rendez-vous mais parce qu'il avait entendu dire qu'il fréquentait l'endroit. Il avait envie de le voir, de parler avec lui. Entre-temps, il se laissait envoûter par cette sorcière aux cheveux roux que la musique habitait. Cette sorcière en vacances de la grande ville, aux mœurs plus libres.

À un moment donné, alors qu'elle se reposait à la table voisine, leurs regards se sont rencontrés. Vivement, il a détourné la tête, sentant les yeux de la fille sur lui. Sur ses oreilles à découvert qui s'enflammaient. «Tu viens danser?» Elle l'invitait. Cela ne lui était jamais arrivé. Ne revient-il pas à l'homme d'inviter à danser? Dans son village, les filles n'espéraient-elles pas être choisies? Il ne s'attendait vraiment pas à cela. «J'sais pas danser.» Était-ce un refus? Fallait-il être imbécile pour laisser filer une occasion pareille! «C'est facile, c'est un slow.» Elle insistait. Il s'était levé et l'avait suivie, les jambes fléchissant sous le poids de son trac. Comment tiendrait-il cette fille dans ses bras? Comment ses mains si grossièrement taillées se poseraient-elles sur cette taille si finement ciselée? La fille avait niché sa tête dans le creux de son épaule et il avait glissé ses mains sur la taille puis sur la courbe des hanches jusqu'à la large ceinture de cuir qu'elle portait légèrement au-dessus du pubis. Grisé par la musique langoureuse, il goûtait ce corps chaud contre le sien et le parfum qui s'échappait de la crinière de feu. Il goûtait, et tremblait, et flanchait de l'intérieur, tenant sur son cœur cette fille qui n'était pas pour lui. Cette sorcière qui avait réactivé l'incendie dans ses oreilles en posant les doigts sur sa nuque dégagée. Qu'il aurait aimé avoir les cheveux plus longs! L'allure plus moderne, plus dans le vent! Il se sentait déplacé, dépassé, discordant. Un peu comme un chanteur de chorale paroissiale dans un orchestre rock. À la fin de la danse, il ne tenait debout que par miracle tellement il était embarrassé et ému. «Je ne t'ai jamais vu avant. C'est la première fois que tu viens ici, toi? — Oui. — T'es pas étudiant. Qu'est-ce que tu fais dans la vie?»

Il ne voulait pas dire qu'il était simple bûcheron. Après tout, cette fille, il ne la reverrait plus. Elle n'était pas pour lui, il le savait. Dire qu'il portait les cheveux si courts pour priver les mouches noires d'un terrain d'occupation lui paraissait aussi absurde qu'inutile. L'essentiel était de lui laisser une belle image, un beau souvenir à rapporter en ville.

«J'suis pilote.»

Il mentait. N'était en réalité qu'élève pilote, n'ayant à son actif que trois heures de vol en double commande avec Émile. Mais un pilote pouvait se permettre de porter les cheveux courts. En fait, un pilote pouvait se permettre presque n'importe quoi sans nuire à son pouvoir de séduction.

Déjà, la fille le regardait autrement, avec cette étincelle d'intérêt et d'admiration... de sorte qu'à la danse suivante il ne tremblait que de bonheur.

S'étant inventé des ailes pour la rejoindre, il la tenait bien serrée contre lui et laissait errer ses doigts sur sa nuque. «J'viens d'terminer mon entraînement: c'est pour ça que j'ai les cheveux courts, mais j'vais me les laisser pousser comme avant.»

Sa décision était prise. Il voulait ressembler à ceux de sa génération, voulait s'ébattre dans le courant du siècle et profiter de sa jeunesse. Il voulait que dorénavant les yeux d'une fille comme elle puissent se poser sur lui sans mettre le feu à ses oreilles. N'avait-il pas vingt ans?

Crounch! Crounch! Tombent les dernières mèches de sa toison. Sur le plancher gisent ses vingt ans dans cet enchevêtrement de boucles blondes. Gisent ses souvenirs, gisent les paroles de Sylvie. «Ça te va assez bien, les cheveux longs! T'as assez une belle tête!»

Oui, il avait une belle tête à l'aspect romantique, avec sa chevelure touffue qui ondulait légèrement. Une tête qui

22

lui plaisait et plaisait à Sylvie. C'était la tête d'un pilote et non plus celle d'un bûcheron. C'était la tête du nouveau Luc, du nouvel homme émergeant des mains d'Émile et de Sylvie. La tête qu'elle caressait avec passion et sur laquelle Émile avait cassé des œufs à la réussite de son examen de vol.

Les pieds du barbier se promènent dans les cheveux. Dans les restes du nouveau Luc. Un bruit de rasoir. On le tond maintenant. «Alouette, je te plumerai la tête.» Mais il n'est pas une alouette, rien qu'un petit oiseau... Et ce n'est pas sa tête que l'on plume mais ses ailes... Ses courtes ailes maladroites qu'il déployait avec fierté sous le regard impressionné de Sylvie. Ses courtes ailes maladroites qui tentaient d'imiter le vol savant d'Émile, le grand aigle. Ce sont ses ailes que l'on rase. Ses ailes qui gisent avec le poids des rêves brisés. Ses ailes qu'il avait greffées au bûcheron pour s'élever au-dessus de son petit pain. S'élever jusqu'au cœur de Sylvie.

Froidement, systématiquement, le rasoir le dénude, lui laissant le crâne d'un oisillon à peine sorti de l'œuf. D'un oisillon qui ne sait encore rien du vol.

— Bon. C'est fini. Il reste juste la douche.

Douche froide même si l'eau est chaude. On le lave à fond. À grande eau. À grand renfort de désinfectant. On l'aseptise. Pas un microbe ne doit survivre. Ni un pou ni un morpion. Rien. Il doit être exempt de tout parasite, de tout germe.

Préalablement, on l'a examiné, notant qu'il était en parfaite santé et qu'il ne présentait ni bouton, ni plaie, ni affection de peau.

Maintenant, on le lave avant de l'immerger dans ce bain de criminels. Comme s'il pouvait, lui, contaminer ces gens. Comme s'il était un être abject, sale, corrompu.

D'être sous le jet puissant lui fait penser à son institutrice de troisième. Oh! comme elle aimerait actionner le robinet! Comme elle aimerait l'ébouillanter et le désintégrer jusqu'à ce qu'il s'écoule dans l'égout! Il l'imagine dans son éternel petit tailleur gris, avec son petit corps maigrichon et sec, son petit chignon bariolé gris-brun, ses petites lunettes rondes, sa petite bouche austère et sa petite main veineuse fermée sur la baguette à châtiment. «Toi, le grand niaiseux qui sent l'étable, qu'est-ce que t'as à parler, en arrière? — La jument a accouché c'te nuitte. — Debout, quand tu parles. *Cette nuit*, pas "c'te nuitte". Comment épelle-t-on "éléphant"? — E accent aigu *é*, L-E accent aigu *lé*, F-A-N-T *fant*. — P-H! P-H-A-N-T, niaiseux! Viens ici! T'as pas appris tes leçons, hier? — À cause de la jument. — C'est pas une raison! Montre tes mains. P-H et non F. E accent aigu (coup de baguette — elle n'est qu'une suppléante, la sœur Agnès reviendra bientôt), L (coup de baguette — il dira à la sœur Agnès que la jument a eu beaucoup de misère à mettre bas), E accent aigu (coup de baguette — à mettre bas un poulain de race canadien... tout noir... dans son enveloppe de vie sur la paille), P (coup de baguette — et qu'il a assisté son père jusqu'à l'aube), H (coup de baguette — et qu'il n'aime pas cette femme qui le dénigre, cette femme qui se pince le nez à son approche), A (coup de baguette — cette femme qui le guette, l'apostrophe, le fait lever debout, l'humilie, le châtie, lui tire les oreilles et les cheveux), N (coup de baguette — cette femme venue de la ville avec sa bonne réputation de vieille fille collée à tout son être rigide et frigide), T (coup de baguette — cette femme qui crache sur le poulain neuf, sur les mains de son père, le tablier de sa mère), ÉLÉPHANT (coup de baguette — qui crache sur leurs labours, sur leur jardin, sur tous ceux qui puisent leurs ressources à même la terre et la forêt)!» Cette pimbèche durcie par ses habitudes de célibataire et complètement régie par ses principes. Cette femme qui, ne leur inspirant aucune sympathie et n'ayant aucune sympathie pour eux, s'est donné pour mission de former une société de bonnes gens d'où seront exclus les grands niaiseux qui arrivent en retard parce que la jument a accouché. D'où seront exclus ceux qui parlent avec l'accent du terroir, ceux qui sentent l'étable et la sueur. Une société épurée et bien pensante dont chaque membre accomplira tous ses devoirs de bon catholique et de bon citoyen. Une société propre, éduquée, instruite, ayant de bonnes manières et de solides principes. Une société qui saura enlever la pomme pourrie qui gâte toutes les autres. La pomme pourrie qu'il était, elle s'est empressée de la mettre de côté dans le coin de la classe. Puis dans le corridor. Puis au bureau de la directrice. La pomme pourrie qu'il est aujourd'hui, la société l'a mise de côté. Avec des centaines de pommes pourries. Pour qu'elles pourrissent toutes ensemble dans le caveau, dans l'ombre. Qu'elles moisissent en silence dans leurs cages d'hommes.

Oh! comme cette femme aimerait le voir, nu et rasé, sous le jet d'eau et pouvoir dire: «J'avais raison. C'était de la mauvaise graine.»

Mais ce n'est pas vrai. Il n'était pas de la mauvaise graine. La sœur Agnès le savait: elle était douce et guidait sa main entre les lignes de son cahier et il la suivait entre ces lignes avec autant de confiance et de docilité qu'il suivait son père entre les labours. Mais la sœur Agnès est morte et, de ses doigts osseux, mademoiselle Massicotte a séparé le bon grain de l'ivraie, le repoussant loin, très loin de ces sillons que la sœur Agnès avait tracés pour lui afin qu'il puisse y faire éclore les lettres de l'alphabet.

Oh! comme elle jouirait de le voir sous la douche! Comme elle jouirait d'assister au cérémonial de l'enlèvement de la pomme pourrie du grand panier de la société!

25

Comme elle se sentirait supérieure, elle la pomme parfaite que jamais personne n'a eu envie de croquer. Elle la pomme stérile et stérilisée. Comme elle jubilerait de pouvoir cracher sur lui avec la puissance du jet d'eau!

— C'est fini. Passe ici, maintenant.

Il obéit. Non plus pour démontrer qu'il n'est pas comme les autres, mais parce qu'il ne peut faire autrement. Aux yeux des gardiens et aux yeux de la société, il est le fruit pourri qu'on doit éliminer et ranger parmi d'autres fruits pourris.

On lui donne des vêtements, sa literie, un nécessaire de toilette, et finalement on lui attribue un numéro. Luc Maltais n'est plus. N'existe désormais que le matricule inscrit sur le dos de sa chemise et la poche arrière de son pantalon.

Luc Maltais est socialement mort. On a enlevé la pomme pourrie du panier pour la broyer avec les autres de son acabit. La broyer pour en faire une compote homogène de hargne et de révolte. Une *slush* glaciale et boueuse qu'on maintiendra à l'intérieur des murs, de peur qu'elle ne pénètre le cuir fin de la société. Et lui, il ne sera qu'un parmi tant d'autres. Il ne sera qu'un numéro. On vient de lui enlever son nom. Il a tout perdu: ses effets personnels, sa dignité, ses cheveux, ses vêtements, son identité. Il n'*est* plus.

En fait, il vient d'assister à ses propres funérailles. Luc Maltais a disparu. On l'a enterré vivant dans un grand tombeau de ciment.

Perdre son nom lui fait mal. Très mal. Il n'a jamais envisagé qu'un jour il pourrait le perdre. Perdre ses amis, oui. Perdre de l'argent, perdre la face, perdre l'appétit. Perdre la liberté et même perdre la vie... Mais perdre son nom... Ce nom prononcé par le prêtre en versant l'eau sur son front: «Je te baptise, Luc.» Luc, le nom choisi par son père et tant de fois répété par sa mère. «Luc, va chercher les œufs! Luc, rentre du bois.» Son nom. «Comment t'appelles-tu? — Luc, ma sœur.» Et la sœur Agnès posait doucement la main sur la sienne pour la guider entre les lignes de son cahier d'écriture. «Luc Maltais! Grand niaiseux!», crachait mademoiselle Massicotte.

Prononcé avec bonté ou autorité, avec amour ou fatigue, ce nom, c'était lui. Lui enfant, lui adolescent, lui homme. «Ti-Luc», disaient les bûcherons au jeune charretier. «Ti-Luc» par-ci, «Ti-Luc» par-là. Luc, c'était lui. C'était celui qui trimait dur et celui qui tenait Sylvie dans ses bras. «Luc, Luc, Luc», chantait-elle à son oreille... C'était aussi celui qui avait appris à piloter un avion. Celui qu'Émile interpellait amicalement: «Luc, mon p'tit frère.» Et voilà que ce nom, plus personne ici ne le prononcera. Il ne sera qu'un matricule. Qu'une série de chiffres sans âme. Luc Maltais est bel et bien mort.

— On va te conduire à ta cellule.

Il suit. S'enfonce davantage dans le caveau avec ses geôliers. Les portes s'ouvrent, se referment sur son passage. Se déverrouillent et se reverrouillent derrière ses pas. Il ne peut reculer et il continue, chaque porte ne s'ouvrant que pour se refermer aussitôt dans son dos, le poussant à pénétrer plus avant dans le bâtiment.

Voilà qu'ils longent des cellules inoccupées. Quelle horreur! Elles ne permettent aucune intimité, n'étant séparées du corridor que par de solides barreaux. Avec consternation, il remarque l'exiguïté des lieux et la cuvette hygiénique dans un coin. Il est incapable de concevoir que des hommes s'en accommodent. Que des hommes soulagent leurs besoins naturels au vu et au su de tout un chacun circulant dans le corridor. Que lui-même aura à le faire.

Ce n'est pas possible! Ce bâtiment ne peut être réservé qu'à de vrais hors-la-loi. On lui fait sûrement traverser cet enfer pour le mener au purgatoire. Pour l'amener à réfléchir sur le comportement qu'il doit avoir pour éviter de se retrouver dans un de ces cabanons. Soit! Il a compris. On n'aura pas de problèmes avec lui. Il n'est ni un bandit ni un tueur. Ni un dur à cuire ni un insolent. Encore moins un fauteur de troubles. Il n'est qu'un homme qui, passant d'un bâtiment à l'autre, réprime avec violence son désir d'évasion en retrouvant le soleil sur sa peau. Un homme qui regarde avec désemparement le haut mur de maçonnerie surmonté de barbelés et de miradors. Un homme qui suit docilement, ayant perdu tout espoir de démontrer qu'il n'est pas un criminel.

Ce numéro dans son dos ne prouve-t-il pas le contraire? Ne confirme-t-il pas qu'il est le énième criminel de cet établissement? Quel est ce numéro, au fait? Déjà, il l'a oublié. Cela lui est égal. Il a quatre ans et huit mois pour le voir sur sa chemise et sur sa poche de pantalon. Quatre ans et huit mois pour l'entendre désigner.

En quatre ans et huit mois, ce numéro parviendra-t-il à effacer cet autre inscrit en chiffres d'or dans son cerveau, celui de son brevet de pilote: ULP 12311?

Non, il ne réussira pas. Il ne faut pas qu'il réussisse. C'est tout ce qui lui reste, ce numéro. Tout ce à quoi il peut s'accrocher ici. Le numéro de son brevet de pilote, ULP 12311. Il est pilote. Il a tenu les commandes d'un appareil. Il sait, il a appris, et cela, personne ne pourra le lui enlever. C'est en lui. Luc Maltais au complet s'est réfugié dans ce numéro qui assure sa survie. Ce numéro qui exorcise celui inscrit dans son dos.

ULP 12311. Il est le douze mille trois cent onzième pilote privé. Il a acquis les connaissances et subi les examens qui lui ont accordé sa place dans cette grande famille. Oui, Luc Maltais s'est réfugié dans ce numéro qui a le pouvoir magique de le maintenir en vie.

On a plumé l'alouette. Et la tête! Et les ailes! Et le bec! Ah! Alouette! Et le dos! Et sur le dos, un numéro en guise d'épitaphe. Ah! Gentille alouette, je te plumerai! Mais il n'est pas une gentille alouette résignée, plutôt un maladroit petit oiseau qui refuse de dépérir dans la cage et s'accroche solidement à ses souvenirs d'espace et d'horizon.

De nouveau, ils pénètrent dans un bâtiment lugubre, longent des cellules étroites ouvertes à tout regard. Il n'ose vérifier si elles sont toutes vacantes, de peur de rencontrer les yeux d'un vrai criminel, et il suit, la tête basse, se réfugiant tout entier dans le numéro de son brevet de pilote. Plus rien d'autre ne doit exister désormais.

Il suit, écoutant le martèlement des talons de ses geôliers et le tintement de leur trousseau de clés. Abasourdi, complètement dépassé par ce qui lui arrive... Intérieurement, de toutes ses forces, il rejette ce cauchemar. Cette réalité. Non! Pas ça!

Il presse le pas pour sortir au plus vite de cet enfer et bute sur l'agent qui est devant lui.

— Excusez.

Regard froid, hostile, qui le repousse efficacement.

Pourquoi le cortège s'est-il arrêté? Pourquoi ne poursuit-on pas vers le purgatoire? L'homme déverrouille la porte d'une cellule et l'ouvre toute grande.

— C'est ici. Rentre.

Ici? Dans ce réduit? Pas lui! Pas là-dedans! Il y a sûrement erreur.

On le pousse dans le dos avec impatience.

— Envoye, rentre.

Il obéit. Entend le bruit infernal, métal contre métal, de l'incarcération.

Démonté, il fixe la cuvette hygiénique. Sera-t-il en mesure d'y soulager ses besoins? Son sphincter ne se contractera-t-il pas involontairement? Que fait-il ici? Il ne pensait jamais tomber si bas. Comment réussira-t-il à maintenir Luc Maltais en vie? À créer un espace pour l'oiseau qui est dans sa tête? Comment réussira-t-il à remplacer le numéro qui fait de lui le énième criminel de l'établissement par celui qui a consacré le douze mille trois cent onzième pilote privé?

Il fait volte-face, remarque un coin de ciel bleu dans le grillage de la fenêtre qui se trouve vis-à-vis de sa cellule, et pose les mains sur les barreaux froids.

Quel maladroit petit oiseau il est, de s'être brûlé ainsi les ailes! Personne ici ne sait qu'il a folâtré dans ce coin de ciel bleu. Qu'il a eu l'azur pour habitat. L'horizon pour limite. Et les nuages pour jouets. Que fera-t-il pour survivre? Pour recréer un espace dans sa tête?

Comment fera-t-il pour ne pas fracasser ses moignons d'ailes contre ces barreaux? Pour ne pas mourir, les yeux perdus dans ce coin de ciel bleu?

Il ne sait pas. Et il reste là, pendu aux barreaux.

2

L'homme aux deux visages

Il calcule. Il recalcule. C'est bien cela: mille sept cent trois jours moins quinze jours, cela lui en laisse mille six cent quatre-vingt-huit. C'est énorme et pourtant il se réjouit de voir baisser le chiffre des centaines. Dans neuf jours, c'est-à-dire mercredi le 30 octobre, ce sera au tour du chiffre des dizaines de baisser. Il souligne la date sur son calendrier, posant ainsi un jalon dans ce noir tunnel dont il ne voit pas la sortie. Il doit se rendre jusque-là. Et pour ce il doit passer le temps. Le laisser s'écouler. Le subir. Le temps qui n'est qu'une abstraction élastique pouvant être contenue dans une seconde ou dans l'éternité.

Il s'absorbe dans les chiffres, abstraits eux aussi, sans aucun lien avec la vie qui s'écoule, avec ses angoisses et ses craintes. Les chiffres qui déchiquettent le temps en petites bouchées et posent des jalons sur son calendrier d'une dizaine à l'autre. Les chiffres qui l'aident à tuer le temps avant que le temps ne le tue.

Il recommence deux fois chacune des opérations, sous prétexte qu'il n'était pas doué pour les mathématiques. Pas doué pour grand-chose, au dire de mademoiselle

Massicotte. Mais qu'elle aille au diable! L'important présentement, c'est de tromper l'attente jusqu'à ce qu'on vienne le chercher pour une première rencontre avec son agent de gestion de cas.

C'est lui qui le dirigera vers l'établissement qui correspond le plus à ses besoins tout en satisfaisant aux exigences de la sécurité. Lui qui le fera sortir d'ici. De cette fosse infecte où l'on a jeté, pêle-mêle parmi les rats, tous les déchets de la société. Lui qui fera le triage des pommes avariées à divers degrés. Pourvu qu'il remarque sa bonne volonté! Pourvu qu'on ne l'ait pas oublié! Cette rencontre n'accuse-t-elle pas déjà un retard? Oui, du moins d'après les séances d'information qu'ils ont eues au cours de la première semaine en tant que «nouveaux». Séances où les différents chefs de service sont venus expliquer les rouages de la machine pénitentiaire. Machine juste, bien huilée et bien rodée, qui offrait au détenu des possibilités de s'amender tout en le redressant et le préparant à réintégrer la société. Machine complexe, aux rouages et engrenages multiples, capable de détecter le niveau de pourriture dans le cœur de chaque pomme. Capable d'assainir mais aussi de sévir.

Telle que décrite par eux, cette machine était complètement déconnectée de la réalité. Elle atténuait le choc brutal de son admission, certes, mais, lorsqu'il réintégrait sa cellule, cette machine lui paraissait tout autre. Elle grinçait, métal contre métal, hurlait la nuit dans les cauchemars, gargouillait dans la tuyauterie.

Elle le tenait éveillé, l'oreille tendue aux grincements de dents, à la ronde des gardiens, au tintement du trousseau de clés, à l'activité des rats. Tant de bruits s'échappaient de ces engrenages rouillés! Bruits humains d'éructations, d'éternuements, de toux, de pets, de crachements. Bruits de pas, de sourds murmures lorsqu'il allait chercher son plateau à la cafétéria.

Elle puait, cette machine. La sueur d'homme et la défécation. Elle puait l'animal enfermé avec ses crottes et sa pitance. Elle puait à le constiper et lui donner la nausée.

Ce n'était pas la même machine. Ce n'est pas la même machine. «En principe, disait-on, vous rencontrerez votre agent de gestion de cas dans la semaine suivant votre admission.» En principe, la machine ne se trompe pas, mais en réalité il n'a pas encore rencontré cet homme. Viendra-t-on le chercher? Les rouages prétendument infaillibles déverrouilleront-ils sa cellule à l'heure prévue? Il l'espère, le cœur noué d'angoisse.

Sa vie ne lui appartient plus. Ni sa destinée. Il est désormais ce que d'autres veulent qu'il soit. Il fait ce que d'autres veulent qu'il fasse. Il mange ce que d'autres veulent qu'il mange. Il ne s'appartient plus. Ne se reconnaît plus après ces deux semaines de détention. Il panique, s'accroche à des chiffres, à des dates. À des moments de la journée. Comme l'heure des repas, par exemple. C'est fou mais il doute toujours de l'heure des repas. C'est illogique, carrément enfantin de sa part, mais il n'est jamais sûr d'avoir sa pitance. Qu'est-ce qui lui garantit qu'il mangera à midi? Ce soir? Après-demain? Qu'adviendrait-il s'il y avait grève, pénurie, oubli? Si le feu prenait aux cuisines? Et si, pour le punir... Il n'ose penser à ces choses qui échappent à son contrôle. Avant, il gagnait son pain, fût-il petit. Sa mère faisait des provisions. À chaque automne s'alignaient les pots de compote et de confiture sur les tablettes. À chaque automne s'empilaient patates, choux, carottes, navets et oignons dans le caveau. À chaque automne, il abattait une trentaine de chapons, deux porcs et un bouvillon. La nourriture était là, marinée, congelée, salée. L'hiver pouvait venir. Il y aurait toujours de quoi manger sur la table. Toujours de quoi dans la grange pour la vache, les deux chevaux et les poules.

Toujours du bois à brûler. Il avait tout prévu avec sa mère. Avait semé foin et avoine et nourri les animaux de boucherie. Il avait hersé le jardin et étendu le fumier. Il avait fendu le bois, fait sécher le bois, cordé le bois. Tout était là car il avait veillé à ce que tout soit là. Mais ici il dépend des autres et cela l'inquiète. Ici, il n'est sûr de rien. Pas dans sa tête mais au fond de ses tripes. C'est ainsi que devait se sentir le renard que son père avait capturé et mis en cage. On avait beau lui apporter de la nourriture, il n'y touchait pas et il dépérissait. Sa vie de renard ne lui appartenait plus et elle était désormais gérée par des hommes. Décidée par des hommes qui ne voulaient plus qu'il chasse les poules. Il n'était plus un renard mais seulement un mammifère à quatre pattes qui ressemblait à un renard. Tout comme lui maintenant n'est plus un homme mais seulement un bipède dépendant qui a toutes les apparences d'un homme. Mais il n'en est pas un car il ne gagne plus son pain et ne fait rien en prévision de l'hiver. Finira-t-il comme son renard, trouvé raide mort dans la cage? Sa raison parviendra-t-elle à convaincre la bête en lui que oui, à midi, il aura à manger? Que non, cet hiver, il n'aura pas froid? Que non, pendant les mille six cent quatre-vingt-huit jours qui restent, la machine pénitentiaire ne faillira pas, n'oubliera pas? Sa raison matera-t-elle l'angoisse profonde qui s'empare de lui? Apprivoisera-t-elle le renard inquiet en lui? Viendra-t-elle à bout de toute cette masse d'émotions et de sentiments qui le submerge? Sa raison lui semble bien fragile pour contrer tout cela. Elle n'est qu'une faible digue sur le point de rompre sous la pression. Et, pour l'empêcher de rompre, il calcule et pense à l'oiseau qui est dans sa tête. Il s'invente un avion et un ciel. S'imagine aux commandes de l'appareil et se remémore l'emplacement de chacun des instruments. À gauche, il y avait l'altimètre; au milieu, le tachymètre jumelé au variomètre; en bas à droite, la bille, la célèbre et très ancienne bille... Comment c'était déjà? Il ferme les yeux.

L'avion vibre en bout de piste. Le soleil se déverse à plein et fait étinceler les rivets du capot.

Il serre un instant la manette des gaz au creux de sa main. Elle l'arrachera bientôt à la terre. Il n'a qu'à décider du moment. Il n'a qu'à l'enfoncer dans le tableau de bord pour tripler les révolutions de l'hélice et donner carte blanche à l'appareil. Ce qu'il fait. L'avion gronde, vibre de plus belle et débute sa course au sol, accélérant rapidement. Les mains sur les commandes, il le sent, le ressent dans son corps entier. Devient illico partie intégrante de l'appareil qui file sur la piste raboteuse, cahotant et faisant tourner des cailloux sous ses roues puis s'allégeant graduellement pour atteindre le point où il n'appartient plus au sol et pas encore à l'air. Il tire alors doucement les commandes vers lui et hop! les roues se détachent du sol. La naissance s'est accomplie. Naissance au ciel, à l'espace, aux grands souffles qui parcourent le monde. Naissance facile, enivrante, libératrice. Il s'élève au-dessus des champs, des lacs, des routes. Il plane dans la lumière, les rivets du capot étincelant comme des étoiles. Il plane au-dessus de son village tranquille, de l'église au toit de tôle, de la ferme familiale, promenant son ombre d'être céleste là où les siens se sont tués à arracher la terre à la forêt. C'est lui qui plane ainsi au-dessus de...

— Numéro 1347!

Il se lève d'un bond nerveux.

— Oui, c'est moé.

«Non, rugit en lui le pilote qu'on vient d'arracher aux commandes de son avion, ce n'est pas moi. Je suis le numéro 12311.»

— T'as rendez-vous avec ton agent.

Il suit l'homme dans les couloirs. L'homme au trousseau de clés. L'homme froid qui le guide dans sa cage.

Il ne regarde ni à gauche ni à droite et s'attarde aux souliers noirs et bien cirés du geôlier. On dirait les souliers du curé, luisant sous la soutane. Celui qui était venu condamner son père après l'accident. «T'as été puni, Joseph, d'avoir travaillé un dimanche.» Oui, son père avait travaillé un dimanche, essouchant la terre d'accommodation qu'il avait obtenue pour lui, son aîné. Apparemment, Dieu s'était offusqué de l'ambition de cet homme et avait renversé le bulldozer sur lui. Comment pardonner à Dieu d'avoir fait cela à son père quand on a treize ans? Comment aimer les prêtres quand on ne les voit plus que comme des vautours fourrant leur bec dans les blessures des pécheurs? L'aumônier est-il de cette race? Il ne sait pas. Peut-être lui voulait-il vraiment du bien. Mais il s'est méfié de lui et s'est fermé. Il n'a confiance en personne, ici.

Il est seul, ici. Seul avec le gardien qui l'ignore et seul avec les autres qu'il ignore. Ces autres qui ont tué, volé, violé.

Il ne regarde personne, ne parle à personne. Sauf à son agent de gestion de cas, qui préparera son rapport de placement pénitentiaire. À lui, il doit tout dire, tout expliquer. Ce qu'il était et ce qu'il veut devenir. Ce qu'il est capable de faire et ce qu'il veut faire. Sa destinée est désormais entre les mains de cet homme. C'est lui qu'il doit convaincre qu'il est différent des autres.

Bureaux de l'administration. Le surveillant lui permet de pénétrer seul dans un local.

—Bonjour, Luc. Assieds-toi.

L'agent de gestion de cas l'invite à une table encombrée de paperasse. Il est jeune, de style intellectuel fraîchement émoulu de l'université. Un sourire engageant et des oreilles légèrement décollées le rendent sympathique et ramènent la confiance que la vue de son uniforme avait chassée.

Touché d'être appelé par son nom, d'un geste gauche, il passe la main dans ses cheveux drus de bagnard et prend place en face de lui.

—D'abord, je m'excuse du retard: on n'a pas pu faire autrement. Mon prédécesseur était surmené et je viens d'hériter de son *case load*[1].

Enfin, quelqu'un pour admettre que la machine peut avoir des ratés!

—J'ai étudié les tests d'évaluation et d'orientation qu'on t'a fait subir.

L'homme feuillette son dossier. Ces pages et notes traduiront-elles le vrai Luc?

—Mais avant d'en arriver à une décision, je dois te connaître davantage. Souvent, les tests sont trompeurs... et puis c'est ton premier délit. On ne peut étudier ton comportement antérieur. En fait, rien ne te destinait à la criminalité.

Non seulement cet homme admet-il les ratés possibles de la machine mais il convient de surcroît qu'il n'est pas un criminel. La reconnaissance s'ajoute à la confiance et l'incite à tout dire à cet homme. Tout ce qu'il veut savoir.

—Bon, commençons par le commencement. Tu es né sur une terre et tu es l'aîné d'une famille de douze.

—C'est ça.

—Tu as terminé tes études en septième année et tu as voulu suivre des cours à l'École d'Agriculture mais tu ne les as pas suivis. Pourquoi?

_____

1. *Case load*: ensemble de cas.

— Parce que mon père a eu un accident et s'est ramassé infirme.

— Quel genre d'infirmité?

— Ben, on lui a amputé un bras et puis y'a eu la moitié du corps écrasée. Y'a ben d'la misère à marcher.

— Donc, tu n'es pas allé à l'École d'Agriculture.

— Non. Ça coûtait trop cher... pis ma mère avait besoin de moé.

— T'as continué à travailler sur la terre?

— Durant un an: on a été obligés de vendre le troupeau pour payer l'hôpital à Montréal. On a gardé juste une vache pour le lait pis des animaux pour la boucherie.

— Et tu t'es engagé comme bûcheron.

— Ben, j'ai commencé comme charretier.

— C'est quoi, ça, au juste?

— C'est celui qui travaille avec le cheval pour traîner les billots. Mon oncle Mathias, le frère de mon père, m'avait engagé avec mon cheval.

— C'était à toi, le cheval?

— Tout comme. J'l'avais vu naître... J'lui avais donné un nom: Ti-Blue. C'était une belle bête de race... Un Canadien, ben obéissant pis ben travaillant. C'est comme ça que j'ai commencé à travailler pour mon oncle sur les chantiers de coupe. Y'était *jobber*.

— C'est comme ça que t'es devenu bûcheron?

— Oui.

— Avec ce passé-là, une ferme pénitentiaire devrait te convenir.

— Non! Non, pas une ferme.

—Tu es habitué au grand air et au travail physique, plaide son interlocuteur avec étonnement.

—J'veux pas travailler sur une ferme qui serait pas à moé.

Inexact; même si elle lui appartenait, il ne voudrait plus. Il aurait pu reprendre les manchons à peine tiédis de la charrue et combler ainsi les espérances de son père, mais un avion avait eu le malheur de traverser son ciel, y traçant le chemin de son avenir.

—Je... je veux faire mon secondaire.

—Oui, c'est indiqué ici. Pourquoi?

Cette question le déroute. N'est-ce pas indiqué pourquoi il veut entreprendre ses études secondaires? Le dossier serait-il incomplet? A-t-on omis de mentionner qu'il désirait devenir pilote professionnel?

—Parce que ça m'aidera pour ma licence de pilote.

—Tu ne l'es pas déjà?

—Pilote, oui, mais pas professionnel; j'suis juste privé.

—C'est quoi la différence?

—Privé, c'est pour le plaisir: j'peux pas travailler avec cette licence-là.

—J'comprends. Pour travailler, il te faut la licence de pilote professionnel. Tu veux vraiment poursuivre dans cette voie-là?

—Oui.

—Tu ne trouves pas ça un peu risqué?

—Risqué?

—C'est avec un avion que tu as commis ton premier délit.

— C'était justement pour payer mon cours de pilote professionnel.

L'homme fronce les sourcils, ne semblant pas approuver sa détermination à poursuivre dans une voie qui l'a conduit jusqu'au pénitencier.

— Tu as un cheminement assez particulier, Luc. En fait, quand on examine ton dossier, on voit que tu n'étais pas plus destiné à la criminalité qu'à l'aviation.

Il ne comprend pas trop ce que veut dire cet homme, ou du moins il n'ose comprendre qu'il n'est pas plus fait pour l'aviation que pour se retrouver ici. Il doit le convaincre de la nécessité de créer un espace pour l'oiseau qui est dans sa tête mais il ne sait comment.

Moment de silence. De gêne. L'homme roule son stylo-bille sur la table. Lui, des souvenirs dans sa tête. En fait, à part Émile, personne n'a vraiment cru à ses capacités de devenir pilote. Ni sa mère, ni son père, ni son oncle, ni son cousin, ni ses frères et sœurs. Ni même lui, au début. En fait, il s'était tout bonnement épris du petit avion de l'École de l'Air alors qu'il se rendait aux chantiers, contractant d'emblée l'habitude d'arrêter tous les soirs pour le regarder évoluer. Il demeurait longtemps assis dans l'herbe à observer les manœuvres, sans même envisager de les exécuter un jour. N'était-il pas né pour un petit pain? Et la plupart des élèves n'appartenaient-ils pas à la classe bourgeoise?

— Ç'a dû être difficile de subir l'examen théorique, non?

— Oui, très difficile. Mais j'ai passé. J'ai eu soixante-deux.

— Pour quelqu'un qui a seulement une septième année, c'est assez exceptionnel.

— Oui... mais j'ai eu de l'aide.

40

— À l'examen?

— Non, avant l'examen. Émile m'a beaucoup aidé pour la théorie.

— Comment t'aidait-il?

— Il me donnait des cours privés.

— Ç'a dû coûter cher, tout ça.

— Non... Il... euh... il le faisait pour rien.

— Ah oui? Pour rien?

Incrédulité légèrement ironique de l'agent, sous-entendant que personne ne travaille pour rien de nos jours et qui le fait se sentir comme un campagnard fort naïf.

— C'était ton instructeur, si je comprends bien? poursuit-il en consultant le dossier. Ah! Voilà! Émile Simard, c'est ça?

— Oui.

— Pilote de brousse et instructeur qualifié... Vous deviez être très amis pour qu'il s'occupe de toi comme ça.

L'insinuation filtre, le fait rougir malgré lui. L'agent lui semble tellement sceptique maintenant qu'il hésite à se livrer davantage.

— Oui, on était amis...

— Parle-moi de lui.

Parler d'Émile? Que dire sans que leur amitié ne paraisse suspecte? Il a lui-même tant de doutes en ce qui a trait à l'orientation sexuelle de celui-ci. Sous quel angle le présenter afin de n'éveiller aucun soupçon? Il opte pour le côté professionnel.

— Il était instructeur... En fait, il n'y avait qu'un instructeur; on n'avait pas le choix.

— Avoir eu le choix, en aurais-tu pris un autre?

— Non.

— Pourquoi?

— Parce que j'étais à l'aise avec lui. Y'employait pas des mots compliqués pis y'avait beaucoup d'expérience. Dans les sept mille heures de vol.

— C'est beaucoup, ça? Je ne m'y connais pas là-dedans. Tu peux m'expliquer?

— À chaque fois qu'on vole, on est obligé d'enregistrer le temps dans un carnet de vol.

— Ah bon! Et toi, tu as combien d'heures?

— Dans les deux cents.

— Est-ce que c'est beaucoup pour un pilote privé?

— Paraît qu'un privé qui fait ses cent heures par année, c'est beau.

— Et un pilote professionnel comme ton instructeur?

— Cinq à six cents, je crois.

— Hum! je vois. Curieux qu'il ait donné de l'instruction dans un coin perdu comme Mont-Laurier.

En effet, tout le monde se posait la question. Qu'est-ce qu'un homme de sa compétence faisait dans une petite école satellite comme la leur?

— Nous, on en profitait.

— Qui nous?

— Ben, les élèves.

Il aime s'assimiler à eux. S'identifier avec ces autres aspirants pilotes qui avaient pour Émile de l'admiration. Montrer qu'il n'était pas le seul à être sous sa tutelle.

— Est-ce qu'il donnait gratuitement des cours privés aux autres?

— Non... Les autres en avaient pas de besoin. Y avait des docteurs là-dedans.

— Et toi, avec ta septième, t'en arrachais; alors il t'aidait.

— Oui, c'est ça.

— Bon, ça doit être pour ça que tes tests d'évaluation te classent en secondaire I. J'vois que tu aimes vraiment ça, l'aviation.

— Oui, répond-il dans un souffle chargé d'émotion, le petit oiseau dans sa tête s'agrippant désespérément à ces oreilles légèrement décollées.

— On ne mentionne pas grand-chose sur tes études de pilote. Ça me donne envie de consulter ce monsieur Simard. Ça ne fait pas partie de mes fonctions comme telles, c'est plutôt une démarche personnelle, mais aurais-tu objection à ce que je le contacte afin qu'il me donne des références sur toi en tant que pilote? Parce que ce que j'ai ici n'est guère reluisant.

— Non, aucune objection.

— Trafic de stupéfiants à bord d'un aéronef, traversée de la frontière américaine sans plan de vol, écrasement à l'atterrissage... J'espère que ce n'est pas lui qui t'a montré tout ça, ajoute l'agent avec un sourire mi-figue, mi-raisin.

Ça y est! Le chat sort du sac. Tout comme au procès, on soupçonne Émile d'être derrière tout cela. D'avoir tout manigancé en s'exilant dans un coin perdu à la recherche d'un gars naïf comme lui pour en faire son instrument. Mais Émile n'a rien à voir là-dedans. N'a rien à voir avec ce besoin impérieux qui l'appelait tous les jours au terrain d'aviation.

— Tu as une idée où je pourrais le rejoindre?

— Dans le Grand Nord. Y m'a dit qu'y retournait travailler sur un Otter.

— Un Otter?

— Oui, un DHC-3. C'est le plus gros monomoteur sur flotteurs. C'est construit par De Havilland.

Il aime étaler ses connaissances devant ce profane. Cela le revalorise. Le nettoie de cette saleté poisseuse qui lui colle à la peau depuis son admission. Enfin, aux yeux de quelqu'un ici, il est autre chose qu'un numéro! Autre chose qu'un rectum à fouiller! Il est un pilote. Le douze mille trois cent onzième pilote.

— Et ton instructeur sait piloter ça?

— Oui, c'est là-dessus qu'y travaillait avant.

— Ça doit être pas mal plus intéressant à piloter que les p'tits avions de l'École de l'Air.

— Oui.

— Vraiment surprenant qu'il ait fait un retour à l'instruction, surtout dans ta région...

Oui, à bien y penser, c'était incompréhensible. Pourquoi cet aigle était-il revenu enseigner le vol à des oisillons? Émile était si mystérieux. Si étrange. Il ne parlait jamais de lui, sauf lorsqu'il était ivre. Et, chaque fois qu'il le faisait, cela le bouleversait. Émile était une énigme que personne ne savait résoudre. Une énigme qui justifiait les soupçons de son avocat et ceux, naissants, de l'homme en face de lui.

— Tu sais où, dans le Grand Nord?

— Non.

— Hum! Le Grand Nord, c'est grand longtemps... Tu n'as vraiment aucune idée où il pourrait se... où il pourrait travailler?

«Se cacher», a failli dire l'agent. Dans son esprit, Émile s'est servi de lui pour traverser des stupéfiants des U.S.A. puis il s'est réfugié dans le Grand Nord, laissant le petit «habitant» purger sa sentence.

—Je ne sais pas où il est. Il ne doit pas y avoir beaucoup de compagnies par là. Je sais que sa mère habite à Montréal.

—Ah oui? C'est déjà ça. Tu sais où, à Montréal?

—Pointe-Saint-Charles.

—Hum! Tu connais ce quartier?

—Non... J'connais rien à la ville.

À son tour d'être profane en la matière.

—C'est un quartier défavorisé. Un quartier de batailleurs de rue.

Renseignement qui corrobore la suspicion de la Cour au procès. De s'être bataillé dans les rues et d'avoir enfilé des gants de boxe dans sa jeunesse avait été préjudiciable à Émile, entachant automatiquement sa réputation. De prime abord, on lui avait collé l'étiquette de délinquant.

Et à lui qui est né à la campagne dans un rang isolé, quelle étiquette lui attribue-t-on?

—Presque tous les Simard viennent du Lac-Saint-Jean... Des gens bouillants et fiers. Qu'est-ce que tu sais sur sa mère?

—Ben, elle vient pas du Lac-Saint-Jean, c'est certain. C'est une Irlandaise.

—Du sang irlandais par-dessus le marché! Ça fait explosif. Ça doit être tout un numéro, cet homme-là, non?

Que répondre? Il ne connaît rien aux gens des villes, à ces distinctions de quartier et d'origine ethnique. Tout ce qu'il sait, c'est qu'Émile ne ressemblait à rien de ce qu'il avait connu, et aujourd'hui il prend conscience qu'il n'a pas connu grand-chose ni grand monde.

—Bon. Sais-tu autre chose sur lui? A-t-il d'autre parenté?

—Des oncles à Montréal... Des Thompson.

—Je verrai ce que j'peux faire avec ça. Maintenant, parle-moi de toi. De ta famille.

—Bah! Y'a rien à dire sur elle. On était pauvres, c'est tout.

—Tu ne veux pas en parler?

—Y'a rien à dire.

Il ne veut rien dire. Tout est encore trouble. La boue ne s'est pas encore décantée des larmes de sa mère. Tout est sens dessus dessous et l'image qu'il conserve de sa famille ne lui rendrait probablement pas justice. Pour l'instant, il la perçoit nombreuse, encombrante, exigeante. Pendue à ses reins depuis l'âge de treize ans. Liée à ses pieds qui ont abandonné le chemin de l'école pour celui du chantier.

Il la perçoit comme des bouches à nourrir, des sœurs à marier, des vêtements à acheter, des médicaments à payer. Elle gobait sa paye, semaine après semaine. Gobait son énergie. Gobait sa jeunesse pour survivre. Oui, présentement il la perçoit comme un nombre de membres piégés par la misère et la malchance, un nombre de membres entassés sous un toit qui coule, avec un chef défait, assis à longueur de journée devant le fiasco de sa vie. Avec une mère résignée à ce petit pain qu'on a réservé pour elle et ses descendants. Avec la malédiction collée aux fesses et l'interdiction d'avoir de l'ambition. Qu'y a-t-il d'autre à penser de cette famille qui l'a renié parce qu'un jour il a apporté la honte au lieu d'un petit pain sous le toit qui coulait? De cette famille qui ne lui parle plus, ne lui écrit plus et le considère comme mort.

Il ne reste vraiment plus qu'Émile pour se souvenir de lui.

—Bon. Je vais étudier tout ça. Je crois savoir où te placer mais je dois auparavant vérifier certains détails. Est-ce que tu te débrouilles bien en mécanique?

— Oui, assez bien.

— Et dans l'atelier de brosses et balais, ça va aussi?

— Ça va... en attendant. J'aimerais pas faire ça tout le temps.

— Pour les nouveaux, y'a pas tellement de choix. C'est ça ou la reliure. Bon, tu peux aller au travail; je vais étudier ton cas.

Il se lève, repasse la main dans ses cheveux à défaut de serrer celle de cet homme qui a un pouvoir sur sa destinée.

— Euh... à propos du secondaire, il y a un établissement qui l'offre cette année. C'est tout nouveau. C'est par correspondance, donc en surplus le soir. Il te faudra travailler le jour de toute façon.

— J'suis prêt à le faire.

— Parfait... J'te donne des nouvelles aussitôt que possible.

Il retrouve le gardien à la porte, puis sa besogne à l'atelier des brosses et balais, puis les repas pris en cellule et le comptage des prisonniers cinq fois par jour pour s'assurer que personne ne s'est évadé. Toutes choses qui le distraient temporairement du temps incommensurable qui finit par lui mettre le grappin dessus dans la soirée. Du temps qu'il presse telle une grosse éponge ayant absorbé tous ses souvenirs.

Et ils coulent partout, les souvenirs, gonflant la masse de sentiments et d'émotions que la faible digue de sa raison tente de contenir. De nouveau, il s'étend sur la couchette, ferme les yeux et tente de mettre de l'ordre dans tout cela. De renforcer la digue et de soulager la pression de tout ce qui risque de l'engloutir.

De nouveau, il retourne en arrière dans le temps. Il retourne à ce ciel clair d'un matin de juin traversé par un petit avion d'entraînement. C'est comme cela que tout a commencé.

Il était en route pour les chantiers en compagnie de son cousin et il tambourinait sur sa boîte à lunch métallique, accompagnant une chanson western à la radio. André lui racontait les premiers pas de son bébé et la nécessité d'acheter une lessiveuse neuve lorsque cet avion avait survolé la route devant eux. Ce fut alors comme s'il lui avait traversé le cœur. Il le voit encore. Il entend encore le refrain accompagnant l'argument d'André: «Ça serait pratique avec toutes les couches à laver.» Et il sent encore le métal de sa boîte à lunch sous ses doigts. Ce moment est enregistré en lui avec une telle netteté qu'il retrouve le pressentiment puissant qu'il avait alors eu, à savoir que plus rien ne serait pareil dorénavant. Et plus rien n'avait été pareil, cette journée-là. Chaque fois qu'il avait levé la tête pour voir tomber l'arbre, il avait revu cet avion sur le bleu du ciel. Le soir même, au retour du chantier, il avait demandé à son cousin de le laisser à la piste d'atterrissage. «Pourquoi? — Juste pour voir. — Tu veux que je t'attende? — Non, j'vais rentrer sur le pouce. Reste pas, ta femme t'attend.»

Il voulait être seul pour regarder à son aise. Il se choisit une place dans l'herbe, face à la piste, d'où il pouvait observer l'avion. Et là il se laissa enjôler par cet oiseau métallique capable de s'arracher du sol. Et là il laissa vibrer en lui une corde dont il ne connaissait même pas l'existence. Elle lui faisait mal et bien. Le faisait se sentir lourd et léger à la fois. Lui enseignait le poids de ses misères et la possibilité de s'en détacher. Qu'il aurait aimé tenir les commandes de cet appareil! Qu'il aurait aimé s'envoler, voler, tout survoler! Mais ce rêve n'était pas pour lui. Il vit descendre le notaire de l'avion d'entraînement et comprit. Il s'en retourna chez lui, mille fois plus lourd. Mille fois plus pauvre de ce qu'il ne pourrait jamais avoir. Maudissant son sort, maudissant ses bottes de travail, ses gants de cuir, sa boîte à lunch sur laquelle il tambourinait joyeusement le matin même. Plus rien ne serait pareil. Le vol des oiseaux pinçait douloureusement la corde de son âme et réveillait le rêve fou, enfoui depuis des millénaires. Le rêve fou, enfin réalisé: voler. Et il pensait à tous les hommes des temps anciens qui avaient envié le vol des oiseaux et il se sentait comme eux, cloué au sol par quelque impuissance. Dans leur cas, c'était celle de la technologie qui les empêchait de réaliser ce vieux rêve de l'humanité... Dans le sien, c'était celle de la pauvreté.

Ce soir-là, il se promit de ne plus jamais retourner à la piste. Mais il savait qu'il flancherait le lendemain même. Oui, le lendemain même, il succombait, et le surlendemain, et ainsi de suite, chaque fois qu'il en avait l'occasion. L'herbe était écrasée à l'endroit où il avait pris l'habitude de s'asseoir et, avec le temps, il avait appris diverses notions sur le vol, entre autres que l'avion décollait toujours face au vent, qu'il reprenait une position horizontale aussitôt après s'être arraché du sol et qu'il effectuait comme un rectangle autour de la piste. Il connaissait également la plupart des élèves et concluait que l'instructeur devait être ce type qui semblait être trop grand pour l'avion. Il ne s'était pas trompé. C'était ce type. C'était Émile.

Il l'avait toujours vu de loin. Observé de loin. Être instructeur de vol avait sur lui un tel pouvoir de fascination qu'il admirait cet homme sans même le connaître et se sentait petit chaque fois qu'il le voyait s'extirper de l'appareil. Quand il l'a vu de près pour la première fois, il a eu un choc.

C'était un jour de bruine. La manche à air pendait mollement. Aucun élève. La piste était déserte, le moment propice pour examiner à loisir cet engin qui l'avait ensorcelé. Décidé, il se dirigeait vers l'avion lorsqu'il l'aperçut agenouillé près des roues. Il s'arrêta. Pensa à rebrousser chemin. La présence de cet homme l'intimidait. Le dérangeait. Il le regarda travailler et résolut finalement de lui prêter main-forte. Il s'approcha et, sans un mot, s'agenouilla à son tour pour lui passer un outil. C'est alors qu'il vit une main mutilée s'en emparer, une main recouverte d'une peau plissée et rouge et à laquelle il manquait les phalangettes du majeur et de l'auriculaire. Il se sentit mal et malgré lui son regard longea le bras velu, rencontra la joue affreusement cicatrisée et se coinça finalement dans l'oreille rognée que tentaient de dissimuler des touffes de cheveux noirs. Il ne parvenait pas à détacher ses yeux de cette horreur, se demandant quel accident avait bien pu défigurer ainsi cet homme.

«C'est en faisant le plein d'un avion que c'est arrivé, dit celui-ci en continuant son ouvrage. J'avais oublié de mettre à la masse: ça m'a pété dans la face.»

Qu'il eut honte, mais honte de lui! Honte d'avoir observé avec si peu de discrétion. Il aurait voulu être ailleurs, loin, très loin du lieu de son crime. Très loin de cet homme qu'il avait blessé par son manque de tact. Quel idiot il était! Il aurait pu regarder à la dérobée, ou, mieux, faire comme s'il était normal. Ou encore ne pas regarder du tout. Il se sentait si petit. Si maladroit. Si malheureux.

«Ça y est. Pompe l'huile... J'vais vérifier si la ligne est bien remplie.»

Il obéit tandis que l'homme s'engouffrait la tête dans la carlingue avec une lampe de poche.

«Arrête. C'est correct», conclut-il. Puis il s'essuya lentement les doigts avec une guenille en le détaillant des pieds à la tête.

«Tu viens souvent ici, toi.

— Euh... oui.»

Il eut l'impression de confesser un acte répréhensible. Un acte qui lui apportait une jouissance interdite et le tenait sous sa domination. Un acte qu'il commettait souvent.

Il remarqua que l'homme était effectivement très grand. Plus grand que lui qui faisait six pieds juste. Il ramassa son courage pour le regarder en face et rencontra un sourire et des yeux d'un bleu surprenant. Intense et lumineux. Des yeux qui le paralysaient. Peut-être était-ce à cause du reste du visage qu'il restait pris dans ces yeux-là. Mais, indéniablement, il n'osait débarquer de ce regard, tout comme on n'ose abandonner un chemin de peur de s'embourber hors piste.

«Aussi bien essayer si ça fonctionne. Monte.»

Il croyait rêver. Surtout lorsque l'homme lui offrit le siège de gauche, réservé aux élèves. Il n'en espérait pas tant. Il avait seulement envisagé de pouvoir étudier les cadrans derrière la glace. Aussi, quelle ne fut pas sa joie de voir s'éveiller l'aiguille du tachymètre quand l'homme démarra le moteur. C'était formidable: le cockpit vibrait à l'unisson avec cette corde de son âme dont il ne connaissait pas l'existence auparavant. Ils roulèrent au sol jusqu'en bout de piste, effectuant maints freinages en cours de route.

«On va essayer de faire un tour. Boucle ta ceinture.»

Pendant que l'instructeur accomplissait les vérifications d'usage avant le décollage, il risqua un regard à la main gauche de cet homme et fut soulagé de la voir indemne. C'était une main puissante et belle avec un duvet couvrant les phalanges. Il souhaita que tout le côté gauche ait échappé aux morsures des flammes et jeta un regard furtif qui le rassura.

Lorsque cette main enfonça la manette des gaz dans le tableau de bord, l'avion vibra de plus belle, tout comme la corde de son âme, et, instinctivement, il appuya son front contre la glace de la portière pour voir la roue multiplier ses révolutions au sol, noyant bientôt dans un fond de couleur beige les cailloux qu'il distinguait en début de course.

À l'instant précis où il vit cette roue se détacher du sol, il comprit le mot «décollage» et la regarda tourner dans le vide puis s'immobiliser. C'était incroyable! Inconcevable moins d'une centaine d'années auparavant! Cet avion venait de défier les lois de l'attraction terrestre en s'envolant malgré son poids. Cela le fascinait. Cela tenait du miracle, du prodige. Cet homme à ses côtés était un magicien, un initié, un être extraordinaire qui n'avait rien en commun avec lui, le bûcheron aux bottes pesantes. Qu'il était impressionné, émerveillé, ému! Que de fois, assis dans l'herbe, il avait imaginé ce moment! Que de fois il avait même élaboré le fantasme de suivre des cours!

«J'aimerais apprendre à voler.»

Sottise! Cette phrase lui avait échappé. Il ne pouvait pas la reprendre et, telle une enfant écervelée, elle allait le couvrir de ridicule aux yeux de cet homme. Quoi donc? Ce bûcheron maladroit qui a eu l'indécence de le dévisager avait maintenant la prétention de vouloir suivre des cours! Quelle farce!

Il souhaita que le vacarme du moteur ait couvert le son de sa voix et contempla les voiles vaporeux qui s'effilochaient sur le capot.

«On n'peut monter plus haut. Tiens, amuse-toi à virer.»

L'homme lui laissa les commandes, s'appuya contre la portière, tenta gauchement d'étendre ses jambes et se mit à bourrer une pipe.

C'est avec beaucoup de respect qu'il posa, pour la première fois, ses mains sur le volant. Ses doigts tremblaient. L'homme alluma sa pipe et l'odeur du tabac se mêla à celle de sa lotion après-rasage. L'encens de sa nouvelle religion embauma aussitôt le cockpit et il dirigea son regard vers le grand prêtre à ses côtés. Vers celui qui pouvait l'initier à cet ancien rêve fou des hommes.

Le profil intact de son compagnon le désarçonna. Le gêna. Vu sous cet angle, cet homme était beau. Très beau même, et il eut doublement honte de n'avoir remarqué jusque-là que le côté monstrueux. Pourtant, lorsque l'homme tourna son visage vers lui, il s'empressa de retomber dans les yeux, évitant de voir les cicatrices de la joue et du cou.

«C'est facile; si tu veux tourner à gauche, tu n'as qu'à faire ça.»

L'homme inclina le volant vers la gauche. L'avion chavira sur une aile. «Vas-y. Amuse-toi.»

S'amuser ne correspondait pas à ce qu'il ressentait. À ce qu'il vivait. Cet homme n'avait aucune idée de ce qui habitait le cœur du bûcheron à ses côtés. Peut-être qu'aux yeux du notaire et des autres élèves cet engin n'était qu'un immense jouet, mais pour lui il représentait quelque chose de sacré, de magique, d'unique. Le moment était privilégié, mémorable. Pour la première et la dernière fois de sa vie, il évoluait comme un oiseau dans l'espace. Ce qu'il fit maintes fois, éprouvant un bonheur grandissant à chaque virage.

«Bon. Ramène-moi à la piste, maintenant.»

Le grand prêtre demandait, ordonnait, le soumettait à une épreuve. Il n'avait d'autre désir que de le satisfaire et il cherchait vainement la piste. À force de tourner sur un bord et sur l'autre, il ne savait plus trop où elle se situait.

Il se sentait comme un enfant de chœur ayant perdu la patène et il scrutait fébrilement le paysage. Il devait trouver la piste, terminer la messe en beauté. Enfin, il reconnut la rivière du Lièvre, puis l'île Bell, puis la route 117 et finalement le champ de course, tout près de l'aéroport.

«Continue en ligne droite», lui conseilla l'instructeur en tirant la manette des gaz. L'avion perdit de l'altitude. Tendu, crispé, il fixait la piste qui approchait. Allait-il atterrir?

«Laisse tes mains là. Résiste pas. Suis le mouvement et laisse-moi faire, O.K.?

— O.K.»

L'appareil descendit, flotta un moment au-dessus du sol et le toucha doucement. «*Ite missa est*, allez en paix.» Mais plus jamais il n'irait en paix.

«C'est facile: je te montrerai si tu veux apprendre.»

Le temps était venu pour lui de remettre les pieds sur terre.

«J'ai dit ça comme ça. J'suis pas instruit pis pas riche.

— Tu sais lire et écrire?

— Oui. J'ai ma septième année.

— C'est suffisant.»

C'est à partir de cette phrase qu'il s'est vu à la remorque de cet homme. Qu'il l'a suivi jusqu'au bureau pour remplir le formulaire d'inscription et se renseigner sur les tarifs. «Tu me rapportes un certificat médical de ce médecin-là et ton certificat de naissance pour me prouver que t'es un vrai poisson d'avril.» Tout allait vite. Il acquiesçait à tout, partageant son attention entre les photos d'avions sur fond de soleil couchant et les yeux de l'instructeur, car, depuis qu'ils étaient revenus au sol, il était incapable de faire abstraction du côté brûlé de son visage.

Il n'en revenait pas: savoir lire et écrire suffisait. La barrière de son ignorance cédait et laissait pénétrer dans son cerveau des mots savoureux tels que «permis d'élève pilote», «vol en double commande», «manuel d'apprentissage». Il se laissait envoûter, emporter par ces mots et calculait mentalement comment augmenter ses revenus.

Oui, c'est à partir de cette phrase qu'il s'est vu sous la tutelle de cet homme étrange. «Tiens, je te prête mon *Plein vol*[2].» Cet homme qui lui facilitait les choses et qui, vraisemblablement, tenait à ce qu'il devienne son élève. «Tu t'es bien débrouillé. Je crois que j'aurai du plaisir à t'enseigner.» Cet homme mystérieux dont il ne savait rien et qui l'intimidait grandement. Cet homme à qui il avait l'impression de livrer son âme.

Cet homme qui, d'un côté, avait l'air d'un diable, et, de l'autre, d'un grand prêtre. Cet homme pour qui il ressentait une répulsion viscérale et un attrait irrésistible. Cet homme qui le prenait et le gardait dans ses yeux.

Oui, c'est à partir de cette phrase que tout a commencé vraiment. Qu'était-il alors aux yeux d'Émile? Un garçon naïf, docile et complexé qu'il pourrait façonner à sa guise, ou un élève doué qu'il aurait plaisir à former?

Lorsqu'il adopte le point de vue de son avocat ou peut-être maintenant celui de son agent de gestion de cas, il voit Émile comme un esprit machiavélique, un diable portant les marques de l'enfer sur son visage. Un diable qui, comme Dieu, savait de quoi il rêvait quand il était assis dans l'herbe, face à la piste. Qui, comme Dieu, savait qu'il signerait le formulaire d'inscription après avoir tenu les commandes dans ses mains. Un diable qui lui avait administré une drogue puissante à petites doses et en avait

---

2. *Plein vol*: manuel d'apprentissage au vol écrit par Pierre Rivest (Éditions canadiennes de l'Air).

fait son esclave. Un diable qui l'avait persuadé, qui l'avait rassuré. «C'est facile, je t'apprendrai.» Un diable qui l'avait d'abord repéré. Qui avait entendu vibrer doulou-reusement la corde de son âme chaque fois qu'un avion s'envolait. «Tu viens souvent ici, toi.»

Émile avait-il été cet être diabolique qui s'était servi de lui? Avait-il été ce monstre qui l'avait cueilli au berceau de sa vie de pilote? Ou avait-il été plutôt ce grand prêtre qui avait entendu la supplique de son âme? Ce grand prêtre qui l'avait baptisé à l'espace, initié aux secrets du vol, encensant l'habitacle de son parfum de tabac et de lotion après-rasage. Ce grand prêtre silencieux et calme, appuyé contre la portière, qui demandait: «Ramène-moi à la piste.» Ce grand prêtre qu'il vénérait et admirait. Ce grand prêtre qui était beau et présentait un profil parfait. Qu'a-vait été Émile, cet homme aux deux visages? Cet homme beau, cet homme laid. Quel côté du visage rendait le vrai Émile? Celui qui était brûlé et qui faisait qu'on restait pris dans ses yeux, ou celui qui était indemne et intimidait?

Il ne veut pas avoir été un instrument. Ne veut pas voir Émile comme un diable à qui il aurait vendu son âme. Ce n'est pas cela, la réalité. Émile a tout simplement été... Qu'est-ce qu'il a été, au juste? Est-il en train de devenir fou dans cette cellule? Émile a tout simplement été son instructeur. Ce sont les autres qui ont inventé cette histoire insensée, se basant sur le fait qu'il avait été son élève particulier; celui à qui il donnait des cours privés et gratuits.

Il revoit l'expression de l'agent de gestion de cas quand il disait: «Ah oui? Pour rien?»

En effet, le comportement d'Émile était incompré-hensible. Pourquoi s'occupait-il plus de lui que des au-tres? Pourquoi, dès le premier cours théorique, lui a-t-il fait don de son amitié et de son aide?

56

Ah! Comment oublier ce fameux cours théorique qui l'avait tenu éveillé après qu'il eut feuilleté le manuel d'apprentissage auquel il n'avait rien compris? Dans quel guêpier s'était-il jeté? Savoir lire et écrire ne suffisait pas: cet homme l'avait leurré, escroqué. Il lui en voulait et regrettait déjà d'avoir déboursé vingt dollars pour son examen médical. Il n'était pas de taille à suivre ces cours et, cette nuit-là, il rêva de mademoiselle Massicotte qui lui tapait les doigts. «Grand niaiseux! Tu ne sais même pas épeler "éléphant" et tu penses devenir pilote.» De nombreux coups de baguette avaient ancré en lui la certitude d'être inapte aux études et, au petit matin, il ne lui restait qu'une seule solution: remettre cette bible hermétique à son propriétaire.

Le cours avait lieu à la polyvalente Saint-Joseph, l'ancien séminaire. Il était ému à l'idée de gravir les escaliers qu'avaient gravis avant lui des légions d'hommes instruits, destinés à la prêtrise ou aux professions. Lui, il n'avait que sa septième année et le rêve avorté d'un cours à l'École d'Agriculture. Il se sentait un intrus et, n'eût été le livre qu'il devait remettre, il n'aurait même pas ouvert la lourde porte d'entrée.

Il se retrouva dans un local avec les autres élèves pilotes et s'assit au premier pupitre du bord. Que faisait-il là, parmi ces gens aisés, ces bourgeois et professionnels qui détenaient des diplômes? Il reconnut le notaire, un médecin, la femme d'un riche commerçant, et nota qu'ils avaient tous un *Plein vol* neuf. Le sien était usagé et portait le nom d'Émile Simard sur la page couverture. Ces gens n'étaient pas de sa classe, de son milieu. Ils allaient comprendre ce que lui ne comprendrait jamais. Ces gens étaient de la classe de mademoiselle Massicotte. Il n'était pas à sa place parmi eux.

Quelqu'un vint s'asseoir sur son pupitre. Il vit une paire de jeans et une main mutilée.

«Tu permets?»

Doucement, Émile s'empara de son livre pour le consulter. Il portait un simple T-shirt et un cordon de cuir tressé au cou: lui non plus n'était pas de la classe de ces gens.

Le voyant absorbé par la lecture, il résolut d'attendre pour lui faire part de son intention d'abandonner le cours. Son regard désœuvré détermina l'usure des jeans et remarqua des bottes de cuir semblables aux siennes.

«T'as pas dû comprendre grand-chose là-dedans, hein? dit Émile en lui remettant le livre.

— J'ai rien compris. J'pense pas que... que j'vais rester.

— Reste pour ce cours-ci... Après, tu verras.»

Il est resté et, curieusement, il comprenait lorsque Émile expliquait au tableau. Celui-ci dessinait beaucoup, employait des mots simples et des comparaisons pertinentes. Il décortiquait chaque phrase et la traduisait en un langage clair. C'était si simple lorsqu'il parlait. Si compliqué quand on lisait.

De temps à autre, il se penchait par-dessus son épaule pour voir où il en était rendu dans le manuel et ce geste lui donnait l'impression d'être le chouchou de la classe. Mais qu'avait-il fait pour bénéficier d'une telle exclusivité? Ses maigres ressources avaient-elles inspiré de la pitié? Il souhaita que oui chaque fois que l'homme se penchait derrière lui, chaque fois qu'il lui laissait son parfum de lotion après-rasage et la chaleur troublante de sa main sur son épaule. Il souhaita que ce fût de la pitié et non une préférence anormale d'un homme envers un autre. Pourtant Émile n'avait rien d'un efféminé, au contraire. Il était très athlétique, large d'épaules, bien musclé, et les poils noirs qui recouvraient ses avant-bras lui donnaient une apparence très virile. Non, Émile n'avait rien d'un homosexuel. Ni dans son physique ni dans ses gestes. C'était ce parfum insistant qui le dérangeait, ainsi que ce désir évident de s'occuper de lui. Jamais, parmi les bûcherons, il n'avait expérimenté un contact si familier.

À la pause café, alors que le groupe d'élèves se rendit à la cafétéria avec leur professeur, il dénicha des feuilles récupérables dans la corbeille à papier et se mit à copier les dessins du tableau et à refaire ceux dont il se souvenait. Il balança par-dessus bord le souvenir de mademoiselle Massicotte avec sa baguette et décida de poursuivre les cours théoriques.

Il relisait les paragraphes qu'Émile avait expliqués et les comprenait. C'était merveilleux! Jamais il n'aurait cru être en mesure de comprendre un jour ces textes obscurs et voilà que, grâce à cet homme, il accédait à la connaissance. Voilà que, grâce à cet homme, il abordait un domaine dont il avait été exclu par une demoiselle pincée. Voilà que, grâce à cet homme, il se révélait à lui-même. Se découvrait et découvrait sans frémir son intention de devenir pilote. Peu lui importaient le prix à payer, les efforts à consentir, il voulait désormais gagner sa vie en pilotant. Cela ne lui apparaissait plus absurde ni irréalisable. Émile n'était-il pas de sa condition? Ne chaussait-il pas des bottes semblables aux siennes? Ne parlait-il pas un langage voisin du sien? Oui, il était décidé à devenir pilote et il attendait anxieusement le retour du groupe. Autant il manquait d'assurance en pénétrant dans la polyvalente, autant maintenant il en avait à revendre. Sa décision était prise. Et bien prise comme du ciment. Rien ni personne ne le ferait renoncer. Ni le manque d'argent, ni sa mère, ni la famille pendue à ses reins. Il y avait moyen d'augmenter ses revenus. Ne venait-il pas de payer le mariage double des jumelles en travaillant le soir à la construction de chalets et en vendant des terrains sur les rives du lac? Pourquoi n'en ferait-il pas autant pour lui-même? Pour son propre avenir? Oui, sa décision était prise et il avait hâte d'en faire part à quelqu'un.

Le groupe revint enfin pour la suite du cours. Attentif aux moindres paroles de l'instructeur, il copiait fidèlement chaque nouveau dessin, friand de ces connaissances capables de développer une seconde nature chez lui: celle d'un être volant. Trop vite à son goût, une sonnerie mit fin à l'enseignement d'Émile, qui leur annonça l'annulation des trois prochains jours de vol.

«Je dois aller à Montréal... Ceux qui avaient des heures pour ces jours-là, arrangez-vous avec le *dispatcher pour les reporter.*»

Il était de ceux-là et il perçut la déception des autres qui s'apparentait à la sienne. Étrangement, il se sentit uni à eux malgré la différence de classe sociale.

Le local se vida. Il entendit qu'on invitait l'instructeur à aller prendre une consommation. Il aurait aimé les accompagner mais il n'avait pas terminé et, de toute façon, on ne l'avait pas invité.

Concentré sur son travail, il n'entendit pas revenir Émile et il sursauta lorsque celui-ci approcha une chaise en face de lui et s'y assit à califourchon.

«Excuse. J't'ai fait sauter.

— J'étais sûr que vous étiez allé prendre un verre avec les autres.

— Non... J'pars pour Montréal tantôt.

— J'avais ma première heure de vol demain.

— Je reviendrai. Remets ça le plus tôt possible. Faut absolument que je descende... C'est de la mortalité dans la famille.

— Ah!»

Il vit de la tristesse dans le regard bleu qui piégeait le sien et s'en voulut d'avoir été déçu pour son heure de vol.

«Montre tes dessins. Ça va?

— Oui.

— C'est bien. Avec un dessin, on comprend toujours mieux. Est-ce que tu vas revenir?

— Oui... Je veux devenir pilote.»

Il épia les réactions de l'homme.

«Tu veux gagner ta vie en pilotant?

— Oui.

— Parfait. Fais-moi confiance. J'vais faire de toi un sacré bon pilote, Luc.»

Plus rien maintenant ne l'arrêterait. Le grand prêtre le prenait en charge. Ou était-ce le démon qui mettait main basse sur son âme?

«Est-ce qu'il y a des choses que tu n'as pas comprises? Faut jamais rester sur quelque chose qu'on ne comprend pas. Vois-tu, ce soir, la plupart n'ont pas compris quelque chose mais personne n'a osé poser de questions. C'est l'orgueil qui fait faire ça... mais ça apprend mal avec l'orgueil.

— Mais ce sont des gens instruits, eux.

— Des gens qui n'en savent pas plus que toi en aviation. Vous êtes tous ignorants en ce domaine. Alors, qu'est-ce que tu n'as pas compris?

— Y'a des mots... comme "parallèle".»

Ce fut le premier cours privé, qui dura jusqu'à ce que le concierge les mette à la porte.

«Vous allez partir tard, finalement.

— Oh! Ça changera rien à sa mort.»

Il pensa à cette consommation qu'Émile aurait pu prendre en compagnie des autres élèves pilotes. Consommation qui, à défaut de le consoler, l'aurait peut-être distrait de ce décès. Pourquoi avait-il perdu son temps avec lui?

Ils marchaient côte à côte le long des corridors et, comme il était à sa droite, il n'osait pas le regarder, ce qui rendait étrange toute conversation et très pénible le moindre silence.

«Faut que tu étudies.

— Oui, oui. Promis.

— J'te laisse mon livre. Attarde-toi où j'ai souligné.

— Oui, j'vous remercie.

— Pis cesse de me vouvoyer; j'ai rien que trente ans, après tout.

— Très bien. J'te remercie.

— T'as quel âge, toi?

— Vingt ans.

— C'est un bel âge pour apprendre.»

Ils descendirent les escaliers de marbre et se retrouvèrent dans le portique. C'est alors qu'Émile se retourna vers lui et le dévisagea carrément. Il n'eut d'autre possibilité que de se réfugier dans ces prunelles d'un bleu intense et lumineux.

«Écoute, Luc, j'ai l'impression de t'faire peur...

— Non, ben non.

— Pense pas à mal parce que j'm'occupe de toi... Vois-tu, ce matin, c'est mon jeune frère qui est mort et... et j'aurais bien aimé lui enseigner ce que j't'enseigne... mais il ne pouvait pas apprendre: il était mongolien.

— Je... je suis désolé.

— C'était mon p'tit frère et je l'aimais beaucoup malgré son handicap. Maintenant, si tu veux bien, ce sera toi mon p'tit frère. J'sais que ça peut te paraître bizarre mais j'veux vraiment t'aider et j'sais que j'peux t'aider. J'sais que j'peux faire de toi un sacré bon pilote. Mais tu dois m'accorder ta confiance. Tu dois me laisser faire.»

Ce disant, il lui avait posé la main sur l'épaule avec beaucoup de chaleur et l'avait longuement sondé du regard. Il ne savait que dire à cet homme qui avait le pouvoir de le métamorphoser en oiseau.

«Alors, ça te va, p'tit frère?

— Oui, ça me va... J'te fais confiance.»

À qui promettait-il sa loyauté, son obéissance? Au grand prêtre clairvoyant qui en avait fait son élu malgré sa méfiance? Au diable qui avait exploité sa flagrante naïveté? Ou encore à un homosexuel qui s'était assuré sa reconnaissante sujétion? À qui?

À qui? Que de fois, depuis le procès, s'est-il posé cette question! Qui était Émile? «Nom, prénom, lieu d'origine? Vous jurez de dire la vérité, toute la vérité?» Émile avait levé sa main mutilée et prêté serment.

Rusé, l'avocat de la défense le harcelait de questions. «Vous admettez vous être occupé spécialement de Luc Maltais? — Oui. — Vous saviez qu'il était sans instruction et sans le sou. Pourquoi l'avez-vous pris en charge? Est-ce par pure générosité de votre part? — Non. C'est parce qu'il était doué. — Vraiment? — Oui, vraiment... Quand on part solo après sept heures de vol, on est forcément doué. — Qu'est-ce que vous entendez par "partir solo"? — Ben, c'est quand un élève part tout seul pour la première fois aux commandes de l'avion. — Et combien d'heures d'instruction en double commande cela nécessite-t-il habituellement? — Une douzaine d'heures en moyenne. — Donc, il était doué. Parlons de vous maintenant. Pourquoi êtes-vous revenu à l'instruction? — Parce que j'en avais envie. — Est-ce que Luc était un bon élève? — Oui, très bon. — Il vous obéissait toujours? — Oui. — Même lorsqu'il transportait de la drogue? — Objection, Votre Honneur!» Émile se voyait accusé, éclaboussé par son crime. La honte et les soupçons rejaillissaient sur lui et il avait l'allure piteuse d'un albatros au sol assailli de corbeaux. «Où travailliez-vous avant d'être instructeur à l'école satellite de Mont-Laurier? — J'étais à Frobisher Bay. — Sur quel type d'appareil? — Un DHC-3. — Expliquez à la Cour ce qu'est un DHC-3. — C'est un hydravion communément appelé Otter. — C'est un gros ou un petit avion? — Gros. Pour la brousse. — Combien de passagers peut-il transporter? — Onze. — Ça doit être excitant à piloter? — Oui. — Pas mal plus que les Cessna 150 de l'école, des biplaces. — Ça dépend. J'aimais enseigner. — Est-ce que c'était plus payant? — Non. — Moins payant? — Un peu. — De toute façon, vous avez dit que l'aviation de brousse n'était pas payante, est-ce exact? — Oui. — Donc, vous n'êtes pas tellement riche vous non plus? — Non, pas tellement. — Et, par pur amour de l'instruction, vous vous exilez à Mont-Laurier, car vous êtes originaire de Pointe-Saint-Charles, n'est-ce-pas? — Oui. — Un quartier défavorisé. — Oui, un quartier défavorisé. — Et là, vous rencontrez ce jeune homme doué qui a soif d'apprendre et vous vous occupez particulièrement de lui, même s'il n'a pas d'argent pour payer les cours privés que vous lui donnez. C'est un beau geste de votre part. Êtes-vous un philanthrope, monsieur Simard? — Un quoi? — Quelqu'un qui aime l'humanité. — J'sais pas. — Vous avez pratiqué la boxe? — Oui. — Je me demande si les philanthropes s'amusent à tabasser leurs semblables. Disons que la boxe était un sport que vous pratiquiez. Quels étaient vos tarifs pour une heure de vol? — Trois dollars. — Et pour une heure de cours théorique? — La même chose. — Et pour Luc? — Pour lui, c'était rien. — Pourquoi? — Parce qu'il était doué, je l'ai dit tantôt. — Parce qu'il était doué et sans le sou? — Oui. — Vous saviez qu'il avait des problèmes d'argent? — Oui, j'le savais. — Est-ce que ce n'était pas utopique de lui laisser croire qu'il pouvait devenir pilote professionnel? — Non, ce n'était pas utopique... Je suis moi-même issu d'un milieu pauvre et j'ai réussi. Y'a toujours moyen, quand on veut. — C'est ce que vous disiez à Luc? — Oui. — Même si les moyens sont illégaux? — Objection, Votre Honneur!»

Toutes les réponses d'Émile étaient sujets de controverse vite tournés en ridicule. Du box des accusés, il assistait, impuissant, à l'assaut de ces corbeaux armés d'arguments contre l'albatros malhabile qui se laissait picorer de gauche et de droite. De leur bec savant, les avocats s'emparaient des paroles de ce dernier et les disséquaient à la lumière de la logique. À la lumière de la froide raison qui réfutait l'amitié. «Apparemment, vous aviez pris l'habitude d'appeler Luc "p'tit frère". Est-ce exact? — Oui. — Pourquoi "p'tit frère"? Aviez-vous un lien de parenté quelconque avec lui? — Non, aucun lien. — Alors, pourquoi "p'tit frère"? — Comme ça... parce que je l'avais adopté à la mort du mien.»

Il se souvient clairement de cette réponse car, au lieu de regarder l'avocat, Émile l'avait longuement regardé, lui, dans le box des accusés. Il se souvient de ce regard de grand frère posé sur lui. Ce regard indulgent et bienveillant qui l'avait adopté le soir du premier cours théorique. Oui, Émile avait été un grand frère avant ce maudit procès. Un grand frère qui le prenait sous sa tutelle et sa protection. Sous ses soins et ses ordres. Un grand frère aigle qui le prenait sous son aile savante et lui enseignait les secrets du vent. Et, tel l'oisillon, il se laissait former et entraîner, le suivant partout, docilement et attentivement, comme il avait jadis suivi son père dans les champs et comme ses jeunes frères le suivaient. Passer d'aîné à «p'tit frère» avait été une mutation facile, intimement et exclusivement liée à l'aviation. Face aux siens, il demeurait l'aîné avec tout ce que cela comportait d'obligations et de responsabilités, mais, face à Émile, il était vraiment comme son petit frère et cette relation le libérait d'un fardeau incroyable tout en facilitant son apprentissage.

Le vol en double commande lui avait révélé un maître patient et calme qui jamais ne levait le ton, jamais n'avait de geste brusque. Un maître qui exécutait la manœuvre à apprendre avant de la lui laisser expérimenter. Un maître exigeant qui le corrigeait sans cesse, qui le polissait jusqu'à la perfection. «Recommence. Garde ton altitude. Surveille ta vitesse. Corrige ton cap.»

Avec le temps, il s'était familiarisé avec l'odeur de lotion après-rasage qui s'amalgamait à celle du tabac à pipe. Elle le grisait, le stimulait, lui dilatait le cerveau autant que les narines. Elle était vraiment devenue l'encens de sa nouvelle religion et il la respirait à pleins poumons comme un chien qui savoure respectueusement l'odeur du maître. Et il était là, le maître, à ses côtés. Seul avec lui dans un petit habitacle suspendu à une paire d'ailes. Serré, collé sur lui, quelque part dans l'espace. Là, avec son profil de grand prêtre. Là, à l'initier, le guider, le sonder. «T'as eu peur, p'tit frère? — Oui. — C'est bien.» Là, avec son bras gauche lui entourant les épaules et sa main éloquente le pressant ou lui frottant les cheveux. Et lui il se livrait, s'abandonnait tout entier, accordait sa foi et sa confiance. Oui, il avait eu peur lors de la première vrille[3]. Une peur qui l'humiliait mais qu'il ne pouvait

---

3. Vrille: figure de voltige aérienne dans laquelle l'avion descend à la verticale tout en tournant sur lui-même.

cacher. «C'est bien», avait dit Émile. Puis, par la suite: «C'est normal d'avoir peur. Un pilote qui a jamais eu peur, eh bien! ça me fait peur à moi; c'est soit un menteur, soit un fou. J'connais pas un pilote qui a jamais eu le trou d'cul serré.» Cette expression l'avait frappé car elle contrastait grandement avec l'auréole d'excellence et d'infaillibilité dont il avait entouré son maître. «Toi, t'as déjà eu le trou d'cul serré? — Est-ce que j'ai l'air d'un fou ou d'un menteur? Ben sûr, moi aussi, à ma première vrille, j'en menais pas large.»

Cette confidence réajustait l'image d'Émile. Le ramenait sur un pied d'égalité. Tout comme lui, il avait eu peur à sa première vrille, croyant à une perte de contrôle quand l'avion s'était mis à tournoyer en piquant vers le sol. Tout comme lui, il avait cru devoir rendre, soit l'âme, soit son dernier repas. (Ça y est, on s'écrase! Dernière image à emporter: la terre comme une grosse toupie verte.) «C'est toi qui vas la faire, maintenant. Il faut que ton avion décroche pour entrer en vrille. Cabre. Cabre encore.»

Il cabrait. L'avion tremblait au son des avertisseurs de décrochage. Il le sentait vibrer dans ses mains comme une bête apeurée et doucement il tirait le volant vers lui pour l'amener à rompre avec la couche d'air qui le maintenait en vol. Coup de palonnier à gauche: l'avion lui obéissait, se détachait du ciel, chavirait et plongeait en tournant sur son axe longitudinal. Un tour, deux tours. La terre valsait à ses pieds. «C'est assez, arrête-la.» Pression sur le palonnier à droite pour cesser l'autorotation et laisser-aller de la colonne de contrôles pour reprendre de la vitesse.

L'accélération de sa pesanteur l'enfonçait dans le siège. Qu'il était lourd! Physiquement lourd tandis que son âme s'élevait et s'enivrait du sentiment exaltant de la puissance. Il venait de maîtriser sa peur, de maîtriser l'appareil. De *se* maîtriser. «C'est beau, p'tit frère; on rentre, maintenant.» Et, en bon élève, il reprenait le chemin de la piste, tout content d'avoir satisfait aux exigences de l'instructeur. Il était fier, tellement fier de lui, et il accomplissait un circuit parfait, à mille pieds juste d'altitude. À n'en pas douter, il réussirait également son atterrissage.

En effet, il avait touché le sol avec un tel brio qu'Émile l'avait applaudi. L'euphorie le gagnait, l'envahissait des pieds à la tête, le transportait aux portes de la félicité tandis qu'il roulait au sol vers l'aire de stationnement. «*Wow!* La belle fille que voilà!», s'était exclamé Émile. Et là, sa joie à lui s'écrasa net à la vue de cette fille qui n'était pas pour lui. Cette fille à qui il avait fait accroire qu'il était pilote. Machinalement, il porta la main à ses cheveux qui n'avaient guère allongé en l'espace d'une semaine. Il tenta de l'ignorer bien qu'elle agitât la main dans sa direction. «Tu la connais? C'est ta blonde? demanda Émile. — J'la connais mais c'est pas ma blonde.»

C'est à peine si elle lui laissa le temps de descendre de l'appareil. «Oh! Luc! Fais-moi faire un tour d'avion; j'aimerais tellement ça! — Vous êtes pas sérieuse, mademoiselle?», l'interrompit Émile.

Elle eut un mouvement de recul en apercevant ce grand bonhomme qui s'étirait au soleil et ne put masquer la répulsion que suscitaient les cicatrices. Émile s'en aperçut et détourna la tête de manière à lui présenter son profil intact. «J'vois pas pourquoi j'pourrais pas faire un tour avec lui», répondit-elle avec une légère pointe d'effronterie envers l'intrus qui s'immiscait entre elle et le pilote. «Parce qu'il n'est pas encore prêt», expliqua Émile en riant.

Mystificateur démasqué, il vit la déception, la colère dans le visage de cette fille qui n'était pas pour lui. Il baissa la tête, laissa choir son regard dans l'herbe et souhaita être magiquement transformé en fraise pour se confondre avec celles qu'il piétinait. Pourquoi était-elle venue le retrouver? Pourquoi ne s'était-elle pas contentée du rêve qu'il lui avait laissé? Le rêve d'avoir dansé dans les bras d'un pilote. Le rêve qu'elle aurait rapporté à la ville comme un souvenir de vacances.

C'était bête comme situation. Vraiment inopportun comme rencontre. Et Émile qui riait. Il n'y avait là rien de drôle. Cette fille allait sûrement le gifler, le cribler de bêtises.

«Moi, j'peux vous faire faire un tour, mais si vous voulez absolument avoir Luc, il vous faudra attendre qu'il ait sa licence.

— C'est vous le pilote?

— Oui, mademoiselle, c'est moi le pilote.»

Il voulait mourir et il s'agenouilla pour ramasser des fraises. C'était stupide comme geste mais il n'avait rien à dire pour sa défense. Son mensonge était mis au jour, dévoilé, exhumé à la face d'Émile et de cette fille. Son mensonge faisait de lui un être faible. Un être complexé qui s'était renié pour prendre sa force dans la peau d'un autre. Dans la peau d'un pilote. Et le vrai pilote riait tandis que la fille qu'il avait voulu épater apprenait brutalement qu'il n'était qu'un imposteur.

Il se sentait piteux, minable, misérable, et il offrit sa cueillette en guise d'acte de contrition. «Pilote, hein?», dit-elle en l'acceptant. D'une œillade moqueuse, elle mit encore le feu à ses oreilles puis pigea une fraise. «Si elle la mange, pensa-t-il, c'est qu'elle me pardonne.» Et tout son être se cramponna au petit fruit rouge qui ressemblait au cœur de l'embryon d'oiseau qui avait voulu la faire rêver. Tout son être se concentra sur ce petit fruit qu'elle porta à sa bouche et, lorsqu'il le vit glisser derrière la prison d'émail des dents, il sentit l'amour fondre sur lui. Le couler dans un moule inconnu.

Émile s'était éclipsé.

«C'est quoi ton vrai métier?

— Bûcheron... mais j'suis élève pilote. On vient juste de pratiquer les *spins*[4].»

Cela lui redonnait confiance.

«C'est quoi, ça, des *spins*?

— Oh! C'est une manœuvre assez épeurante. L'avion tombe en tournant sur lui-même.

— Et tu viens de pratiquer ça?

— Ouais... Émile me trouve pas mal bon.

— Y'est instructeur en plus, ce gars-là?

— Oui.

— C'est pas un gars d'ici certain.

— Non. Il vient de la ville... comme toi.

— Moi? Venir d'la ville? T'es malade! J'suis d'la région.

— Ah! J'pensais pas.

— J'ai l'air d'une fille d'la ville?

— Euh... oui.»

Oui, parce qu'elle était différente des filles de son village et parce qu'elle avait le pouvoir de l'intimider et de le fasciner.

«Tu viens prendre un café?

— Oui.»

---

4. *Spin*: vrille.

Et parce que c'est elle qui faisait l'invitation, elle qui l'avait retracé jusqu'ici, elle qui était venue le chercher pour danser.

Il la suivait, les mains dans les poches, comme un enfant repentant. S'insurgeait en lui sa virilité offusquée. Quoi donc! Cette fille s'emparait du rôle qui lui était traditionnellement réservé! Qu'avait-il donc à la suivre, lui qui cueillait habituellement les cœurs et non des fraises, par embarras?

Par dépit ou revanche, il braqua son regard sur la paire de fesses que moulaient admirablement les jeans et sentit une nouvelle vague de chaleur déferler en lui. Ses genoux s'amollirent et c'est avec soulagement qu'il aperçut le restaurant.

La Sentinelle était en réalité un restaurant à double vocation, c'est-à-dire un casse-croûte et un comptoir. Par la fenêtre coulissante, Maurice, le propriétaire, y vendait les meilleures frites et hamburgers de la région, tandis qu'à l'intérieur sa femme servait de savoureuses soupes maison aux clients assis au comptoir et aux trois petites tables longeant le mur. Depuis la création de l'école satellite d'aviation, c'est là que se retrouvaient les élèves pilotes ainsi que leur suite de parents et d'admirateurs. C'est là que, blancs comme neige, ils tentaient de se ressaisir avec un café ou ingurgitaient une nourriture qu'ils allaient peut-être rendre dans le petit sac à vomir.

Hautement sociable, Maurice s'intéressait à tous, taquinait l'un et l'autre, et il devint vite comme une espèce de mascotte qu'on se devait de rencontrer avant ou après le cours d'apprentissage en vol.

«Pis, mon Luc, qu'est-ce que t'as appris aujourd'hui?

— Les *spins*.

— Ouille! Ouille! Ouille! Tu m'payerais cher pour essayer ça! Comment t'as trouvé ça?

— Assez raide, merci. Ce sera deux cafés.»

Il choisit la table du fond, espérant y connaître un peu d'intimité. Volubile, Maurice racontait que le notaire avait été malade dans l'avion, obligeant Émile à tout nettoyer. Comme le sujet n'avait rien pour exciter l'appétit des clients, sa femme s'empressa de lui lancer un regard sévère. Le restaurateur se tut et les laissa en paix.

Elle était devant lui, belle, beaucoup plus belle que dans son souvenir. On aurait dit que sa mémoire s'était empressée de l'estomper puisque, de toute évidence, elle n'était pas pour lui. Il eut un certain remords à s'être attardé aux fesses, comme si cela pouvait avoir été un affront envers ce visage harmonieux et intelligent. Tout était adorable chez elle, des petites taches de rousseur poivrant son nez et ses joues jusqu'à cette épaisse tignasse fauve qui lui avait chatouillé le menton lorsqu'il avait dansé avec elle.

Elle eut un moment de gêne.

«Tu dois me trouver osée de t'avoir relancé jusqu'ici.

— Pis toé, tu dois m'trouver menteur d'avoir inventé que j'étais pilote.»

Elle se mit à rire en caressant distraitement l'anse de la tasse.

«T'aurais dû voir ta face quand tu m'as offert tes fraises. T'étais drôle à mourir.

— Pas trop déçue pour ton tour?

— Non, pas pour le tour. J'aurais aimé ça, c'est sûr, j'aurais aimé voir notre terre.

— Viens pas me dire que tu vis sur une terre en plus!

— Oui. Mon père possède une des plus belles fermes laitières de la région.

— Ah oui? C'est qui, ton père?

— Thomas O'Reilly. Tu connais?

— Si j'connais! Vous avez bien soixante vaches au moins.

— Oui.

— Oui, je connais; c'est un des plus beaux troupeaux de la région avec celui de l'École d'Agriculture. Comme ça, t'es la fille de Thomas?

— Oui. Tu sembles t'y connaître un peu.

— Moé aussi, j'reste sur une ferme, mais on a seulement une vache. C'était le rêve de mon père d'avoir une ferme comme la vôtre. J'étais même censé suivre mon cours à l'École d'Agriculture.

— Qu'est-ce qui est arrivé?

— Un accident bête. Mon père est devenu infirme, pis moé j'ai lâché l'école en septième.

— Pour devenir bûcheron?

— Oui. J'travaille avec mon oncle Mathias. C'est un *jobber*.

— Pis là, tu veux être pilote?

— En plein ça!

— L'École d'Agriculture te tente plus?

— Non. J'veux plus vivre sur une ferme.

— J'te comprends. Moi non plus.

— Ah non?

— Non. En septembre, j'm'en vais étudier au cégep. J'veux devenir professeur d'éducation physique.

— Tu parles d'une idée!

— Bah! C'est pas plus bête que de vouloir être pilote.

— C'est vrai. Tes parents, comment y prennent ça?

— Ils sont fiers. Et les tiens?

—Bah! Les miens...»

Il y avait autant de différence entre leurs parents qu'il y en avait dans le type de ferme sur laquelle ils habitaient. Autant comparer un bœuf à une grenouille. Depuis qu'il avait mis les siens au courant de son intention de devenir pilote, sa mère ne cessait de se plaindre, rappelant le petit pain pour lequel ils étaient nés, tandis que son père enterrait avec chagrin le grand rêve de sa vie.

Elle posa la main sur la sienne.

«Sont pas d'accord, c'est ça?

—Oui, c'est ça.

—Ça doit être dur.

—Très dur. Une chance que j'ai Émile.

—Ah, ton instructeur?

—Oui. Il m'encourage beaucoup.»

Elle retira sa main, avala une gorgée. Parler d'Émile semblait l'embarrasser. Il but à son tour, espérant tout à coup l'interruption joviale de Maurice.

C'est encore elle qui aborda le sujet la première.

«J'suis pas fière de moi pour tantôt.

—À propos?

—À propos de lui, quand je l'ai vu... Est-ce que cela a paru?

—Que tu le trouvais laid? Oui.

—Lui, est-ce qu'il s'en est aperçu?

—Oui... T'as pas remarqué qu'y s'est viré de bord?

—Oui, ben oui... J'étais assez mal. J'te dis que ça surprend. Qu'est-ce qui lui est arrivé, pour l'amour?

—Un accident bête... Une explosion pendant qu'y faisait le plein d'un avion.

74

—Pauvre homme! C'est pas drôle d'être arrangé comme ça. Ah! tu peux pas savoir comme j'me sens mal.

—Oh oui, j'peux! J'ai pas été mieux que toi la première fois que j'l'ai vu. J'm'en voulais.

—Il me semble que c'est encore pire d'la part d'une femme.

—C'est un homme qui paraissait bien, avant.

—J'ai pas r'marqué. Me semble que j'ai été bête. J'm'attendais tellement pas à ça. J'savais plus où regarder pis j'comprenais plus rien à ce qu'il disait. J'étais sûre que c'était toi, le pilote. J'espère qu'il t'arrivera jamais un accident comme ça.»

Et, de nouveau, la main douce se posa et il se risqua à la mettre en sandwich entre les siennes. Elle eut un sourire tendre.

«J'ai pas l'habitude de courir les gars.

—Ça doit plutôt être les gars qui te courent après.

—Oui, c'est vrai... Mais toi, t'es vraiment différent.

—Toé aussi, t'es différente.

—J'avais envie d'te connaître plus. J'me disais: "C'gars-là a quelque chose que les autres n'ont pas."

—Une licence de pilote?

—Non. C'est pas tellement ta prétendue licence de pilote qui m'a attirée. Bien sûr que ça fait son effet de danser avec un pilote, mais j'trouvais que t'avais l'air pur... Oui, c'est ça, t'avais l'air propre pis j'te trouvais tellement beau.»

Elle n'était pas la première fille à le lui faire savoir mais la première à le dire si franchement. Il fut reconnaissant à la nature de l'avoir doté d'un physique qui attirait le regard du sexe opposé. Grand, robuste, il présentait un charmant alliage de gamin et d'homme, autant dans ses cheveux encore très blonds qui avaient tendance à onduler que dans ses yeux d'un beau brun chaud qui savaient conquérir.

«Toé, t'es la plus belle fille que j'aie jamais vue... J'pensais jamais te revoir. J'me disais que t'en avais vu bien d'autres et que t'avais la chance de rencontrer des gars ben plus intéressants que moé. On n'est pas du même milieu, Sylvie. T'es instruite, pas moé. Tu viens d'un milieu aisé, moé j'bûche depuis l'âge de quatorze ans. On n'est p't'être pas faits pour être ensemble.»

Il se surprenait de mettre si clairement les points sur les i, mais le sentiment qui poussait la porte de son cœur était trop puissant pour se contenter d'un flirt passager et trop grave pour s'établir sur des bases chancelantes. Il était sur le point de s'élancer sur la piste de l'amour avec un grand A et, prudemment, il s'assurait un terrain solide où ne devait régner aucune confusion. Le mensonge n'avait plus sa raison d'être entre eux.

«Moi, j'crois qu'on est faits pour être ensemble parce qu'on a tous les deux un rêve à réaliser. Moi, il me reste quatre ans d'études à Montréal pour être prof d'éducation physique... mais j'veux le devenir coûte que coûte. C'est l'fun de bâtir son avenir, d'avoir quelque chose devant soi, tu trouves pas?

— Oui... C'est surtout l'fun de trouver quelqu'un qui respecte ce qu'on a devant soi.»

Il lui pressa les doigts et la porte de son cœur céda.

Sourd aux allégations de sa raison qui maintenait qu'elle n'était pas pour lui, il se soumettait à son regard vert, à ses lèvres sensuelles, à sa tignasse de lionne qu'il allait apprivoiser. Et, curieusement, ce sentiment le libérait de l'emprise qu'Émile exerçait sur lui.

«Moi aussi, j'peux t'aider, t'sais. J'ai mon secondaire V. Si t'as des mots que tu comprends pas, t'as juste à me téléphoner...»

76

Elle inscrivit son numéro sur la serviette de table. Il le mémorisa aussitôt, bien décidé à y avoir recours.

Bien décidé à se barder de ce puissant sentiment afin de se protéger de l'ascendant indubitable de son instructeur. Elle à ses côtés, il ne craignait plus le comportement insolite de cet homme.

Déjà, il avait hâte de lui apprendre qu'elle était maintenant sa blonde.

Elle à ses côtés, il s'épanouirait librement sans rien lui devoir.

Elle à ses côtés, il se voyait soulagé, dégagé de l'énigme que représentait Émile.

Mais maintenant elle n'est plus là. Elle n'est plus à ses côtés. La dernière fois qu'elle l'a été, c'était après l'écrasement de l'avion à bord duquel il transportait des stupéfiants. Et il était couché sur un lit d'hôpital avec une fracture du crâne.

Il se souvient qu'elle tremblait, elle la belle lionne apprivoisée. Encore une fois, il lui avait menti et, encore une fois, elle semblait disposée à lui pardonner. Mais il a fait claquer le fouet. «Tu vas réussir, Sylvie. Gâche pas ta vie pour moé. Va-t'en! Va-t'en! J'te ferai signe si ça va mieux.»

Depuis, elle n'est plus là, à ses côtés. Depuis, il est démuni, désarmé, vulnérable. Depuis, c'est Émile qui envahit tout entier sa cellule et son cerveau de prisonnier. Oui, c'est Émile qui retrouve son emprise. Il ne doit pas le laisser faire, Sylvie peut encore le protéger.

Il se lève brusquement, s'empare de la tablette à écrire et du stylo-bille.

«Chère Sylvie...»

Il rature, reprend fébrilement.

«Ma belle lionne...»

C'est ainsi qu'il l'appelait en fouinant sous la crinière rousse. Mais il a fait claquer son fouet. «Va-t'en! Va-t'en.» Il rature.

«Sylvie, tu me manques. Je m'ennuie beaucoup de toi. Ici, c'est...»

Il ne trouve pas de mot pour résumer l'endroit et il réfléchit. Il ne doit pas offenser les autorités de l'établissement, qui liront cette lettre.

«Ici, c'est plate. Je travaille à fabriquer des brosses et des balais.» (Autant faire savoir ce qu'il pense de cette besogne.) «On m'a fait passer des tests d'évaluation et d'orientation. J'ai demandé à faire mon secondaire.» (Faire savoir également jusqu'à quel point il est sérieux.) «Mon agent m'a questionné à propos d'Émile. Il va essayer de le retrouver dans le Grand Nord.»

Il rature rageusement jusqu'à percer le papier. Merde! Il ne peut pas mentionner ce nom, de peur qu'il ne devienne un sujet d'interprétation ou de diffamation. Cela le désoriente. Il avait tellement besoin de parler de lui à Sylvie. Comme si elle pouvait encore l'immuniser et le protéger. Tellement besoin d'exorciser ce grand diable qui s'approprie son âme. Mais à qui écrit-il cette lettre au juste? À Sylvie ou aux autorités pénitentiaires?

Il chiffonne la feuille, la lance contre le mur. Elle rebondit, roule par terre et s'arrête à ses pieds. Il se lève alors et se met à la traîner sous sa semelle.

C'est à Sylvie qu'il veut écrire. C'est à elle qu'il veut confier son tourment. À elle qu'il veut dévoiler ce mal en lui. Cet abcès douloureux qui a Émile pour cause et qui risque de se gangrener. C'est à elle qu'il veut se confesser. Mais on lira sa lettre et, ce faisant, on mettra son âme à nu. Ils n'ont pas le droit. Personne n'a le droit de violer son intimité. Ils n'ont pas le droit, pas le droit. Poings et mâchoires serrés, il va et vient dans sa cage, traînant sa lettre sur le plancher. Des tonnes d'injures et de blasphèmes affluent à ses lèvres. «Bande de chiens sales, d'hostie d'écœurants!» Ces mots obscènes et orduriers cristallisent sa violence tout comme les grains de poussière permettent à l'humidité de se former en grêlons. Et les grêlons se déversent dans sa gorge. C'est sur la société qu'il vomit toute sa hargne et sa révolte. La société qui a isolé le fruit pourri. Il crie. S'imagine que ces insultes traversent les murs et rejoignent ces bonnes gens du dehors, cette demoiselle Massicotte, entre autres, bénéficiant d'une confortable retraite alors qu'il croupit ici.

— Ta gueule! hurle un voisin d'une voix aussi agressive.

— Hé! là-dedans! Ça va faire!

Le gardien frappe les barreaux de son bâton.

— Tu veux qu'on te colle un rapport?

— Non... non.

— Ferme-la.

Il s'écrase sur le lit. Reprend la feuille froissée et la presse contre sa poitrine. C'est à Sylvie qu'il veut écrire. Il ne veut pas rester seul avec Émile dans sa cellule. Seul avec son passé et sa faute. Il relit.

«Sylvie, tu me manques. Je m'ennuie beaucoup de toi. Ici, c'est plate. Je travaille à fabriquer des brosses et des balais. On m'a fait passer des tests d'évaluation et d'orientation. J'ai demandé à faire mon secondaire.»

Et là c'est biffé jusqu'à la perforation. Il ne peut pas parler d'Émile, soit, mais ce n'est pas une raison pour paniquer comme il vient de le faire. Qu'est-ce qui lui a pris? À ce rythme-là, il sera mûr pour l'asile dans mille six cent quatre-vingt-huit jours. Il doit se ressaisir, se contrôler, se maîtriser. Il doit à tout prix apprendre à récupérer de ces vrilles mentales sinon il va finir par s'écraser définitivement. Car c'est bien une vrille mentale qu'il vient d'expérimenter. Le terme décrit parfaitement ce décrochage d'avec la réalité et la raison. Il a décroché et s'est mis à tomber en tournant sur lui-même et l'univers n'était plus qu'une immense toupie grise où allait s'éclater un fruit pourri. Heureusement que le voisin a crié, que le gardien a menacé. La prochaine fois, ils ne seront peut-être pas là et il se pulvérisera sur la toupie de ciment. Il doit absolument apprendre à se maîtriser. Apprendre à neutraliser les signes précurseurs, tel le tremblement intérieur de son être. Oui, il doit garder le contrôle et la maîtrise. C'est primordial: sa survie en milieu carcéral en dépend.

Mais avec quoi garder le contrôle? Sa raison ou son instinct? À quoi doit-il se fier? Tout est si confus et confondu.

Voilà qu'il se sent fortement attiré par le souvenir d'un autre ami et que, simultanément, il s'applique à freiner cet élan. Non, il ne devrait pas. C'est risqué d'évoquer cette belle amitié, toute simple et toute propre. Cette belle amitié qu'il a trahie.

Il ne devrait pas et pourtant elle l'appelle et lui rappelle que c'était bon. Bon comme du bon pain.

Il reprend le stylo-bille et écrit.

«As-tu des nouvelles de Paul?»

Ne commet-il pas un sacrilège en écrivant ce nom? Paul était le propriétaire de l'avion avec lequel il a commis son délit. À juste titre, il n'a jamais voulu le revoir après l'accident. «C'est pas à cause de l'avion, c'est à cause de l'amitié, de la confiance», a-t-il fait savoir par Émile. Et lui, sur son lit d'hôpital, il laissait tourner cette phrase comme un gyroscope affolé dans sa tête blessée tout en gardant sur son cœur la photo de l'avion écrasé que les enquêteurs de la Gendarmerie royale avaient eu la délicatesse de lui laisser.

Quand il en avait le courage, il regardait l'oiseau de métal lamentablement échoué sur les arbres et s'imaginait le gros Paul devant ces débris. Le gros Paul qui, telle une nounou mère poule, avait toujours été aux petits soins pour son Cessna 170B. Comment réagissait-il devant les ailes brisées qu'il avait si souvent lavées et cirées? Devant le fuselage tordu d'où pendaient les câbles de contrôle qu'il inspectait régulièrement? Devant la cabine défoncée où il avait tant de fois passé l'aspirateur?

Comment réagissait-il? Cet avion représentait tout pour Paul. Tout: l'enfant qu'il ne pouvait avoir, et la femme qu'il n'avait jamais eue. Cet avion, c'était sa vie, sa passion, sa fierté. C'était ce qui faisait battre son cœur. Ce qui animait son regard. Et pourtant, si ce n'avait été qu'un simple accident, Paul aurait accouru à son chevet en disant: «C'est rien qu'un paquet de tôle, Luc. L'important, c'est que tu sois vivant.» Mais ce n'était pas qu'un simple accident et le paquet de tôle broyée représentait leur amitié. Cette amitié qu'il avait si odieusement trahie.

Cette amitié simple et sans détour qui contrastait grandement avec la relation ambiguë qu'il entretenait avec Émile. Paul, c'était un fleuve tranquille et large qui allait droit vers la mer. Il pouvait à tout moment secouer sa vie sans tache comme on secoue la belle nappe du dimanche. Rien de compliqué chez lui, rien de tordu, d'inexplicable.

Célibataire, il consacrait ses heures de loisir à l'aviation. Chaque fin de semaine, il le voyait arriver de bon matin avec son escabeau, sa vadrouille, ses torchons, son aspirateur et ses outils. Savon, cire, huile, graisse, bougies et fusibles de remplacement étaient également contenus dans sa trousse de soins. Et il lavait, et il frottait jusqu'au lustre. Et il examinait, vérifiait, réparait les petits bobos avec une tendresse toute maternelle. Et c'était beau et bon de voir ce gros bonhomme entourer son appareil de mille petites attentions. De le voir graviter amoureusement autour de celui-ci telle une planète. Car il était gros. Énorme pour ainsi dire. Énorme et effectivement rond comme une planète. Une boule. Une belle grosse boule rose et riante, avec un toupet poivre et sel, des yeux bleus d'enfant, des joues charnues et une bouche édentée qui lui donnait l'apparence d'un poupon format géant.

Et, à le voir, si lourd et si lent, on comprenait mal le surnom de Papillon qu'on lui avait octroyé à l'aéroport de Bellefeuille. On doutait même de l'authenticité du brevet de pilote privé qu'il conservait dans la poche arrière de son pantalon extra, extra, extra-large. Mais un esprit de papillon habitait réellement ce corps de pachyderme. Un esprit de papillon régissait cet être qu'on croyait condamné au sol et, après le lavage en règle de la cabine et l'inspection minutieuse du moteur et des contrôles, l'esprit de papillon soustrayait invariablement cette masse de plus de trois cents livres aux lois de la pesanteur.

Paul aimait partager son amour du vol et offrait souvent à quelque badaud de l'accompagner. C'est ainsi qu'ils ont fait connaissance. «Si ça vous tente de monter avec moi, les jeunes, vous avez en belle.» Et, sans se faire prier davantage, lui et Sylvie étaient montés à bord.

Pénétrer dans le cockpit de cet avion-là, c'était comme pénétrer dans le cœur de Paul. On s'y sentait tout de suite à l'aise. Tout y était net et en ordre.

Paul parlait beaucoup, et seulement d'aviation. Non pas qu'il eût des choses à cacher, mais bien parce qu'il avait consacré toute sa vie à cette passion. Il lisait toutes les revues traitant du sujet, savait le prix et le type des aéronefs en vente dans divers aéroports, et connaissait la plupart des pilotes, instructeurs et ingénieurs ainsi que les principales compagnies existantes. Camionneur de métier, il avouait candidement avoir dû renoncer à un avenir dans l'aviation commerciale en raison du peu de charge payante que lui laissait son poids. Mais cela ne semblait pas l'affecter outre mesure car il était le premier à en rire.

D'ailleurs, il riait souvent. Souriait toujours. Jamais une ride ou un pli de mécontentement n'avait chiffonné cette bonne grosse figure. Jovial, détendu, ouvert, il s'offrait à tout venant et personne n'était en mesure de résister à son charme. Ni lui, ni Sylvie, ni Émile, ni aucun des élèves. Paul alias Papillon était aimé de tous. Et intimement lié au beau Cessna 170B orange et blanc qu'il lui laissait piloter pour un prix dérisoire. Un prix d'ami. Mais Paul alias Papillon était sorti de sa vie comme il y était entré, sur les ailes de son coucou.

Oui, il était entré si facilement dans sa vie lors de cette envolée. Bien que Paul fît preuve de beaucoup d'expérience et de science dans sa manière de piloter, il se sentait bien en sa présence. Tout simplement bien. Sans aucun trouble à l'âme. Sans malaise ni intimidation. Et, quand celui-ci lui a passé les commandes, il a savouré et apprécié grandement cette occasion d'épater Sylvie.

«Comme ça, tu veux devenir pilote de brousse?

— Oui.

— T'as combien d'heures?

— Six.

— Tu t'débrouilles ben, surtout à droite.

— J'sais pas si Émile dirait la même chose.»

Le simple fait de mentionner ce nom le dérangeait. C'était celui du grand prêtre. Paul, de son côté, s'en accommodait fort bien.

«Tu le trouves sévère?

— Pas mal.

— J'ai entendu parler de lui. Y'a la réputation d'être un fichu bon instructeur. Laisse-le faire: y sait c'qui est bon pour toi. Moi, avoir ton âge... pis... hum... ton poids, j'me plaindrais pas. Chanceux! J'sais pas c'que j'donnerais pour être à ta place, le jeune.»

Amicalement, la grosse patte de Paul lui avait frotté les cheveux. «J'sais pas c'que j'donnerais pour être à ta place.» Finalement, Papillon avait tout donné pour être à sa place. Tout ce qui faisait sa joie et sa passion. C'est comme s'il s'était prolongé en lui, comme s'il avait tenté de réaliser à travers lui ce rêve de devenir pilote professionnel. Oui, lors de cette envolée, il a senti que Paul le traitait comme ce fils qu'il n'aura jamais et cette adoption n'avait rien d'inquiétant, rien d'incompréhensible. Elle le rassurait et lui permettait tous les espoirs.

Et, en bon papa, Paul lui conseillait d'écouter ce grand frère étrange et exigeant. «Laisse-le faire: y sait c'qui est bon pour toi.»

Et, en bon papa, il déliait les cordons de sa bourse, lui permettant d'utiliser son avion. «J'sais pas c'que j'donnerais pour être à ta place.» Oui, Papillon avait donné ses propres ailes pour être à sa place... et lui il les avait entraînées dans l'illégalité. Il les avait salies, déshonorées puis brisées.

Lui, Luc, il avait entraîné dans la délinquance le petit protégé de Paul, faisant un contrebandier du charmant vaisseau aérien qui avait croisé leur destinée. Et Paul était alors sorti de sa vie, le cœur et les ailes brisés.

Il relit. «As-tu des nouvelles de Paul?» Ce n'est pas cela. Il ne veut pas avoir des nouvelles de Paul comme tel.

Il rature, réécrit. «J'espère que Paul va bien.»

C'est cela: il souhaite de tout cœur que Paul soit demeuré indemne après cette mésaventure. Il ne faut pas que la méfiance et l'amertume se soient introduites en lui. Il ne faut pas qu'elles le rongent de l'intérieur, qu'elles durcissent son regard et percent son cœur.

Il ne faut pas que ce beau gros fruit ait été pourri par le mauvais fruit qu'il est, pendant qu'ils étaient dans le même panier. Il ne faut pas que cette belle citrouille ait été contaminée par la pommette infestée de vers. Non. Il ne faut pas. Ce serait trop bête. Trop dur à supporter.

De tout cœur, il souhaite que Paul maintienne ses positions et entretienne sa colère à son égard. Cela lui semble une attitude saine. Normale. Une attitude avec laquelle il sait composer. Qu'il lui a été reconnaissant de n'être pas accouru à son chevet avec un pardon au bout des lèvres! Un pardon qui aurait fait de lui un être encore plus abject. Il avait besoin d'être puni par ce bon papa. Besoin de sa réaction normale. Besoin de sa fessée psychologique. «C'est pas à cause de l'avion, c'est à cause de l'amitié, de la confiance», rapportait le grand frère étrange en s'assoyant sur le bord du lit. Et lui il voulait mourir, disparaître, s'échapper des yeux du grand prêtre. Que faisait là cet instructeur qu'il avait trompé et à qui, forcément, il apporterait des ennuis? Pourquoi venait-il le consoler, l'aider, le déculpabiliser en racontant ses propres erreurs? Si au moins il l'avait injurié, accusé, blâmé. Non. Rien de cela. Toujours la même compassion, la même inexplicable sollicitude. Toujours ses grandes ailes ouvertes pour le protéger. Mais il en avait marre de ces ailes-là qui l'emprisonnaient plus qu'autre chose. Secrètement, il souhaitait qu'elles le battent, qu'elles l'abandonnent. Qu'à l'instar de Papillon elles lui laissent son âme et le poids de sa faute. Qu'à l'instar de Papillon elles lui fassent mesurer le mal qu'il avait fait et le lui laissent expier en paix.

Des pas dans le corridor, annonçant la fin des activités. Les détenus regagnent leur cellule. Lui, il a préféré ne pas la quitter, de peur de côtoyer de vrais criminels. De rencontrer de vraies crapules intéressées à le corrompre. Pourvu que son agent de gestion de cas le sorte d'ici!

Ronde du soir. Tintement du trousseau de clés des agents correctionnels. Bruit de claquement de talons. Ils passent et vérifient les présences.

Présent. Oui, il est présent. Présent avec sa lettre froissée sur les genoux. Avec le trouble dans son âme et le poids de sa faute sur le cœur.

Présent avec un gentil papillon qui arrache une planète aux lois de la pesanteur et un grand aigle mystérieux qui le garde dans l'ombre de ses ailes.

Présent avec ses cheveux drus et le souvenir de Sylvie enroulé à ses boucles. Présent avec ses calculs et les mille six cent quatre-vingt-huit jours à faire. Demain, ce sera mille six cent quatre-vingt-sept. Il ne restera alors que huit jours avant que baisse le chiffre des dizaines. D'ici là, il espère être fixé sur son sort.

Couvre-feu: l'heure du coucher.

Il s'étend, mains derrière la nuque, les yeux grand ouverts. Qu'il aimerait dormir! Tomber comme une roche dans l'inconscience. Échapper momentanément au temps. Que c'est long, une journée! Que c'est long, une nuit! Avec quoi la découpera-t-il pour venir à bout de l'absorber? Avec les rats, qu'il devrait compter à la place des moutons? Un rat qui trottine le long du mur, deux dans le coin...

Il pense aux vieillards, aux malades. Il pense à son père qui, comme lui, morcelle le temps et le réduit en petites bouchées. Ainsi font ceux qui s'ennuient et ceux qui souffrent. Ceux que le temps tue à petit feu de secondes éternelles. Ceux que le temps use de sa râpe immortelle. Ceux que le temps égrène dans le sablier de la vie.

* *
*

Il compte les pas, les yeux attachés aux souliers noirs du gardien, vaguement inquiété par cette récente manie de tout compter. Il a le cerveau farci de chiffres, de dates, de numéros. Il connaît le nombre de barreaux de l'aile où il loge, quelque part dans le dôme, le nombre d'interstices dans le grillage de la fenêtre vis-à-vis de sa cellule, le nombre de fissures dans le plancher, de boutons aux chemises des gardiens et de clés à leur trousseau. Il sait qu'il lui reste mille six cent quatre-vingt-deux jours à purger, soit cinquante-six mois, et il s'est fabriqué un calendrier allant jusqu'au mercredi 6 juin 1973, jour de sa libération. Calendrier où toutes les dizaines et les mercredis y sont désignés comme jours de fête. Encerclés comme autant de balises à atteindre et à brûler derrière soi.

Voilà ce à quoi il en est réduit: compter pour ne pas penser. Pour ne pas laisser de prise à l'angoisse. Ne pas laisser de chance à l'incertitude. Compter les petits pois dans son assiette pour ne pas craindre qu'un de ces jours la machine pénitentiaire manque à son devoir de le nourrir. Compter les rats, la nuit. Compter ses pulsations cardiaques et ses respirations. Compter les balais, le jour, compter les pas partout où il va. Quatre cent vingt-sept pour se rendre au bureau d'administration où son agent de gestion de cas l'a convoqué à une deuxième rencontre.

Un temps d'attente devant la porte déclenche une avalanche de doutes et de craintes qui ont tôt fait de l'ensevelir. Qu'adviendra-t-il de lui? Quand le sortira-t-on d'ici? Où le dirigera-t-on? Lui permettra-t-on de poursuivre ses études secondaires, facilitant ainsi l'obtention de son brevet de pilote professionnel? Aboutira-t-il finalement sur une ferme pénitentiaire où l'oiseau qui est dans sa tête crèvera d'ennui? A-t-on retrouvé Émile? Si oui, qu'a-t-il dit de lui? Et puis a-t-il bien fait d'accorder sa confiance à son agent de gestion de cas, qui l'invite enfin?

Un, deux, trois, quatre pas. Il tire la chaise avec un peu trop de brusquerie, la faisant grincer involontairement sur le plancher. Un vent d'agressivité se lève en lui et le déroute. Que lui arrive-t-il? Pourquoi tout à coup cette colère vient-elle l'habiter? Il n'a rien contre cet homme... sauf peut-être six jours d'espoir émoussé. Six jours à n'être pas fixé sur son sort alors que la plupart des nouveaux ont déjà quitté l'atelier des brosses et balais.

— Bonjour, Luc.

Le vent de l'agressivité tombe à plat et le laisse pantelant et immobile, toutes voiles pendantes sur la mer de la culpabilité. Ne sait-il plus reconnaître l'homme sous l'uniforme? Un, deux, trois, quatre, cinq... Bêtement, il compte les séquelles d'acné juvénile et se rabat sur les oreilles légèrement décollées, pour ramener la confiance.

— Je... j'avais très peu de choses sur ta famille.

Sa famille? N'était-il pas convenu qu'il tenterait d'établir un contact avec Émile?

— Y'a rien à dire sur elle, non plus. Rien d'intéressant.

— Peut-être pas pour toi, mais pour moi, oui. Vois-tu, normalement, ton cas aurait été vite réglé: avec tes antécédents, on t'aurait tout simplement placé sur une ferme pénitentiaire.

À s'enliser dans la terre plutôt qu'à apprendre à s'en arracher. Il s'alarme. D'un geste de la main, l'homme le rassure.

— Je sais. Tu n'veux pas. C'est l'aviation qui t'inté-resse. Mais moi, j'avais besoin de savoir pourquoi tu ne voulais pas... et j'ai... euh... j'ai pris l'initiative de contac-ter tes parents.

L'attitude de l'homme trahit un certain remords d'a-voir fait preuve de zèle en outrepassant ainsi ses fonctions. Mais peut-il lui reprocher d'avoir violé son intimité? Peut-il lui reprocher cette indiscrétion qui lui évitera de se retrouver là où il ne veut pas?

— J'ai pu parler à ta mère.

La simple évocation de cette femme lui fait mal. Là, comme une brûlure de honte dans la chair de la chair. Il baisse la tête. Qu'aurait-elle pu dire en sa faveur, elle qui l'a condamné et jugé avant la Cour? Elle qui l'a balayé dehors comme une saleté. «Qu'est-ce que j'ai fait au bon Dieu pour me mériter un fils comme ça?»

Qu'aurait-elle pu dire? Se souvient-elle seulement du garçon qui lui avait donné sa première paye? Lui, il se souvient. «J'sais pas c'que j'ferais sans toé, mon grand.» Il se souvient de s'être toujours promis de l'aider. Mais, à quatorze ans, «toujours» a une signification qui rime avec «amour» et il lui apparaissait inconcevable de ne pas toujours aimer sa mère et, par conséquent, de ne pas toujours l'aider. Mais, quand ont sonné ses vingt ans, ses rêves et ses besoins, ce «toujours» s'est muté en boulet l'enchaînant à la famille. À la terre. À cette femme qui aujourd'hui le renie.

— Est pas ben fière de moé.

— Tu dois comprendre, Luc, que ce qu'elle vit pré-sentement est très difficile. Pour toi, c'est dur, ici, mais pour ta famille c'est dur aussi. Tu dois leur laisser du temps. Ta mère m'a semblé très... euh... très croyante.

— Ouais... Elle doit vous avoir dit que le bon Dieu m'a bien puni... Que c'était ben tant pis pour moé. Elle a toujours mêlé Dieu à nos affaires. Est-ce qu'elle a demandé de mes nouvelles?

Question inutile. Il connaît la réponse. Cependant, l'expression désolée de l'agent lui fait comprendre que la porte est bel et bien fermée pour lui.

— Elle m'a semblé très ébranlée.

Cet homme aussi semble l'être d'avoir fouillé dans le linge sale qu'on lave habituellement en famille.

Aurait-il appris des choses qui compromettent ses chances de poursuivre ses études secondaires? Il doit se défendre. S'expliquer. Répliquer à cette femme qui lui a toujours tiré du plomb dans les ailes.

— Elle a dû vous en raconter des belles sur moé. Sur l'argent que j'gaspillais pour suivre mon cours de pilote, sur ma blonde, sur mon instructeur, sur la terre que j'ai pas voulu reprendre... À quoi ça vous a servi d'apprendre tout ça? Vous devez penser que j'suis un bel écœurant, à c't'heure. Mais j'sais pas si elle vous a dit que c'est moé qui les faisais vivre?

Signe affirmatif de l'homme, qui provoque l'implosion de cette bombe de rancœur entreposée depuis son arrestation. C'est en lui que ça éclate. Que ça s'émiette et retombe. Ne restent que les débris de son identité que le bagnard tente de rebâtir sur les fondations encore existantes de ce garçon qui subvenait aux besoins de sa famille. Ce garçon que sa mère n'a pas oublié et qui est là, dans son cœur, avec sa première paye et une fatigue d'homme sur ses épaules d'adolescent. Là, à ne pas savoir plaider la cause de celui qui s'est greffé des ailes. À ne pas savoir expliquer ce rêve fou qui a germé par un clair matin de juin.

Et lui il ramasse hâtivement les morceaux et les empile sur ces fondations que la terre glaiseuse a craquelées, pour se rendre à l'évidence que ces deux identités sont inconciliables. Que jamais ce garçon-là, encore chéri de sa mère, ne saura se prolonger dans le jeune pilote à l'inaccessible rêve. Pire, il constate qu'il a été accepté, respecté et aimé pour autant qu'il était ce que d'autres voulaient qu'il soit.

— Y'aurait fallu que j'fasse un cultivateur pour contenter mes parents.

Comme il faudrait peut-être qu'il demande à être placé sur une ferme pénitentiaire pour donner satisfaction. Ne risque-t-il pas beaucoup à vouloir s'affirmer dans les circonstances actuelles? Ne tirerait-il pas plus d'avantages à être ce que les autorités auraient tout simplement convenu qu'il soit?

— C'était l'rêve de mon père... pis le mien quand j'étais p'tit. (Quand j'étais jeune et malléable. Prêt à épouser les formes qu'on me donnait.)

— Ta mère prétend que c'est l'aviation qui t'a changé. Elle dit qu'à partir du moment où tu as suivi tes cours tu n'étais plus pareil.

À partir du moment où il a décidé d'être ce qu'il voulait être, plus rien n'était pareil. On ne lui pardonnait pas ce crime. Qu'avait-on besoin d'un Icare aux plumes engluées de cire?

Car c'est bien ce que son avocat croyait qu'il était: un Icare. Un pauvre rêveur assis dans l'herbe qu'un instructeur sans scrupules avait enduit de cire et de plumes, lui faisant accroire qu'ainsi équipé il pouvait atteindre le Soleil. Et il s'était envolé de plus en plus haut malgré les exhortations d'une mère lucide, jusqu'à ce que le Soleil fasse fondre la cire. Jusqu'à ce qu'il tombe et se fracasse au sol. Il se souvient du ton paternaliste de l'avocat lui racontant cette légende pour le faire réfléchir. Lui faire lâcher le rêve. Mais il n'est pas Icare. Il n'a pas de plumes collées à son corps mais des ailes qui s'y sont développées. Encore courtes et inexpérimentées, mais des ailes tout de même, et qui font de lui un pilote. Le douze mille trois cent onzième pilote.

— Mes parents n'acceptaient pas que j'sois pilote. Y pensaient que c'était à cause de ça que j'voulais plus de la terre.

— C'était pas à cause de ça?

— Non. À un moment donné, ça m'tentait plus...

Quand, exactement, son rêve s'est-il dissocié de celui de son père? Il ne saurait le dire. En fait, il se rend compte aujourd'hui que ce rêve n'était pas vraiment le sien. C'était celui que son père avait voulu pour lui. Celui qu'il lui avait assigné à sa naissance et qu'il avait entretenu au fil des ans. Ses premières chaussures furent de petites bottes d'écurie, ses premiers mots «hi, ha, *back up* Nelly», ses premiers jouets la fourche et la pelle à fumier.

À six ans, il se faisait une gloire de conduire le tracteur tout seul. À sept, il recevait officieusement une terre d'accommodation et n'avait d'autres ambitions que d'atteindre les bancs de l'École d'Agriculture, s'instruisant dans tous les encans et les expositions agricoles. Puis, un jour, il y a eu l'accident qui lui a fait lâcher les rênes de ce rêve pour prendre celles du cheval traînant le billot dans la mousse. Il y a eu les bûcherons, leur mode de vie, leur camaraderie et leur solidarité, et il s'est aperçu que le rêve s'était dissipé. Qu'il n'était plus devant lui comme quelque chose à atteindre mais derrière comme quelque chose à enterrer définitivement.

— Peut-être que si y'avait pas eu l'accident, j'serais cultivateur aujourd'hui.

Mais l'accident avait eu lieu. Sur cette terre d'accommodation que son père essouchait pour lui.

— C'est l'accident qui t'a fait changer d'idée?

— J'peux pas dire. C'est venu plus tard, quand j'travaillais aux chantiers. J'aimais ça travailler avec les autres. Sur une terre, on est toujours tout seul. Là-bas, j'me faisais étriver... Les gars m'aimaient beaucoup pis j'avais une paye régulière. J'pouvais compter dessus.

— Ta mère aussi pouvait compter dessus.

— Oui. J'lui ai toujours remise au complet jusqu'à ce que je commence mon cours.

— C'est ce qu'elle dit, oui. Tu te démenais beaucoup pour payer ces cours-là.

— Oui. J'travaillais le soir pis les fins de semaine pour les touristes. J'ai pas privé les miens pour suivre ces cours-là... Pas beaucoup, en tout cas, pas longtemps...

— Ça n'a pas dû être facile avec les études que cela exigeait en plus. C'était vraiment au-dessus de tes moyens.

Vraiment au-dessus du petit pain qu'on lui destinait. Vraiment pas pour lui, apparemment. Que dire à cet homme qui examine ce rêve fou avec les yeux de la raison? Rien. Il n'y a rien à dire que la raison pourrait comprendre.

— Paraît qu'à un moment donné tu aurais vendu ta terre pour continuer. C'est quoi, cette terre-là?

— C'est la terre d'accommodation que mon père a achetée à ma première communion. J'étais censé l'avoir à mes vingt et un ans.

— C'est quoi, au juste, une terre d'accommodation?

— C'est comme une terre de colonisation. Ça coûte pas trop cher, en autant qu'on la défriche en un temps donné. C'est justement en la défrichant que l'accident est arrivé. Ben sûr que j'l'aurais vendue pour payer mes cours. J'avais perdu ma job; j'pouvais pas faire autrement.

— T'avais été congédié?

— Non, remplacé. Y'en a une maudite gang qui a été remplacée par une abatteuse, une maudite machine qui coupe, qui ébranche pis qui taille. À elle tout seule, elle fait l'ouvrage de plusieurs hommes.

— Et pourquoi tu l'as pas vendue?

— Parce que mon père l'a vendue avant mes vingt et un ans.

— Ça t'a choqué?

— Sur le coup, oui, mais y pouvait pas ben faire autrement. J'avais commencé mon cours de pilote professionnel. Y savait que m'avoir donné la terre, j'l'aurais vendue pour continuer. Y'a ben fait... Les autres en avaient de besoin... dans ce temps-là.

Quand la misère engluait ses jeunes ailes. Quand elle s'infiltrait partout comme le froid dans la maison et la disette dans les casseroles de sa mère.

Pourquoi lui faut-il revivre tout cela? Parcourir à rebours cette route du crime avec la croix de la culpabilité sur ses épaules?

Il aimerait tant oublier sa faute. Pourquoi ne peut-il simplement pas l'expier en paix? Pourquoi faut-il toujours que, pour une raison ou pour une autre, on la lui ramène sous le nez? «Tiens! R'garde c'que t'as fait. T'as pas honte?»

Bien sûr qu'il a honte, mais à quoi bon expliquer pourquoi et comment? À quoi bon rebâtir l'identité de ce qu'il fut? Tout n'est qu'un malhabile assemblage que la culpabilité s'amuse sans cesse à démanteler. À quoi bon se préoccuper de ce passé sur lequel il n'a aucun pouvoir? Ce qu'il fut ne devrait servir qu'à façonner ce qu'il veut être et non à détruire ce qu'il est présentement... à cette minute même... devant l'agent de gestion de cas.

Mais qui est-il? Outre l'officiel douze mille trois cent onzième pilote, qui est Luc Maltais? Il ne sait pas. Ne se reconnaît pas dans le détenu amer. Il sait ce qu'il fut, il sait ce qu'il veut être... mais il ne sait pas ce qu'il est... C'est comme s'il n'était rien qu'une matière quelconque qui réagit à la brûlure de la honte et à l'exaltation de l'espoir. Une matière coincée entre le passé et l'avenir. Coincée dans sa cellule, dans ses vêtements numérotés... Sans aucun lien avec le monde extérieur et les siens, sauf par le truchement de cet homme dont il compte de nouveau les séquelles d'acné juvénile. Un, deux, trois, quatre, cinq. Il devrait s'inquiéter de cette manie. Et l'agent de celle qu'il a de feuilleter le dossier quand il est dans l'embarras.

—Je... euh... bon, euh, ça m'éclaire un peu plus. Avant de passer à autre chose, ta mère m'a demandé de t'informer que ton père a réussi à vendre la terre.

Paf! On vient d'asséner un formidable coup de masse à cette matière quelconque qui réagit à la brûlure de la honte. Il n'est plus qu'une crêpe. Une crêpe toute plate et brûlée. Une crêpe de fils indigne. L'agent a-t-il conscience du mal qu'il vient de lui faire à trop vouloir son bien?

—Cette nouvelle a l'air de t'affecter, Luc. Je ne pensais pas t'apprendre une mauvaise nouvelle...

Bien sûr, il n'est qu'un messager. Qu'un trait d'union entre lui et sa mère. Elle, elle savait. Elle sait tout ce que cela représente.

—Euh... Est-ce que tu étais près de ton père?

Jusqu'à la séparation de leurs rêves siamois, oui. «Tel père, tel fils» les résumait parfaitement et tout le monde s'accordait pour dire qu'il était physiquement le portrait tout craché de son père. Mais, après l'accident, après de nombreuses chirurgies et des semaines d'hôpital, un inconnu avait pris place dans la berçante devant la fenêtre.

Un inconnu dont il se sentait à des années-lumière. Aucun point commun entre l'adolescent en pleine croissance et cet assemblage asymétrique de membres défectueux et souffrants. Aucun partage d'un même idéal, l'un s'éloignant un peu plus chaque jour de cette terre que l'autre contemplait inlassablement. À moins d'un miracle, rien ne semblait pouvoir les rapprocher. Mais le miracle eut lieu le jour où l'inconnu qui était dans la berçante demanda à s'envoler avec lui. De survoler, avec lui, cette terre qu'il connaissait dans les moindres détails. Cette terre dont il s'était fait un cadran solaire avec le pinceau de lumière touchant les éléments du décor. «À six heures quart, en été, le soleil touche mes talles de framboises près de la roche... En hiver, y'est déjà rendu au quatrième piquet de clôture une heure plus tard.»

Cette terre qui les avait serrés l'un contre l'autre dans l'étroit habitacle de l'avion. Épaule contre épaule, à vivre non plus une passion commune mais chacun la sienne. Pour l'un, celle de la terre, pour l'autre, celle du ciel. Oui, à partir de cet instant, il était de nouveau près de son père. À partir de cet instant, il pouvait le reconnaître dans l'inconnu de retour au poste dans la berçante. Il pouvait le rejoindre à tout moment. Suffisait de lui demander l'heure. De regarder briller le regard qui caressait le visage de cette terre pour y évaluer l'ombre et la lumière. «Huit heures quart.» Il ne se trompait jamais. Disait toujours «mon» champ, «mes» framboisiers, insistant sur cette possession dont il ne pouvait plus jouir.

Oui, il était près de son père. De plus en plus près depuis l'invention des jalons de chiffres et de dates qui découpent le temps en petites portions pour l'assimiler plus facilement.

Il était rendu si près de lui dans l'utilisation illusoire et dérisoire de ces jalons.

96

— Oui, j'étais près de lui.

«J'étais...» Il n'est plus digne de demeurer près de cet homme dont il vient de ravir le cadran solaire. À qui il vient de rafler ces jalons complexes, modifiés par les saisons. Il n'est plus digne de prétendre être encore près de lui. Il n'est qu'une crêpe indigne collée dans le poêlon du Temps.

Pourquoi l'agent s'est-il permis de fouiller dans leur corbeille de linge sale? Pourquoi a-t-il mis en évidence cette tache que quatre ans et huit mois d'emprisonnement ne sauront décemment effacer? Pourquoi a-t-il exhibé les vêtements de son père, souillés de sang et de boue, et ceux du jeune bûcheron, imprégnés de gomme de sapin? Pourquoi a-t-il déniché le tablier rapiécé de sa mère cuisant son petit pain, et le linge des bonnes œuvres qu'on se disputait au-dessus des boîtes éventrées?

Apparemment confus, l'homme plonge dans sa paperasse.

— J'ai pu rejoindre ton instructeur.

La matière quelconque se gonfle de bouffées d'espoir.

— Vous avez retrouvé Émile?

— Oui; il est rendu à Fort George. Ça n'a pas été facile. Il nous semble être un homme très aventurier.

Que signifie ce «nous»? Pourquoi surgit-il dans la conversation? Représente-t-il les autorités pénitentiaires? Ou encore l'autorité de la société, qui considère qu'avoir une adresse permanente est la première condition d'éligibilité au titre de bon citoyen?

Ce «nous» dans lequel se réfugie soudainement l'agent ne renforce-t-il pas cette notion de crainte inspirée par les «irréguliers», ceux qui, à l'instar d'Émile, n'offrent pas une vie rangée facilement vérifiable?

Doit-il comprendre que ce «nous» englobe cet agent aux oreilles légèrement décollées qui tient sa destinée entre ses mains?

— Il a parlé de toi en termes très élogieux. Paraît que tu étais son meilleur élève.

Ce «paraît» lui indique le peu de crédibilité que l'agent semble accorder à l'opinion d'Émile. Pourtant, s'il savait quel bienfait cette simple phrase lui procure!

— Il dit que tu as de l'avenir dans l'aviation de brousse, car, pour la ligne[5], tu n'as pas de chance. Ça t'intéresse toujours de poursuivre dans cette voie? Ça ne nous semble pas un métier d'avenir.

Encore ce «nous» qui, curieusement, semble donner de l'assurance à son agent de gestion de cas, comme si, las de s'être aventuré de son propre chef dans la jungle obscure des sentiments à la recherche de *la* solution, il se retranchait derrière ce «nous» civilisé. Ce «nous» de la société qui brandit les bannières de la raison et du bon sens.

— C'est un métier vraiment instable: un jour ici, l'autre jour là. Et pas payant par-dessus le marché. Tu veux vraiment te ramasser avec une bande d'Indiens au fin fond du bois, comme ton instructeur?

À vouloir brosser un sombre tableau de l'aviation de brousse, l'agent vient d'esquisser les grandes lignes du paradis où il rêve de se projeter.

— C'est vraiment c'que j'veux faire: pilote de brousse.

— Y'a pas de sot métier. D'après ton instructeur, tu as toutes les qualités requises.

---

5. Ligne: service inter-cités ou intercontinental.

À distance, le grand prêtre vient de lui inoculer sa dose vitale de drogue. Voilà qu'il s'élève. Qu'il s'envole, loin, très loin de cette crêpe aplatie dans le poêlon du Temps. Voilà qu'il survole un troupeau de caribous sur la toundra et que des jalons brillent comme des lumières de piste dans le noir tunnel.

— Il s'inquiète beaucoup pour toi. Je lui ai demandé de te décrire un peu, étant donné que tu es très renfermé, car je vois ici, sur les rapports du personnel, que tu ne parles à personne et que tu évites même de participer aux activités.

Oui, il est renfermé sur ces grands espaces en lui. Sur cette ligne d'horizon, servant de référence en vol. Sur ces lacs et rivières aux formes multiples, servant de points de repère.

Oui, il est renfermé sur cette certitude d'être un pilote et non cet Icare aux plumes engluées de cire. Un pilote plein de possibilités qui s'affole comme oiseau en cage, craignant qu'on paralyse ses ailes en les immobilisant trop longtemps.

Oui, il est renfermé sur cette partie de son identité qu'il sauve du naufrage. Sur ces ailes fragiles que le passé peut broyer et l'avenir paralyser. Ces ailes que l'homme aux deux visages a développées à même ses épaules robustes de bûcheron.

— Il dit que tu es un «bon p'tit gars» et que cette erreur ne devrait pas t'empêcher de devenir pilote professionnel. Que tu es très travaillant, très persévérant et surtout débrouillard, ce qui, paraît-il, est nécessaire en aviation de brousse. Paraît aussi que tu ne parles pas pour rien dire, ce qui ne t'empêche pas d'être sociable et de bien t'entendre avec les autres. J'imagine qu'ici tu n'es pas encore prêt à te joindre aux autres.

— Je ne suis pas comme les autres.

Pas un criminel mais un gars malchanceux. Un «bon p'tit gars».

— Ils disent tous ça, ici. Chaque cas est particulier, c'est sûr, mais j'en ai pas vu beaucoup qui avaient la chance d'avoir un ami comme ça. Tu es vraiment chanceux de l'avoir comme ami. Vraiment chanceux: c'est plutôt rare.

Pourquoi le grand prêtre cède-t-il sa place au diable? L'instructeur à l'ami rare? Pourquoi cette dimension d'amitié vient-elle compromettre davantage la crédibilité d'Émile? Pourquoi ne s'en est-il pas tenu à un rapport strictement professionnel? Le fait qu'Émile soit maintenant inscrit comme ami rare dans le registre de l'agent de gestion de cas influencera peut-être de façon négative la décision finale.

— Il a demandé qu'on lui fasse savoir à quel pénitencier tu seras dirigé, afin de pouvoir t'écrire. Cela m'a tout l'air qu'il ne te tient pas rigueur de ta faute. Profites-en. D'habitude, ça prend du temps aux gens pour pardonner.

«D'habitude.» Brutalement, il vient d'être confronté à la réalité. D'habitude, il faut du temps pour pardonner. Lui-même, il en a eu besoin lors de la vente de sa terre avant ses vingt et un ans. Une, deux, trois, quatre? Combien de semaines a-t-il fallu? Ou de jours? Seize, dix-sept, dix-huit, dix-neuf. Il compte. S'enfouit la tête dans les chiffres comme une autruche dans le sable. Mais la phrase de l'agent revient à la charge, lui administrant un violent coup de pied au derrière. «D'habitude, ça prend du temps aux gens pour pardonner.» Hé! Réveille! Sors-toi la tête des chiffres. Tes parents veulent même pas te parler, et lui il t'a déjà pardonné. Il veut même t'écrire et dit que tu es un bon p'tit gars. Réveille, bon sang! Admets que cette amitié a quelque chose de louche. Papillon ne t'a pas

100

pardonné et Sylvie est partie quand tu as fait claquer ton fouet. Et lui il reste malgré tous les ennuis que tu lui as procurés. Tu ne trouves pas ça louche?

Louche? Oui. C'est incompréhensible et pourtant... inespéré pour l'oiseau en cage de savoir cette main mutilée prête à tendre de nouveau le doigt afin qu'il s'y perche. Inespéré et doux. Et vital. Il devrait s'inquiéter. S'interroger. Prendre ombrage. Mais il ne peut que réchauffer ses ailes engourdies au feu de cette amitié, toute bizarre qu'elle soit.

L'agent ferme le dossier et pose le capuchon de son stylo-bille. Son cas est décidé. A-t-il pris en considération les informations de cet homme aux deux visages et sans adresse fixe ou a-t-il été influencé par les bannières du bon sens et de la raison que brandissait la société derrière le «nous»?

Un, deux, trois, quatre, cinq plus deux aux manchettes égalent sept. Il compte les boutons de sa chemise.

— Bon. Tu seras transféré dans ce pénitencier où tu pourras poursuivre tes études secondaires. Je crois t'avoir dit que c'est tout nouveau comme programme et que tu auras à travailler le jour comme les autres. Ce sont des cours par correspondance sur une base volontaire. Tu seras affecté aux ateliers de débosselage et, plus tard, à ceux de mécanique lorsque tu auras complété ton secondaire II. Si, en cours de route, tu changes d'idée à propos de l'aviation, tu pourras acquérir une bonne formation dans un métier. Je crois que c'est la meilleure place pour toi, étant donné ton désir évident de t'instruire. C'est un pénitencier où il y a beaucoup de jeunes de ton âge et des fins de sentence. La discipline y est plutôt militaire. C'est très différent d'ici, et, si tu t'arranges pour ne pas avoir d'ennuis, tout ira bien. Je crois que c'est l'endroit tout désigné pour toi. Il ne me reste plus qu'à te souhaiter bonne chance, Luc.

Poignée de main. Moiteur de la paume de l'agent de gestion de cas, qui affiche le sourire victorieux de celui qui a réussi à tailler un sentier dans la jungle obscure des sentiments. Un sentier tortueux qui s'éloigne de la route pavée de la logique le dirigeant tout droit vers une ferme pénitentiaire.

Un élan de reconnaissance l'envahit.

— Merci, balbutie-t-il.

À qui? Il ne connaît même pas le nom de ce fonctionnaire qui vient de prendre le risque d'aiguiller sa destinée en direction du Grand Nord.

En direction de ces contrées encore sauvages qu'aucune route ne relie à la civilisation. Ces contrées dont on étudie le sous-sol, la faune et les possibilités hydro-électriques. Ces contrées que survole l'homme aux deux visages à bord d'un puissant et robuste appareil de brousse.

Ces contrées vers lesquelles sautillera l'oiseau qui est dans sa tête, le cœur plein d'espoir. D'heure en heure et de jour en jour, avec toute sa bonne volonté et son désir acharné de se propulser vers ces espaces enivrants.

Patiemment, par petits bonds, pour donner raison à l'agent d'avoir taillé ce sentier dans la brousse en dépit de ce «nous» de la société et pour donner raison à l'homme aux deux visages de lui avoir pardonné.

3

Transfert

Alourdi de chaînes, il se dirige vers le fourgon cellulaire devant le conduire au pénitencier tout désigné pour lui et pour les deux autres détenus qui l'accompagnent.

La pluie glaciale de novembre tombe dru sur son crâne rasé. Il garde les yeux bas, évite d'écraser un ver de terre, inerte et délavé, agonisant sur le ciment.

—Envoye, monte.

Un gardien impatient, visiblement contrarié par cette pluie diluvienne, piétine l'animal pour éviter aux autres prisonniers de perdre du temps à user de compassion.

Un, deux, trois. Le compte y est. On verrouille les portes. Une odeur de linge mouillé le saisit aussitôt, lui rappelant les mitaines qui séchaient dans le vestiaire de l'école et les combats de balles de neige où il était invariablement déclaré et vainqueur et coupable de s'être livré à une activité défendue. Chère demoiselle Massicotte, comme elle jouirait de le voir ainsi emmenotté! N'avait-elle pas raison d'assurer qu'il était de la mauvaise graine? N'avait-elle pas décelé en lui le germe de la criminalité?

La cage roulante se met en branle. Silencieux, il n'ose jeter un regard à ses compagnons de fortune et compte machinalement les maillons de ses chaînes. Un, deux, trois, quatre, cinq, il doit déraper de cette réalité, fausser compagnie à ces parias, abandonner le souvenir de mademoiselle Massicotte qui fait erreur malgré les apparences. Il est un «bon p'tit gars». Émile l'a dit et son agent de gestion de cas y a été sensible. Il est un bon p'tit gars et il va le prouver. S'amender et faire honneur à ceux qui lui font confiance. Rien ne le fera dévier de la ligne de conduite qu'il s'est tracée. Il va obéir, travailler et s'instruire, utilisant le temps qui veut le détruire pour se construire.

— Paraît que c'est pas si mal comme pen, dit un des détenus.

Cliquètement des chaînes avant qu'une voix rauque déclare:

— C't'un pen quand même. Un pen en marde comme tous les autres.

De nouveau le cliquètement des chaînes accompagnant maintenant le chuintement des pneus sur l'asphalte mouillé.

Il se tait. Résiste à la tentation d'exprimer son opinion. Non, ce n'est pas un pen en marde; c'est l'endroit où il aura la chance de s'instruire. Il en veut à cet homme de salir la réputation de ce pénitencier qu'il imagine comme un collège très sévère et il se contente de lui décocher un regard désapprobateur.

— Qu'est-ce que t'as, l'jeune. T'es pas d'accord?

Il regarde couler la pluie sur les vitres légèrement embuées et pense à son père. À l'humidité qui empire ses souffrances. Cela le calme, étouffe tout mouvement de protestation.

— J'te parle, l'jeune. T'es pas d'accord? Tu penses-tu que tu t'en vas à l'école, là?

— ...

Il pense que là-bas, dans la berçante, les rhumatismes tordent et torturent le corps de cet homme qu'il a privé de la possession du merveilleux cadran solaire. De cet homme qui s'inquiète parce qu'il n'y a plus personne pour réparer le toit qui coule.

— Le chat t'a-t'y mangé la langue, coudon? T'es sourd ou quoi? Où tu penses qu'on s'en va de même? Vers un pen en marde comme les autres, mais seulement, pour vous autres, les jeunes, on fait accroire que vous pouvez vous en sortir en apprenant un métier.

Oui, il va s'en sortir. Il va s'en sortir et peut-être qu'avec le temps son père va lui pardonner. Peut-être qu'un jour il ira le prendre de nouveau dans sa berçante pour le promener dans le ciel et raser les champs de foin avec lui.

— Tu peux ben faire attention de pas écraser des vers de terre. Veux-tu ben m'dire c'que tu fais ici? T'en as pour combien de temps?

— Mille six cent soixante-quinze jours.

— Moi, y m'en reste mille neuf cent soixante. J'achève.

Malgré lui, une sorte de respect difficile à expliquer le force à regarder cet homme qui a tellement bourlingué sur l'océan du Temps que la distance qui reste à parcourir lui apparaît minime. «J'achève.» Mille neuf cent soixante jours qui restent à purger et il achève! De quoi a-t-il l'air avec ses mille six cent soixante-quinze jours? Avec son entêtement à croire qu'il n'y aura pas de tempête jusqu'à ce qu'il se rende à bon port? Sur quelle expérience se base-t-il pour réfuter les affirmations de ce vieux loup de mer?

— Pis toi, t'en as combien?

— Mille trois cent onze, répond avec empressement l'autre détenu, approximativement de son âge.

Ils comptent tous en jours. Sont tous livrés à la même torture que la sienne. À la même misère. Sont tous liés par les mêmes chaînes, dans le même fourgon, en route vers le même pénitencier. Avec la même pluie triste et froide glissant sur les vitres.

Il sent naître en lui un sentiment inquiétant qui commence à l'unir à ces hommes dont il veut se démarquer. Non! Il est un «bon p'tit gars». Et pourtant il a des menottes aux poignets et aux chevilles et un numéro au dos de sa chemise. Pourtant, il a mille six cent soixante-quinze jours à purger.

— V'là notre hôtel, les jeunes; on est arrivés.

Hautes murailles surmontées de barbelés et flanquées de miradors. Tout désigné pour lui, cet endroit? Le vieux loup de mer le considère avec l'indulgence et la compassion d'un ancien comprenant sa déconfiture.

— Y m'fait chier, le gars avec sa mitraillette dans la tour! Comme si on avait envie de s'pousser quand y nous reste juste mille neuf cent soixante jours! Gang de chiens sales! De *screws*[1] en marde, ajoute-t-il encore, verbalisant leur hargne.

Le sentiment s'intensifie, l'enchaîne aux bancs de la galère qu'on lance sur l'océan du Temps.

L'enchaîne avec ces hommes à cette lourde rame qui tire péniblement les jours, un à un.

---

1. *Screw* (de l'argot américain): surveillant d'établissement pénitentiaire.

À cette haine qu'ils nourrissent envers ceux qui ont pour mandat de les mater et de les surveiller. Et ceux qui ont le pouvoir de les enfermer.

Il n'aime pas être complice de cette haine et pourtant elle le sécurise, allégeant le fardeau de la solitude. Elle le rapproche de ces hommes qui partagent son triste sort. Il se sent moins seul, moins vulnérable d'être cimenté à eux par la même merde. C'est bête et décevant, cette réaction d'écolier en retenue. Cette solidarité qui les renforce et les console. Et pourtant c'est là, présent en lui malgré tous les efforts qu'il déploie pour préserver son identité. C'est obligatoirement là, avec le poids des chaînes qui l'entraîne vers les bas-fonds. Vers ses propres faiblesses qui semblent constituer une force en s'alliant aux faiblesses de ses semblables. C'est indéniablement là, à décevoir et démonter le «bon p'tit gars». Tristement là, comme un poison consommé en faible quantité pour l'immuniser.

— Tout l'monde descend! ordonne-t-on en ouvrant les portes.

Gauchement, piteusement, ils descendent au bruit des chaînes et de la pluie torrentielle.

— Grouillez-vous!

On pousse le bétail vers l'abattoir, où on l'inspecte, le dénude, le fouille systématiquement jusqu'en ses cavités naturelles. Où on le désinfecte et le pulvérise pour le faire rentrer dans la machine pénitentiaire.

Tout désigné pour lui, cet endroit?

Il en doute, maintenant.

Grelottant d'humiliation et de froid dans le nouvel uniforme dont il devra assurer la mise impeccablement militaire, il suit avec ses compagnons un agent d'un certain âge aux manières d'ancien religieux, chargé de les familiariser avec les lieux et les règlements.

—Ici c'est la direction, là l'administration, le centre de soins et la chapelle...

Une pause. Un arrêt. Comme si l'homme y voyait leur seule planche de salut. Par chance, le gardien fermant la marche du cortège ne semble pas partager ces ambitions de missionnaire et les force à progresser.

—Là, ce sont les serres, et à droite les cinq pavillons unicellulaires et le réfectoire. Là-bas, le gymnase. Chaque matin, vous devrez vous y rendre pour la *drill*[2]. Tous les déplacements ont lieu deux par deux et en silence. Les groupes sont formés en fonction des tâches; exemple: ceux de l'atelier de mécanique ensemble, ceux de la coiffure ensemble, et ainsi de suite. Après la *drill*, les instructeurs viendront chercher les groupes pour les diriger dans leur atelier respectif et ils viendront les y reconduire, le soir. De là, toujours deux par deux et au pas, vous regagnerez vos pavillons. Des questions?

Cette discipline militaire adoucit les rigueurs de l'incarcération. Il n'aura qu'à se faire accroire qu'il est soldat et que ce pénitencier est en réalité une caserne. Car un soldat n'est-il pas une sorte de prisonnier volontaire? Nonobstant la faute criminelle, quelle différence y a-t-il dans le mode de vie? Dans l'obéissance aveugle et totale?

—Pis ça, c'est quoi? demande le vieux loup de mer en indiquant une petite cour grillagée.

—C'est la cour du pavillon d'isolement.

—Ha! La cour du trou. Pis le trou, y'est où?

—Là, dans le même pavillon que les détentions à vie.

À vie. Est-ce possible? Avec quoi ces hommes peuvent-ils jalonner le temps? Bien que la pluie ait cessé, il grelotte de plus belle. Et qu'ont-ils pu faire pour mériter

---

2. *Drill*: exercice militaire.

une telle sentence? Ils ont tué, sans doute. Cruellement, froidement, impitoyablement. Comment pourra-t-il s'imaginer être dans une caserne avec la présence de ces assassins, et l'existence de ce pavillon d'isolement, de ce fameux trou qui creuse le fossé de son ignorance? Ou plutôt de son entêtement à demeurer réfractaire à l'acquisition de connaissances en milieu carcéral. Bien sûr, on lui a parlé du pavillon d'isolement dans la semaine suivant son admission, mais il s'est empressé de l'ensevelir sous les chiffres. Cela n'était pas pour lui et ce ne l'est pas encore, mais il demeure béat à constater qu'il existe pour de vrai. Béat et l'air nigaud à bredouiller:

— C'est quoi, déjà, le trou?

Le gardien fermant la marche s'esclaffe tandis que l'agent aux manières d'ancien religieux semble repérer en lui un sujet digne de conversion.

— C'est un lieu de punition, explique-t-il avec une légère compassion teintée de condescendance. C'est ici qu'on enferme les détenus vingt-trois heures sur vingt-quatre. Ils ont droit à une heure d'exercice par jour et viennent marcher dans cette cour. Fais en sorte de ne pas t'y retrouver.

— Un jour ou l'autre, ce s'ra son tour, prédit le gardien en lui lançant un regard hostile.

Jamais! Ce ne sera jamais son tour! La réplique lui brûle les lèvres mais il doit prouver qu'il est un «bon p'tit gars». Un bon soldat. Il se tait. Concentrant sa haine sur la verrue ornée d'un poil, trônant au beau milieu du menton du geôlier méprisant.

— Nous allons vous reconduire à vos cellules. C'est juste en face, dans ce pavillon-ci.

Un, deux, trois, quatre, il compte les pas vers l'hôtel des Pommes-Pourries. Cinquante, cinquante et un, cinquante-deux, cinquante-trois... Il suit le groom bête faisant tinter son trousseau de clés.

— Oublie pas le numéro de ta cellule, c'est celui de ta place à la table du réfectoire. T'es chanceux, t'as une vue sur le trou, ironise-t-il en fermant la porte.

«Mange donc d'la marde! réplique-t-il intérieurement. Tu peux ben rire, j'irai jamais dans ton trou. Jamais!»

Il se ressaisit. Voyons! Pourquoi prendre au sérieux les prédictions de cet imbécile? Ne devrait-il pas plutôt se réjouir de cette porte munie d'un judas, qui lui procure une certaine intimité? Ainsi que du fait qu'il n'aura plus à prendre ses repas seul en cellule? Quelle amélioration! Quoique de dimensions presque aussi restreintes, cette cellule peut, par le truchement de son imagination, être transformée en chambre de pensionnaire, de moine ou de soldat. Quelle différence, au fond? C'est la même austérité. La même économie d'espace. Ici, il ne voit pas continuellement les barreaux ainsi que les déplacements des agents correctionnels, qui le rappellent sans cesse à la réalité. Un coup la porte fermée, il peut s'imaginer ce qu'il veut. Faire ce qu'il veut.

Il fixe la cuvette hygiénique et sourit de contentement à l'idée de pouvoir enfin satisfaire ses besoins naturels en toute quiétude.

Comme un animal, il prend possession de son terrier, l'inspectant, le reniflant, l'évaluant de ses pas. Il va, vient, se délimite des aires. Là, ses cahiers d'étude. Là, son linge. Ici, ses effets personnels. Cinq pas dans ce sens. Trois dans l'autre, le judas à la hauteur de son nez et la fenêtre à celle de ses yeux lorsqu'il se hausse sur la pointe des pieds. Il regarde dehors. Voit alors déambuler des fantômes vêtus de combinaisons-salopettes dans la cour grillagée du pavillon d'isolement. Dans cette enceinte à l'intérieur de l'enceinte et cette prison dans la prison. Comment croire maintenant qu'il est dans une caserne, un pensionnat ou un monastère? On l'a trompé, leurré. Cet endroit n'est pas tout désigné pour le «bon p'tit gars» qu'il est. Le vieux loup de mer a raison: cet endroit, c'est un «pen en marde» comme tous les autres avec ses murailles, ses barbelés et ses hommes armés dans les miradors. Tout est de la merde autour de lui et lui il n'est qu'une merde.

Voilà qu'il chute au fond de sa propre pourriture. De sa propre déchéance. Avec le poids de la haine. La sienne et celle des autres. Avec le poids du mépris du gardien à la verrue au menton, qui l'a déjà précipité dans ce trou infernal. Avec le poids de sa honte et de tout ce qu'il doit redresser et racheter. Il chute vers l'abîme des mille six cent soixante-quinze jours qu'il devra passer ici. Un, deux, trois, quatre, cinq... Il tente de se rétablir de cette vrille mentale. Il appelle à son secours ce douze mille trois cent onzième pilote aux ailes à peine formées afin qu'il prenne le contrôle de la situation. N'est-il pas le meilleur élève d'Émile, celui qui a toutes les qualifications requises pour devenir pilote de brousse et s'envoler loin, loin, là où aucune route n'accède, loin de tous les «pens en marde» et de leurs geôliers qui leur crachent dessus? Oui, il l'est. Il le sera pour autant qu'il se détachera des autres. Qu'il se dépêtrera de cette glu merdeuse. De cette haine qui l'empoisonne et l'emprisonne avec les mécréants. Pour autant qu'il se tapira dans son terrier avec ses livres d'étude. Qu'il s'y tissera un cocon avec les brins du silence sur la trame de la solitude et s'y enfermera avec l'oiseau qui est dans sa tête. Pour autant qu'il fera abstraction de ce qui l'entoure.

Oui, il doit se débarrasser de tout ce qui déteint sur lui. De tout ce qui l'atteint. Hors du cocon, tout ce qui peut le contaminer, le déranger! Hors du cocon, le mépris éloquent du gardien à la verrue au menton! Hors du cocon, la solidarité engendrée par la haine! Hors du cocon, les oreilles légèrement décollées de son agent de gestion de cas! Hors du cocon, les murailles, les barbelés et la présence du trou, face à sa fenêtre!

Hors du cocon afin qu'il s'y terre avec l'oiseau qui est dans sa tête. Afin qu'il y dorme et s'y forme. Patiemment, lentement comme une chenille. Afin qu'il y meure un peu pour renaître sous la forme d'un papillon.

4

La terre de Caïn

Messe obligatoire. Des rangées parfaitement alignées de détenus en uniforme. Crâne rasé, col de chemise boutonné, bottines cirées, ils ont vraiment l'air de soldats. Seuls les numéros au dos des chemises le rappellent à la réalité carcérale.

Il prête peu d'attention à la parole de Dieu, cet être cruel, injuste, vengeur, qu'une simple peccadille réussit à mettre dans une grande fureur. Cet être qui les surveille de là-haut et les punit pour sept générations à venir. Qui, par le Déluge, a tenté d'effacer l'engeance humaine de la surface de la terre, à l'exception d'un juste dans son arche. Qui, par la destruction de Sodome et Gomorrhe, a récidivé, n'épargnant encore une fois que la famille du juste. Cet être orgueilleux qui a frappé de confusion les constructeurs de la tour de Babel et chassé Adam et Ève du Paradis pour avoir goûté au fruit de la Connaissance. Cet être sadique qui a marqué Caïn d'un signe et l'a poursuivi partout dans le désert. Cet être diabolique qui a créé Judas devant trahir le Fils afin que s'accomplissent les Écritures. Cet être que l'on craint, prie et supplie à genoux de nous épargner son courroux. Cet être qui, de son bras omnipotent, a renversé le bulldozer sur son père. «Te voilà bien puni d'avoir travaillé un dimanche», blâmait son complice en soutane. «J'te l'avais ben dit, aussi», reprochait sa mère en prière.

Cet être qui a créé le bon et le mauvais, l'agneau et le loup, chérissant l'un et maudissant l'autre. Cet être qui le révolte et révolte la plupart des hommes ici présents. Comment peut-il en être autrement? Que faire d'autre envers ce Maître tout-puissant qui les garde le nez collé sur leur faute comme on garde un chien le nez collé sur la crotte qu'il a faite sur le tapis?

Se sent-il pour autant solidaire de ces hommes? Il ne sait plus. Vraiment plus. C'est curieux, ce qu'il ressent. Si c'est de la solidarité, elle ne tient qu'au lieu. Si, par magie, les murs tombaient autour d'eux et si leurs uniformes se transformaient en vêtements civils, rien, vraiment rien ne l'apparenterait à ces hommes. Mais voilà, il y a une enceinte qui les rassemble dans le même enclos. Et des murs trop minces qui laissent entendre leurs cauchemars la nuit. Il y a de grandes tables où ils mangent coude à coude, en silence. Des ateliers où ils partagent le même travail. Un gymnase où ils partagent leurs jeux. Il y a l'exercice militaire qui les corde, épaule contre épaule, et les fait marcher au même pas. Des douches où ils déambulent tout nus comme les larves ruisselantes d'un même vivier. Il y a le même horaire qui les régit, le même règlement, le même menu. Les mêmes gardiens qui les surveillent, le même directeur, le même aumônier.

Ils ont tant de choses en commun. Particulièrement le temps qui tisse autour de chacun d'eux un cocon. Un cocon qui isole et protège les mauvaises chenilles qui pourrissaient les pommes. Les mauvaises chenilles qui pourraient s'entre-dévorer dans ce vase clos où on les

114

force à cohabiter. Les cocons sont solidaires mais pas nécessairement les hommes à l'intérieur d'eux. Si on brisait le vase, les chenilles s'enfuiraient chacune de leur côté, abandonnant leur cocon inutile. Hélas! le vase est incassable. Les murs, infranchissables. Le temps, inéluctable. Et les cocons sont collés les uns aux autres.

Cela fait déjà vingt-huit jours qu'il est ici et il est reconnaissant aux rouages de la machine pénitentiaire d'avoir morcelé le temps pour lui. De l'avoir divisé, subdivisé et fait entrer dans les cases de l'horaire. Ses journées sont bien remplies. Du lever au coucher, il a une tâche à accomplir. Une tâche qui le distrait de sa sentence. Lever, toilette du matin, déjeuner, exercice dans la cour, travail à l'atelier de carrosserie, retour en cellule pour le comptage des détenus, dîner, travail, retour en cellule pour le comptage, récréation, douche, souper, études par correspondance, coucher, voilà autant de jalons posés pour lui. Des jalons sûrs, invariables, sécurisants. Les repas arrivent toujours à la même heure, avec le même menu de la semaine. Sa literie et ses vêtements sont régulièrement lavés. Il reçoit même un salaire pour son travail à l'atelier de carrosserie. Un salaire minime, bien sûr, plus symbolique qu'autre chose, mais ces quatre-vingt-dix sous par semaine entretiennent chez lui la fierté de recevoir une rémunération et raffermissent sa volonté de gagner honnêtement sa vie un jour en pilotant des avions.

Oui, tout est organisé, ici, même l'administration de cet argent, dont cinquante pour cent sont automatiquement prélevés et déposés dans un compte d'épargne obligatoire, dix pour cent retenus pour le fonds de bienfaisance des détenus, et le reste laissé pour sa cantine, c'est-à-dire pour les cigarettes et les articles de toilette.

Il se félicite de ne pas fumer car cela lui permettra d'économiser plus rapidement l'argent nécessaire à l'achat d'un modèle à échelle réduite qu'il pourra assembler durant ses heures de loisir. Dieu qu'il en rêve depuis qu'il l'a aperçu au comptoir des accessoires d'artisanat! Seul aéronef à figurer parmi une surprenante collection d'automobiles, il se plaît à imaginer qu'il a atterri là spécialement pour lui, le douze mille trois cent onzième pilote.

Mais n'est-ce pas enfantin de rêver ainsi? Inquiétant également? Jamais il n'aurait cru qu'un jour il puisse espérer un jouet avec tant de ferveur. N'est-il pas un homme? N'a-t-il pas tenu dans ses mains les commandes d'un vrai aéronef? N'a-t-il pas subvenu aux besoins de sa famille? Que lui arrive-t-il? Il a de la difficulté à s'endormir le soir, tellement il a hâte d'avoir en sa possession la boîte sur laquelle figure un hydravion Cessna 185, revivant l'impatience et l'excitation des veilles de Noël. Faut-il qu'il soit démuni pour en arriver à craindre qu'un autre l'achète avant lui! Faut-il qu'il soit tombé bas pour désirer cet objet au plus haut point! Oui, il est démuni. Ils sont tous démunis. Ils ont tous un comportement semblable au sien. Ici, la moindre joie, le moindre incident est grossi démesurément. Ici, mâcher une gomme est un délit et une jouissance extrême car, tout comme le chocolat, elle est interdite. Si on a la chance d'en avoir une, on la colle sous son lit le soir et on y met un peu de sucre quand elle perd sa saveur ou encore on la mélange avec une autre gomme. Demi-gomme plutôt, car prendre une gomme complète est un luxe qu'on se permet rarement. C'est vraiment aberrant de voir ces hommes qui ont forcé le destin en être réduits à faire la contrebande des gommes et du chocolat. Vraiment aberrante, également, sa crainte de voir un autre que lui entrer en possession du modèle à échelle réduite.

L'aumônier parle de l'Avent, ce temps de privations précédant Noël. Ici, c'est toujours l'Avent. Est-il séant de parler de privations à ces adultes qui coupent une gomme en quatre et qui n'ont plus pour ambition que de posséder des joujoux d'enfant? Son regard se concentre sur la nuque de deux compagnons de travail devant lui. Des nuques d'hommes qui apprennent à se résigner et qui, jadis, ont ployé sous le coup de l'adversité. Des nuques d'hommes habitués aux durs travaux. D'hommes qui lui font penser à ces rustauds costauds des chantiers de coupe auxquels il s'est intégré dès l'âge de quatorze ans. Est-ce en raison de cela qu'il s'est vite adapté à eux? Notamment à cet Alfred, contremaître bourru de l'atelier, qui se retrouve ici pour avoir vendu des voitures volées afin d'améliorer les conditions de vie de sa femme et de ses trois enfants. Est-il un criminel pour autant? Où est la démarcation entre l'honnêteté et le crime? Qui peut tracer cette juste ligne entre les bons et les méchants sans faire d'erreur? Cette juste ligne que Dieu lui-même a tenté de tracer depuis les origines, ne retenant qu'une poignée de justes pour des légions de mécréants. De quel côté de la ligne ira le patron d'Alfred, qui l'exploitait avec un salaire de crève-faim? De quel côté de la ligne iront les bandits en cravate et bel habit, capables de se payer les meilleurs avocats?

Une chose lui apparaît certaine cependant: à l'instar de Caïn aux ongles crottés d'avoir cultivé la terre, ceux qui ont les doigts noircis de cambouis ou de gomme de sapin se retrouvent immanquablement dans la colonne des méchants dès le premier délit. Dans ce désert en marge de la société, où l'œil de Dieu les traque. Ce désert où ils peinent, marqués d'un signe au dos de leur chemise, se demandant, comme Caïn, pourquoi Dieu a refusé leur offrande et non celle d'Abel. Dans ce désert où ils souffrent d'entendre parler de Noël que les autres préparent à l'extérieur.

Ce désert clôturé de barbelés où on les entasse les uns contre les autres. Chacun dans son cocon. Chacun avec sa révolte et ses rêves à échelle réduite. Si petits rêves, directement proportionnels à ce qu'ils sont devenus.

5

La jungle...

C'est la première fois qu'il se rend au gymnase. N'eût été l'invitation répétée de Jimmy, un compagnon de travail à l'atelier de carrosserie, il n'y serait sans doute jamais allé. Non pas par manque d'attrait mais plutôt par désir de ne pas se mêler au reste de la population carcérale. Mais Jimmy a tellement insisté pour qu'il remplace un coéquipier condamné au pavillon d'isolement qu'il a fini par céder.

Ils marchent au pas, le corps rigide, la tête droite, desserrant à peine les lèvres pour parler, tout déplacement devant avoir lieu en silence.

— Mais j'ai jamais joué au ballon volant, Jimmy.

— Ça fait rien. C'est facile. Tu jouais pas à ça, à l'école?

— Non.

— Veux-tu ben me dire d'où tu viens, toi?

— D'une école de rang... On jouait à la *tag*, à la cachette, au ballon chasseur.

— C'est pas un jeu compliqué. T'es grand pis tu m'as l'air en forme. Tu fumes pas. T'as du souffle. Il te manque rien. J'te jure que tu vas aimer ça. Ça va t'faire oublier la mauvaise humeur d'Alfred.

— Ouais... Y'était pas dans son assiette aujourd'hui.

— Faut l'comprendre: on approche de Noël. Y'est toujours comme ça dans ce temps-là. À part ça, il a eu la visite de sa bonne femme, hier. Ça l'a tout reviré à l'envers.

— Ah oui? Ça y'a pas fait plaisir?

— Ben sûr, ça fait plaisir, mais quand Noël approche, veut, veut pas, on parle des enfants pis des cadeaux. Pis veut, veut pas, Alfred se sent un trou d'cul d'avoir mis sa famille dans la misère. Y'est allé voir l'aumônier ce matin.

Jimmy baisse le ton, jetant de furtifs regards autour d'eux.

— Qu'est-ce que l'aumônier a à faire là-dedans?

— Ben... pour sa lettre.

Le ton baisse encore jusqu'à la confidence, voire le secret d'État.

— Sa lettre?

— Ben, la lettre qu'il envoie à ses enfants.

— J'comprends pas.

— C'est l'aumônier qui la poste à partir de Sherbrooke quand il va dans sa famille. Chut!

Rencontre avec un agent correctionnel remontant l'allée. Ils se taisent. Regardent droit devant, le visage dénué d'expression. Réussit-il à masquer ce trouble en lui, cet espoir naissant combiné à une vive reconnaissance pour le geste posé par ce prêtre ignorant le signe dont Dieu a marqué les impies? Ne faudrait-il pas qu'il révise ses positions en ce qui a trait aux hommes d'Église, qu'il a tendance à tous mettre dans le même sac, celui des écus payés à Judas?

120

— Tu veux dire qu'y la poste sans l'ouvrir?

— Tu piges vite, bonhomme. C'est ça. Il a pas l'droit mais il le fait de temps en temps.

— J'savais pas.

Ce qu'il sait, par contre, c'est ce que cela peut représenter pour Alfred. Pour tout prisonnier qui pourrait enfin s'ouvrir le cœur dans une lettre sans craindre que les censeurs y jettent l'œil de Dieu poursuivant Caïn.

— Y'est correct, l'aumônier. Il se doute ben de c'qu'Alfred écrit dans sa lettre. Exemple: «Papa s'ennuie de vous autres... Il se cherche du travail ici, à Sherbrooke, mais il en trouve pas. C'est pour ça que papa a pas d'argent pour vos cadeaux mais il vous aime quand même beaucoup...» Tu vois l'style?

— Ses enfants savent pas qu'y est en prison?

— Ben non! C'est pas une affaire que tu t'dépêches à dire à tes enfants. Ils vont l'apprendre ben assez vite. Y'a toujours une bonne âme pour s'ouvrir la trappe sur le sujet. Alfred a pour son dire que c'qu'ils savent pas, ça leur fait pas de tort. Bon, nous v'là rendus. Tiens, tu mettras ça. Il nous a donné la permission de t'les prêter.

Il éprouve une certaine répulsion à endosser les vêtements du détenu condamné au pavillon d'isolement. Il a la vague impression d'emprunter provisoirement le cocon d'un autre et d'attirer ainsi la malédiction sur lui. Ne risque-t-il pas d'attraper des habitudes récalcitrantes tout comme on attrape des poux?

— C'est la première fois qu'il est condamné au trou?

— Non.

Il aurait aimé entendre le contraire. Ce type est sûrement un dur de dur pour avoir mérité la prison à l'intérieur de la prison. Il a dû commettre un grave délit à l'intérieur du délit.

— T'en fais pas, ton tour va v'nir un jour.

— Jamais!

— C'est c'qu'Alfred disait quand il est arrivé.

— Alfred a fait du trou?

— Ouais... Moi aussi.

Il ne comprend pas: Alfred n'a rien d'un dur de dur. C'est un pauvre diable qui s'est écœuré à tirer le diable par la queue. Si Alfred a pu se ramasser dans ce trou-là, rien ne lui garantit que cela ne lui arrivera pas. Il frissonne. Met cela sur le compte des vêtements légers et se rue au pas de course dans l'espoir de se réchauffer et de laisser au plus vite ses pensées avec son costume de bagnard. Mais il a beau se démener, il ne parvient pas à oublier qu'un lien ténu existe entre lui et Alfred. Que la similitude du père indigne et du fils indigne les rapproche. Aurait-il pardonné à son père? Alfred aurait-il pardonné à son fils? Il se sent vis-à-vis de son père tout comme Alfred vis-à-vis de ses enfants. Comment réagirait-il, lui, si, au lieu de verser sous un bulldozer, son père s'était fait prendre à vendre des autos volées pour améliorer leur condition?

— Luc! C'est pour toi!

Il saute, frappe le ballon et compte un point. «Yé!» Tape dans le dos. «Bravo!» Mise au jeu. Au diable tout ça! Le ballon capte maintenant toute son attention. Ses pensées abdiquent, l'abandonnent finalement et le laissent jouer avec les autres.

Il se donne au jeu avec frénésie. Plus rien n'existe en dehors du ballon, du filet et des limites du terrain. Passe, service, but, il apprend rapidement. Il oublie qui il est, où il est. Il n'a plus d'âge. Il n'est qu'un gamin qui s'amuse avec d'autres dans la cour de récréation. Qu'un gamin qui ne voit plus le temps passer.

Coup de sifflet annonçant la fin. Il presse le pas pour rejoindre Jimmy au vestiaire. Soudain une main se faufile sous sa culotte courte. Il se retourne brusquement et se trouve face à face avec Jack, un joueur de l'équipe adverse. Il connaît cet homme de vue et s'est juré de ne jamais avoir affaire à lui. Condamné à vie pour meurtre, il assure le service aux tables du réfectoire. Un sourire narquois plisse le visage de ce détenu d'un âge indéterminé et la salle se vide comme par enchantement. Veut, veut pas, cet homme est maintenant sur sa route. Le fait d'être en présence d'un individu qui a déjà tué lui donne des sueurs froides mais il n'en laisse rien paraître.

— T'sais que t'as des belles fesses, le jeune?

— Touche-moé pas!

— Oh! Monsieur aime pas ça! Tut, tut, tut! Si tu savais tous les avantages qu'il y a à être gentil avec moi. J'pourrais t'payer un beau costume pour jouer pis d'la gomme pis du chocolat tant que t'en veux. Sans compter qu'aux tables t'aurais les plus beaux morceaux. T'as juste à t'laisser faire. T'as une belle gueule.

L'homme avance la main vers son visage. Il se soustrait au geste.

— Fiche-moé la paix! Tu m'écœures!

Le coup de poing arrive vite. En plein sur son nez. Étourdi, il chancelle et tente de riposter. Un deuxième coup aussi rapide l'atteint en plein ventre. Il tombe à genoux, se recroqueville à la recherche de son souffle.

— Tu sais même pas te battre, à part ça.

C'est vrai, il ne sait pas. Il n'a jamais eu à se battre. Il lui est arrivé de lutter, pour le plaisir, dans le foin. Mais de se battre, jamais. Émile, lui, aurait su parer le coup. Il vient d'un quartier de bagarreurs de rue et il a pratiqué la boxe. Lui, il vient de la campagne et il a appris à mettre ses muscles au service du labeur.

L'homme ricane et profite de sa position à quatre pattes pour lui caresser de nouveau les fesses.

—Penses-y, le jeune. T'as rien que des avantages à être gentil avec moi. T'es blond pis j'aime les blonds. Personne va oser te toucher si t'es avec moi, et vu que tu sais pas te battre, ça va t'être utile.

—Jamais, mon écœurant. Jamais!

Un violent coup de pied remplace les caresses. Son front heurte le sol.

—Qu'est-ce qui s'passe, ici? interroge un gardien.

Sauvé. Il est sauvé. En voyant dégouliner le sang au bout de son nez, le gardien comprendra aussitôt ce qui vient de se passer et il expédiera Jack devant le comité disciplinaire, qui le condamnera sûrement au trou. Tant mieux! Il n'a pas de pitié pour cette brute et il se réjouit à l'idée d'être libéré de lui. Pour un temps du moins. Libéré de sa présence au réfectoire, de sa sale gueule d'assassin et de son regard insistant coincé à la hauteur de son pubis.

Bénis soient les règlements du système qui permettent d'établir une distinction entre ses locataires et d'y faire régner une certaine justice! Béni soit cet agent de correction! Hélas, une verrue ornée d'un poil au beau milieu d'un menton lourd ébranle soudain sa confiance, car ce gardien de l'ordre a toujours affiché un mépris flagrant.

—Il s'est enfargé, répond Jack en lui portant secours.

Inutile de feindre. Jack perd son temps à tenter de camoufler les faits.

Le chatouillement du filet de sang sur ses lèvres le convainc de son bon droit et l'autorise à rencontrer de plein fouet le regard du gardien. Déception. C'est le genre de regard qu'on jette au fond d'une poubelle. Un regard de haine, de dégoût, de rejet. Un regard qui le considère comme une merde qu'une simple tache sous le nez différencie de l'autre merde. Un regard froid qui le congèle, le piétine au fond de la poubelle.

— Comme ça, tu t'es enfargé?

Un regard qui ne veut rien savoir. Qui ne veut rien entendre de la vérité. Qui ne veut rien faire pour cette petite merde décorée d'une tache de sang sous le nez, et qui, au contraire, le pousse et le repousse dans le même égout que l'autre, rêvant de le refouler jusqu'au pavillon d'isolement tel qu'il l'a prédit.

— Euh... oui... j'me suis... enfargé...

Instinctivement, il se range auprès de Jack malgré l'aversion qu'il lui inspire. Ensemble, les cochonneries! Les déchets de la société qui a mandaté ce cerbère.

— Retournez à vos cellules en silence.

— Est-ce que j'peux aller à l'infirmerie pour mon nez?

— C'est pas nécessaire. T'as juste à te l'essuyer. T'as pas besoin d'alerter tout le pénitencier parce que tu t'es enfargé, sanctionne l'agent avec un sourire ironique.

Le mal et la peur au ventre, il retourne à sa cellule. Il ne comprend pas ce qui se passe et il tente désespérément d'assembler les morceaux du casse-tête. L'attitude du gardien le déconcerte. N'a-t-il pas montré une certaine satisfaction lorsqu'il a admis avoir trébuché? Est-ce que c'est ça qu'il voulait entendre? Ça qu'il devait dire pour respecter les lois de cette jungle? Et pourquoi a-t-il refusé qu'il se rende au centre de soins, si ce n'est pour étouffer l'affaire?

La dernière pièce posée, la vérité du casse-tête l'effraie: Jack et le gardien sont de connivence. Voilà. Le mal s'atténue mais la peur grandit. Elle s'enracine dans son ventre et s'étend partout en autant de tentacules que Jack a de complices dans l'établissement: Jimmy, les joueurs qui ont quitté subitement la salle, et peut-être même le détenu condamné au pavillon d'isolement.

Il réintègre sa cellule devenue le seul lieu sûr. Il s'appuie contre la porte et jouit du bruit d'enclenchement dans la serrure. Le voilà à l'abri.

À l'abri des coups mais pas des injustices. Ni de la peur, omniprésente et toxique, proportionnelle au pouvoir de Jack. La peur qui le paralyse et l'assujettit. Si différente de celle éprouvée lors d'une première vrille. La peur qu'il se sent incapable de maîtriser, faute de gouverne. La peur qui le collera aux murs des corridors et lui interdira dorénavant l'accès au gymnase.

6

...et ses lois

Retour en cellule pour le comptage des détenus avant le dîner. Il en profite pour vérifier l'aspect de son nez dans le petit miroir de métal vissé au mur. C'est bien ce qu'il pensait: la base de son nez est considérablement enflée et les cernes mauves sous ses yeux se sont assombris. Durant tout l'avant-midi, il a eu l'impression d'avoir une patate au milieu du visage. Voilà ce qui arrive lorsqu'on se pointe le nez en dehors du cocon. Paf! En plein dessus. Ça lui apprendra à faire confiance aux autres. Il n'aurait jamais dû suivre Jimmy jusqu'au gymnase. Mais cela lui faisait tellement de bien de parler à quelqu'un et il se sentait tellement indispensable au sein de l'équipe. À l'avenir, il usera de méfiance envers tout le monde, gardien ou pas. Oui, il n'y a que la méfiance pour survivre ici.

Sûrement qu'il a le nez fracturé. Pourtant, personne ne fait cas de sa blessure. Ni Alfred, ni Jimmy, ni les autres. C'est comme s'il avait toujours eu cette patate entre deux cernes mauves dans la figure. Personne ne fait non plus mention de la joute d'hier, comme si elle n'avait tout simplement pas eu lieu. Jimmy ne lui adresse plus la parole et Alfred continue de bougonner.

Une cloche lui ordonne de se rendre au réfectoire. Il obéit sans entrain. Il a trop mal à la tête pour être en appétit, et puis le simple fait de voir Jack lui fait lever le cœur.

Assis aux places qui correspondent à leur numéro de cellule, les hommes attendent en silence que les détenus à vie assurent le service. Fait déconcertant, Jack s'occupe de leur table aujourd'hui et non de celle qui relève habituellement de lui. Cela le démoralise, lui coupant encore plus l'appétit et intensifiant son mal de tête. Il ne peut cependant pas s'empêcher d'observer l'homme qui l'a agressé. Trapu, costaud, vigoureux, Jack ne répond pas du tout aux critères d'un homosexuel. Se peut-il que ce mâle à la mine franchement patibulaire ait tenté de le séduire? Oui, confirme l'œillade enjôleuse accompagnant le pâté chinois qu'il lui sert.

Le mets est salé. Tellement salé et poivré qu'il s'empresse d'avaler aussitôt une gorgée de lait. Un goût sur et rance l'oblige alors à régurgiter dans son assiette.

— Qu'est-ce qu'y s'passe, ici?

Verrue-au-menton accourt.

— Le lait est pas bon. Le pâté chinois est trop salé.

— Comment ça, le lait est pas bon? Est-ce qu'y en a qui trouvent que le lait est pas bon?

Silence. On n'entend que le raclement des fourchettes dans les assiettes. Certains ont déjà terminé leur repas et essuient les restes d'un pâté chinois prétendument salé avec un morceau de pain.

— En tout cas, mon pâté à moé, y'est pas bon. Ni mon lait.

— Tu veux faire du trouble?

— Non, mais j'veux pas manger d'la chnout.

— C'est pas d'la chnout, ça. Y'a personne qui mange de la chnout, ici. Finis ton assiette.

— Non. J'mange pas de ça.

— Finis ton assiette!

L'agent de correction lui pousse la tête vers le plat. Va pour le Tout-Puissant qui lui maintient le nez collé sur son petit pain et sa faute, mais pas pour cet homme qui profite de son uniforme pour l'humilier. Cet homme qui, pas plus tard qu'hier, a failli à son devoir de faire régner l'ordre et la justice en ces murs.

Il se dégage. La main de l'agent s'écrase dans la nourriture infecte.

— Goûtes-y, à c't'heure, maudite verrue!

Un sourire en coin se faufile sur le visage du cerbère. Voilà ce qu'il attendait.

— Ça va te coûter cher, ça. Désobéissance, désordre au réfectoire, insulte à un agent de correction, ton compte est bon pour le comité de discipline.

— Tant mieux! J'vais en profiter, moé, pour dire tes p'tites combines avec un certain détenu.

— Continue, tu fais juste aggraver ton cas.

Provocant, le gardien s'essuie calmement les doigts avec une serviette de table.

— T'es rien qu'un maudit *screw*! hurle-t-il, hors de lui.

Screw. Il s'était bien juré de ne jamais employer ce mot. De ne jamais traiter les agents de correction comme les traitent la plupart des détenus. Une telle haine l'habite qu'il retient à grand-peine l'envie d'arracher cette verrue qui le nargue de son menton forteresse. Un léger coup de coude de son voisin le ramène à la raison. C'est alors qu'il remarque deux autres agents venus appuyer leur confrère.

Il comprend qu'il n'aura aucune chance devant le comité disciplinaire. Il comprend que le fruit pourri est mûr pour le pavillon d'isolement.

Vaincu, il baisse la tête tandis que Jack débarrasse la table.

7

Au fond du trou

«Un, deux, trois, quatre, ma p'tite vache a mal aux pattes», chantonne-t-il dans sa tête en remuant les orteils pour les empêcher de geler. Il fait de même de ses doigts et laisse couler l'humeur nasale sur sa lèvre supérieure. Un froid immobile le cerne, le gagne, déclenchant une série de frissons le long de son échine. Debout devant un poteau de la cour, il attend que les membres du comité disciplinaire établissent sa culpabilité. Elle sera établie, c'est sûr. En fait, c'est plutôt la sentence qu'il attend.

Cela n'a servi à rien d'essayer de se défendre. Ce tribunal, composé du directeur adjoint à la sécurité, de l'officier de secteur, d'un travailleur social, du surveillant témoin de l'infraction et de Verrue-au-menton, n'est finalement qu'une frime.

Lorsqu'on l'a fait comparaître devant eux et qu'il a constaté leur solidarité, il a vite compris qu'il n'avait aucune chance. Qu'il ne servait à rien d'accuser Verrue-au-menton d'être de connivence avec Jack. Encore moins de tenter de démontrer que l'épisode du pâté chinois trop salé n'était qu'un coup monté. En fait, on l'a fait comparaître afin qu'il soit témoin des dés pipés qu'on lançait sur la table. Puis on l'a conduit face à ce poteau en lui intimant l'ordre d'attendre sans bouger.

«Un, deux, trois, quatre, ma p'tite vache a mal aux pattes.» Mademoiselle Massicotte lui a déjà fait le coup, en septième année, au début de décembre. Tout comme aujourd'hui, le sol était gelé dur et la neige n'était pas encore tombée pour atténuer la rigueur du froid. Debout et seul dans la cour pendant que tous les autres avaient réintégré leur pupitre, il se bougeait les doigts et les orteils pour activer la circulation sanguine dans ses extrémités. Et le froid s'infiltrait dans ses vêtements, se faufilait sous son chandail, lui donnant ainsi la chair de poule. Et il tremblait, autant de froid que de rage et d'humiliation. Accusé à tort d'avoir brisé un carreau à la fenêtre de la salle de récréation, il n'avait su plaider son innocence et, se voyant condamné, il avait accusé l'autorité d'injustice. «Si ce n'est pas toi, alors tu as sûrement fait quelque chose de répréhensible dont on n'a pas eu connaissance. Tu appliqueras la punition à ces actes-là.» Voilà: il était de la mauvaise graine et l'autorité n'avait pas de temps à perdre à écouter sa plaidoirie. L'important était de trouver un coupable qui puisse servir d'exemple aux autres. Un coupable à exposer au vu et au su des élèves afin de les dissuader de lancer des cailloux. Et lui il rageait de savoir que, parmi la gent écolière qui le lapidait de regards désapprobateurs, le vrai coupable s'en tirait blanc comme neige. Tout comme il rage présentement au souvenir du sourire triomphant de Verrue-au-menton assis à la table du comité disciplinaire. C'était le même sourire méprisant que lors de son admission ici, alors que ce geôlier lui prédisait qu'un jour ou l'autre il échouerait dans le «trou». «J'irai jamais dans ton trou. Jamais!», lui ripostait-il mentalement. Et l'arrogance de ce surveillant ne faisait que renforcer son intention de faire amende honorable à la

132

société en purgeant sa peine sans déroger le moindrement à la ligne de bonne conduite qu'il s'était fixée. Mais voilà: l'implacabilité et la complexité des lois de la jungle carcérale ont vite eu raison de lui. De sa naïveté et de son ignorance. Jack lui a tendu un piège et il est tombé dedans la tête la première, donnant ainsi matière à sévir à Verrue-au-menton. Matière à rédiger un rapport d'offense en bonne et due forme. Et maintenant il attend face au poteau pendant que les autres détenus travaillent aux ateliers. Maintenant il tremble, autant de froid que d'indignation, l'âme révoltée, le cœur bouillonnant de haine pour Verrue-au-menton qui n'est qu'un vil et lâche profiteur caché sous l'uniforme des gardiens de l'ordre. Qu'un hypocrite et fourbe personnage déguisé en homme fiable et intègre. Comme il le déteste! Comme il le méprise! À ses yeux, désormais, il n'est qu'une merde. Une merde mille fois plus merdeuse que Jack d'être servile de surcroît.

Et lui, l'accusé, le détenu, il se sent propre dans cette histoire et garde la tête haute. Comme il la gardait haute dans la cour de l'école. Pas question d'avoir l'air coupable et de baisser le front.

On l'accuse injustement, soit. On le punira injustement, soit encore. Mais jamais, par son attitude, il n'admettra qu'il a commis une faute. Il demeurera droit et debout, la tête haute, tant et aussi longtemps qu'on le laissera ici, seul dans la cour.

Il se souvient que, de la fenêtre de sa classe, Mademoiselle Massicotte le surveillait, attendant qu'il montre des signes de repentir. Elle comptait sur le froid pour lui donner l'allure d'un coupable. Mais, chaque fois qu'il apercevait sa rigide et maigrichonne silhouette, il bombait le torse et la dévisageait jusqu'à ce qu'elle retourne à son tableau noir. Être seul et propre lui donnait une force jusqu'alors insoupçonnée. Il en est de même aujourd'hui.

133

Peut-être que les membres du comité disciplinaire le surveillent eux aussi d'une fenêtre jusqu'à ce qu'il abdique. Alors, qu'ils surveillent! Il ne bronchera pas, quitte à se pétrifier sur place.

«Un, deux, trois, quatre, ma p'tite vache a mal aux pattes.» Lui, c'est aux orteils et aux doigts qu'il a mal. Il lui semble qu'il n'a jamais eu si froid. Que dans la cour de l'école il avait mis plus de temps à atteindre un seuil d'intolérance.

Bon Dieu! Qu'est-ce qu'ils attendent pour lui faire connaître sa sentence? Cela fait une éternité qu'il poireaute dehors, face à ce maudit poteau. Pourvu qu'il ne perde pas du «bon temps», cette remise de peine qu'on lui a accordée automatiquement, équivalant au tiers de la sentence. S'il fallait que la date de sa libération soit retardée d'une semaine ou deux, ce serait la catastrophe.

S'étant fait à l'idée qu'il serait libéré le 6 juin 1973, il ne sait s'il sera en mesure de résister jusqu'à une date ultérieure, exactement comme un haltérophile qui, entraîné à soulever un poids de trois cents livres, s'avère incapable d'en soulever un de trois cent dix livres.

Mais la gravité de cette faute qu'on lui impute justifierait-elle une telle sanction? Il ne sait pas. Il ne sait encore rien de ce système aux engrenages multiples et sophistiqués. De cette machine pénitentiaire qui perd de plus en plus l'allure abstraite et utopique que lui conféraient les cours d'information du centre de réception du pénitencier de Laval. Tout semble n'être que frime et dés pipés. Que pièges tendus et complices embusqués de-ci de-là. Et le pire est à venir, croit-il. Il n'a encore rien vu. Et il a terriblement peur malgré cette force insoupçonnée qui lui fait garder la tête haute.

Peur de perdre du «bon temps». Peur du trou. Peur de Jack et du pouvoir qu'il a sur les autres détenus, sur

134

Verrue-au-menton et peut-être aussi sur d'autres membres du personnel. Si lui, le nouveau, est destiné, selon les conventions de la population carcérale, à servir de «chair blanche[1]» à Jack, que pourra-t-il faire pour qu'il en soit autrement? La force qui l'habite présentement est-elle suffisante pour renverser le cours des choses? Se tenir la tête haute devant le poteau en dépit du froid suffira-t-il à convaincre Jack de lâcher prise?

«Un, deux, trois, quatre, ma p'tite vache a mal aux pattes.» Qu'est-ce qu'ils attendent, bon Dieu, pour lui faire connaître ce qu'il adviendra de lui? Il grelotte, renifle, a depuis quelques minutes une forte envie d'uriner. Attendent-ils qu'il pisse dans ses culottes, bon Dieu? Jusqu'où veulent-ils l'humilier? Jusqu'à ce qu'il baisse la tête et admette sa culpabilité? Jamais! Plutôt mourir de froid.

Enfin, des bruits de pas sur le sol gelé et un tintement de clés derrière lui l'avertissent qu'un gardien vient le chercher.

— Venez, dit poliment un homme derrière lui.

Non, ce ne peut être un gardien qui use d'un ton si respectueux. Il pivote sur ses talons, fait face à un géant à la figure aimable vêtu de l'uniforme des agents de correction. C'est Frère Tuck, baptisé ainsi en raison de sa corpulence et de sa mansuétude. Frère Tuck qu'il ne connaissait que de renom et qui est là, devant lui, l'expression plus compatissante qu'accusatrice.

— Venez, répète l'homme.

Cela lui fait tout drôle d'être vouvoyé par un homme plus âgé que lui. Un homme dont les fonctions lui permet-

---

1. Chair blanche: jeune détenu nouvellement arrivé, bénéficiant de la protection et des largesses d'un ancien à la condition d'avoir des rapports sexuels avec lui.

traient de traiter sans le moindre égard celui dont la culpabilité vient d'être établie par le comité disciplinaire.

Il en est tout remué et constate avec quelle docilité il obéit parce qu'il se sait respecté.

Frère Tuck le conduit devant ses juges.

— Vous êtes condamné à cinq jours au pavillon d'isolement, au pain sec et à l'eau, pour vous apprendre à apprécier la nourriture de l'établissement. Vous pouvez disposer.

Frère Tuck le prend en charge et l'emmène comme un agneau tremblant à l'abattoir. Il a peur, terriblement peur.

De retour à l'extérieur, arpentant l'allée menant au pavillon d'isolement, il se met à claquer des dents tellement il a froid. Les pieds engourdis, les doigts raidis, il suit celui qu'il croit être le seul honnête homme du pénitencier. La cour où il pourra se dégourdir les membres une heure par jour le frappe par ses dimensions réduites et sa haute clôture grillagée surmontée de barbelés. Il ralentit l'allure. Frère Tuck également.

— Venez. Vous pourrez vous réchauffer; vous avez pris froid.

Cette évocation de la chaleur l'invite à pénétrer dans le bâtiment lugubre où, à son grand désespoir, Frère Tuck le livre aux surveillants en poste.

— Déshabille-toi. Enfile ça.

Le voilà affublé de l'humiliante salopette-combinaison des condamnés au trou. D'une propreté douteuse et ne comportant qu'une seule grandeur, elle lui fait regretter le port de son uniforme.

— Envoye là-d'dans.

Bruit lourd de métal contre métal, de tâtonnement de clé dans la serrure, de pas dans le corridor... puis le silence.

Il s'appuie le front contre la porte glacée, puis la joue, et finalement y colle son corps comme s'il pouvait ainsi se tenir à la périphérie de ce trou où on le précipite.

Tremblant de tout son être, il se laisse glisser contre cette porte qui le sépare des autres et il se recroqueville par terre, tentant d'échapper au trou qui veut l'engloutir.

* *
*

La solitude a deux facettes. Volontaire, elle élève et purifie. Obligatoire, elle étouffe et détruit. Pile, c'est être seul. Face, c'est être isolé. D'un côté, ça ouvre tout grand l'horizon. De l'autre, ça bouche toutes les issues.

Il est du mauvais côté. Dans l'ombre de l'ombre et dans la prison à l'intérieur de la prison. Vingt-trois heures sur vingt-quatre, il croupit entre quatre murs et s'étiole dans cette humiliante salopette-combinaison. Il est possible que ce soit celle du type qu'il a remplacé lors de la joute de ballon volant. N'avait-il pas éprouvé une certaine répulsion à enfiler les vêtements de sport de ce détenu condamné au trou, comme si cela pouvait lui attirer la malédiction? Il aurait dû porter attention à cette petite voix que la raison réfute.

Mais à quoi bon ressasser tout cela maintenant? Le mal est fait et il se retrouve dans ce lieu infect, meublé d'un matelas miteux et d'une cuvette hygiénique crasseuse. Il se retrouve dans le trou. Au fin fond du trou. Pas moyen d'aller plus bas. Pas moyen d'imaginer qu'il est ailleurs, avec ces taches de saleté aux murs défraîchis. Pas moyen de se faire accroire qu'il est un soldat, avec cette puanteur d'homme imprégnée dans la salopette. Pas moyen de se faire accroire quoi que ce soit, avec les repas de pain sec et d'eau qu'on lui sert par le guichet. Pas moyen non plus de se distraire, car il n'a rien. Ni papier, ni crayon, ni livre d'étude, ni calendrier. Dénuement total. Il n'a que son corps et ses pensées.

De son corps, il tire de maigres et troubles jouissances en se masturbant. Enfermé à double tour dans le cachot du Temps, il se roule en boule, se recroqueville, se referme sur son pénis, seule chose encore vivante à échapper aux contrôles de l'autorité pénitentiaire. Seule chose encore vivante de son être entier crucifié par les murs sordides. Seule chose encore vivante qui relève de lui. De ses mains qui le font gonfler et durcir. De ses fantasmes qui y drainent sang et vie.

Cette vie qui palpite et se dresse dans ses paumes, l'entraînant loin de la réalité.

Cette vie qui devient chaleur pénétrante, puis trouble, et finalement jouissance capable de le soustraire au lieu. Jouissance qui ne devrait jamais aboutir à l'orgasme mais le garder continuellement dans cet état où il n'appartient qu'à lui-même. Où toutes ses pulsations physiques sont entre ses mains et où il demeure maître de les régir avec la complicité de son corps. Maître et esclave tout à la fois de cet acte défendu, passible à lui seul d'un séjour prolongé en pavillon d'isolement. Esclave de cette nécessité de mettre à l'épreuve cet ultime et dernier pouvoir qui lui reste. Ultime et dernier pouvoir capable d'ouvrir la soupape de l'angoisse. Ultime et dernier pouvoir dont il abuse jusqu'à l'éjaculation. Hélas, quand gicle le sperme et qu'il demeure roulé en boule sur un sexe débandé et gluant; quand, vidé de toute énergie, il ne recueille qu'une faute de plus entre ses mains, il retombe alors bas. Très bas. Et devient faible. Très faible et vulnérable. Comme s'il venait de décaper un peu plus son âme. De l'exposer davantage aux morsures de l'éternité.

C'est alors que ses pensées interviennent. Multiples, elles se précipitent pour lui enrober l'âme et le protéger de ce temps vorace qui montre ses dents. Le protéger de cette solitude rapace qui corrode lentement son cerveau et lui fait regretter la présence de ses compagnons d'atelier. Lui fait regretter la mine bourrue d'Alfred et l'exercice militaire du matin et le coude à coude aux longues tables du réfectoire.

Oui, ses pensées tentent de le protéger. De remplacer tous ces jalons qui morcelaient le temps et le sécurisaient. Démuni, il s'en remet à elles. Il se laisse emporter vers son passé et remonte la rivière du temps.

Le voilà seul à bord du Cessna 150. Il s'arrête un moment pour tirer la langue à la mauvaise face de la solitude. Puis il retourne à ce jour unique où il avait senti des ailes lui pousser: le jour de son premier vol solo.

C'était un dimanche. Un dimanche de juillet, tout chaud et percé par la stridulation aiguë des insectes.

Émile avait enlevé sa chemise: la sueur ruisselait sur ses tempes et tachait sa camisole. Il semblait distrait, nerveux, et tempestait contre la canicule.

Après deux circuits, l'instructeur lui ordonna de s'arrêter, déboucla lentement sa ceinture, descendit de l'appareil et lui tendit un petit papier en disant: «Vas-y tout seul, p'tit frère, t'es capable.»

Son cœur avait fait trois bonds et le papier tremblait dans sa main. Il le déplia. C'était son permis d'élève pilote. Les mots dansaient devant ses yeux. Trop beaux pour être vrais. Il les relisait et n'y croyait pas. Une soif intolérable vint le serrer à la gorge. Il regarda dehors: Émile marchait lentement dans l'herbe.

Il retourna en bout de piste. Il vérifia son moteur et ses instruments avec une attention qu'il n'avait jamais exercée jusqu'alors. Une attention responsable. Il était maître maintenant du petit vaisseau aérien. Maître et responsable. Lui, Luc. Lui, l'élève pilote. Il jeta un dernier coup d'œil à son permis, s'essuya les mains sur les cuisses puis enfonça la manette des gaz.

L'engin gronda, roula, s'éleva. Une joie profonde le saisit au cœur... Il en avait mal. Comme une envie de vomir, de crier. Il regarda le siège vacant à sa droite et cela lui fit tout drôle. L'avion s'était envolé sans le grand prêtre. Il remarqua la route sous lui et se remémora l'avion tel qu'il l'avait vu par ce matin de juin où il se rendait à l'ouvrage. Un engin mystérieux et candide ébranlant le rêve profond des hommes. Un engin qui n'appartenait plus à la terre.

Lui non plus n'appartenait plus à cette terre, pensa-t-il lorsqu'il fut dans la branche vent arrière du circuit. La terre roulait sous lui sa grosse boule de misère, d'amour, de haine et d'espoir. Elle roulait et enroulait ses rêves et cauchemars. Mais il ne lui appartenait plus. Ce monde terrestre, lourd, accablé, n'était plus le sien. Il regardait les forêts, semblables à de gros tricots verts et mousseux, et il concevait mal y avoir tant travaillé. Tant souffert, les pieds dans la boue, les moustiques au cou et la douleur aux reins.

Des petites maisons, déposées avec leurs bâtiments, prenaient l'allure de jouets. Se pouvait-il que sous ce toit de carton pleure une mère? Que dans ce champ de laine peine un homme? La terre entière n'était plus qu'un jouet. Immense et beau. Conçu pour l'amuser.

Et il s'amusait à croire qu'il ne vieillissait plus. Qu'il avait cessé d'appartenir au temps de la terre. Son temps à lui n'avait ni début ni fin. Ni aiguilles ni tic-tac qui finissent toujours par creuser des rides et user.

Son temps n'usait pas; il purifiait. Il le dégageait de sa gangue. Le sablait. Le polissait. Déjà sa seconde nature le pétrissait, le formait. Le cloîtrait. Oh! comme il était seul! Admirablement seul! Seul, fort et craintif. Tremblant à ses premiers coups d'aile mais heureux. Heureux et si léger... Si léger! Vivant une réalité tangible: celle de la mutation. La mutation de son être, de sa pensée, de son âme.

Des ailes s'étaient greffées, développées, musclées et le promenaient autour de l'aéroport. Il n'était plus un homme comme les autres. Il ne serait plus jamais comme avant.

Une envie folle de tourner, de plonger dans l'espace, de percer les nuages l'effleura, mais il se contenta d'exécuter son circuit. Et, à bien y penser, il ne se rappelle pas avoir accompli de circuit plus parfait. Plus précis. Identique au livre d'apprentissage et aux exigences d'Émile.

À l'atterrissage, il se sentit dédoublé. Étrangement, il regardait venir la piste et accomplissait les gestes nécessaires afin de demeurer fidèle au chemin aérien tracé, tout comme s'il glissait sur un fil invisible le rattachant au sol. Il se sentait à l'intérieur de lui-même. À l'intérieur d'un pilote. Il se voyait derrière son front, calculant son approche, son arrondi, son toucher, obéissant à ces gestes que sa pensée suivait et devançait à la fois. Il écoutait une voix lointaine, inscrite dans le passé de l'homme. La voix des frères Wright peut-être ou celle de Léonard ou celle d'Icare, très ancienne. Obsédante et présente dans le subconscient humain. Ou peut-être la sienne propre, projetée dans l'avenir?

L'appareil se posa avec tant de science et de beauté qu'il se demanda qui d'autre avait atterri à sa place. Il sourit. C'était lui seul qui avait déposé si doucement l'oiseau métallique. Personne d'autre n'avait touché aux commandes. Lui seul.

Ses mains tremblaient encore lorsqu'il retira la clé des magnétos. Émile s'approcha et le félicita d'une poigne solide puis Papillon vint le dépeigner et le bourrer de coups de poing inoffensifs et mous. En guise de récompense, on l'arrosa d'un seau d'eau sale. Il se laissa faire. D'autres élèves vinrent le malmener, le salir, le presser, le serrer. Il laissait tous ces gens tripoter sa joie. Elle était si grande qu'ils n'en viendraient jamais à bout. Son âme d'ailleurs voguait encore dans le circuit et il ne savait quand elle viendrait le rejoindre.

Dans le bureau, Émile le toisa et lui arracha finalement sa poche de chemise.

«Voilà pour notre trophée, dit-il en lui clignant de l'œil. Comment t'as aimé ça?

— Comme un fou.

— C'est dans le *downwind*[2] que t'es devenu pilote, mon p'tit frère.

— C'est niaiseux, hein... mais j'aurais aimé ça que tu sois là... pour que tu voies que j'étais ben tout seul.»

Il pensa à Sylvie mais la gaieté débordante de Papillon eut vite fait de lui faire oublier son absence.

Chez lui, son premier vol solo se fit remarquer par sa poche manquante et l'événement fut réduit au gaspillage d'une chemise presque neuve et à la nécessité de trouver un fil de couleur assortie pour la réparer.

Son âme venait d'atterrir durement. Elle replia ses ailes neuves et vint se terrer en lui. Presque honteuse. Il la porta dans la grange et y attendit venir la nuit, étendu dans le foin odorant qui lui picotait la nuque.

C'est là qu'il avait fait la connaissance de la Solitude, cette grande dame qui régnait au château fort du Temps. Là qu'elle l'avait initié, jeune pubère, au plaisir solitaire.

---

2. *Downwind*: branche vent arrière du circuit dans une procédure d'atterrissage.

Confiant, il se cachait avec elle pour expérimenter les fortes et agréables sensations de sa sexualité naissante. C'était sans danger apparent. Persuasive, elle l'avait convaincu de leur construire un nid de foin au grenier de la grange. Un nid où il pourrait la rencontrer à l'insu du Temps. Un nid où elle pourrait l'éduquer, l'élever. Un nid où il pourrait pleurer contre son épaule et apprendre sur ses genoux. C'est là qu'il avait transporté son manuel d'apprentissage et ses notes de cours. Là qu'il s'était installé pour comprendre et absorber la matière. Là qu'elle l'aidait, perchée sur son épaule, à analyser les dessins d'Émile.

Et c'est là qu'en ce soir étouffant de juillet il découvrit son autre visage. Celui qui était dur, inflexible, exigeant. Autant elle l'avait choyé le matin même dans le cockpit de l'avion, autant elle se montrait intraitable. Il devait payer ce temps auquel il avait échappé. Double et triple. Le despote ne plaisantait pas. Il exigeait son tribut.

La Solitude posa alors sur lui sa main glacée et le fit frémir. Puis elle retourna auprès du suzerain pour lui certifier que le vassal était bel et bien condamné à l'exclusion dans sa grange.

Qu'elle était méchante! Il ne se doutait pas qu'elle était capable de pire encore. Il ne se doutait pas que, petit à petit, elle en ferait son esclave. Qu'elle l'entraînerait vers des sommets inimaginables pour ensuite le précipiter dans un donjon où il croupirait au pain et à l'eau.

Dans ce donjon où il est condamné à cinq jours. Cinq interminables jours que lui a mérités le rapport de Verrue-au-menton. Désordre au réfectoire, insulte à un agent, agressivité et refus d'obéissance ont vite soudé en un bloc homogène les membres du comité disciplinaire et il s'est aperçu que, tout comme les détenus, ses juges étaient solidaires. Cela faisait partie des règles de ce jeu où tous les atouts appartiennent aux valets qui portent les clés du château fort à leur ceinture. Les valets du Temps qui se servent de sa favorite, la Solitude, pour l'anéantir. Elle aussi joue les règles de ce jeu dur. Elle le rejoint dans sa cellule pour le torturer jusqu'à ce qu'il craque. Et il a beau lui rappeler ce nid de foin où il s'était donné en toute candeur, elle sévit davantage. Elle obéit aux juges qui l'ont condamné à cette solitude à l'intérieur de la solitude. Mais il ne craquera pas. À chacun des sévices qu'elle lui infligera, il lui rappellera l'extase qu'elle lui a jadis procurée. À l'isolement au trou, il vient de lui opposer son premier vol solo, et il substituera au jugement du comité disciplinaire qui l'a reconnu coupable celui du DFTI[3] qui l'a reconnu pilote. Oh non! il ne se laissera pas détruire! Il possède encore toutes ses pensées. Elles sont là pour le protéger. Il n'a qu'à s'en faire un bouclier pour parer les coups de la méchante grande dame. Il n'a qu'à retourner à ce jour de fin d'octobre où, à peine trois mois après son premier vol solo, il passait son test en vol avec Émile. C'est facile. Tout est clair et net. Parfaitement intact dans sa mémoire. Les yeux fermés, il revit.

Le vent promenait des nuages décousus dans le ciel livide. De longues traînées grises coulaient de leurs flancs vers la terre automnale. Sur le pare-brise de l'avion, la pluie roulait en fines gouttelettes. Au loin, les nuages se dispersaient, taris, échevelés et maladifs.

En cela, rien ne ressemblait à son premier vol solo, dans un ciel éblouissant. Émile calculait les notes. Il se taisait, distant et sérieux comme un juge. Où était ce grand frère au comportement parfois douteux mais si chaleu-

---

3. DFTI: *Designated Flight Test Instructor*: chef instructeur désigné par le ministère des Transports pour faire passer les tests en vol en vue de l'obtention d'un brevet de pilote.

reux? C'est de lui qu'il avait besoin ce jour-là, mais à ses côtés siégeait l'examinateur en vol et son cœur cognait plus fort dans sa cage d'os. Il glissa un regard inquiet vers l'homme et tressaillit à la vue du profil indemne que modelaient les ombres nuancées de la cabine. Le grand prêtre trônait dans toute son étrange beauté et il demeura saisi par ce nez droit, ces lèvres sensuelles et ce menton volontaire qui le mettaient en présence d'un étranger. Oui, d'un bel étranger qui faisait que tout lui paraissait nouveau. Tout: l'avion, le ciel, les exercices surtout, qu'il accomplissait sans son double. Ce double merveilleux qui savait atterrir, décrocher, naviguer et qui gisait quelque part sous une avalanche de nervosité, le laissant exécuter seul les manœuvres. N'avait-il pas monté dans son virage à grande inclinaison? Perdu platement de l'altitude au lieu de décrocher? N'y avait-il pas un ruisseau dans le champ choisi pour l'atterrissage forcé? À chacune de ces manœuvres, il se découvrait une faute, un oubli. Et Émile avait tout noté sur sa feuille d'examen, pour finalement dire: «Bon, rentrons avant que ça empire.»

Il prit cela comme un reproche car c'est lui qui s'était renseigné au centre météorologique. On lui avait annoncé des averses pour l'après-midi mais les nuages étaient en avance et venaient crever leur abcès en ce matin blafard où il aurait tant apprécié un ciel clément.

«Pourtant, y'ont annoncé la pluie pour après-midi.

— Oh! ça arrive souvent.»

Qu'est-ce qui arrivait souvent? Des erreurs d'interprétation de la part des élèves ou des erreurs dans les prévisions météorologiques? Il aurait aimé avoir des précisions mais il n'eut droit qu'au silence. Un silence humide et froid, à lui donner la chair de poule.

Des images se bousculaient dans sa tête. Il revoyait Émile plissant des yeux sceptiques vers l'horizon. «Selon moi, fera pas beau.» Le suivait Sylvie, les doigts croisés, cachant mal des œufs dans sa sacoche et l'espoir de les lui écraser sur la tête pour consacrer sa réussite. Son cœur se serra. Elle devrait maintenant les rapporter chez elle. Remettre dans le réfrigérateur les symboles de sa défaite car il venait d'échouer. Il venait de sacrifier inutilement ce bel été à l'obtention de son brevet de pilote privé. Dire qu'il aurait pu prendre ce temps pour la connaître davantage, la courtiser, la séduire. Dire qu'au lieu de se contenter de lui téléphoner afin qu'elle lui explique certains mots, il aurait pu aller danser avec elle. Dire qu'au lieu de décortiquer le manuel d'apprentissage dans la chambre moisie d'Émile, il aurait pu pique-niquer à l'orée d'un bois et cueillir des baisers sur sa bouche. Mais un pacte tacite existait entre eux: ce n'est que lorsqu'il serait devenu ce qu'il avait prétendu être qu'il pourrait espérer une liaison sérieuse. L'ayant attirée sous de fausses représentations, il comptait bien la mériter en accédant au titre de pilote. Mais il venait d'échouer. Il venait de tout perdre.

Il s'attarda un moment à la main mutilée de l'examinateur qui, avec un crayon, étalait toute sa vie dans de petits carreaux. Savait-il tout le poids de cette vie? Savait-il tous les efforts et les sacrifices qu'il avait consentis? Tout le surcroît de travail qu'il s'était imposé? Toutes les misères qu'il avait eues à convaincre son père de vendre deux terrains près du lac? Savait-il tout le désespoir et l'ivresse du vol?

Il détourna vivement la tête et regarda, en bas, la terre, toute mouillée et sombre, exhibant ses forêts chauves, ses flancs déchirés de labours, ses chemins sales. Qu'il était petit, écrasé entre le ciel souffreteux et la terre délabrée! Des larmes lui piquaient le coin des yeux. Non! Il n'allait pas pleurer pour ça, quand même! Et pourtant... se laisser aller comme un nuage trop plein... Il résista, prit trois bonnes respirations et pensa à son cousin André qui, dès le début, lui avait conseillé de renoncer à ce projet. S'il l'avait écouté, il n'en serait pas rendu là.

La présence d'Émile devenait intolérable. Son silence, accablant. Se taisait-il parce qu'il ne savait comment lui annoncer son échec? «C'est lui qu'il juge à travers moi, pensa-t-il, puisque c'est lui qui m'a enseigné.» Mais cela ne lui fut d'aucun réconfort.

L'aéroport venait à lui bien plus qu'il n'y allait. La présence de Sylvie, l'attendant avec ses œufs pour le féliciter, et la perspective de subir devant elle son humiliante défaite le désarmaient. Il souhaita demeurer entre ciel et terre. Entre son échec et la gloire espérée. Ou encore se retrouver comme par enchantement sous la toiture galvanisée que mordillait la pluie inlassable, à réfléchir sur son avenir. Ou ce qui en restait. Mais déjà il atterrissait, contournait les flaques de boue et stationnait l'avion.

«Ta blonde est sous le hangar.

— Oui, je vois...»

Émile sortit hâtivement et courut sous la pluie qui pétait maintenant sur la carlingue et rebondissait sur le pare-brise. Il roula pensivement la clé entre ses doigts, cherchant le courage de sortir, et osa un coup d'œil vers le hangar où Émile parlait à Sylvie. Voilà: il venait de la mettre au courant de l'inutilité de ses œufs. Ne restait plus qu'à les affronter.

Il descendit de l'appareil, l'attacha solidement au sol et, tête basse, se dirigea vers eux. Ses grosses bottes foulaient l'herbe jaunie et poussaient les cailloux sur son passage. Ses maudites grosses bottes de bûcheron qui l'avaient cloué au sol. Il remarqua une grande flaque d'eau et ne dévia pas. Quand il fut à leur portée, il sentit soudain un choc sur le front. Il leva la tête. Une masse jaune et gluante troubla sa vision. Un deuxième choc le secoua tout à fait: c'étaient bien des œufs. Des œufs qui éclataient sur sa tête dans une explosion de joie, de coquilles et d'albumine. Des œufs comme médailles d'honneur à collectionner et non plus comme symboles de défaite à cacher. Un autre! Un autre! Toute une douzaine s'il le faut! Une joie forte le souleva. Il se mit à rire, balbutiant:

«Non, c'est pas vrai...! J'ai passé! C'est-y vrai? Pas possible...! C'est trop beau...

— Félicitations, p'tit frère!»

Deux grandes mains lui serrèrent fortement les bras. À travers les filets de matière visqueuse dégoulinant de ses cheveux, il vit Émile, droit devant lui, tout près de lui.

«Si tu savais comme ça me fait plaisir de t'accorder ta licence, p'tit frère! Tu la mérites, pis tu mérites de prendre un bon bain; t'es tout sale!»

Avant qu'il n'ait pu résister, il se retrouva assis dans la mare, riant sous l'orage qui déchirait maintenant le ciel. Il laissa échapper un grand cri de joie et se roula de lui-même dans l'eau brune où flottaient des taches multicolores d'essence. Un éclair, mince et bleu comme une veine, jaillit soudain au-dessus de la montagne. Puis le tonnerre éclata.

«Juste à temps», conclut Émile qui prit de nouveau une course vers l'école.

Il restait seul avec Sylvie. Il se leva. L'eau ruisselait sur sa tête, ses épaules, le long de ses cuisses. Il ouvrit les bras et se laissa doucher. Elle riait.

«Viens.»

Il lui tendit la main. Elle y glissa la sienne, toute froide.

«Oh! Tes mains sont froides!

—Oui, c'est en t'attendant... J'étais assez nerveuse pour toi!»

Il pressa les doigts sur son trésor.

«Est-ce que ça t'tente d'embrasser un pilote qui a l'air d'une omelette?»

Elle acquiesça. À la façon dont elle s'offrit, il comprit que le pacte avait été respecté. Il la serra contre lui et introduisit la langue dans cette bouche qu'il avait tant de fois imaginée près de l'appareil téléphonique. Cette bouche, merveille vermeille qui le tenait en éveil. Merveille vermeille où il avait puisé les mots et où maintenant il pénétrait avec délice. Et plus l'orage se déchaînait sur eux, plus il menaçait et les arrosait de pluie glacée, plus ils se donnaient dans ce premier baiser.

Il venait de mériter cette fille pas pour lui. Il venait d'acquérir le droit de l'envelopper dans ses ailes flambant neuves. Il venait d'obtenir le privilège de lui offrir son cœur de petit oiseau. Et, quand il sentit les doigts de Sylvie plonger dans ses cheveux longs imbibés d'albumine, il se sentit vraiment un nouvel homme. Vraiment un pilote.

Le soir même, ils fêtaient tous ensemble à *La Cave à vin*, cette discothèque où il s'était inventé des ailes pour la tenir dans ses bras. Combien de bières avait-il bues pour qu'une extase merveilleuse le parcoure ainsi jusqu'au bout des doigts, des jambes et même sous son cuir chevelu? Trois ou quatre, pas plus. L'alcool n'avait fait qu'amplifier l'euphorie qui l'habitait depuis l'écrabouillement des œufs sur sa tête.

Papillon ne tarissait pas de félicitations, lui bourrant les épaules de claques amicales. Il payait tout. C'était soir de fête. Pour la énième fois, il se faisait raconter la blague qu'Émile et Sylvie lui avaient jouée et, pour la énième fois, il en riait de bon cœur, épongeant son front qui suait de rien.

Émile cependant s'attardait pensivement à promener un doigt sur le bord de son verre de cognac. Il en avait bu plusieurs déjà et, à chacun d'eux, il leur faussait compagnie, préoccupé par la femme d'un riche commerçant s'affichant avec un jeune homme sur la piste de danse. Il savait ce qui contrariait ainsi son instructeur, pour l'avoir surpris en flagrant délit avec elle. Nymphomane reconnue par toute la ville, elle l'avait rejoint à sa chambre d'hôtel sous prétexte d'approfondir ses leçons et s'était fait un devoir de profiter de cet homme délaissé dont le corps athlétique lui avait probablement excité les sens dans l'étroit habitacle de l'avion d'apprentissage. Émile lui avait demandé la plus grande discrétion afin de ne pas la compromettre et montrait hélas certains signes d'attachement pour elle. Soulagé de constater que ce grand frère énigmatique avait un comportement sexuel apparemment normal, il fut cependant désolé de le voir à la merci de cette femme sans scrupules qui pouvait aisément le blesser. D'ailleurs, le bonsoir mondain et froid qu'elle lui avait servi avait réussi à l'atteindre, et lui, le «p'tit frère», il ne savait que faire maintenant pour l'égayer. Sa si grande joie ne pouvait-elle enjamber la table chargée de bouteilles vides? Quelquefois leurs regards se croisaient et il le sentait alors si loin de lui, si parfaitement inconsolable. Qui donc pouvait rejoindre cet aigle glacé? Qui pouvait accrocher ce regard? De quel abîme silencieux et froid était-il descendu? Il semblait être né pour la souffrance et la solitude. Pour les grands espaces parcourus de vent. Son être entier se moulait à un destin implacable, dur.

Il l'imaginait dans la cabine d'un Otter, au-dessus de sa toundra bien-aimée. Dans les cieux déserts du Nord, d'où il venait et où il allait retourner. Mais pourquoi était-il là? Qu'est-ce qui l'avait poussé vers la civilisation? Ce frère mongolien, peut-être, qui n'avait plus grand temps à vivre.

«Parle-moé de ton frère», s'entendit-il demander.

Et il eut peur. Peur d'avoir dérangé la terre sur ce cercueil récemment enfoui. Émile fronça les sourcils un instant puis son regard s'assombrit.

«Mon frère? Qu'est-ce que tu veux que j'te dise sur lui? C'était un mongol... C'est toi mon p'tit frère à c't'heure.»

Un malaise incroyable le paralysa. Émile lui offrit alors son sourire de gars sympathique pour se faire pardonner et consentit à dévoiler un pan de son existence.

«Il s'appelait Francis et avait six ans de moins que moi. J'avais tellement hâte d'avoir un p'tit frère ou une p'tite sœur, t'as pas idée. Ça fait qu'à sa naissance je l'ai aimé tout d'suite même s'il était pas normal. Mon père, lui, a sacré l'camp: on l'a jamais revu. J'pense que c'est là que je l'ai vraiment adopté. J'en étais responsable. Vu que ma mère travaillait, c'est moi qui changeais ses couches, qui le nourrissais, qui le lavais. Il était très attaché à moi et les médecins disaient qu'il était beaucoup plus évolué qu'un mongolien ordinaire. En fait, moi j'trouvais qu'il était juste retardé d'une couple d'années, qu'il apprenait plus lentement que les autres, c'est tout. J'l'emmenais partout avec moi. Il faisait même partie d'ma gang. Personne a jamais rouspété contre lui, sauf peut-être quelques blondes qui n'appréciaient pas sa présence, mais dans c'temps-là j'm'en foutais. C'était pas difficile de m'faire des blondes.»

Émile ne put s'empêcher de reluquer vers la piste de danse et, d'un geste familier, replaça machinalement ses cheveux sur l'oreille incomplète. Allait-il s'enliser dans cette douleur? Que de risques imprévisibles comportaient les intrusions dans le passé de cet homme! On ne savait jamais sur quoi on allait buter ou ce qu'on allait découvrir d'absolument désolant. Heureusement, il eut de nouveau un sourire et poursuivit, au grand soulagement de tous:

«Il m'aimait beaucoup. Quand l'accident est arrivé, j'pense que c'est lui qui a été le plus atteint. Il arrêtait pas de pleurer pis de crier quand il me voyait la face pleine de pansements. Il s'est habitué p'tit à p'tit. Dans l'fond, j'aimais sa réaction. Ça m'faisait du bien parce qu'il cachait rien. Sa réaction, c'était celle de ma mère, de mes amis, de ma famille... et c'était aussi la mienne. C'est comme si lui il pleurait pis criait à ma place... C'qu'il pouvait aimer ça, faire des tours d'avion! On aurait dit que c'était nouveau à chaque fois pour lui. Il devenait tout excité pis il arrêtait pas de baver pis de gesticuler. Moi, ça m'faisait rire. Il était resté comme un enfant: tellement gentil, tellement doux, tellement attachant. Tellement pur aussi. Ces gens-là sont purs, Luc. Vraiment sans méchanceté. Quand j'suis parti pour le Nord, il s'est mis à dépérir. Il m'envoyait des dessins, et moi des photos qu'il regardait pendant des heures et des heures. Il comprenait pas que j'pouvais pas l'emmener avec moi pis il me promettait d'être sage si je l'emmenais encore en avion. Quand j'suis revenu avec mon fils, il comprenait plus rien. Il savait pas d'où ça sortait, ce p'tit bonhomme-là.

— Moé non plus, j'sais pas d'où y sort. J'savais pas que t'avais un fils.

— Oui, ben sûr, j'ai un fils.»

Fils qui effaça, à ce moment-là, tout vestige de doute relativement à l'orientation sexuelle d'Émile, qui avait connu d'autres femmes que celle du riche commerçant et avait eu des liaisons suffisamment sérieuses pour lui assurer un rejeton.

«Il était jaloux, peut-être. On aurait dit que le bébé lui faisait peur. Il se sauvait dès que le p'tit se mettait à pleurer. C'est seulement quand il a commencé à marcher

152

qu'ils sont devenus les meilleurs amis du monde. C'est drôle parce qu'autant j'ai pris soin de lui enfant, autant lui il a pris soin d'mon enfant. Autant moi je l'ai trimbalé sur mon dos, autant lui il a trimbalé Martin. C'était beau d'les voir ensemble. Le p'tit l'adorait.

— Y m'semble que j'l'aurais aimé moé aussi.

— Oui, sans doute, p'tit frère. C't'un grand jour aujourd'hui pis j'm'en veux d'avoir bu. J'devrais pas: ça m'donne les bleus. Faut m'excuser.

— Ben oui, voyons.

— Ça m'fait tellement plaisir de t'accorder ta licence! Tellement plaisir! Surtout que j'ai été plus sévère envers toi qu'envers les autres, comme si t'étais vraiment mon frère. Bon, j'vais rentrer, maintenant.

— Tout d'suite?

— J'ai d'autres tests en vol demain... Mais les autres, ça sera pas comme le tien.»

Il vida d'un trait son dernier cognac, s'excusa encore une fois, contourna les tables et se baissa pour passer la porte.

«Il a oublié son portefeuille», remarqua Sylvie en le lui donnant.

Il se précipita pour le rejoindre et le rencontra au milieu du long escalier.

«J'avais oublié mon...

— Tiens, le v'là.

— Ah! merci. Regarde: c'est lui, mon frère.»

Émile lui tendit une photographie où brillaient d'une joie naïve, belle et sauvage un grand adolescent et un enfant aux membres courts juché sur ses épaules.

«Vous aviez l'air heureux.

— Oui, très heureux malgré tout. Malgré son handicap. J'en avais pas honte. J'le tenais pas caché. Lui non plus, il avait pas honte de moi.»

Il vit Émile serrer les mâchoires et comprit qu'il faisait allusion à la femme du commerçant.

«T'en fais pas pour elle... C'est un gars, après ça c'est un autre, tout l'monde sait ça.

— Sauf que, quand c'est moi, faut que personne le sache. À l'entendre parler, fallait garder le secret à cause de son mari. Dire que j'm'en faisais pour la réputation de Madame! Mon œil, sa réputation! L'as-tu vue s'coller sur ce blanc-bec? Un peu plus et elle le déshabille sur place. Il pourrait être son fils, à part ça. Moi, j'suis bon juste pour l'ombre, pour les lumières fermées, les secrets... Ç'a toujours été comme ça.»

Il perçut une vive douleur dans le regard d'Émile. Avec quelle facilité cette femme avait réussi à le blesser, à l'humilier! Pourquoi n'y avait-il pas de compagne pour lui? Où était passée la mère de ce fils dont il venait d'apprendre l'existence?

«T'as une photo de ton fils?

— Mon fils? Oui, ben sûr. Tiens. Ç'a été pris cet été.

— C'est un beau p'tit bonhomme. Et elle, c'est sa maman?

— Non! Voyons! T'as vu l'âge? C'est ma mère.»

Émile blêmit, le regarda étrangement en se mordillant la lèvre inférieure. Sa colère sembla se détourner vers lui.

«On voit rien icite, dans l'escalier. C'est sombre, bredouilla-t-il.

— T'aurais pu me demander simplement où était passée sa mère: je te l'aurais dit.»

154

Le ton était froid, ironique. Les gestes d'Émile étaient brusques lorsqu'il replaçait les photos. C'était la première fois qu'il percevait un mouvement de colère chez lui et cela l'embarrassa énormément. Qu'avait-il fait? Qu'avait-il dit? Qu'est-ce qui l'autorisait à fouiller ce passé? À rouvrir ces plaies qu'Émile ne semblait pas avoir encore cicatrisées? Il se sentit fautif, maladroit.

«Excuse-moi, je... euh...

— Non, laisse faire, excuse-toi pas. C'est moi qui suis pas correct. J'suis saoul. Porte pas attention à c'que j'dis. C'est pas contre toi que j'suis fâché, p'tit frère, c'est contre les femmes. Avec la mère de mon gars aussi, c'était pareil... J'étais juste bon pour l'ombre, pour les lumières fermées... De toute façon, elle est morte.»

Émile se détourna précipitamment et gravit l'escalier en trois enjambées.

Lui, il s'assit sur une marche, interdit. Il venait d'apprendre tant de choses en si peu de phrases. Des choses affligeantes et inquiétantes. Il ne savait plus quoi penser. Cet homme le déconcertait. À trop avoir été blessé par les femmes, en viendrait-il à se détourner complètement d'elles et à chercher ailleurs l'affection qu'il méritait? Sa manière douce et chaleureuse de s'occuper du nouveau p'tit frère qu'il incarnait avait de quoi le troubler autant que cette rancœur envers les femmes.

Il retourna s'écraser à la table de ses amis, roula distraitement le verre de cognac entre ses doigts et laissa finalement échapper un soupir. Paul l'attira contre lui et laissa autour de son cou son gros bras chaud.

«Qu'est-ce qui s'passe, pilote? T'es tout démonté.

— J'pense que j'viens d'faire une gaffe. J'y ai fait d'la peine.

— Y'a les bleus, c'est tout. Ça arrive, des fois.

155

— J'y ai parlé d'la mère de son fils.

— Pis?

— J'aurais pas dû.

— Il est divorcé?

— Non. Elle est morte.

— Tu pouvais pas savoir. On sait pas grand-chose de lui, après tout. Demain, il s'en rappellera pas.

— Penses-tu?

— Ben sûr. Il était pas mal saoul.»

Paul le poussa doucement contre Sylvie.

«Tiens, occupe-toi-z-en donc un peu.»

Puis il s'accouda sur la table.

«Remarque que c'est vrai qu'on sait pas grand-chose de lui à part le fait qu'il est tout seul ici, poursuivit-il. Personne savait qu'il avait un garçon?

— Non, personne.

— J'ai entendu parler de lui par ses anciens élèves. Il était bien aimé. J'pense qu'ils en savaient pas plus que nous autres sur sa vie privée. On devrait aller le visiter un de ces soirs.

— Dans sa chambre d'hôtel? C'est p'tit pis ça fait pitié, là-d'dans.

— On l'invitera chez nous, d'abord.

— Chez vous?

— Ouais. Pourquoi pas? On va s'en occuper, de ton instructeur.»

Ton instructeur. Ce possessif avait quelque chose d'a-normalement indécent. Quelque chose qui le gênait et dont il était cependant fier. Il savait être le seul à posséder tant de renseignements sur Émile, le seul à avoir franchi les limites de l'espace qui le cernait. Et, curieusement, il

156

souhaitait et redoutait à la fois que d'autres franchissent ces frontières. Que d'autres rejoignent cet être fabuleux et mystérieux pour le ramener à des dimensions plus modestes et en faire un homme ordinaire.

«Ouais, on va s'en occuper.» Paul ponctua la décision de son gros doigt sur la table. Les verres de bière en tremblèrent et un sac de croustilles éventré éparpilla son contenu.

«Voyons! Sont donc pas solides, ces tables-là! Pis j'ai une autre proposition à vous faire. V'nez finir la soirée chez nous.»

*   *
*

Paul stationna son véhicule devant une superbe maison de style canadien que cachaient mal des lilas défeuillés.

«*Wow!* As-tu vu la cabane?», s'exclama-t-il en garant sa vieille camionnette.

Leur gros ami les attendait sur le trottoir mouillé et leur ouvrit des bras qui paraissaient trop petits pour le reste du corps. «Venez.»

Une petite allée de pierres, des rosiers dans leur robe de jute, une rocaille que l'automne avait gagné, un escalier de bois, une large galerie et la porte, imposante et pesante, qui s'ouvrait sur un vestibule de bois d'érable qu'éclairait tout doucement une veilleuse. Une chaleur odorante les enveloppa.

«Laissez vos manteaux ici.» Paul parlait tout bas en se dirigeant pesamment vers le sous-sol, le dos voûté comme si cela faisait moins de bruit.

Une pièce surprenante s'offrit à leurs regards. Une pièce vaste, chaude, masculine.

Un foyer de pierres des champs occupait tout un mur, orné de multiples tablettes où fusils et antiquités parlaient d'un temps révolu. La maçonnerie se prolongeait sur les côtés, de façon à former un lit recouvert d'une énorme fourrure de mouton et une vaste boîte à bois. Des poutres équarries à la hache soutenaient le plafond bas. Sur les murs de bois de grange, des photos d'avion. Face au lit, une longue bibliothèque avec chaîne stéréophonique et bar. Enfin, un immense tapis tressé couvrait le plancher ciré de son ovale multicolore.

«Assoyez-vous, ou plutôt écrasez-vous», fit Papillon, intimidé par leur stupéfaction. Voilà qu'il s'ouvrait un peu plus à eux. Lui, le gros chauffeur de camion-remorque, habitait cette pièce rude et raffinée à la fois. Une pièce à son image.

«C'est chez toi?

— C'est ma chambre. Ma mère et ma sœur habitent en haut. J'ai ma toilette, ma douche, là... sous l'escalier.

— C'est toi qui as décoré?

— Oui.

— C'est magnifique, Paul!», complimenta Sylvie, se précipitant sur les coussins tissés qui jonchaient le sol. Il l'imita tandis que leur hôte s'affairait au bar et au stéréo.

«C'est drôle, hein? J'savais pas que c'était beau de même, du bois d'grange», leur avoua-t-il, ébahi.

En effet, se réunissaient dans cette pièce le bois de grange, la pierre, les poutres, enfin tous ces matériaux que le campagnard bannit dès que possible, leur préférant le plastique, l'arborite, le linoléum, le contre-plaqué d'imitation avec nœuds de pin dessinés, synonymes de bon goût et de réussite.

Il essayait d'imaginer l'expression de sa mère s'il lui proposait d'enjoliver leur salon avec du bois de grange.

158

«J'savais pas que c'était beau d'même. J'aime ça, sais-tu... C'est ben beau!»

Sylvie approuvait. Il se sentait un peu d'un autre monde. Un peu mal à l'aise. N'avait-il pas grandi dans une cuisine où régnait un lavabo rudimentaire surmonté du miroir traditionnel? N'avait-il pas passé son enfance à admirer les médiocres bibelots qui surchargeaient le tour des fenêtres? Là, c'était une autre mentalité. Une autre pensée derrière les choses. Là, l'homme appréciait la nature même des matériaux. Reconnaissait le gris tendre du bois vieilli, la solidité protectrice de la pierre, la force des poutres équarries. Là, il apprenait. Il découvrait la liberté créatrice de l'homme qui n'est pas traqué par les jours à venir.

Le bûcheron en lui se devait d'évoluer rapidement pour être à la hauteur du pilote qu'il était devenu. Pour être à la hauteur de cette fille qu'il avait méritée et de cet ami qu'il avait conquis.

Le bûcheron se devait d'abandonner ses goûts barbares. De renier les lampes en forme de danseuse espagnole qu'il avait convoitées l'été même au bingo paroissial. Ces lampes de mauvais goût qui auraient cependant fait la joie et l'orgueil de sa mère.

Cela lui donnait l'impression de se perdre quelque part. De n'être pas encore tout à fait à sa place. Et pas tout à fait prêt. Son passé ne parvenait pas à s'ajuster au présent. Le Luc qui se lavait les mains au lavabo de la cuisine en revenant de l'étable ne parvenait pas à se raccorder à celui qui s'enfonçait dans d'immenses coussins. Il manquait un pont entre ces deux identités.

Une musique douce, sentimentale, le dépaysa davantage.

«Ah! c'est Mantovani! J'adore Mantovani!» s'exclama Sylvie.

Lui, il ne savait pas qui était Mantovani. Cela aurait pu être un mets italien ou n'importe quoi d'autre.

Papillon alluma le foyer. La bonne odeur d'écorce de bouleau brûlée dilata ses narines et lui rappela les chantiers de coupe quand le feu crépitait sous la théière noircie à l'heure du dîner.

«Ça sent bon!», poursuivit Sylvie.

Puis elle éclata d'un rire moqueur:

«Ça m'fait penser à une de mes tantes... ah! ah! ah!... qui a un foyer artificiel. Faut-tu être quétaine!»

Il se tut. Comprit qu'il était quétaine d'avoir trouvé pratique l'idée d'un feu de bois sans l'inconvénient des cendres et découvrit l'écart entre lui et Sylvie, prenant subitement conscience des différences qui ombrageaient son bonheur.

Il se rendit compte qu'il ne savait pas grand-chose d'elle, finalement. Qu'il avait passé son été à approfondir ses études plutôt que d'apprendre à la connaître.

Il ne savait qu'une chose avec certitude: il en était éperdument amoureux. Il n'avait plus qu'un seul désir: faire l'amour avec elle dès qu'ils prendraient congé de Papillon.

* *
*

En remplissant le formulaire d'enregistrement du motel Princesse, il les avait inscrits sous le nom de monsieur et madame Luc Maltais. C'était sans doute quétaine et inutile, d'après le regard incrédule du préposé, mais cela lui avait procuré une assurance face à Sylvie, assurance qui allait cependant en décroissant au fur et à mesure qu'ils s'approchaient du numéro de leur chambre. C'est avec des jambes molles et des mottes plein la gorge qu'il ouvrit la porte et fit la lumière dans ce lieu impersonnel où s'imposait le lit, régnant dans toute sa crudité, dans toute son évidente fonction. Habillé d'un couvre-pied de piqué rouge et flanqué de lampes aux abat-jour de carton jauni, il lui fit regretter son audace. Le décor n'avait rien de romantique. L'ennui des voyageurs de commerce suintait des murs en stuc et la médiocrité de relations à la sauvette imprégnait encore les draps. Est-ce bien ici qu'il désirait la faire sienne? Il risqua un regard vers elle.

«C'est pas beau comme chez Paul», lui dit-il en guise d'excuse.

Elle déposa sa valise de cégépienne venue pour la fin de semaine et lui noua les bras autour du cou.

«Oh! tu sais, quand on a déjà embrassé un pilote qui a l'air d'une omelette, y'a plus rien qui surprend. Comment c'était, déjà?»

Il récidiva. Gagna ses lèvres, sa bouche, sa langue. Glissa la main sous le chemisier, caressa le contour d'un sein ferme et en fit dresser le mamelon.

Les yeux clos, elle s'abandonnait à lui, se laissait porter sur le lit.

Il allait lui faire l'amour. L'emmener loin, très loin de ce lieu quelconque. Il allait s'envoler avec elle dans les nues.

Il ne s'appartenait plus et se soumettait tout tremblant aux exigences de l'amour. Son membre bandé allait pénétrer ce ventre chaud, se prolonger en elle, s'y perdre.

Le souvenir fugitif de ses expériences antérieures sur la banquette d'un camion abandonné lui fit réaliser toute la beauté et la signification de la véritable union dans la chair. Bientôt ils ne feraient plus qu'un. Ensemble ils connaîtraient la même extase, la même jouissance.

Elle se livrait tout entière. Sans restriction aucune. Elle se donnait à ses lèvres, à ses mains. L'aidait à la débarrasser des jeans qui bloquaient à la hauteur des hanches, s'amusait de le voir tirer sur le vêtement qui dévoilait ses grandes jambes effilées et musclées, et l'encourageait à se départir lui aussi de ce linge devenu superflu.

Il fut embêté un court instant par ses bottes qui retenaient jeans et slip à la hauteur des chevilles, mais, comme elle se mit à rire doucement en lui mordillant l'oreille, il prit plaisir à éterniser la situation, excité par le contact des seins entre ses omoplates.

Enfin, il s'étendit sur elle. Il se sentit alors comme un grand oiseau blanc venu la cueillir pour l'emmener au septième ciel.

«Attends une minute!»

Éberlué, il la laissa s'échapper de ses bras. Elle fouilla dans ses bagages et revint en cachant quelque chose.

«Un peu plus et j'oubliais, dit-elle en reprenant sa position sous lui.

— Oubliais quoi?

— Devine.»

Il n'avait vraiment pas la tête à jouer aux devinettes.

«J'sais pas, moé! Tiens, Mantovani...

— Qu'est-ce que Mantovani a à faire là-d'dans?»

Elle l'attira et pouffa de rire en caressant les boucles sur sa nuque.

«Mantovani! T'es ben niaiseux, mon pilote! Envoye, devine...

— C'est pas le temps des devinettes, tu trouves pas?

— Justement, c'est le temps.»

162

Elle fit apparaître un condom. Douche froide de réalisme. Le bel oiseau blanc s'envola et le laissa nu, avec un organe qui débandait à vive allure.

«Ah! C'est vrai... J'y avais pas pensé», bredouilla-t-il en prenant son temps pour ouvrir le petit sac. Il n'osait lui dire qu'il n'en avait jamais fait usage. Ç'eût été avouer bêtement qu'il avait été assez quétaine pour courir des risques avec les filles du village. Risques d'ailleurs qui auraient pu se solder par un mariage forcé.

Quand, finalement, il parvint à extraire l'anneau caoutchouteux et lubrifié, il était complètement à plat. Son pénis pendait mollement et il n'était plus question de lui enfiler quoi que ce soit. Il se laissa tomber près d'elle et comprit tout le désespoir du terme «impuissant».

«C'est la première fois que t'emploies ça?

— Quoi?

— Un condom?

— Ben non, voyons. C'est pas ça... C'est d'la manière...»

Il voulait la rendre responsable de sa déconfiture. Et puis elle le déroutait totalement. Jamais une fille n'avait osé lui faire ça. Avait-elle l'habitude de la chose? N'était-il pour elle qu'une aventure? Qu'apprenait-elle à Montréal en dehors de ses heures de cours? Que se passait-il dans l'appartement qu'elle partageait avec une copine? Avec qui avait-elle acquis de l'expérience?

Il se sentit un parmi tant d'autres. Un plus beau que les autres. Plus spécial depuis qu'il était pilote.

«Où t'as pêché ça?

— C'est ma copine qui me l'a donné.

— Ta copine! Celle qui vit avec toé à Montréal?

— Ben oui.

— Y s'en passe des belles, là-bas!»

La soupçonner de libertinage justifiait la reddition totale de son organe mais les séparait inévitablement. Elle s'appuya sur un coude et lui planta un regard offusqué en plein visage.

«J'peux pas croire, Luc, que t'es si étroit d'esprit. Ça fait deux ans que Lise sort avec le même gars: c'est pas une putain, tu sais.

— C'est pas ça... C'est que ça fait drôle.

— Qu'est-ce qui fait drôle? Que j'veuille pas être enceinte? J'ai mes études, moi aussi.»

Elle s'assit sur le bord du lit et commença à démêler leurs vêtements. Quel imbécile il était! Voilà qu'il allait la perdre au moment même où il tentait de la faire sienne.

«Excuse-moi... Va-t'en pas... J't'aime, Sylvie.»

Que de fois il avait prononcé cette phrase tout bas, pour lui tout seul! Que de fois elle lui avait servi de prière avant de s'endormir! «J't'aime, Sylvie, j't'aime.» Il s'exerçait à le dire à son oreiller, à la poutre de la grange où il avait épinglé le ruban ayant noué la crinière rousse de sa lionne, à son livre d'apprentissage, à l'avion, à la camionnette, à toutes ces choses muettes qui ne le répéteraient jamais.

Elle s'était arrêtée.

«Moi aussi, je t'aime, Luc.»

Ces aveux qui coïncidaient avec leur rupture lui firent réaliser l'ampleur du bonheur qui allait lui filer entre les bras.

«Oui, c'est la première fois... pis j'suis... j'suis.. ben... Arrangé comme j'suis là, j'peux pas l'mettre, tu comprends?»

Elle lui revint, tendre et indulgente, se blottit dans le creux de son épaule et lui caressa les pectoraux.

«J'voulais pas que tu m'prennes pour un quétaine. Donne-moé une chance. J'ai beaucoup d'chemin à faire pour te rejoindre. Donne-moé le temps de m'habituer. Y'a trop d'affaires qui m'arrivent en même temps.»

Entre eux aussi, il manquait un pont. Il se sentait pris d'un côté d'une rivière qu'il devait traverser pour la rejoindre sur l'autre rive. Mais il ne savait pas nager et ne pouvait que lui dire: «Je t'aime, attends-moi.»

«Chut! Ferme tes yeux. Calme-toi.»

Une main chaude glissa le long de son corps, se permit d'abord d'effleurer son pénis puis de le cueillir comme un pauvre petit mollusque sans coquille. Il désespérait qu'elle puisse jamais le métamorphoser en vertébré capable de se tenir debout et il lui prêta main-forte en imaginant des scènes totalement pornographiques. Des scènes de revue *Playboy* qui n'avaient rien à voir avec l'envol amoureux du bel oiseau blanc. Il devait construire ce foutu pont avant qu'elle ne perde patience ou ne perde le goût et il se sentait fautif d'employer dans sa hâte ces matériaux de mauvaise qualité qui avaient pourri dans son entrepôt érotique. N'entachait-il pas cet acte par ses pensées? Pourquoi avait-il besoin de la perversité pour redevenir en érection? Il imagina qu'elle était une nymphomane d'un certain âge abusant d'un jeune puceau et le membre agonisant se souleva. «Voyons, madame... Qu'est-ce que vous faites là?» La main experte s'emparait du moribond qui revenait doucement à la vie. Elle en avait tenu bien d'autres, cette main. Il la laissait faire. Oui, elle en avait sûrement tenu bien d'autres. Combien d'autres? À quel rang se classait-il? Cela le blessait de n'être pas le premier et excusait la nécessité d'avoir recours au vice pour que son membre atteigne les proportions indispensables au port du condom que la main venait d'enfiler. Il pensa à la femme du riche commerçant avec Émile. À ce qu'ils avaient fait dans un lit anonyme sans s'aimer. N'était-ce pas un acte à la portée de tout le monde? Si Émile avait pu surmonter son handicap, il pourrait sûrement surmonter sa déception de n'être pas le premier à satisfaire sexuellement cette fille qu'il aimait par-dessus tout.

Il s'aventura sur le pont bâclé, la pénétra tout de go et éjacula dès qu'il sentit l'hymen lui résister.

Le pont s'écroula. Il coula à pic au fond de la rivière avec tout le poids de sa faute et désira ne plus jamais refaire surface. Ne plus jamais rencontrer les yeux de cette vierge qu'il venait de profaner.

Mais des doigts aimants caressant sa chevelure le repêchèrent.

«C'est pas grave...»

Oui, c'était grave. Il avait été malsain et mesquin. Il se sentait petit. Tellement petit de l'avoir déshonorée en pensée. Tellement indigne.

Il s'effondra, se cachant le visage dans l'oreiller. Il aurait aimé pleurer mais les larmes n'auraient pu amoindrir le sentiment de culpabilité en lui. Il restait là, inerte comme un noyé.

«T'sais, j'm'attendais pas à une performance extra.

— C'est pas ça.

— C'est quoi, d'abord?

— Rien... C'est rien.»

Rien qu'il puisse lui dire. Rien qu'il puisse confesser de ce scénario de débauche qu'il avait inventé.

«Je t'aime, Luc.»

Elle le cloua d'un baiser entre les omoplates. «J'savais pas que t'étais vierge, parvint-il enfin à dire. Tu t'en tires pas mal mieux que moé, pour quelqu'un qui en est à sa première fois.

— On n'a pas le même rôle... Toi, est-ce que c'est la première fois aussi?

— Avec un condom, oui.

— Sans condom, tu l'as déjà fait?»

Il lui devait cette vérité, quitte à la perdre. Cet aveu soulagea le fardeau de la honte qui lui écrasait le nez dans l'oreiller. Il souhaita qu'elle lui fasse une scène et le traite de salaud. Mais elle n'en fit rien.

«Ça te choque pas?

— Non.

— Pourquoi?

— Parce que ton passé t'appartient: j'ai pas d'affaire là-dedans. Ça va me choquer, par exemple, si j'apprends que tu l'fais avec une autre à partir de maintenant.»

Elle lui administra une légère tape sur les fesses.

«J'aimerais voir autre chose que ton derrière, t'sais.»

Il se retourna et se perdit dans le regard vert penché sur lui.

«T'as raison; mon passé m'appartient. Pourtant, si ç'avait été le contraire, j'aurais été choqué... C'est pas juste, dans l'fond.»

Lentement, il apprenait à nager. Plongeait les mains dans la crinière rousse en toute confiance.

«Comment ça s'fait qu'une belle fille comme toé a réussi à rester vierge si longtemps?

— Parce qu'une belle fille comme moi attendait d'être vraiment en amour. D'être vraiment sûre.

— J'suis pas sûr, moé, d'être le gars qui t'convient. On est tellement différents, dans l'fond.

— Tellement pareils, des fois.

— Oui, des fois.»

Chaque fois, en fait, qu'il était question de leur avenir. De leur carrière. De leur détermination.

La lionne se pressa contre lui, câline et langoureuse.

«J'te fais remarquer qu'une belle fille comme moi est encore vierge...

— Pis moé que j'viens de gaspiller le condom...

— Pas grave... J'en ai d'autres.

— T'avais vraiment tout prévu, même ça...

— Oui, mais ça, j'le dois à ma copine... Paraît que les premières fois, c'est jamais comme on l'imagine.»

Ultime consolation. Il n'était pas le seul à avoir subi un échec du genre et probablement pas le seul à s'être rabattu sur une imagerie de vice pour performer un tant soit peu.

Il nageait de mieux en mieux. Remplaçait le terme «salaud» par celui de «maladroit».

L'adorable créature féline cligna des yeux, bâilla, s'étira voluptueusement puis se pelotonna à ses côtés et s'endormit.

Il lui caressa la crinière, murmura «je t'aime» en guise de prière, se délecta de l'haleine chaude sur son flanc et s'abandonna au sommeil, confiant qu'à son réveil le bel oiseau blanc viendrait les cueillir.

* *

*

Bruit métallique, soudain, alors qu'il dormait avec Sylvie. Qu'est-ce donc? Il ouvre les paupières, ne discerne d'abord qu'une tache floue, cernée d'une grisaille abstraite et morne, puis, peu à peu, la réalité du décor sordide se précise et la tache devient le plateau qu'on a glissé par le guichet réservé à cet effet. Les valets du Temps viennent de lui servir sa pitance. Pain sec et eau. De quoi lui faire apprécier le raffinement d'un pâté chinois trop salé et d'un verre de lait suri. Ah! mais ils ne l'auront pas comme ça! Ni le Temps ni la Solitude. Il va leur échapper. Fermer de nouveau les yeux et s'imaginer qu'il règle les hamburgers et les frites commandés au restaurant *La Sentinelle*.

«Merci ben. Bonne journée, les amoureux!», souhaita Maurice en fermant promptement la fenêtre de son comptoir. Ils échangèrent un regard de timide complicité à l'introduction du terme «amoureux». Avant, Maurice disait «les jeunes». Mais avant, ils mangeaient à l'intérieur, échangeant joyeusement des propos avec les autres. Cette fois-là, ils tenaient à l'intimité de la camionnette et le brave restaurateur avait perçu le changement qui s'était opéré en eux. L'ascenseur de l'amour les avait pris à l'étage des vacances d'été, au rayon des maillots de bain et sacs à pique-nique, pour les déposer à celui des tenues nuptiales et des valises de voyage de noces. Ce devait être le septième étage, correspondant au septième ciel, où on entrevoyait les berceaux et les précautions à prendre pour ne pas les remplir tout de suite.

«Hum! Ça sent bon!», s'exclama-t-elle en pigeant une frite tandis qu'il garait le véhicule près des tables désertes installées sur le terrain. Le soleil dardait ses rayons sur eux, les réchauffait à travers le pare-brise. Des feuilles mortes volaient sous les bourrasques, tournoyaient et s'abattaient sur la pelouse. Il vit un gobelet de carton rouler sur l'asphalte puis s'immobiliser au pied des verges d'or du fossé. Un ciel très bleu, parcouru de nuages très blancs et échevelés, lui fit penser à Émile.

«J'sais pas s'il passe des *flight tests* aujourd'hui. C'est *crosswind*[4] à mort.

---

4.   *Crosswind*: vent de travers.

— Ça doit brasser, un temps de même. Ça doit pas être trop bon pour l'estomac d'un gars qui a pris un coup comme lui hier.

— Y'est habitué... D'se faire brasser dans un avion, j'veux dire. J'ai hâte de commencer mon commercial.

— Quand?

— Prochaine heure de vol. Paraît que j'vais recevoir cent dollars avec ma licence.

— Comment ça?

— C'est une ristourne du gouvernement pour encourager l'aviation civile. J'vais m'en servir pour commencer.

— Ça doit pas être suffisant.

— Non. Ça va p't'être aller chercher une couple d'heures en double commande, pas plus. Pour le reste, faut que j'trouve un moyen.

— C'est quoi, le reste?

— C'est ça le pire: le reste. Avoir un total de cent cinquante heures ou deux cents, selon que tu les fais sur un avion de l'École ou sur le tien. T'imagines? J'ai seulement trente-six heures. Faut que j't'avoue que j'sais pas comment j'vais faire.

— Émile t'a conseillé quelque chose?

— Oui. Y m'a conseillé d'commencer, d'approfondir ma théorie pis de pas paniquer. D'la manière qu'y parlait, y chargeait rien pour son temps à lui.

— Hé! C'est chic de sa part! Y'est donc ben fin avec toi! J'vais commencer à être jalouse!»

Heureux qu'elle ait abordé d'une manière si décontractée ce traitement exclusif qu'Émile lui réservait, il en profita pour explorer le point de vue féminin sur cette épineuse question toujours sans réponse définitive. Homosexuel ou pas, cet étrange instructeur qui avait pris l'habitude, dans l'intimité de la cabine de pilotage, de le serrer contre lui ou de lui frotter affectueusement les cheveux chaque fois qu'il exécutait brillamment un exercice?

«Ouais! Penses-tu que t'aurais raison d'être jalouse?

— D'Émile? Ben non! C'était des farces que j'faisais. Viens pas me dire que c'est un homosexuel, lui. Ça m'surprendrait beaucoup.

— Pourquoi? Parce que j'l'ai pincé avec la femme de chose...?

— Non, il pourrait être aux deux, mais c'est sa manière de regarder les femmes qui m'fait dire ça.

— Ah oui? Comment y les regarde?

— Comme un gars qui en a ben envie.

— Toé, y te regarde comme ça?

— Oui. C'en est gênant.

— C'est plutôt moé qui devrais commencer à être jaloux!

— Y'a pas d'danger.»

Il n'y avait pas de danger pour lui non plus. Il s'en était fait pour rien. En fait, il n'y avait jamais eu de danger et le dévouement inusité d'Émile relevait de son grand cœur et non d'une irrégularité sexuelle. Il s'en voulut d'avoir pensé de vilaines choses à son sujet et d'avoir mal interprété les gestes chaleureux que la promiscuité favorisait.

«J'ai assez hâte de commencer!»

Plus rien maintenant ne freinait son enthousiasme. Il pourrait apprendre en paix, être serré contre lui, enveloppé de son bras, sans se sentir pour autant un favori redevable. Il pourrait s'enivrer sans méfiance du parfum de lotion après-rasage et de tabac associé depuis la première envolée au grand prêtre initiateur. Non, plus rien maintenant ne pouvait ralentir son ascension.

«Ouf! Fait chaud au soleil!»

Sylvie enleva sa veste de laine. Son mouvement lui fit entrevoir de nouveau la petite fleur tatouée à la naissance du sein droit.

«J'en reviens pas, dit-il encore en regardant à la hauteur du premier bouton pour s'assurer de la présence insolite du tatouage découvert le matin même alors que le bel oiseau blanc les avait déposés l'un contre l'autre, alanguis et assouvis.

— Ma mère non plus n'en revenait pas. J'en ai entendu parler, crois-moi. Paraît que c'était pour me faire passer pour ce que j'ne suis pas.

— Elle avait raison. On s'imagine tout d'suite que l'gars qui t'a fait ça a vu tout ton sein.

— C'est une femme qui me l'a fait, première des choses, pis c'était une gageure que j'avais prise avec des filles. Elles disaient que j'oserais jamais me faire tatouer. Que j'avais peur.

— Ouais, t'es le style à relever des défis, toé!

— Oui.

— T'es vraiment pas comme tout l'monde, ma p'tite O'Reilly. J'te dis que tu m'en fais faire, du chemin.»

Il pinça une frite entre ses lèvres et alla la porter dans cette bouche, merveille vermeille qui le tenait en éveil. Cela lui fit l'impression d'être un oiseau donnant la becquée. Gourmande, elle dévora l'offrande et quémanda sa langue qu'il livra aussitôt et les savoureux hamburgers refroidirent durant le long baiser qui s'ensuivit. Qu'importe! Il n'avait plus faim et revivait l'extase du matin. De ce moment unique de leur vie où il était revenu doucement à l'assaut de l'hymen. Où, combinant adresse et tendresse, il avait été le premier à faire tomber le voile fragile de la virginité pour pénétrer l'enceinte sacrée. Le premier à l'entendre geindre et à subir ses morsures à l'épaule. Le premier à la prendre. À s'immoler sur elle. À désirer que la mort le frappe sur place afin que l'instant demeure éternel. Le premier à la considérer dès lors comme sa femme. Dans sa passion, il renversa le casseau de frites. Elle le repoussa gentiment.

«Arrête, arrête... C'est pas tout à fait l'endroit... Ça te va assez bien, les cheveux longs, t'as pas idée!»

Et, avant de s'en séparer, elle s'amusa à tourner les boucles au bout de ses doigts et à les faire luire au soleil.

«C'est rare, quelqu'un qui reste blond comme ça à ton âge. Tu tiens ça de qui? Ton père ou ta mère?

— Mon père... mais tu pourras pas voir parce qu'à c't'heure y'est tout gris. Une belle rousse aussi, c'est rare. J'suis sûr que c'est ton père qui est roux.

— Pourquoi?

— Parce que c'est un Irlandais. Émile dit que beaucoup d'Irlandais sont roux.

— Il a beau avoir une mère irlandaise, il peut faire des erreurs, ton Émile.

— C'est ta mère?

— J'te l'dis pas. Tu verras. Si on mangeait un peu?»

Il grignota tout en la dévorant des yeux. La perspective de l'emmener chez lui, dans cette maison de papier brique rapiécé, lui coupait l'appétit. C'était le temps ou jamais de la soumettre à l'épreuve. Il avait suffisamment appris à nager pour rejoindre la rive et l'heure était venue d'émerger dans toute sa nudité. Dans toute sa pauvreté.

Ou elle l'acceptait tel qu'il était ou elle le repoussait au large afin qu'il se noie. Il n'y avait plus d'autres possibilités. Il l'aimait trop pour continuer à lui cacher ainsi une partie de son existence et craindre qu'elle n'aime par conséquent qu'une partie de lui. Il l'aimait totalement jusqu'aux moindres détails qui de prime abord avaient le don de le déconcerter, telle cette fleur tatouée. Comme il voulait tout savoir d'elle, il était normal qu'elle veuille tout savoir de lui, et l'idée de visiter leurs deux familles leur était venue alors qu'ils s'amusaient sous la douche. Il avait accepté d'emblée. Avec l'enthousiasme légitime d'un amant capable d'ériger de nouveau dans un amas de bulles savonneuses un pénis triomphant et infatigable coiffé d'un bicorne de mousse. Mais l'enthousiasme avait fait place à la crainte et, maintenant que son petit général se reposait de ses exploits au fond de son slip, il redoutait ce moment de vérité. Il redoutait de lui présenter le reste de l'iceberg qui les différenciait et qui risquait d'éperonner l'esquif sur lequel il reprenait souffle après chaque nage.

«T'as pas faim?

— Pas tellement.

— Même froids, ils sont bons, les hamburgers de Maurice. Si tu manges pas le tien, j'suis preneuse.»

Il contempla sa lionne croquant à belles dents le reste du repas qu'il lui laissait et pensa comme tout était simple pour elle. Simple et facile. C'était compréhensible; il avait vu, lui, la ferme des O'Reilly. Une des plus belles du canton. Il en avait eu le souffle coupé lorsqu'il s'y était rendu intentionnellement pour voir où elle habitait, vérifiant par deux fois le nom sur la boîte aux lettres. C'était bien cela: Thomas O'Reilly. C'était bien cette immense et solide maison de briques qui abritait sa dulcinée. Il admirait les bâtiments modernes et propres, l'allée bordée d'arbres menant à la maison, les blanches clôtures d'enclos, droites et méthodiques, la laiterie aux fenêtres ornées de rideaux et le ramasse-fumier derrière l'étable, pointé comme une rampe de lancement vers la réussite. Il savait tout le travail qu'il économisait. Il savait également qu'une trayeuse électrique acheminait le lait dans des contenants d'acier inoxydable et qu'une citerne à température contrôlée recueillait la totalité de la traite. Il savait que les murs étaient blanchis à la chaux, que chaque animal logeait confortablement dans sa stalle équipée d'un abreuvoir à débit régularisé. Il savait combien le travail était facilité par l'équipement moderne, il connaissait le prix de la machinerie entreposée dans le garage, il évaluait la capacité de stockage de la grange. Il savait tout de cette ferme modèle pour l'avoir imaginée tant de fois en écoutant rêver son père. «Vois tu, p'tit gars, on aura ci et ça, on fera ci et ça...» Et son père tirait les plans pour eux, esquissait son avenir sur la terre d'accommodation qu'il avait achetée pour sa première communion. Et lui il s'était laissé porter par le rêve de cet homme jusqu'au dimanche maudit où un bulldozer avait chaviré et tout écrasé sous son poids. Le rêve aplati n'a jamais repris forme et les esquisses d'avenir se sont confondues aux souches du sol à demi vaincu. Et cela lui faisait mal et peur de voir la ferme des O'Reilly. D'apercevoir le rêve de son père réalisé par les bras d'un autre. Son père qui avançait avec amertume qu'O'Reilly n'avait réussi que grâce à sa femme, fille de l'agronome Gilbert. Ce à quoi sa mère répliquait invariablement: «C'est pas une fille pour toé, la p'tite O'Reilly. C'est pas une fille de notre monde.»

C'est vrai qu'elle n'était pas de son monde, la belle lionne qui se léchait les doigts un à un. Quelle serait sa réaction lorsqu'elle découvrirait sa misère?

«Chez qui on va en premier?

— Chez nous.

— Pourquoi?

«—Parce que c'est dur de t'emmener chez nous...
C'est loin de ressembler à la ferme des O'Reilly.

—Tu l'as vue?

—Oui... J'ai passé devant, exprès.

—T'es pas arrêté me voir?

—T'étais au cégep.

—Moi, j'ai vraiment aucune idée de l'endroit où tu habites.

—Prépare-toi à un choc.

—Tu m'fais marcher... Ça peut pas être si pire que ça.»

Elle riait en baissant la glace pour jeter les déchets dans une poubelle à proximité et cela l'agaçait de la voir prendre à la légère cette mise en garde.

«Oui, c'est si pire que ça, Sylvie. Ris pas. Tu peux pas savoir c'que ça me coûte.

—On peut laisser faire, si tu veux.

—Non. C'est le temps. Faut y aller.»

Oui, fallait y aller avant qu'il ne change d'idée. Chemin faisant, le pour et le contre plaidaient chacun leur tour, se disputant son cœur et sa raison. À chaque embranchement surgissaient les arguments de l'un et de l'autre. Et il repoussait la tentation de rebrousser chemin, usant de prétextes aussi futiles que la nécessité de se changer pour impressionner le père de Sylvie. Au bout d'un temps qui lui sembla à la fois interminable et court, la terre d'accommodation surgit du paysage automnal. Il arrêta et lui présenta ce champ hérissé de souches.

«C'est quoi, ça? fit-elle, interloquée.

—Ça, c'est ma terre. Mon père l'a achetée à ma première communion. Y'était supposé m'la donner à ma majorité... pis moé j'étais supposé faire un cultivateur... Mais y'a eu l'accident...»

Il regarda l'endroit précis où le drame avait eu lieu et renoua instantanément avec l'impuissance d'un garçon de treize ans entendant hurler son père de douleur. Des marguerites avaient poussé là où ses pieds s'étaient enfoncés quand il avait tenté de soulever le mastodonte. Pris de panique par les bulles de sang qui crevaient dans la bouche de son père à chaque râlement, il avait perdu un temps précieux à vouloir le dégager. Depuis, il avait toujours détourné la tête au passage, de peur que ce garçon de treize ans ne l'accuse et ne le blâme d'avoir abandonné le rêve. Mais cela n'avait été que partie remise puisqu'il se sentait coupable et responsable devant l'œuvre interrompue par les dés du destin.

Le soleil baignait le sol roux et sableux, exagérant les ombres sinistres des racines. Les souches renversées brandissaient encore des chevelures de radicelles emmêlées par le vent. Elles n'étaient ni des arbres ni des troncs. Juste de mauvais souvenirs extirpés du sol et abandonnés là. Elles traduisaient la sueur, l'entêtement, la volonté, et faisaient défiler en lui les images de son père s'acharnant à les arracher. Il les enchaînait, montait sur le bulldozer dont les chenilles s'enfonçaient sous la traction, descendait reprendre la longue chaîne qu'il nouait à une autre souche et remontait de nouveau. Cela durait des heures. Des jours. «Va commencer le train, ti-gars, j'te rejoindrai.» Il obéissait, attisant au passage les feux d'abattis qui digéraient patiemment les souches vaincues.

Il se rendit compte que c'était à cet endroit et en ce jour fatidique que les choses avaient mal tourné pour lui. C'est comme s'il avait été avec son père sous l'engin meurtrier. Comme si Dieu, pour les punir de tant d'ambition, avait résolu de les broyer ensemble. De les piétiner sur ce sol prometteur devant ces souches tenaces et railleuses. Comme si Dieu les tenait désormais responsables l'un de l'autre. Coupables l'un envers l'autre.

«Tu t'sens coupable, c'est ça?»

La main de Sylvie sur son avant-bras le fit sursauter: elle venait de toucher la blessure qui lui avait été infligée ce jour-là. La blessure que personne n'avait soupçonnée chez le garçon de treize ans qui prenait courageusement la ferme et la famille en charge.

«Oui.»

Qu'il aurait aimé que sa mère lui pose cette question à l'époque! Qu'il aurait aimé pleurer dans son tablier enfariné pendant qu'elle lui aurait caressé les cheveux, mais elle ne faisait que répéter: «J'le savais, aussi, j'le savais! Dieu nous a bien punis!» Et il s'en voulait d'avoir répondu aux ambitions de son père. D'avoir communié à son rêve. D'avoir, ce jour-là, désobéi avec lui aux commandements du Seigneur en faisant fi des exhortations de sa mère.

«J'ai paniqué quand c'est arrivé.

— C'est normal. Moi aussi j'aurais paniqué, à treize ans.

— Y'était jeune: à peine trente-trois ans, les cheveux encore tout blonds. Paraît que j'suis son portrait tout craché.

— Il était beau comme ça?

— Oui, beau et fort. C'était un costaud, mais quand y'est revenu, après deux mois d'hôpital, c'était plus le même homme. Faudra pas que tu t'en fasses si y'a des drôles de réactions. C'est un homme malade. Tous ses organes ont été endommagés. On a été obligé d'lui enlever une partie des intestins, du foie, pis un poumon. Y'a un petit sac pour...

178

— Ses besoins?

— Oui. Son grand rêve, c'était que lui pis moé on ait une ferme comme celle des O'Reilly.

— Pis toi, ça te tente plus?

— Non. C'est l'aviation qui m'tente. S'il me la donnait, cette terre-là, y sait que j'la vendrais pour finir mon cours.

— Il va peut-être te la donner à tes vingt et un ans.

— J'sais plus: c'est tout juste s'il a voulu vendre des terrains au bord du lac. Si ç'avait pas été du mariage double de mes sœurs, y'aurait jamais voulu... Mais y savait que j'm'étais fendu en quatre pour les noces des jumelles: y'était mal placé pour me refuser.

— Mais c'est quand même toi qui fais vivre ta famille.

— J'suis obligé. C'est d'ma faute. C'est pour moé qu'y a travaillé un dimanche. Y'était trop fatigué, y s'dépêchait parce qu'y fallait remettre le bulldozer le lendemain.

— T'es pas obligé. T'as fait grandement ta part, j'trouve. Pourquoi vous demandez pas l'aide sociale?

— Ça, jamais!

— Pourquoi? C'est ridicule! Vous êtes dans le besoin, non?

— Y'est pas question qu'on vive aux crochets d'la société. Oh! non, ça, jamais! Nous autres, les Maltais, on aime mieux être pauvres que de devoir aux autres. C'est une question de fierté.

— D'orgueil, tu veux dire.

— Appelle ça comme tu veux, c'est tout c'qui nous reste pis on va s'débrouiller avec. T'en fais pas, j'vais l'faire, mon cours de pilote professionnel. J'sais pas encore comment mais j'vais l'faire. J'vais m'en sortir.

— J'sais que tu vas réussir. Y'a cinq mois, ça semblait presque impossible que tu deviennes pilote, pis regarde aujourd'hui.

— T'sais que le notaire a échoué son *flight test*?

— Ça fait trois fois que tu l'dis.

— J'sais, mais c'est la preuve qu'y a pas seulement que l'argent pour réussir.»

Et puis cela lui accordait une telle suprématie au moment où il en avait le plus besoin.

«Prête à rencontrer ma famille?

— Oui.»

Elle se rapprocha de lui et il la sentit se contracter à la vue de la cabane adossée à une colline d'herbe.

«C'est icite.»

Voilà. Il atteignait la rive, s'offrait nu et épuisé après cette nage ardue. Libre à elle de le repousser au large ou de l'accueillir.

Vacillant sur des fondations craquelées par l'étreinte implacable d'un sol glaiseux, sa maison au papier brique rapiécé penchait légèrement son toit de tôle rouillée dans une attitude de pauvresse résignée. Sur la galerie qui la ceinturait par intervalles s'amusaient deux enfants avec des chatons. Il n'eut pas sitôt mis pied à terre qu'ils se ruèrent sur lui. «Luc! Luc! Tu vas nous faire faire un tour d'avion, hein? La maîtresse d'école nous croira jamais que t'es pilote. C'est-y elle, ta blonde?»

Il ignora la question, ne sachant pas encore si elle l'avait accepté ou repoussé, et utilisa la ressemblance des gamins pour faire diversion.

«Sont jumeaux identiques. Celui qui a la tuque, c'est Paul; l'autre, c'est Pierre. Mais regarde: sans tuque, sont pareils, pareils!

— C'est vrai. En avez-vous beaucoup, des bessons?

— Trois couples. J'te dis que ça part vite une famille, ça!»

Elle en convint d'un sourire et s'adressa aux enfants:

«Moi, c'est Sylvie. Vous avez quel âge?

— Sept ans.

— Oh! Vous êtes des grands garçons pour votre âge. Est-ce que vous allez être aussi grands que Luc?

— Plus grands. C'est'y vous, sa blonde?

— Oui, c'est moi, sa blonde», dit-elle à son intention.

Elle le prenait tel qu'il était. Avec cette pauvreté évidente, cette famille pendue à ses reins, cette fierté ou cet orgueil qui l'incitait à ne rien devoir à personne, et son incroyable volonté de réussir. Il eut l'impression d'entendre le oui solennel au pied de l'autel et lui enserra fermement la taille, convaincu qu'elle serait un jour sa femme.

Boulotte, usée et fatiguée, sa mère souriait timidement près du gros lavabo de la cuisine. Il nota qu'avec le temps elle avait fini par ressembler à sa maison, avec son tablier rapiécé et son maintien de pauvresse résignée. Elle incarnait par excellence la Québécoise convaincue d'être née pour un petit pain et la mère exemplaire qui ne cesse de le prêcher à ses rejetons. Devant Sylvie, vraisemblablement née pour un pain plus gros, elle s'embarrassait, ne sachant plus que dire après le «Bonjour, mademoiselle O'Reilly», confuse sans doute d'avoir toujours désapprouvé la fréquentation de cette fille «pas pour lui».

«J'ai ben connu votre grand-père, l'agronome Gilbert», lança alors son père de sa berçante.

Les regards se détournèrent de la pauvre femme qui en était rendue à tourner nerveusement le coin de son tablier entre ses doigts, pour aboutir à cette maigre carcasse asymétrique oscillant près de la fenêtre. Il eut soudain peur que l'amertume du grand malade ne vienne blesser Sylvie.

«Ah oui? Est-ce que vous avez connu ma mère aussi?», s'enquit-elle avec une gentillesse désarmante.

Un sourire sur le visage osseux de son père le rassura.

«Ben sûr. Vous êtes son portrait tout craché.

— Tu m'avais pas dit ça, papa, que tu connaissais sa mère.

— Tu me l'as pas demandé, Luc. Tu t'souviens pas de l'agronome Gilbert qu'on avait rencontré une fois à l'encan des Dufour? Un grand sec avec des taches de rousseur.

— Ça fait longtemps, ça... J'étais p'tit.

— T'avais neuf ans, pis faut dire que t'étais ben plus attiré par la *team*[5] de jouaux canadiens. C'est là que j'ai vu votre mère pis votre père, Thomas O'Reilly. J'm'en souviens parce qu'y restait rien que lui pis moé pour "better[6]" sur la *team* de jouaux. C'est moé qui l'a eue, finalement. Y'a ben réussi dans la vie, votre père. Combien de vaches vous avez, déjà?

— Soixante.

— Hé! Soixante! Quand on rêvait de trente vaches, dans mon temps, ça nous semblait exagéré. Vous devez être tout équipés.

— Oui: trayeuse électrique, ramasse-fumier... Tout ça.

— Ça doit être assez payant.

— Oui, à condition de travailler beaucoup, mais ça, sur une ferme, faut pas compter nos heures.

_____

5. *Team* de jouaux: attelage de chevaux.

6. Better: miser.

— Combien de terres vous avez?

— Quatre bout à bout.

— Vos frères sont allés à l'École d'Agriculture?

— Oui, les deux plus vieux. Vous aimeriez venir visiter?

— Oh! pour moé, y'est trop tard, mais c'est à lui que vous devriez montrer tout ça. Y'a d'l'avenir sur une ferme pis c'est quelque chose de solide. J'ai deux terres. Y'aurait de quoi à faire avec. Du vrai gaspillage de laisser ça à l'abandon de même!»

Son père tentait de s'allier Sylvie pour le ramener non pas dans le droit chemin mais dans celui du cultivateur et lui remettre enfin les pieds sur terre. Sur *sa* terre. Il y avait des années qu'il n'avait pas abordé le sujet, mais l'espoir de le voir prendre la relève avait couvé tout ce temps sous un silence hermétique et trompeur.

Il voulut lui répliquer que c'était de mauvaise guerre de mêler Sylvie à leur histoire mais il rencontra un regard si suppliant et dépendant qu'il fut en proie à un vif sentiment de culpabilité. N'était-ce pas pour lui que cet homme s'était démené à essoucher la terre d'accommodation? N'était-ce pas en lui bâtissant un avenir qu'il s'était fait totalement démolir?

L'atmosphère était tendue. Émotivement surchargée.

«Bon, faut y aller. As-tu réparé la chemise de mon solo, m'man?»

Cette phrase les sauva tous, à l'exception de son père. En quelques mots, il venait de lui rappeler sa détermination et sa passion pour l'aviation. Il le vit s'affaisser dans la berçante geignarde pendant que sa mère lui ramenait triomphalement sa chemise.

«T'as fait un miracle, m'man! Ça paraît pas du tout! Mais pas du tout!»

La fierté luisait dans les yeux de sa mère. Que de miracles elle avait ainsi accomplis avec des petits riens! Que de repas elle avait préparés et inventés avec des restes et des os! Que de pantalons et de jupes elle avait taillés dans ceux et celles des aînés! Que de bas, chandails et mitaines elle avait défaits et retricotés en mitaines, chandails et bas! Il sentit que ce minutieux travail d'aiguille était l'expression parfaite de son amour et l'embrassa sur le front. «Merci, m'man.»

Il se changea en vitesse et, prenant Sylvie par la main, leur souhaita un bon après-midi. Ouf! c'était fait. Ils avaient réussi à se sortir les pieds du nid de guêpes sans trop de piqûres. Elle se colla contre lui dans la camionnette et cela l'apaisa jusqu'à ce qu'il aperçoive l'imposant silo de la ferme O'Reilly.

«Qu'est-ce que t'as? s'enquit-elle.

— Rien.

— Lâche-moi le rien: t'es tout tendu. Ça te gêne?

— Oui.

— Qu'est-ce qui te gêne?

— Ton père.

— Pourquoi?

— Parce que... à cause de... à cause de c'te nuit. Tu crois qu'y va s'en douter?

— Probablement.

— Qu'est-ce que j'fais si... si ça le choque?

— Ça le choquera pas, parce qu'il sait que j't'aime. Arrête d'être nerveux comme ça: c'est pas une demande en mariage que tu t'en viens faire. Ils ont hâte de t'rencontrer, depuis l'temps que j'leur parle de toi.

— Ah? Tu leur as parlé de moé?

— Oui.

— Qu'est-ce que tu leur as dit?

— Que t'étais beau, fort, doux, intelligent, pis que tu seras un des meilleurs pilotes de brousse du monde.»

Ces paroles arrivèrent à point. Juste au moment où son assurance allait en s'amenuisant malgré la chemise-fétiche de son premier vol solo qui devait entretenir la confiance que lui procuraient ses aptitudes au pilotage.

Ainsi bardé de la peau du personnage qu'il sera un jour et l'âme alimentée de son feu sacré, il rencontra le châtelain des lieux pour lui faire connaître celui qui avait ravi le cœur de sa fille.

Lourd, imposant, dégageant la force tranquille d'un bœuf, Thomas O'Reilly le jaugea en un seul regard. «Content de t'rencontrer enfin, Luc. Depuis l'temps qu'elle nous parle de toi! Félicitations pour ta licence.» Une main large, puissante, secoua la sienne avec énergie. Il aima d'emblée cet homme aux attentions délicates, affublé d'un cou de taureau. Cet Irlandais naturalisé, ayant adopté la langue et le mode de vie du peuple québécois, à l'exception de cette mentalité de petit pain à laquelle il n'avait pu adhérer. Cet Irlandais qui communiait avec sa volonté de réussir et acceptait de miser le bonheur de sa fille sur lui. «Ça s'fête, ça, non? Ça doit pas être à tous les jours qu'on devient pilote.» À ces mots magiques, la cuisine s'emplit. La mère, grande et rousse, sortit la bière du réfrigérateur, trois fils exubérants s'agglutinèrent autour de la table et, dans un tintement de verres entrecho-qués, on trinqua à ses nouvelles ailes. C'était presque le délire. Il regarda le visage rude de Thomas O'Reilly, son menton massif hérissé de poils d'argent, ses rides pro-fondes aux coins des yeux perçants et comprit que cet homme avait peiné et sué dans le collier, confiant de récolter le fruit de ses labeurs. Il se promit de lui faire honneur et de mériter les marques d'affection et de con-fiance qu'il lui témoignait.

En cela, il avait lamentablement échoué. Qu'il se sent minable! Coupable! Il n'aura plus jamais le courage de rencontrer le regard de cet homme. Ni celui de Papillon qui, tout comme Thomas O'Reilly, a misé sur lui ce qu'il avait de plus cher au monde, c'est-à-dire son avion. Oui, son beau Cessna 170B orange et blanc, petit coucou impeccable et chéri, tant de fois bichonné par sa grosse patte sans malice. Comment oublier son geste généreux et la candeur avec laquelle il a été posé? Comment oublier cette soirée où il a répandu ses largesses lors d'un copieux repas qui les a réunis autour d'un plat à fondue? Comment oublier cet Émile enfin décontracté qui y échappait volontairement ses cubes de viande d'orignal pour récolter des baisers de Sylvie? Cet Émile qui narrait ses aventures dans le Grand Nord et racontait des anecdotes toutes plus passionnantes les unes que les autres? Comment oublier leur hôte qui enfilait savamment les morceaux de viande, surveillant d'un œil attentif leur cuisson pour les noyer ensuite dans des sauces riches et variées? Comment oublier le rire, le sourire, les yeux pétillants de Sylvie? La gentillesse avec laquelle elle se prêtait au jeu d'Émile, soulagée de pouvoir enfin réparer le mal qu'elle lui avait fait alors qu'elle n'avait pu décemment dissimuler la répulsion et la pitié inspirées par ses cicatrices? Cette réaction navrante avait laissé une gêne entre eux, un froid notable qui les paralysait lorsqu'ils se retrouvaient en présence l'un de l'autre, elle n'osant plus le regarder et lui détournant constamment la tête. Par bonheur, le sort voulut qu'il fût le premier à échapper son morceau de viande dans l'huile bouillante et Papillon décréta que cette maladresse devait être punie d'un baiser. «Avec une belle fille comme Sylvie, j'suis prêt à expier ma faute n'importe quand. Faudra pas que tu sois jaloux, p'tit frère.» Et, au lieu de présenter la joue, Émile s'arrangea pour recevoir sa punition en plein sur la bouche. Il n'en fut pas jaloux, au contraire, et la façon qu'avait Émile de fermer les yeux pour savourer ses amendes balaya les derniers soupçons concernant son orientation sexuelle. Mais surtout, comment oublier la manière dont Papillon avait fait son offre vers la fin de la troisième bouteille de vin? Manière qui les avait apparemment tous sidérés. «J'ai pensé que tu pourrais prendre mon avion pour monter tes heures. J'aurais juste à t'en vendre une part pis à t'inscrire sur le certificat d'enregistrement. Un dollar la part.»

Silence. On entendait le grésillement de l'huile. Émile vida sa coupe d'un trait, vraisemblablement estomaqué par cette offre aussi généreuse qu'inespérée. Devant leur surprise, Papillon avala une bouchée tout rond.

«Maudit que j'aurais aimé ça te connaître quand j'suivais mon cours! s'exclama finalement Émile. Te rends-tu compte du cadeau que tu lui fais, au moins?

— Ben oui... mais c'est pas bon pour un moteur de pas marcher. J'm'en vais sur des contrats pour au moins deux mois... J'aurai même pas la chance de voler. J'ai pensé que Luc pourrait s'occuper du coucou.

— Viens pas nous faire accroire que c'est pour le bien de ton moteur! Sacré Papillon! J'te lèverais bien un verre mais ma coupe est vide.»

Le temps d'ouvrir la quatrième bouteille et ils portèrent un toast à leur hôte puis à l'aviature[7]. Émile aborda la question des assurances tandis que lui, muet d'émotion, il observait ses amis accoucher de son rêve sur la table. Ce rêve fou, immense, trop gros pour ses moyens. Ce rêve qui se présentait par le siège et dont ses parents lui avaient conseillé l'avortement. Ce rêve tenace, menacé de s'étouffer par le cordon ombilical le rattachant à la terre. Ce rêve

---

7. Aviature: terme souvent utilisé pour «aviation» dans le jargon de l'aviation de brousse.

venu à terme et que les mains expertes d'Émile poussaient hors de la matrice vers les mains chaudes et accueillantes de Papillon.

Finalement, le rêve lança son premier cri, qui résonnait plutôt comme un «youppi!» débordant de vitalité, et on célébra sa naissance dans le cliquetis des coupes de vin et dans les rires. Paul s'essuya le front, Émile s'envoya une autre rasade d'alcool dans le gosier et les deux accoucheurs se félicitèrent mutuellement en lui remettant un poupon vigoureux, nourri et armé de l'amitié. Voilà! Il tenait en main le moyen d'accumuler les heures nécessaires à l'obtention de sa licence de pilote professionnel. Étranglé par l'émotion, la joie et la reconnaissance, il leur promit d'assurer longue vie au nouveau-né.

Le samedi suivant, c'est donc tout plein d'entrain qu'il se rendit de bon matin à l'École de l'Air afin de se faire endosser sur l'appareil dont il était devenu copropriétaire. Il trouva Émile assis sur les marches, l'air songeur, sculptant patiemment une figurine de bois. Cette pose lui était maintenant familière; du moins, c'est ainsi qu'il l'avait souvent vu entre les heures de vol et les copeaux qui jonchaient le sol confirmaient cette habitude de l'instructeur. Un soleil gaillard les réchauffait et pourchassait des restes de brouillard sur la piste.

Il prit place près de lui, huma l'air frais et décela l'odeur de la lotion après-rasage parmi celle des feuilles mortes. Il n'eut alors qu'un seul désir: se retrouver au plus vite dans le cockpit du Cessna 170B pour apprendre à maîtriser cet avion à roue de queue[8]. Absorbé par son travail, Émile, ce matin-là, ne semblait pas partager son enthousiasme.

---

8. Avion à roue de queue: avion dont le train d'atterrissage consiste en deux roues situées à l'avant et une roulette située sous la queue.

«C'est quoi, à c't'heure? demanda-t-il, légèrement agacé par ce grand prêtre qui préférait se concentrer sur un morceau de pin plutôt que de canaliser la formidable énergie qui l'habitait vers l'apprentissage d'un nouveau type d'appareil.

— C'est une vache. R'garde mes p'tites cornes.

— Ouais! T'es bon. Tu dois en avoir tout un paquet!

— Oui. J'suis en train de monter une ferme. J'les peinture, à part ça... C'est beau, un coup fini. Mon fils adore ça. J'ai deux vaches pis un cheval à lui donner.

— Quand est-ce que tu vas lui donner?

— Dans trois, quatre jours... quand j'vais retourner à Montréal.»

Le ton était triste, défait. Émile soupira, ce qui lui fit comprendre que les jours du rêve nouvellement né étaient menacés et le pressa de s'enquérir aussitôt de la situation auprès de l'accoucheur.

«Est-ce que tu vas revenir?»

Nouveau soupir. Émile ne sculptait plus et lui, alarmé, il s'attardait à la main mutilée tenant mollement le couteau.

«Les propriétaires de l'école ont eu un meeting, hier. Ils ont parlé de fermer pour l'hiver.

— Pourquoi?

— Pas assez d'élèves: paraît que ma chambre d'hôtel leur coûte les yeux de la tête.

— Mais on est trois à faire le cours commercial, sans compter qu'il y en a déjà pas mal qui ont obtenu leur licence privée. Y peuvent pas faire ça!

— C'est ce que j'leur ai dit. C'est criminel de donner l'goût de voler pis de reporter ça au printemps, mais vu que c'est une école satellite, ils avaient obtenu l'autorisa-

tion pour trois mois. Faudrait qu'ils demandent une extension.

— Est-ce qu'y peuvent en obtenir une?

— Oui... Avec moi, ce serait possible. J'suis très coté
au ministère en tant qu'instructeur.

— Qu'est-ce qui va m'arriver si ça ferme?

— J'ai l'temps de te familiariser avec le 170B. Tu
pourras monter tes heures.

— Vas-tu revenir au printemps?

— J'suis pas sûr, p'tit frère.»

Un silence profond permit d'entendre des cris d'ou-
tardes en train de compléter leur formation en V qu'Émile
repéra au-dessus de la montagne de la branche vent arrière
du circuit, là où il était devenu pilote lors de son premier
vol solo.

«Elles viennent du Nord.»

Il y avait tant de nostalgie, tant d'admiration dans
cette phrase du grand prêtre contemplant les oiseaux ma-
gnifiques.

«J'te dis que ça navigue, ces oiseaux-là! Sans carte ni
boussole. Ça vole la nuit, ça vole IFR[9], en plein dans les
nuages. Comment? C'est un mystère. Ouais, elles viennent du Nord.

— C'est là que tu vas retourner au printemps?

— J'sais vraiment plus. Vois-tu, j'suis descendu dans
le Sud[10] pour être plus près de mon fils, pis j'le vois pas

---

9. IFR: *Instrument Flight Rules*, règles de vol aux instruments. VFR:
   Visual Flight Rules, règles de vol à vue.

10. Sud: pour les gens du Grand Nord, région habitée où on trouve des
    feuillus.

tellement plus souvent. C'est pas bon pour un enfant... ni pour un père.

— C'est à cause de lui que t'es retourné dans l'instruction?

— En grande partie, oui. J'avais envie... d'un peu de stabilité. Vu que j'ai pas de femme, c'est toujours ma mère qui s'en est occupé et j'ai jamais pu les emmener avec moi dans le Grand Nord. J'peux pas demander à une femme de son âge de passer deux mois ici, deux mois là, selon les offres d'emploi. J'ai même déjà passé une saison complète sous la tente. C'est pas des conditions idéales pour élever un enfant. J'pensais bien rester ici plus longtemps. T'sais c'qui m'faisait rêver?

— Non.

— Les enfants qui s'lancent dans les jambes de leur papa quand il revient de l'ouvrage. C'est fou, hein?

— Non.»

C'était beau, ce qu'il découvrait chez cet homme. Beau et émouvant. Il pensait à toutes les hypothèses, aussi farfelues les unes que les autres, élaborées par les élèves pilotes à son sujet. Les uns affirmaient qu'il avait eu un grave accident et qu'il n'avait plus les nerfs pour retourner sur un Otter; d'autres prétendaient qu'un divorce l'avait chassé du Grand Nord et qu'il soignait un chagrin d'amour; enfin, la dernière et la plus répandue des rumeurs voulait qu'il ait été congédié pour cause d'alcoolisme. La vérité était si simple. Si tendre. Mais si inquiétante. Il jalousa ce petit bonhomme qui habitait le cœur d'Émile et le pouvoir qu'il avait sur lui. N'avait-il pas arraché cet aventurier aux puissants appareils du Grand Nord pour le confiner au cockpit étroit d'un Cessna 150? Et n'allait-il pas le rappeler sous peu à Montréal? Qu'allait-il advenir de lui alors? Il lui semblait inconcevable d'apprendre avec un autre instructeur. Il n'était pas prêt pour ce sevrage prématuré. Pas prêt du tout. Maintenant qu'il risquait de le perdre, il découvrait et admettait l'attachement qu'il éprouvait pour cet homme. Il était dépendant de lui, lié à lui par des heures de vol, d'espérance et d'étude. Ce grand aigle l'avait adopté et couvé alors qu'il n'était qu'un œuf perdu dans l'herbe. Il l'avait protégé de ses ailes en lui enseignant les rudiments du vol. Il avait connu sa peur et sa passion. Il l'avait élevé, initié. Il ne pouvait l'abandonner comme ça. Simplement pour qu'un bambin se lance dans ses jambes au retour de l'ouvrage.

«Si tu l'emmenais icite, ton garçon?

— Dans ma chambre d'hôtel?

— Non. De toute façon, paraît que ça coûte les yeux de la tête, ta chambre. Mais si tu trouvais quelque chose de pas cher à louer, penses-tu que l'école accepterait?

— Probablement que oui, c'était leur principal argument.

— J'sais où y'a une p'tite maison de ferme à louer. C'est à cinq minutes d'icite. J'passe devant à chaque fois que j'vais travailler.

— T'es pas sérieux?

— Oui. T'aurais ça pour une bouchée de pain.

— Si j'peux faire venir ma mère pis mon gars, y'a pas de problème. J'suis prêt à rester même si c'est pas ce qu'il y a de plus payant. J'aimerais vraiment ça, t'amener jusqu'à la licence de pilote professionnel.»

Le regard bleu d'Émile plongea en lui. Jusqu'au fond en remuant l'eau trouble. Et il eut peur du sentiment qui lui gonfla le cœur. Peur de ce besoin impérieux qui le poussait dans les ailes du grand aigle. Il eut peur de sa propre soumission. Peur de n'exister qu'à travers Émile.

«Tu penses vraiment que j'peux devenir un pilote de brousse, Émile?

— Oui, vraiment. T'as des doutes, hein?

— Oui.

— Moi, j'en ai pas. Si j'en avais, j'resterais pas ici. T'es mon meilleur. J'veux faire de toi un des meilleurs pilotes de brousse. T'es doué, pis tu veux, tu veux tellement. Viens! J'vais t'habituer sur le coucou de Papillon. Quand t'auras maîtrisé un avion à roue de queue, tu sauras maîtriser les flotteurs.»

Émile se leva, ferma son canif et le glissa avec la petite vache dans sa poche.

«J'suis content que tu restes, confessa-t-il.

— Moi, j'suis content de rester, p'tit frère.»

Émile lui entoura les épaules de son bras et le serra contre lui. Il y avait tant d'affection dans ce geste, tant de chaleur dans l'intonation de «p'tit frère», qu'il comprit avoir indiscutablement une place réservée dans le cœur de cet homme.

À moins que ce ne fût un rôle à jouer dans la pièce machiavélique qu'il aurait tramée. À moins que le grand prêtre n'ait été qu'un complice du diable pour perfectionner l'instrument. Ce diable traqué par son passé et hanté par la responsabilité d'assurer l'avenir de son fils. Ce diable qui se serait démasqué, côté droit, côté brûlé, alors qu'Émile était complètement ivre. Ce diable qu'il avait tenté d'oublier et que son avocat s'entêtait à dépister.

«Reconstituons les faits: c'était vers la troisième semaine de novembre.

— Oui, c'est ça, on était allés fêter le début officiel du cours commercial.

— Qui ça, "on"?

— Y'avait Émile, moé, pis les deux autres élèves.

— Bon. Vous vous êtes rendus à l'hôtel Laforge. C'est lui qui l'a choisi?

— Oui. D'habitude, y'allait à *La Cave à vin*, mais là y voulait faire changement.

— Bon. C'était un jeudi, tu m'as dit?

— Oui. J'm'en rappelle parce que mon oncle Mathias avait déjà commencé à écourter nos semaines. À midi, ce jeudi-là, y'avait plus d'ouvrage pour nous autres.

— Cela a dû t'inquiéter?

— Oui.

— T'en as parlé à Émile?

— Oui, ben sûr.

— Qu'est-ce qu'il a dit?

— Que les choses finiraient par s'arranger, comme pour l'école.

— Qu'est-ce qui était arrivé avec l'école?

— Ben, les propriétaires avaient pensé la fermer parce que la chambre d'Émile commençait à coûter cher. J'lui ai trouvé une maison de ferme à un prix qui faisait l'affaire des patrons, qui ont obtenu une extension de trois mois.

— Quand le nombre d'élèves baisse, le salaire de l'instructeur baisse aussi. Ça t'a pas paru louche qu'Émile accepte de rester, pour une poignée d'élèves, dans une petite cabane?

— C'était une bonne maison.»

Semblable à la leur. Sauf que, à défaut d'être onze à l'habiter, ils n'étaient que trois.

«Mais ça t'a pas paru louche? Si j'me trompe pas, c'est grâce à lui que l'école a eu l'extension.

— Y voulait être avec son fils.

— Il n'avait qu'à retourner à Sainte-Thérèse Aviation de qui il relevait. Il y a pas mal plus d'élèves là-bas. C'est pas un peu pour toi qu'il restait?

— Y voulait me donner le commercial, c'est sûr, mais y'aimait ça, en campagne, pour son garçon. Y disait que c'était bon pour sa santé.»

Fragile, extrêmement petit pour ses trois ans, la frimousse envahie de taches de rousseur, Martin pilotait aisément son père du haut de ses épaules. Et c'était touchant et drôle de voir ce colosse partager les jeux du petit lutin pour ensuite l'endormir sur son cœur en le berçant pendant des heures.

En cela, Émile ne pouvait jouer la comédie. Il aimait vraiment cet enfant, et tout, dans ses regards comme dans ses gestes presque maternels, trahissait un attachement profond pour celui qu'il nommait affectueusement «mon p'tit prince».

«Donc, vous étiez en train de fêter quand le *pusher* est venu s'asseoir à votre table.

— Non, c'est pas comme ça que ça s'est passé. Faut dire d'abord qu'Émile était pas mal chaud.»

À raison de trois coupes de cognac à l'heure payées par les deux autres élèves, Émile avait pris une confortable avance sur eux. Enjoué et détendu à ses premières gorgées, il s'était peu à peu dissocié de leur joie, de leur bavardage et de leur enthousiasme pour se concentrer sur la minijupe de plastique de la barmaid, qui dévoilait beaucoup de son anatomie.

«Est-ce qu'il a l'habitude de boire beaucoup?

— De boire, oui, mais pas comme cette fois-là.

— Donc, c'est la seule fois où tu l'as vu complètement saoul. De quoi parlait-il?

— De la barmaid. Y voulait pas que les gars rient d'elle.

— Quels gars?

— Les gars à l'autre table.

— Celle du *pusher*?

— Oui.

— Qu'est-ce qui est arrivé?

— Y'a voulu s'battre avec un d'eux autres.»

Cela s'était produit si vite. Un toucher irrespectueux sous la jupe de plastique et Émile avait bondi pour saisir le malappris au collet et exiger des excuses. Lui, il s'était interposé dans l'espoir de le calmer, mais le potentiel d'agressivité et de violence dont faisait preuve cet homme doux, capable de tant d'affection et de tendresse envers un petit prince tyran, l'effrayait et le décevait. Il avait l'impression d'être en présence d'un étranger qu'il ne parvenait pas à raisonner, d'autant plus qu'il ne s'était lui-même jamais battu. «Voyons, Émile, c'était rien que des farces. Y le fera plus.» Mais cet étranger tentait de le contourner pour frapper celui qui se confondait en excuses, l'obligeant à employer toute sa force pour le retenir. Hors de lui, Émile crachait des injures et des jurons et les deux autres élèves s'étaient portés à son secours pour tenter de le maîtriser. Ce fut pire. Se sentant attaqué, Émile s'était débattu et avait porté des coups. Il en avait reçu un sur le menton, suffisamment révélateur de sa force de frappe pour l'inciter à employer n'importe quel moyen pour désamorcer cette bagarre. «Arrête, Émile! Fais ça pour moé, pour ton p'tit frère... Arrête, Émile!»

Ce fut magique et instantané. Émile desserra les poings. On ramassa sa chaise. La barmaid vint essuyer les dégâts et chacun des opposants réintégra son groupe et sa table. «Pour moé, c'est l'grand qui aurait gagné», entendit-on avant que le murmure des conversations reprenne.

Après lui avoir payé un dernier cognac, les deux autres élèves s'esquivèrent, prétextant qu'il était tard.

«Toi, p'tit frère, tu peux rester avec moi: t'as pas d'ouvrage demain.

— Oui... mais tu penses pas que t'en as assez pris? Tu risques d'attraper les bleus.

— C'est déjà fait. J'les ai déjà, les bleus... T'sais, la mère de Martin, elle avait une jupe de ce genre-là... Un peu moins courte... mais *cheap* de même. Sont pas riches, ces filles-là... C'est pour ça qu'elles font la gaffe. Ça te choque pas trop que j'te parle de même, p'tit frère?

— Non, non.

— Comme t'es pas plus riche que moi, j'vais continuer dans la bière.»

Il en commanda deux, baisa galamment la main de la barmaid et sombra délibérément dans une ivresse totale. C'était la chute de l'aigle. L'écrasement fatal au sol parmi les putains qu'il fréquentait et la boue de son passé qui engluait ses ailes. Désespéré et désespérant, Émile pataugeait dans la fange et s'éclaboussait de vase, incapable de se dégager des sables mouvants de ses souvenirs.

«C'était une pute, la mère de Martin... mais je l'aimais comme un fou... Ça te choque que j'aime des putes?

— Non, non... J'comprends.

— Ben oui, tu comprends, toi, qu'y a juste les putes qui veulent d'un gars comme moi. D'un "toasté". Ouais, un toasté... C'est comme ça qu'elle m'appelait... C'était méchant, non?

— Oui, c'était pas fin.

197

— Mais c'était franc. La première chose qu'elle m'a dite, c'est que j'lui faisais peur... Sont toutes pareilles, les femmes... mais elles le disent pas toutes. Prends Sylvie; j'ai vu tout d'suite l'effet que j'lui faisais... mais j'lui en veux pas... Seulement, c'est plus simple avec les putes: tu payes pis t'as pas mal plus que des p'tits becs.»

Émile se dévoilait, se dénudait sans pudeur, arrachant brusquement les voiles de son passé. Et lui il n'était plus sûr de vouloir tout connaître de lui. Plus sûr de vouloir accompagner aux enfers cet ancien capitaine de Otter qui avait eu l'indécence de lui raconter une blague de fort mauvais goût à propos des copilotes qui devaient se soumettre sexuellement aux désirs de leur capitaine afin d'obtenir de l'avancement. Était-ce là une manière déguisée de lui faire connaître la marche à suivre pour être dans ses bonnes grâces ou tout simplement des inepties d'ivrogne? Comment savoir? Comment dégager le vrai dans l'avalanche de grossièretés qu'Émile déversait devant lui? C'est donc avec soulagement qu'il le vit tituber vers la salle de bains.

«C'est lorsqu'il est allé à la salle de bains que le *pusher* est venu s'asseoir à votre table?

— Oui.»

Un chauve bedonnant et répugnant s'était glissé à la place d'Émile en chuchotant: «T'sais, on n'en veut pas à ton copain pour tantôt. Il est pas mal chaud. Ça arrive à tout l'monde. J'vous écoutais parler, là, vous êtes des pilotes?»

Inévitablement, s'entendre désigner ainsi le revalorisait, éveillait sa curiosité, suscitait son intérêt à poursuivre la conversation avec cet homme qu'il avait méprisé de prime abord.

«J'ai justement besoin d'un bon pilote.

— Y'a seulement Émile qui est pilote professionnel: c'est notre instructeur.

— Oh! celui-là, il est quand même inquiétant, non?

— C'est le meilleur que j'connaisse. C'est pour quoi faire?

— Oh! juste un p'tit tour pis se poser sur une piste de terre. Pas besoin d'un as pour ça, mais seulement d'un bon pilote qui veut faire d'l'argent. Ça t'intéresse?

— J'ai l'droit de faire des tours... pis j'ai la possibilité d'avoir un avion qui a pas peur des pistes de terre.

— Laisse-moi ton nom, ton numéro de téléphone. Y'a pas juste toi, tu comprends? Des pilotes, y'en a de même.»

D'un geste de la main, l'homme lui fit comprendre qu'il y en avait à profusion. Il hésitait cependant à lui faire confiance et espérait qu'Émile revienne au plus tôt.

«Vite avant que ton copain revienne. J'sais pas si tu l'sais, mais j'ai pas tellement envie qu'il me voie à sa place.»

Pour s'en débarrasser plus qu'autre chose, il avait laissé ses coordonnées.

«Tu dis que ça lui a pris du temps avant qu'il revienne?

— Oui. Paraît qu'il avait vomi.

— Ça semble vraiment un coup monté. D'abord, il choisit un hôtel qu'il n'a pas l'habitude de fréquenter, ensuite il se saoule, provoque une bagarre avec un gars d'la table du *pusher* puis disparaît aux toilettes pendant au moins dix minutes. Essaie de te rappeler s'il n'a pas échappé une phrase qui l'aurait trahi. De quoi parlait-il à son retour?

— De son fils... pis de la mère de son fils.

— Qu'est-ce qu'il disait de son fils?

—Qu'y voulait lui offrir une belle vie pis qu'y voyait pas comment, vu qu'un pilote de brousse ça gagne pas cher pis que c'est appelé à voyager partout.

—As-tu l'impression qu'il voulait te mettre en garde contre le salaire de crève-la-faim d'un pilote de brousse?

—Oui, ça, oui. Y m'disait souvent: "Si tu veux faire un pilote de brousse pour l'argent, change d'idée: tu s'ras jamais riche. J'pense qu'un gars sur un camion de vidanges a plus de chances d'avancement qu'un pilote de brousse."

—Suffirait de prouver qu'Émile connaissait le *pusher*. Il savait que tu aimais voler, que t'étais pauvre pis que t'étais bon pilote. Un peu naïf avec ça, prêt à faire n'importe quoi pour ton cours de pilote professionnel. J'dis pas qu'il a fait ça de gaieté de cœur, parce que cela a dû lui coûter d'être un Judas, mais le fait que ça rapporte gros d'argent a dû compenser pour ses remords. Comment était-il, le reste de la soirée? Essaie de te rappeler.»

Il n'avait pas à se rappeler puisqu'il n'avait jamais pu oublier malgré tous ses efforts en ce sens.

«Y répétait toujours la même chose, comme n'importe quel gars chaud.»

Son avocat devrait se contenter de cette phrase. L'homme de loi n'avait pas droit à cette suite qui n'appartenait qu'à lui.

Il ne restait plus qu'eux et un vieil habitant jouant de l'harmonica sur l'estrade. La barmaid mit poliment le vieux à la porte et vint leur annoncer la fermeture de l'établissement.

Émile lui baisa la main encore une fois et la rassura en la lui tapotant doucement. «Aie pas peur, ça ira pas plus loin.» La fille parut soulagée.

200

Il dirigea donc vers la sortie ce grand bonhomme qui louvoyait comme un navire sans gouvernail.

«Passe-moé tes clés. J'vais te r'conduire.

— Dans ma poche.»

Il fouilla pendant qu'Émile enlaçait littéralement un poteau téléphonique. Un vent rampait sur le trottoir, tassait des feuilles le long du mur.

Il ouvrit la portière de la Volkswagen et se demanda comment introduire ce géant en état d'ébriété dans la voiture coccinelle.

«Fais un effort, Émile. Cette idée d'avoir des p'tites voitures!

— C'est plus économique. Ça fait pas un gros salaire, un instructeur. Un pilote non plus, d'ailleurs. J'aime autant t'le dire tout d'suite, Luc: tu s'ras jamais riche si tu fais un pilote de brousse. T'entends ça?

— Oui... Pas besoin de crier: tu vas réveiller tout l'monde.»

Il démarra. Chercha à la dérobée le grand prêtre énigmatique qu'il vénérait tant et ne trouva qu'un homme ivre et douloureux.

«Maudit que je l'aimais, Suzie! J'aurais pas dû: tout c'qu'elle a réussi à faire, c'est d'me faire souffrir. Elle se foutait de moi. C'était une petite rousse... Elle voulait pas faire la gaffe avec moi parce que j'étais trop laid. Pour dix piastres, elle m'a donné la permission d'la bercer. Hé! Tu t'rends compte? Dix piastres, c'est pas donné pour bercer une fille. Ben moi, le cave, j'ai payé ça. Pis un soir, elle m'arrive comme ça pis elle m'offre d'essayer à la noirceur... à cause de...»

Émile porta la main à son oreille mutilée et la roula entre ses doigts.

«J'aurais dû me méfier... Elle m'a ben eu: tout c'qu'elle voulait, c'était un cave pour son enfant... Elle s'est servi de moi, Luc... C'est même pas moi, le père de Martin... J'suis même pas son vrai père.»

Émile s'accrocha à son bras et faillit lui faire prendre le fossé. Il le sentait s'agripper désespérément à lui et il immobilisa l'auto sur la voie d'accotement.

«J'l'ai tuée, Luc, sans faire exprès... J'l'ai tuée.»

Un frisson le parcourut des pieds à la tête. Des images l'envahirent malgré lui et le révoltèrent. Il voyait cet Émile si doux, si patient mais capable d'une violence si soudaine, égorgeant une petite femme rousse vêtue d'une jupe de plastique. Et la femme râlait tandis que lui, fou de rage et de passion, gardait sa main mutilée sur cette bouche qui ne voulait pas lui donner de baisers.

C'était terrible. Il croyait vivre un cauchemar et tenta de retirer son bras. Mais l'aigle déchu le gardait dans ses serres, haletant et en proie à une grande agitation.

«Ferme-la, Émile. Tu dis n'importe quoi.

— Non. C'est pas n'importe quoi, p'tit frère. Écoute, j'l'tuée sans faire exprès. J'ai pas voulu sa mort... mais elle avait pas le droit de dire que je l'écœurais... On dit pas ça à un homme qui veut faire l'amour.»

L'oiseau chutait, dégringolait de cet abîme glacial où il avait longtemps plané. Les ailes paralysées, il tournoyait devant lui en une vrille irrécupérable.

«C'est fini. C'est fini, Émile, parles-en plus.

— J'l'aimais... même si c'était une pute, même si elle était méchante.»

Émile appuya son front contre lui puis un spasme secoua les larges épaules où se juchait Martin.

«Voyons, Émile, pleure pas...

—J'ai souhaité qu'elle meure... quand elle m'a dit que je l'écœurais.»

Dans un geste consolateur, il porta la main à cette tête tourmentée et rencontra malencontreusement l'oreille droite que ne parvenaient pas à couvrir des mèches de cheveux.

«Touche pas ça!»

Émile s'arracha à lui et se blottit contre la portière, sanglotant convulsivement.

«Viens, on va rentrer.

—C'est son fils, son fils... Lui, j'peux le bercer pour rien... Dix piastres... J'ai payé dix piastres.»

Il souhaitait qu'Émile se taise. La situation devenait intolérable. Qui était cet être brisé gisant pitoyablement à ses côtés? Un assassin? Un frère?

Déchiré par des sentiments contradictoires, il réprimait des élans simultanés de compassion et de condamnation. Le passé d'Émile était un volcan de douleur et d'horreur qui venait subitement d'entrer en éruption et il n'avait pas l'habitude des volcans. Pour lui, Émile avait été un mont inaccessible qu'il avait gravi, étape par étape, pour atteindre le sommet de son amitié. Solitaire, imposant, secret, Émile dominait. Et voilà que tout explosait au moment où il atteignait la cime perdue dans les nuages. Le sol s'ouvrait sous les poussées de lave, des gerbes de feu surgissaient, grugeaient de nouveau la joue et l'oreille que ne parvenaient pas à cacher les cheveux. Violent, incontrôlable, le volcan crachait sa souffrance et ses crimes, exhumait des mortes vêtues de jupes bon marché, confondait dans ses gaz toxiques la frimousse espiègle d'un petit prince et l'expression vulgaire d'une putain exigeant l'obscurité pour offrir ses services. Il ne savait plus que faire, que dire en présence de son grand aigle écrasé au sol.

À moins que ce ne fût en présence d'un diable qui venait de le trahir. De le vendre au *pusher*. «Tu d'manderas au grand blond qui va rester pendant que j'serai aux toilettes. Y pourra pas faire autrement que tomber dans le panneau.» Un diable un peu bon diable qui n'avait pu faire autrement pour le bien-être de son enfant et qui s'en était allé pleurer sur sa menotte dès qu'il était rentré chez lui, dans cette maison de ferme louée pour un prix dérisoire. Cette maison qui avait enfin permis que ce nomade puisse jouir des cris de joie de son enfant au retour de l'ouvrage. Cette maison toute modeste qui offrait suffisamment de stabilité pour convaincre la mère d'Émile de s'y installer.

Cette mère qu'il fut d'ailleurs étonné de voir encore debout à cette heure tardive. Grande, droite, d'allure fière, elle dissimulait mal l'inquiétude qui l'avait gardée éveillée et avait pris instinctivement la défense de son fils qui répétait avoir tué une femme.

«Il a tué personne, *nobody*... C'est elle, elle qui a tué lui. *What a pity!*»

Cet accent prononcé le décontenança et il se contenta de traîner Émile vers le lit qu'elle préparait. Il y laissa choir l'homme qui sombra aussitôt dans un sommeil de plomb, et la vieille dame se pencha sur son fils malheureux, essuyant les larmes qui roulaient vers les tempes et caressant la chevelure noire et épaisse qui s'éclaircissait du côté droit, le côté brûlé.

«Tu veux aider, *please?*»

Il délaça les bottes semblables aux siennes, tira sur le jean usé, enleva la chemise de flanelle.

«Tu vas coucher avec lui... C'est tard, décida-t-elle en remontant les couvertures sur le corps parfaitement musclé et équilibré de cet homme à qui le destin avait ravi la beauté du visage. Pas peur... Il te tuera pas... *He's getting crazy with that... He should'nt drink so much*, radotait-elle en ouvrant énergiquement la fenêtre où se gonfla aussitôt un rideau de dentelle. *Goodnight.* Pas peur.»

Il se regarda dans le miroir accroché à la porte de la garde-robe et rencontra sa mine bouleversée.

Visiblement, Émile l'avait entraîné dans sa chute. Autant il avait été en mesure de l'élever vers les nues, autant il avait pu le projeter brutalement dans la boue. Le diable et le grand prêtre ne cessaient de jouer au yo-yo avec son âme. Monte, descend. Monte, descend sur la corde qu'un avion avait fait vibrer en lui. Déroule, enroule. Sur le noyau de son existence.

Assis sur le bord du lit, il se dévêtit lentement, épiant le visage d'Émile endormi. Ce visage qu'il n'avait guère eu le loisir d'examiner à cause des yeux qui s'emparaient aussitôt de son regard. Ces yeux d'un bleu intense dans lesquels il restait toujours captif. Ces yeux qui, en le retenant ainsi prisonnier, l'empêchaient de voir cette curieuse juxtaposition de beauté et de laideur. Jusqu'alors, Émile n'avait été que deux profils différents combinés à une paire d'yeux hypnotiseurs. Ce soir-là, il le découvrit dans son entièreté et ne parvint pas à réaliser la fusion de ses sentiments, à les réunir sous la même bannière. Au contraire, il se sentait davantage divisé, la répulsion et la pitié s'attribuant une partie du visage, l'attraction et l'admiration s'attribuant l'autre. Plus que jamais, Émile était confondant. Les yeux fermés, plus rien ne détournait l'attention de ces deux identités qui s'opposaient. Plus que jamais, il était grand prêtre du côté gauche et diable du côté droit. Incapable de réaliser la synthèse quand il observait l'homme de face, il résolut de s'étendre près de lui mais s'éloigna aussitôt au contact de sa jambe poilue. Avec qui allait-il passer la nuit? Un assassin? Un frère? Il se tenait raide dans la partie glacée du lit, évitant de toucher ce corps d'homme d'où émanait une douce chaleur. N'avait-il pourtant pas l'habitude de dormir avec Daniel, son frère? De se serrer contre lui au petit matin quand le feu agonisait dans le poêle? D'entremêler ses jambes aux siennes dans le sommeil et de lui servir d'oreiller à l'occasion? Non, cet homme n'était pas encore son frère. Il leur restait beaucoup de chemin à parcourir pour combler l'espace qui les séparait sous les mêmes draps. Bien sûr, Émile l'avait adopté. Bien sûr, il avait desserré les poings à sa demande et il lui avait obéi docilement comme il obéissait à son petit prince, mais lui, il n'avait pas encore adopté Émile. Lui, il n'était pas prêt à le voir comme un homme. Pas prêt à le destituer de ses fonctions de grand prêtre. Pas prêt à accepter cet aigle aux ailes fracassées. Il lui fallait du temps pour cela, beaucoup de temps, et le volcan était trop rapidement entré en éruption pour qu'il puisse s'adapter au magma qui avait jailli ce soir-là.

Avant d'éteindre la lampe, il regarda le profil indemne. Il dormait du côté gauche, le côté grand prêtre, et il s'inventa une belle histoire. Voilà qu'ils étaient dans un campement montagnais, la tempête les ayant forcés à atterrir. Dehors, l'avion subissait les assauts du vent, mais lui, le ti-pit[11], il ne craignait rien car il l'avait attaché solidement. Déjà, à ses côtés, le capitaine ronflait, lui faisant entièrement confiance.

S'étant ainsi bien emmitouflé des rêves chauds du pays des glaces, il sombra dans un sommeil profond et s'éveilla en frissonnant le lendemain, Émile ayant accaparé toutes les couvertures.

Il sursauta. Sa première vision fut cette main mutilée et cette oreille à moitié fondue que ne cachaient plus les mèches de cheveux. S'étant endormi côté grand prêtre, il

---

11. Ti-pit: copilote, dans le jargon des pilotes de brousse.

s'éveillait côté diable et lorgnait les larges poignets velus d'homme fort qui avaient mis à mort une petite femme rousse et méchante.

Il se leva brusquement, ferma la fenêtre aussi énergiquement que la mère d'Émile l'avait ouverte et s'habilla. Puis, comme il entendait cette dernière s'affairer dans la cuisine, il résolut d'attendre le réveil d'Émile. Il ne parlait pas anglais, comprenait mal son français, et surtout il était très embarrassé qu'elle ait décelé dans sa physionomie la déception et la crainte que lui avait inspirées son fils.

Sur une petite table vacillant sous un amoncellement de livres et de souvenirs amérindiens, il aperçut le carnet de vol de son instructeur et hésita un moment avant de s'en emparer, dans la crainte de commettre une indiscrétion. N'allait-il pas s'immiscer dans le passé de cet homme? Ce n'était vraiment pas son genre de fureter ainsi dans un livre si personnel. Cependant, il le prit avec la conviction d'être en droit de le faire depuis les aveux pénibles de la veille. Que pourrait-il y apprendre de pire?

Il l'ouvrit à la deuxième page, où, à la date du 8 août 1953, figurait le premier vol solo. Émile, premier vol solo. Cela lui paraissait invraisemblable que son idole ait commencé comme tout le monde et il tenta d'en imaginer les premiers battements d'ailes. Quel âge cela lui faisait-il donc? Seize ans. Qu'il était jeune! Et probablement doué. Après combien d'heures? Il calcula, totalisa douze heures vingt minutes et jugea que c'était beaucoup puisqu'il avait fait lui-même son premier vol solo à sept heures trente. Était-ce possible qu'il fût plus doué qu'Émile? Il repoussa la tentation d'élaborer cette hypothèse mais c'est hélas à partir de là qu'il s'était mis à surestimer ses capacités. Loin, très loin tout au fond de son subconscient, s'ancrait la conviction d'être meilleur qu'Émile. N'allait-il pas être l'élève surpassant le maître? Détenteur de cette supériorité, il se sentit en droit de poursuivre son intrusion dans la vie du pilote Émile Simard.

À la date du 15 février 1954, celui-ci obtenait son brevet de pilote privé, enregistrant régulièrement par la suite des heures de vol jusqu'en juillet 1955. Jusqu'à cet accident bête. Un trait oblique condamnait cette page, biffant les espoirs, balafrant le beau garçon de dix-huit ans.

Un oubli. Une explosion. Le feu qui avait sauté sur le côté droit du *landboy*[12] faisant le plein d'essence et voilà que la vie s'aiguillait autrement. À n'en pas douter, il se sentait frère du jeune Émile qui avait oublié de mettre l'avion à la masse. Frère par ses espoirs, par son âge, par ses maladresses et par le nombre d'heures accumulées. Avec lui, il aurait pu dormir à l'aise dans le même lit. Mais pas avec celui qu'il était devenu douze ans plus tard. Il tourna la page.

En juin 1956, l'homologation des heures de vol reprenait à un rythme serré, pour mener, neuf mois plus tard, à l'obtention du brevet de pilote professionnel. Soumises alors à une cadence encore plus effrénée, les heures aboutirent rapidement à la mention «instructeur en vol». Apparurent alors, dans la colonne réservée au copilote ou passager, les noms des élèves à qui il avait dispensé des cours, pour être remplacés, dans la colonne voisine, par des noms de lieux aux consonances magiques: Fort Chimo, Paint Hill, Nichicun, Border Bacon, Frobisher, Poste-de-la-Baleine, Fort George, Fort Rupert, Schefferville. Sa province entière s'étalait sous les ailes d'appareils de brousse tels que Beaver, Norseman, Otter, Beech 18. Entre-temps, les mentions de vol sur multimoteurs et de vol

---

12. *Landboy*: employé d'un aéroport, habituellement jeune, qui s'occupe des avions au sol.

aux instruments clôturèrent brillamment cette carrière qui régressa subitement en juin 1967 lorsque réapparurent les noms d'une poignée d'élèves accomplissant des exercices monotones aux commandes d'un Cessna 150. Il fut touché de voir le sien figurer parmi les autres et se demanda à quoi Émile pouvait bien penser lorsqu'il inscrivait le nom de Luc Maltais, son «p'tit frère» adoptif. Qu'avait-il donc été pour Émile?

Un grognement. Une plainte. «Ayoye, ma tête!» Le fêtard était réveillé. Appuyé sur un coude, il le regardait, l'air hébété.

«Qu'est-ce que tu fais là, toi?

— Ben... J't'ai reconduit, hier.

— Hein? J'étais si chaud que ça? J'm'en rappelle plus.

— J'ai même couché dans ton lit.

— T'es pas sérieux! J'ai pas abusé de toi, toujours?»

Cette allusion à la blague de mauvais goût qu'Émile avait racontée la veille souleva de nouveau le voile sur ses doutes quant à un comportement strictement hétérosexuel chez cet ex-commandant de bord, qui avait peut-être profité de son poste auprès de jeunes copilotes résignés à tout pour réussir.

Émile tenta de se lever et fut contraint de demeurer assis un moment, la tête entre les mains.

«Ayoye donc! J'me rappelle plus de rien.»

Il fut désarçonné d'être en possession du terrible secret qu'Émile ne se rappelait plus lui avoir confié. Que devait-il faire? Lui en parler? Éclaircir la mort de cette femme qu'il prétendait avoir tuée sans faire exprès? Il se remémora alors le spasme qui avait secoué les larges épaules et résolut de ne pas réveiller le volcan. De laisser refroidir la lave et s'éteindre les flammes qui étaient ressuscitées dans l'oreille touchée par inadvertance.

Émile se leva péniblement, faillit perdre l'équilibre et se dirigea vers lui en peignant ses cheveux ébouriffés avec ses doigts.

«Toi aussi, un jour, t'auras un *logbook*[13] plein d'heures, dit-il en lui prenant le livre pour le feuilleter à son tour sans paraître le moindrement offusqué.

— J'sais pas si j'vais me rendre jusqu'à sept mille trois cents.

— Bah! Quand tu travailles là-dedans à cœur de jour, les heures montent vite.»

Quelque chose d'inhabituel dans la physionomie d'Émile le libéra du pouvoir des prunelles qui se posaient sur lui. Qu'était-ce donc?

Il trouva vite la réponse dans les nombreux poils drus et noirs couvrant la joue gauche et le menton.

«Qu'est-ce qu'y a, p'tit frère?

— Rien, rien...

— Tu m'as jamais vu avec une barbe, hein?

— Ouais, c'est ça. J'ai pas l'habitude.

— D'habitude, ça paraît pas parce que j'me rase deux ou trois fois par jour. C'est pas ben pratique d'avoir la barbe forte quand ça pousse juste d'un bord.»

C'était donc pour cette raison qu'il dégageait une si forte odeur de lotion après-rasage. Il eut honte d'avoir déjà associé cela à des motifs de séduction homosexuelle et remit en question la légitimité des soupçons qu'une simple blague avait réveillés.

---

13. *Logbook*: carnet de vol.

Émile eut un petit rire amer et referma le carnet de vol.

«C'est pas seulement à cause de ma barbe, hein, que t'as cette face-là?

— Quelle face?»

Ce devait être sensiblement la même que celle renvoyée par le miroir la veille.

«J'ai dû faire des bêtises, hier, surtout que j'ai pris du cognac. J'perds les pédales quand j'en prends trop... pis d'après le mal de tête que j'ai, j'en ai pas mal trop pris. Prends-moi pas au sérieux quand j'suis saoul: j'dis n'importe quoi.

— Comme tous les gars chauds.»

Sauf que ce ne sont pas tous les gars chauds qui s'accusent d'avoir tué sans faire exprès.

«Qu'est-ce que j'ai fait, hier? J'aime mieux l'apprendre de toi que d'un autre.

— T'as voulu t'battre.

— Pour une niaiserie, j'te gage.

— Oui. T'étais pas facile à calmer. T'sais que sans faire exprès tu m'as donné un coup de poing sur la gueule?»

Il voulait détourner l'attention du motif de cette querelle. Éviter que la mini-jupe de plastique ne vienne troubler Émile.

«Moi? J't'ai frappé?

— Oui... sur le menton. Tu frappes assez fort, merci.

— Je m'excuse. J'suis vraiment pas du monde quand j'prends un coup. Faudrait que j'arrête. C'est ma mère qui a pas dû être contente.»

Il avait oublié cette vieille dame perspicace et craignit qu'elle ne renseigne Émile dans les moindres détails. Mais le souvenir de la main caressant tristement les cheveux clairsemés autour de l'oreille droite le convainquit qu'elle n'éveillerait jamais le tourment de son fils.

Se sentant lié à elle, il se promit de garder à jamais le silence sur les événements qui avaient provoqué la chute de l'aigle. Pour cela, il devait engloutir au plus profond de son être le terrible secret qui torturait Émile. Il ne voulait plus le voir souffrir, le voir pleurer.

En mémoire du *landboy* distrait qu'Émile avait été lors de son accident, il se devait de veiller sur ce grand frère ténébreux et de faire en sorte que personne ne surchauffe le magma capable de le détruire.

Personne. Ni lui ni Sylvie. Ni l'avocat.

Personne d'autre qu'Émile n'avait le droit de parler de cette petite femme rousse et méchante, ce qu'il fit plus tard lors d'une visite à l'hôpital à la suite de l'écrasement avec la cargaison de stupéfiants. Mais les aveux d'Émile sobre n'avaient en rien allégé son fardeau. Au contraire, celui qu'il avait tenu pour un meurtrier en liberté n'était en fait qu'un gars malchanceux et malheureux, et c'est lui, Luc Maltais, qui était devenu un véritable hors-la-loi, se glissant en catimini à la frontière américaine et atterrissant en cow-boy sur des pistes improvisées. Comment en était-il arrivé là?

Bruit métallique. Par le guichet, on reprend son plateau. Il a mangé toutes ses croûtes en s'imaginant qu'elles étaient les savoureux hamburgers de Maurice. Les valets du Temps ne l'auront pas. Ils n'ont de pouvoir que sur son corps et il n'y a que son corps qui habite la cellule d'isolement. Lui, il est ailleurs, se limitant aux gestes de la survie: manger, boire, dormir. Se contentant de ce pain sec devenu son pain quotidien.

«Donnez-nous aujourd'hui notre pain quotidien», priait sa mère, résignée à ce que celui-ci fût petit jusqu'à la fin de ses jours. Et lui, le fils maudit, il rêvait d'un pain plus gros. Était-ce pour le mettre en garde que les divinités ou le destin lui ont ravi la capacité de gagner ce petit pain quotidien? Était-ce pour lui faire apprécier son sort? Lui faire lâcher son rêve, en le menaçant avec une réalité encore plus dure? «Tiens, ramasse les miettes.» Et il ramassait les miettes sous la table des compagnies forestières; ces miettes rances, imbibées d'une révolte silencieuse qui lui faisait serrer les poings dans ses gants de travail devenus inutiles. La révolte de ses ancêtres qui avaient bûché, dravé à cinquante sous par jour, pour les patrons anglais. Ses ancêtres qu'on avait exploités en même temps que leur forêt. Scier au godendard[14], patauger dans l'eau glacée, débloquer la *jam*[15] pour permettre à la pitoune[16] de se rendre en Ontario par la Lièvre et la Gatineau, avoir froid, avoir mal, avoir peur pour un salaire de famine et revenir labourer une terre de roches, tel fut leur lot.

De cette réserve de main-d'œuvre à bon marché s'étaient distingués avec le temps des hommes plus entreprenants ayant définitivement abandonné l'idée de devenir cultivateurs. Des hommes comme l'oncle Mathias, qui avaient obtenu des concessions sur les terres de la Couronne et s'étaient intercalés entre les compagnies forestières et les bûcherons. À raison d'un travail forcené, de courage et de volonté, ils étaient parvenus à troquer le pain de ménage des chantiers contre le pain blanc tranché des boulangeries. Mais le progrès allait vite enfoncer ces têtes qui émergeaient de la masse laborieuse.

---

14. Godendard: longue scie maniée par deux hommes.

15. *Jam*: amoncellement de billes de bois sur une rivière, qu'on faisait sauter à la dynamite.

16. Pitoune: billes de bois de quatre pieds de longueur destinées à la pâte à papier.

Représenté par la Machine capable à elle seule de bûcher, d'ébrancher et de tailler, le progrès allait éliminer la plupart de ces contracteurs par le spectre de l'endettement. L'oncle Mathias fut de ceux-là et, à la mi-janvier, il le remercia de ses services et l'encouragea à donner son nom au bureau d'assurance-chômage.

Il venait de perdre la capacité de gagner le pain quotidien. Bien malgré lui, il se retrouvait aux crochets de la société et s'endettait progressivement auprès de Papillon et d'Émile.

Habituée à vivre sur une ferme à revenu stable et régulier, Sylvie avait perdu de vue la notion de saison morte et s'ingéniait à lui dénicher des emplois tous plus ou moins rémunérateurs que ses prestations d'assurance-chômage. Cela l'irritait, froissait son orgueil, l'amoindrissait chaque fois qu'il était question de lui faire enfiler un tablier d'aide-cuisinier ou des salopettes de concierge. Il méritait plus que cela et en voulait à la société d'avoir permis à l'exploiteur de saccager les forêts et de congédier les bûcherons. Oui, il en voulait à la société de ne pouvoir tirer profit des ressources de sa propre région. Cette région des Hautes-Laurentides qu'on saignait à blanc, qu'on bûchait à blanc. Il en voulait à ces messieurs de la compagnie venus de l'Ouest dans leur grosse Cadillac pour fermer les postes. Il en voulait à la rivière du Lièvre d'acheminer traîtreusement la pitoune vers leur moulin de la province voisine. Il en voulait à toutes les têtes dirigeantes pour ces hommes désœuvrés restés sur la grève, les mains serrées de sourde colère sur des sous qu'il fallait désormais économiser.

Sylvie ne pouvait comprendre sa rancœur. Quand on a grandi sur la ferme O'Reilly, qu'on a toujours eu droit à un gros pain, qu'on n'a jamais eu peur du lendemain, jamais porté de vêtements usagés, jamais lâché l'école pour travailler; quand on a vécu dans le confort comme une superbe chatte bien nourrie sur des coussins, on ne peut comprendre la révolte du mulot qu'on prive de ses maigres moyens de subsistance. Le voyant s'insurger dans son champ dénudé, elle le taxait vite d'orgueil mal placé, et, chaque fois qu'ils abordaient la question de l'emprunt ou du bien-être social, ils se brouillaient, elle le traitant d'orgueilleux et lui s'accrochant à la seule richesse qui lui restait, sa fierté.

C'est durant cette période creuse qu'il s'est rapproché d'Émile, passant des heures à l'écouter parler du Grand Nord pendant qu'il berçait son enfant, perfectionnant sa théorie sur la table de la cuisine alors que l'instructeur illustrait pour lui tout seul les passages difficiles, l'écoutant religieusement, loin de chez lui. Loin des problèmes. Loin de sa mère qui avait besoin d'argent pour les repas, de son père qui en dépendait pour ses médicaments, de ses frères et sœurs qui en réclamaient pour avoir des vêtements décents.

Loin de l'atmosphère qui s'empoisonnait au jour le jour. Loin des querelles qui éclataient à tout instant pour des insignifiances. Les enfants comptaient les frites dans leur assiette, se chamaillaient pour une paire de mitaines, se disputaient leur tour de patins. Ça criait, ça pleurait sous le toit qui coulait. Ça s'arrachait les cheveux, se bousculait, se boudait. C'était chacun pour soi et chacun veillait à ce qu'ils aient tous la même part dans leur infortune. À ce qu'ils se partagent tous également cette misère additionnelle. Et personne, non, personne n'acceptait qu'il retranche de ses prestations la somme nécessaire pour effectuer ses heures de vol et payer le cours théorique officiel. Non, personne n'acceptait cela et tous le lui reprochaient silencieusement, de sorte qu'il avait banni de sa conversation les moindres paroles faisant allusion à

215

l'aviation. Un jour, Émile avait eu le malheur de lui téléphoner et dès lors, aux yeux de sa famille, l'instructeur était devenu le profiteur. La mauvaise fréquentation qui l'avait gangrené, influencé, exploité à leur détriment.

Cela lui pesait énormément, et, chaque fois qu'il s'élevait à bord de l'avion de Papillon, un fort sentiment de culpabilité l'étreignait. Avait-il le droit de poursuivre son rêve fou alors que les siens se disputaient des miettes? Avait-il le droit de survoler leur misère? D'échapper ainsi à leur tiraillement de couverture?

Non, pensait-il chaque fois qu'il remettait les pieds sur terre, ayant accru sa dette envers ses amis; chaque fois qu'il apercevait cette maison de papier brique rapiécé; chaque fois qu'il ouvrait la porte sur des «c'est pas juste: y'en a plus que moé»; chaque fois que sa mère soupirait, que son père se lamentait, que sa sœur Julie remettait en entier l'argent gagné à faire des ménages après l'école.

Non, il n'avait pas le droit de poursuivre un rêve si grand quand les siens en étaient rendus à se chamailler pour des choses si petites. Pour la paire de bas sans trous et le pantalon sans rapiéçage.

Il se sentait fautif, assis à la table où chacun épiait l'assiette de l'autre, et il rêvait du jour où il pourrait se libérer à tout jamais de ce petit nid traversé par le vent et la pluie. Ce petit nid qui allait éclater sous la poussée des oisillons qui se piétinaient pour avoir leur place au soleil, leur place sous la fale nourricière, leur place à l'abri des tempêtes. Sous la poussée de ces oisillons affamés et piailleurs qui avaient déjà expulsé les jumelles, mariées hâtivement au cours de l'été 66, ainsi que Marie-Ange, qui avait élu domicile dans la vaste demeure d'un notable de Mont-Laurier comme bonne à tout faire. Sur le point de tomber à leur tour, Daniel et Julie ne s'y accrochaient que du bout des griffes, envisageant d'abandonner leurs études pour aller sur le marché du travail bien qu'il tentât de les en dissuader. Et il rêvait lui aussi du jour où il quitterait à tout jamais ce nid, car, même collées contre son corps, ses ailes en croissance empiétaient sur l'espace des autres.

Pourtant, quand il se vit tassé à l'extrémité du nid, poussé à s'envoler prématurément, il se sentit malheureux comme une pierre qu'on s'apprêtait à balancer par-dessus bord. Contraint par les événements et le temps, il devint l'oiseau pensionnaire en instance de départ le jour où il apprit brutalement qu'on venait de vendre *sa* terre ou du moins ce qu'il croyait avoir été la terre qu'il avait méritée. L'ayant reçue officieusement à sa première communion, il avait secrètement espéré la recevoir officiellement le premier avril pour ses vingt et un ans, escomptant la vendre pour terminer son cours et prévoyant ouvrir toutes grandes ses ailes au-dessus du nid misérable dès qu'il aurait obtenu son brevet de pilote professionnel et le premier emploi qu'Émile lui garantissait. «C'est mon fils! C'est mon frère!», s'écrieraient les siens avec ébahissement et fierté. «C'est mon fils, là-haut», dirait son père cloué à sa chaise, comprenant alors que son sacrifice n'avait pas été vain et que, finalement, cette terre maudite avait donné un fruit hors de l'ordinaire. Un fruit merveilleux et curieux qui avait poussé à l'envers, étendant ses racines jusqu'au ciel.

Mais, en ce jour pluvieux de fin mars, on avait vendu sa terre. Sans son consentement. Sans le consulter, ni même l'avertir. L'oncle Mathias avait trouvé un acheteur en la personne d'un touriste décidé à convertir en plantation cette terre devenue sans intérêt pour l'agriculture. Le contrat signé, l'argent déposé, ses parents retiraient leurs habits du dimanche à son arrivée.

«Pourquoi vous m'en avez pas parlé?

— T'étais pas là... T'es jamais là... Tu perds toujours ton temps dans les avions.»

217

À leurs yeux, il perdait son temps... et le temps, c'est de l'argent... et de l'argent, ils en avaient besoin.

«De toute façon, tu f'ras jamais un cultivateur.»

Condition sine qua non pour avoir droit à cette terre: demeurer fidèle aux ambitions de son père.

On le punissait de n'être plus le garçon rêvant de l'École d'Agriculture.

«Tu pourras garder ton argent. Nous autres, on va se débrouiller avec l'argent d'la vente.

— Ça va m'aider à finir mon cours.

— T'auras juste à payer ta pension. Tu pourras gaspiller le reste comme tu voudras.»

«Gaspiller»: son père s'entêtait à ignorer le fruit exotique qui avait éclos entre les souches, enterrant ces racines qui s'étiraient vers le ciel et les aplatissant à grands coups de pelle. Ce n'était pas ce qu'il avait semé. Ce n'était pas ce qu'il avait déposé dans ces sillons où avait coulé son sang. Ce n'était pas ce qu'il avait espéré de son fils.

Et lui, le fils, il avait envie de répliquer, de s'insurger, de crier à l'injustice, mais d'un regard sa mère l'implora d'épargner le malade. L'humidité de mars avait eu raison des nuits de cet homme. Elle avait eu raison de sa santé et de son humeur. Sournoisement, mars tordait ses os, le rendant agressif et impatient. Mars le torturait, le réduisait à l'état de loque douloureuse et hargneuse. Mars lui rappelait son sacrifice, lui rappelait pour qui il s'était tant démené... et le malade refusait que ce fût pour ce fruit bizarre mais merveilleux dans son genre, qui poussait les racines en l'air.

C'est ainsi qu'en cette fin de mars il se sentit expulsé du nid. C'était trop tassé là-dedans, mais dehors il trouva qu'il faisait froid.

Il paya une pension, lui qui avait subvenu aux besoins de la famille pendant huit ans, et se consacra entièrement à nourrir le fruit que son père persistait à ensevelir. Hélas, dans une des pelletées de terre existait le ver qui allait pénétrer le fruit. Le ver qui l'avait contacté, début mai, et lui avait offert une somme alléchante pour un voyage aux États-Unis. Un voyage illégal, clandestin, à cent pieds du sol pour brouiller les radars et traverser la frontière.

L'atterrissage sur une piste improvisée, le chargement de la cargaison de stupéfiants, le retour à la même altitude, le second atterrissage sur un chemin de terre où attendait une camionnette lui valurent cinq billets de cent dollars qu'il avait montrés à son père en inventant que c'était une bourse du gouvernement. Et l'admiration était née dans les yeux souffrants de cet homme. De son unique main, il avait alors dégagé la terre recouvrant le fruit insolite. Mais il était trop tard: le ver, déjà, s'était creusé un chemin jusqu'au cœur et s'apprêtait à le corrompre entièrement. Mais cela, il l'ignorait lui-même et, quand son père s'était penché pour enfin le cueillir tel qu'il était dans ce sillon où avaient coulé sang, larmes et sueur, il jugea qu'il avait valu la peine de se damner pour être béni de lui.

*　*
*

C'était par une nuit de mai. Chaude et pleine de promesses de continuité. Le monde végétal et animal répandait ses semences et ses œufs partout dans la terre et les étangs glauques. C'était une nuit d'éclosion et de gestation. Et lui il s'y promenait, cœur boitant et tête confuse.

Il venait de se brouiller avec Sylvie, et, à force de mentir sur la provenance de son argent, il avait perdu peu à peu son identité. Il ne savait plus qui il était au juste et il errait dans la campagne à la recherche d'une consolation, d'une réponse et d'une leçon. Mais, en lui, c'était le chaos et la cacophonie, et la simplicité du monde végétal et animal ne parvenait qu'à toucher du bout du doigt cette douleur qui existait maintenant entre lui et Sylvie.

Il ne savait qu'une chose avec certitude: il l'aimait. Cela, c'était solide, simple et facile. Il aurait préféré être au commencement du monde avec elle. Dans ce jardin merveilleux qu'un avion n'avait pas encore survolé. Oui, ce jardin merveilleux où n'existaient ni polyvalente ni professeur d'éducation physique. Mais il en était autrement et elle l'avait traité de superquétaine parce qu'il voulait l'épouser et l'emmener avec lui dans le Grand Nord. Logiquement, elle avait raison de vouloir s'accomplir. Raison aussi de s'être fâchée contre lui. Pourquoi abandonnerait-elle ses études pour le suivre alors qu'il n'aurait jamais abandonné l'aviation pour elle? Simplement parce qu'il était un homme et qu'elle devait appliquer le dicton «Qui prend mari prend pays»? Paradoxalement, il aurait aimé, en la circonstance, qu'elle ait l'attitude d'une femme née pour un petit pain. Soumettre cette belle lionne et l'emmener partout avec lui, sans laisse ni fouet, aurait flatté son orgueil de mâle tout en satisfaisant aux attentes des générations d'hommes l'ayant précédé. Il aurait considéré ce sacrifice comme une preuve d'amour. De très grand amour. Mais la lionne avait sorti ses griffes et grondé, en disant: «Aimer quelqu'un, c'est l'accepter tel qu'il est.» Puis elle avait claqué la portière de la camionnette. «Dis-le donc, qu'y a quelqu'un d'autre en ville! Un gars moins quétaine, j'te gage.» Furieuse, elle avait arpenté l'allée bordée d'arbres menant à la solide maison de briques où avaient toujours cuit de gros pains blancs et savoureux.

Et lui il était resté avec ces deux phrases: «Aimer quelqu'un, c'est l'accepter tel qu'il est» et «Dis-le donc, qu'y a quelqu'un d'autre en ville!» C'est lui qui était un autre. Lui qui, encore une fois, était un imposteur. Avec qui venait-elle de faire l'amour? Officiellement, avec un boursier surdoué. En réalité, c'était avec un bandit qui avait risqué de perdre l'avion de son ami et trompé son instructeur. C'était avec une crapule. Et si elle l'aimait tel qu'il était auparavant, ce n'est plus lui qu'elle aimait maintenant mais l'autre. L'ancien Luc. Le gars honnête qui se démenait pour accumuler ses heures et payer son cours. Pourquoi aimait-elle cet autre qui lui échappait peu à peu, qu'il perdait à chacun de ses mensonges, qui filait hors de lui et perdait toute consistance? Qu'avait-il de si attrayant, ce Luc-là?

C'est dans cet état qu'il avait abouti chez lui à une heure tardive. Par la fenêtre, il aperçut son père à sa place habituelle et eut la certitude qu'il l'attendait. La peur le paralysa un long moment sur le seuil et machinalement il caressa les oreilles du chien venu lui témoigner sa fidélité.

Pourquoi l'attendait-il? Que voulait-il lui dire? Qu'il l'avait démasqué? Qu'il ne croyait pas à cette histoire d'aide gouvernementale? Qu'il le reniait comme fils?

Il fit l'inventaire de ses mensonges et s'aperçut qu'il avait omis d'avertir son père de garder secrète l'attribution de cette bourse, qu'il avait obligatoirement convertie en emprunt bancaire pour expliquer à Papillon et à Émile sa soudaine capacité de rembourser ses dettes.

Il suffisait que l'un d'eux téléphone pour mettre la puce à l'oreille de cet homme qui n'avait rien d'autre à faire que penser à cœur de jour. C'est fou ce que les mensonges étaient liés les uns aux autres comme les mailles d'un même tricot: il suffit d'en échapper une pour que ça se défasse. Et là ça se défaisait et il appréhendait le moment de se retrouver seul devant son père avec un enchevêtrement de laine entre ses doigts coupables.

Il entra. Tenta de se donner une allure désinvolte.

«B'soir p'pa. Encore d'la misère à dormir?

— Non. J't'attendais.»

Son cœur se crispa mais en même temps il se sentit soulagé, comme si le moment d'être libéré de l'autre venait d'arriver.

«Assis-toé icite, ti-gars, j'ai à te parler.»

Il prit place à califourchon sur la chaise désignée près de la berçante et communia instantanément avec ses treize ans car depuis l'accident son père avait cessé de l'appeler ainsi.

«Comment ça va, ton cours?»

Question-piège. Que claquent enfin les dents de métal sur l'imposteur! Après s'être rongé la patte, il pourrait être de nouveau libre. De nouveau lui-même. Il aimait autant en finir tout de suite et faire se déclencher le mécanisme sans plus tarder.

«Ça va bien. Grâce à ma bourse, j'suis sûr de terminer. J'ai déjà cent soixante-dix-huit heures et j'achève avec Émile. J'ai été chanceux d'avoir une bourse.

— Vu que le gouvernement t'encourage, ça doit vouloir dire que t'es rendu pas mal bon.»

Il rencontra les yeux de son père et comprit à les voir briller intensément qu'il n'y avait pas de question-piège. Ému, il avala sa salive avant de répondre.

«Oui, j'm'en viens pas mal bon.

— Assez bon pour faire faire un tour à ton père?»

C'est là, à cet instant précis, avec ces paroles qu'il n'oubliera jamais, que son père s'était penché pour le cueillir. Il avait envie de pleurer, de s'agenouiller devant lui et de lui demander de le bénir et de bénir toutes les envolées qu'il ferait, mais il était un homme et les hommes ne font pas ce genre de choses. Du moins, pas dans sa famille. De père en fils, l'amour filial s'était exprimé par la poignée de main et la bénédiction du jour de l'An, que son père avait cessé d'accorder depuis l'accident. «J'ai plus de bras pour vous bénir», avait-il dit. «Plus de bras pour gagner votre pain, pour chauffer vos fesses et vous indiquer la bonne route», fallait-il comprendre. «Je ne suis plus ton père et tu n'es plus mon ti-gars», interprétait-il. «Je ne suis qu'un grand malade qui vit à tes crochets et tu n'es qu'un enfant qui a trahi mes rêves.»

Mais, ce soir-là, il était de nouveau le père. Ce soir-là, il reconnaissait que ce fruit insolite, si différent de ce qu'il avait espéré, était son fils.

Il voulut badiner mais ne réussit qu'à bredouiller.

«Oui, j't'assez bon pour ça. Quand?

— Demain. Va te coucher, à c't'heure.»

C'était assez d'émotions pour tous les deux. Ils s'étendirent chacun dans leur lit, lui auprès de son frère Daniel qui empiétait effrontément sur sa moitié, et son père auprès de sa compagne roulée en boule sur son sort. Mais ni l'un ni l'autre ne parvint à dormir vraiment, de sorte qu'à cinq heures ils se retrouvèrent au même endroit. Avec la même gêne. La même constriction de la gorge. La même moiteur des paumes. Et un silence qu'il fallait respecter pour les autres qui dormaient. Un silence bénéfique qui les obligeait à chuchoter comme au confessionnal, épargnant ainsi toute parole inutile.

«R'garde ben, ti-gars, à six heures quart, le soleil va toucher le piquet de clôture dans mes framboisiers.»

C'est ainsi qu'il découvrit l'existence de cet immense cadran solaire et l'attachement presque charnel de son père pour sa terre.

«Tu vois, là-bas, à côté d'la grosse roche? C'est là que j'ai cassé le soc de ma charrue en deux: j'avais jamais vu ça. C'était pas une terre facile, j'te dis.»

Non, pas facile, et sauvageonne en plus de cela. Elle n'était, au tout début, qu'une forêt rébarbative qu'il était décidé à apprivoiser. Et, jour après jour, d'une étoile à l'autre, aussitôt retiré des bras de son épouse, il venait la rejoindre. Il venait écouler sur elle toute son énergie. Elle avait appris à connaître la force de ses bras, la solidité de ses jambes, le goût salé de sa sueur. Elle avait appris la ténacité du soc de sa charrue qui la pénétrait pour l'ensemencer. Elle savait reconnaître la chaleur de sa main qui caressait le foin dru fraîchement fauché.

Soumise puis domestiquée, elle avait appris à lui donner ses fruits.

Et, tous les jours, son père venait se raconter cette étrange histoire d'amour entre lui et sa terre. Tous les jours, il venait contempler ce visage qu'il avait dégagé de la broussaille et y étudiait les effets de l'ombre et de la lumière. Aussitôt retiré des bras de son épouse, tous les jours il venait encore la rejoindre. Et personne dans la maison n'avait compris le lien qui existait entre l'homme et la créature qu'il avait soumise. Personne n'avait compris que cette terre vaincue maintenait en vie son maître brisé. Personne n'avait compris qu'elle était le témoin et la preuve de sa réussite. De sa jeunesse. De sa vaillance.

Personne. Ni lui, l'aîné, ni la femme, ni les enfants. Personne ne voyait plus cet homme dans le grand malade. Personne même ne semblait se souvenir de celui qui avait bûché, hersé, labouré, semé et fauché.

Personne, sauf son père lui-même, qui, par le carreau de la fenêtre, contemplait l'œuvre de l'homme qu'il avait été.

Sauf ce matin-là, où ils se retrouvèrent après huit ans d'absence. Où, face à la carcasse disloquée et défectueuse qui avait pris place dans la berceuse après deux mois d'hôpital, il éprouva autre chose qu'un sentiment de culpabilité. Quelque chose de très fort et de très beau.

«As-tu peur, p'pa?

— Non. De quoi faudrait que j'aie peur?

— J'sais pas. D'être en haut dans le ciel.

— Ça doit être le *fun* d'être comme un oiseau. J'aimerais voir ma terre d'en haut.»

La voir étalée sous lui comme des milliers d'oiseaux l'ont vue. Pouvoir l'embrasser d'un seul regard dans toute son étendue et sa beauté, pour être ensuite en mesure de l'habiller selon les saisons dans l'immobilité de sa souffrance. Pouvoir la couvrir de ses ailes et l'effleurer de son ombrage.

«Tu vas la voir. On va d'abord monter très haut. Là, tu vas voir l'ensemble. Le village pis le lac, pis ta terre là-dedans. Après, on va descendre... et tu vas la voir de proche.

— Ça va m'donner une bonne idée de ce qu'un faucon peut voir. Un jour, j'en ai observé un. Y planait, y tournait en rond au-dessus de moé. J'étais à faucher. C'est juste si y donnait des coups d'aile. On aurait dit qu'y tenait en l'air tout seul. Pis, tout à coup, j'l'ai vu comme tomber. Oui, il tombait vers le sol. Juste avant d'arriver, y'a ouvert ses ailes pour attraper un mulot avec ses pattes.

— Y'a décroché.

— Y'a quoi?

— Décroché[17]. Le faucon a décroché quand y'a comme tombé. On peut faire ça avec un avion.

— T'es capable de faire ça, toé?

_____

17. Décrocher: en parlant d'un avion, perdre la portance nécessaire à la sustentation.

— Oui.

— C'est vrai que tu dois être pas mal bon pour que le gouvernement te donne une bourse.»

Sans le savoir, son père venait de briser l'instant solennel. De décrocher de ce moment privilégié et tant attendu.

Il ne put récupérer de ce décrochage et s'écrasa brutalement dans ses mensonges.

«Ça m'fait penser, p'pa: à propos d'la bourse, j'aimerais autant que t'en parles pas à l'École de l'Air. T'sais comment c'est, le monde... J'suis le seul à avoir eu ça pis ça fait ben des jaloux. Même à Émile pis Papillon, ben, je l'ai pas dit.

— Ah? Ton instructeur est pas au courant?

— Non... J'y ai dit que j'avais eu un emprunt. Y'a eu beaucoup d'misère, lui, à faire son cours... J'sais pas comment y'aurait pris ça qu'un p'tit habitant comme moé ait une bourse tandis que lui s'est fait brûler la face en travaillant comme *landboy* pour payer ses heures.

— Ah? Y s'est fait brûler la face?

— Oui. Faudrait pas paraître surpris: y'a un côté du visage brûlé.»

Quel minable il était de rabaisser Émile au rang des envieux, donnant de lui l'image d'un handicapé aigri! Honteux, il commençait à fuir le regard de son père quand le réveille-matin de Daniel retentit dans la maison endormie, le libérant de ce tête-à-tête qui ne pouvait dès lors qu'aggraver sa vilenie.

Son frère fit ses ablutions au gros lavabo de la cuisine puis sa mère s'éveilla à son tour.

Pantoufles et bottes d'écurie s'enfilèrent à l'unisson, les pas de l'adolescent qui allait chercher les œufs s'accordant à ceux de la femme qui s'apprêtait à les cuire.

«Coudon, Jo, t'en viens-tu à messe avec nous autres? demanda-t-elle, étonnée de voir endimanché et fraîchement rasé ce mari qui boudait le Seigneur depuis l'accident.

— Non. J'm'en vais en avion avec Luc.

— Es-tu fou? Un plan pour avoir un autre accident! T'es pas assez mal ammanché à ton goût?»

Elle lui rafraîchissait la mémoire. Elle lui rappelait la vengeance de l'Être suprême qui n'aime pas être contrarié.

«Va à la messe au moins avant.»

C'est ce qu'elle avait dit huit ans auparavant, l'exhortant à accomplir ses devoirs de bon catholique.

«Si tu m'avais écoutée, aussi, ça s'rait pas arrivé.»

Ce qu'elle pouvait lui servir souvent cette phrase depuis qu'il était condamné à sa berçante!

Il eut peur que son père change d'avis. Qu'il abdique devant celle qui prétendait avoir eu raison.

«J'm'en vais en avion avec Luc, pis ça finit là!»

La voix était ferme. Le ton, sans réplique. Son père lui lança une œillade complice tout comme il l'avait fait le matin où ils étaient allés essoucher ensemble. Ce fameux matin où il allait être confronté malgré lui à des responsabilités d'homme.

Il fut heureux de constater que son père lui était revenu. Que son père habitait encore et entièrement cette carcasse brisée.

Que son âme renaissait enfin de ses cendres pour prendre son envol avec lui.

Avec lui, son fils. Lui qui, enfant, multipliait ses pas pour être en mesure de le suivre et qui, ce jour-là, les raccourcissait pour obéir au rythme imposé par la maladie.

Lui qui, enfant, se faisait hisser sur les plus hautes charges de foin et qui, ce jour-là, l'avait pris dans ses bras pour le nicher dans le cockpit de l'avion.

Lui qui, à sa naissance, avait été porté sur les fonts baptismaux et qui, en ce jour de renaissance, allait donner le baptême de l'air.

Lui qui, enfant, avait communié avec le sens sacré de la main tâtant le poulain à naître dans le ventre de sa mère et qui, ce jour-là, donnait à chacun de ses gestes le même sens et la même humilité. Lui qui, ce jour-là, n'envisageait pas d'épater par ses prouesses mais de rendre simplement compte à son père de ce qu'il avait appris dans des sentiers nouveaux.

Lui qui se sentait fils et père tout à la fois. Homme et enfant. Qui se rappelait avoir été guidé et qui, ce jour-là, guidait. Qui se rappelait avoir été initié et qui, ce jour-là, initiait. Qui, ce jour-là, devenait à son tour grand prêtre et célébrait pour eux une messe unique dans un habitacle suspendu à une paire d'ailes. Une messe qui, chantée par le bruit régulier des valves et des pistons, réconciliait ciel et terre, présent et passé, père et fils. Une messe où, détachés de leur misère et de leur souffrance, ils contemplaient la créature domestiquée dans sa robe vert tendre faufilée de clôtures. Où, libérés de leurs remords, ils dominaient les souches se cabrant sur un sol maintenant étranger. Une messe où ils communiaient ensemble, avec l'espace et avec le plus vieux rêve de l'humanité. Où ils touchaient du bout du doigt l'âme de l'oiseau et de son Créateur. Une messe toute belle à laquelle il n'y avait pas eu d'*ite missa est* à l'atterrissage. Une messe qui les avait transformés et purifiés. Qui les avait dégagés de la boue où un bulldozer les avait jadis enfouis.

«C'tait ben beau, ti-gars.»

Il considéra comme une bénédiction la main de son père pétrissant son épaule.

«Faudra faire faire un tour aux jumeaux, à c't'heure.»

Et comme la reconnaissance définitive de ses nouvelles aptitudes cette autorisation à en faire bénéficier les autres membres de sa famille.

Il roulait au sol, l'âme en paix, lisse et belle comme la pelure du fruit cueilli, quand soudain il aperçut Papillon attendant son protégé pour sa toilette hebdomadaire. Il se souvint alors du trou dans la pelure et de la flétrissure par où s'était infiltré le ver.

«C'est-y lui, Paul? demanda son père.

— Oui, c'est lui. On l'appelle Papillon.

— Tout un papillon! C'est à lui, l'avion?

— Oui. Moé, j'ai une part à dix pour cent... mais y me l'a laissée pour la somme symbolique d'un dollar.

— Y t'fait confiance. Y m'a pas l'air d'un envieux.

— Faut pas s'fier aux apparences.»

Il était trop tard pour reprendre le fruit dans la main de son père. Trop tard pour exciser discrètement le ver en route vers le cœur. Le ver qui contestait la bonhomie de Papillon amusé par le souffle de l'hélice dépeignant sa vadrouille neuve. Le ver qui dénigrait l'attitude respectueuse et prévenante d'Émile.

«M'a l'air d'un bon garçon, ton instructeur. Ben gentil. Pas si pire que ça, ses brûlures.

— Tu l'as pas regardé comme il faut.

— J'l'ai ben regardé. Lui aussi, y m'a ben regardé. Y regarde en plein dans les yeux, c'gars-là, c'est bon signe. Ça m'surprendrait ben gros qu'y soit jaloux. Pour moé, tu pourrais y dire, pour ta bourse. Ça y ferait plaisir. Y m'a dit qu'y était ben fier de toé.

— J'aime autant pas prendre de chance.»

Le ver qui cherchait à compromettre la sympathie mutuelle ressentie par ces deux hommes atteints dans leur chair. Ces deux hommes qu'il avait suivis, imités et admirés. Ces deux hommes qui l'avaient formé et qu'il avait rêvé de voir ensemble. Père et père spirituel se donnant la main.

Le ver qui gâchait tout, salissait tout, meurtrissait tout. Le ver qu'il était décidé à abandonner et à laisser mourir incognito dans la pulpe.

Il ne voulait plus faire de voyages illégaux. Ayant remboursé ses dettes et retrouvé la considération de son père, il n'avait plus besoin de tant d'argent. Mais il était trop tard. Hélas trop tard et, quand il refusa de poursuivre sur la route du crime, il s'aperçut jusqu'à quel point ce ver exerçait son emprise sur lui.

On utilisa le chantage pour le faire obéir, menaçant de tout dévoiler à ce père tenant fièrement le fruit. Menaçant d'embêter la belle rousse à Montréal. Il n'eut d'autre possibilité que d'obéir, devenant ainsi l'esclave de ce ver. De cet intermédiaire qu'il rencontrait en des endroits déserts. De cette organisation de trafic de stupéfiants.

Devenant le fruit pourri qu'on isole des autres. Devenant ce qu'il est aujourd'hui dans ce cachot.

Les valets du Temps font la ronde. Il écoute leurs pas dans le corridor. Entend le glissement sec du judas de porte en porte.

Les valets du Temps vérifient si personne ne s'est évadé. Ou suicidé. La même chose, au fond, le suicide étant l'évasion parfaite.

Les pas approchent. Assis sur le lit, il attend de voir le gardien prendre note de sa présence.

Peut-être y aura-t-il un échange entre eux? Un sourire ou une bêtise? Qu'importe, au fond, du moment qu'il se sent vivant. Il a l'impression de ne plus exister pour personne depuis qu'il est en isolement. Trois jours n'ont-ils pas suffi pour qu'il considère comme un événement digne d'attention la ronde des agents de correction?

Un rectangle de lumière s'ouvre dans la porte et révèle un œil glacé et indifférent. L'œil du devoir. Qu'y a-t-il d'humain dans cet œil qui le regarde comme s'il n'était qu'une chose? Cet œil pour qui il n'est qu'un numéro. Ne sont-ils pas tous deux des êtres de chair et de sang? N'ont-ils pas tous deux des amours et des rêves, des défauts et des qualités? Qui, entre lui et le gardien, a perdu son statut d'humain?

Shlick! Présent. Au suivant. Combien de fois encore devra-t-il subir ce regard qui lui fait sentir sa déchéance? Combien de temps encore tiendra-t-il le coup? Ce soir, à la ronde de nuit, il tirera la langue. Ce sera sa façon de fêter son mercredi, de souligner que pour lui ce jour de la semaine diffère des autres. «Qu'est-ce que t'as à faire des grimaces, toi? — Parce que c'est un mercredi que j'vais sortir d'icite, mercredi le 6 juin 1973, dans mille six cent trente-huit jours.»

Mais sans doute que le gardien va ignorer son geste pour montrer jusqu'à quel point il lui est indifférent. Accompli devant témoin, ce même geste lui coûterait une comparution devant le comité disciplinaire, mais, commis dans l'intimité, entre lui et l'œil froid du devoir, il sera ignoré. Tel numéro est présent dans sa cage pour la nuit. C'est tout ce qui restera de Luc Maltais. Un numéro.

Combien de temps tiendra-t-il le coup? Il a presque épuisé toutes ses pensées et tous ses souvenirs. Avec quoi tiendra-t-il le coup?

Avec l'achat du modèle réduit à assembler que la perte d'une semaine de salaire lui oblige à retarder? Il craint que quelqu'un l'achète avant lui. Quelqu'un qui, connaissant sa passion pour les avions, le lui revendrait le double ou le triple du prix.

Il ne veut pas penser à ce jouet mais c'est plus fort que lui. Il ne cesse de voir l'hydravion tel que représenté sur la boîte, avec des gouttelettes d'eau s'écoulant à la semelle des flotteurs. C'est sur ce type d'appareil qu'il aurait vraisemblablement débuté sa carrière de pilote de brousse. Mais, avant d'y accéder, selon les dires d'Émile, il aurait d'abord été gars de quai, aide-mécanicien et copilote. C'étaient là les barreaux habituels de l'échelle menant au siège de commandant de bord et il était prêt à les gravir dans l'ordre. Prêt à apprendre comment charger la cargaison en respectant le centre de gravité, comment saisir l'avion qui approche avec un vent venant du quai, comment faire les inspections réglementaires et les réparations d'urgence, comment naviguer sur la toundra. Il était prêt à tout, moyennant le gîte et le couvert, salaire également habituel réservé à ceux qui rêvaient d'atteindre le banc de capitaine mais n'avaient pas encore accumulé assez d'heures d'expérience.

Oui, il était prêt à tout. À la misère. À l'éloignement. À l'inévitable séparation permettant que lui et Sylvie s'accomplissent et apprennent à s'aimer au-delà des différences et des distances.

Prêt à tout pour s'arracher un jour des flots aux commandes d'un hydravion tel que celui représenté sur la boîte du modèle réduit à assembler. Que fera-t-il si quelqu'un l'achète avant lui?

Il ne faut pas. Il se lève, arpente rageusement l'espace restreint de sa cellule, frappant du poing contre le mur. Non! Il ne faut pas! Il veut ce jouet. Avec quoi tiendra-t-il le coup? Avec quoi se rappellera-t-il à lui-même, à son identité de pilote, au numéro ULP 12311?

Avec quoi établira-t-il le trait d'union entre ce qu'il est et ce qu'il sera à sa sortie?

«Maudite bébelle! marmonne-t-il. C'est rien qu'une maudite bébelle.»

Faut-il qu'il soit démuni pour espérer ainsi ce jouet! Faut-il qu'il soit rendu bas, lui qui a volé si haut et si parfaitement aux commandes d'un vrai appareil!

Est-il en train de craquer? D'abdiquer? D'avouer sous les tortures de la Solitude? Le Temps et ses valets ont-ils eu raison de lui, pour qu'il en soit rendu là?

Non... Il doit se ressaisir. Où sont ses souvenirs? Là, ils sont là. À refroidir dans sa tête et dans son cœur. Là, déjà tièdes et sans souplesse. Son premier vol solo, ses amitiés, ses amours et le baptême de l'air de son père commencent à perdre de leur vivacité et de leur couleur, tels des poissons sortis de l'eau. Pourriront-ils avec le temps? Dégageront-ils à leur tour l'odeur infecte de la mort?

Que fera-t-il d'eux? De leurs cadavres jonchant la frêle embarcation de sa logique? Que fera-t-il de cet autre souvenir qui, tel un requin, rôde autour de lui dans l'océan du Temps? Qui va, vient, passe et repasse, plonge et surgit à l'improviste, dévoilant tantôt son aileron noir, tantôt ses dents aiguisées.

Que fera-t-il de ce souvenir dont l'ombre sinistre menace la frêle embarcation de sa logique? Il ne peut s'en emparer sans risquer de chavirer, ni ne peut ramer loin de lui, ni ne peut s'envoler à bord d'un avion de plastique.

Il n'y a rien à faire contre ce monstre qui charge maintenant l'embarcation pour la saborder. Qui la frappe de plein fouet et le fait tomber à l'eau. Rien à faire pour s'échapper de cette gueule grande ouverte qui l'engloutit et le broie entre ses dents. Qui l'avale et le retourne dans le temps, plongeant délibérément vers les abysses, régressant à vive allure vers le jour J et l'heure H. Arrêtant l'horloge à la fraction de seconde suivant l'accident. À l'instant précis où il est conscient de tout, juste après l'effroyable fracas.

Conscient qu'il a décidé trop tard de dépasser[18] et qu'il vient de décrocher à basse altitude sur le faîte des arbres. Conscient qu'il a sérieusement endommagé l'avion de Paul et, par le fait même, mutilé les ailes du Papillon de l'amitié. Conscient qu'il a trahi Émile et déshonoré son père. Conscient qu'il a déçu Sylvie.

Conscient que les badauds, dont la présence imprévue dans le champ voisin l'avait déconcentré, auront tôt fait de lui porter secours. Conscient que l'intermédiaire a fui à bord de son véhicule anonyme.

Conscient de tout cela, en un seul instant, avec le refus de la réalité et les remords instantanés. «Non, j'veux pas...» Mais l'hélice qui tourne encore en faisant voler des feuilles et des bouts de branches le force à réagir. Il coupe le contact du maître-interrupteur et des magnétos, évalue rapidement la situation et panique en voyant s'écouler l'essence par le réservoir de l'aile droite presque arrachée. Il pense explosion et feu. Il pense aux cicatrices d'Émile et à sa main mutilée. L'instinct de survie prend alors les commandes et le régit entièrement. Il ne veut pas périr dans les flammes et il pousse la portière de toutes ses forces. Coincée par la torsion de la cabine et l'affaissement de l'aile gauche, elle ne fait que s'entrouvrir légèrement sous les formidables coups d'épaule qu'il assène. Non! Il ne veut pas mourir brûlé sur le faîte des arbres! Sur le bûcher de sa faiblesse! Il se rue alors sur la portière droite, qui cède aussitôt et le laisse choir la tête la première dans le vide. Son front heurte violemment un obstacle et il s'évanouit.

---

18. Dépasser: remettre les gaz au lieu d'atterrir.

Plus rien. Un grand espace où il repose en paix. Où il n'existe plus. Où il ne subit plus le poids de sa faute.

Un grand espace d'où il émerge sporadiquement pour capter le hurlement d'une sirène ou le va-et-vient incessant de silhouettes blanches autour de lui. Un grand espace qu'il apprendra plus tard avoir été un coma de douze heures. Un temps d'arrêt pour permettre à la vie et à la mort de jouer sa destinée. Mort, il aurait été gagnant. La douleur des proches aurait favorisé leur pardon et, comme il aurait emporté dans la tombe toutes les réponses à leurs questions, on lui aurait facilement accordé le bénéfice du doute. Il serait devenu le cher disparu, mort si jeune dans un accident d'avion, et il n'aurait pas eu à rendre des comptes. Mais vivant, il avait à subir leurs questions, leurs regards et leur condamnation. Vivant, il avait à comparaître à tous les instants devant le plus intraitable des juges, c'est-à-dire lui-même. Et rien n'était trop sévère pour expier cette faute. Ni le mal régnant dans son crâne, ni le refus de Papillon de le rencontrer, ni les assauts répétitifs des agents de la Gendarmerie royale du Canada qui lui avaient finalement arraché sa confession écrite, ni l'état de choc de Sylvie. Rien n'était trop sévère et il supportait mal de voir Émile, à ses côtés, apparemment sans colère et sans rancune.

«Dis quelque chose. Donne-moé d'la marde, Émile. Reste pas là comme un imbécile à faire semblant que j'ai rien fait de mal.»

Premier accouru à son chevet, il lui avait fait savoir que Papillon était consterné devant les débris de l'avion et que Sylvie l'avait envoyé en éclaireur. Puis il avait analysé la photo de l'écrasement que les agents de la GRC avaient eu la délicatesse de laisser et il avait conclu à un décrochage à basse altitude dû au facteur de la température élevée. «Ça demande plus de piste, p'tit frère.» Le grand prêtre trouvait les causes de l'accident, continuait à donner son enseignement, faisant abstraction de la cargaison de haschisch éparpillée dans la cabine tordue. Encore une fois, il venait le chercher dans l'herbe. Le ramasser plutôt. Ou ce qui en restait. L'œuf plein d'espoir et de promesses n'était plus qu'un oisillon déchu et meurtri.

«Donne-moé une volée, n'importe quoi. J'sais que tu frappes fort. Envoye, donne-moé un coup d'poing sur la gueule, que j'en finisse... Tu dois en avoir envie, non?

— J'aurais l'air de quoi à frapper un blessé?

— T'aurais l'air d'un gars normal. Sais-tu que tu vas avoir un paquet d'ennuis à cause de moé? Les agents vont te questionner, toé aussi. J'étais sous ta responsabilité. C'était toé, le chef instructeur de l'école.

— Qu'est-ce que tu veux? Que j'te punisse?

— Oui, oui, j'veux que tu m'punisses. J't'ai trahi... T'as été ben bon pour moé... pis aussitôt que t'as eu le dos viré, j't'ai trahi... C'est sûrement pas pour transporter d'la drogue que tu t'es démené à faire de moé un pilote, non?

— Non, c'est pas pour ça. Mais j'ai pas à t'punir. La société va s'en charger. Qu'est-ce que tu veux de plus, Luc? T'as un père qui est tout démonté, une blonde à l'envers, un ami qui veut plus te voir... Qu'est-ce qu'il te faut de plus? Inquiète-toi pas, d'la prison, tu vas en faire. J'suis pas v'nu ici pour t'engueuler.

— Pourquoi t'es venu?

— Pour te dire que tu restais pour moi mon p'tit frère... Que si j'pouvais t'aider, tu pouvais compter sur moi.»

La loyauté d'Émile le faisait se sentir encore plus perfide et minable. Il jugea qu'il ne méritait pas cette amitié et chercha à la détruire.

236

«C'est pas parce que t'as tué ta femme sans faire exprès que t'es obligé de tout pardonner.»

Il le vit alors blêmir.

«Qui est-ce qui t'a dit ça, toi?

— Toé, quand t'étais saoul.

— Qu'est-ce que j'ai dit, encore?

— Que t'étais pas le père de Martin.

— Et encore?

— Qu'elle était... qu'elle était une putain.

— Et moi, une poire?

— Oui, c'est ça: une poire. Avec moé aussi, t'es poire. J'mérite pas ton amitié. On dirait que t'es pas capable de voir quand l'monde se fout de toé.»

Atteint en plein cœur, le grand aigle demeurait immobile près de son lit d'hôpital. Allait-il enfin ouvrir ses ailes pour le battre? Allait-il enfin sévir?

Il désirait ardemment qu'Émile devienne vindicatif et brutal. Mais celui-ci s'apprêtait plutôt à partir. À retourner vers les abîmes glacials et solitaires d'où il était venu.

Il le blessa alors sérieusement afin qu'il demeure près de lui et lui accorde le châtiment mérité.

«C'est parce qu'elle t'a dit que tu l'écœurais que tu l'as tuée.

— Non, pas vraiment... C'est pas comme ça que ça s'est passé.

— T'as souhaité sa mort quand elle t'a dit que tu l'écœurais.

— Oui, j'ai souhaité sa mort.

— Comme tu souhaites la mienne présentement. Moé aussi, j'me suis foutu de toé.

— J'souhaite pas ta mort.

— Tu devrais. Dans pas grand temps, tu vas pleurer à cause de moé. T'aimes toujours le monde qu'il faut pas. Ceux qui profitent de toé, point.

— T'es de ceux-là?

— Oui.»

Il ne voulait plus être aimé d'Émile. Il ne voulait pas être pardonné par lui. Il se sentait comme une larve en sa présence et il rêvait de subir son courroux. D'être anéanti définitivement par la main du grand prêtre qui l'avait formé. Mais celui-ci choisit de s'asseoir sur le bord du lit. Avec des gestes calmes, il bourra sa pipe puis frotta l'allumette. L'encens s'éleva, mêlé au parfum de lotion après-rasage, et fit revivre l'exaltation et la vénération.

Il ferma les yeux. Serra les mâchoires pour ne pas pleurer et écouta religieusement le récit d'Émile.

«J'sais comment tu peux t'sentir, p'tit frère. J'ai vécu ça. T'as envie que j'te punisse... Tu penses que si j't'engueule, ou, mieux, si j'te frappe, tu t'sentiras moins mal, moins coupable... C'est pas vrai, tu t'sentiras pas mieux. Moi, j'ai tué par négligence. Peut-être qu'elle serait morte de toute façon, mais peut-être pas. J'saurai jamais... mais c'que je sais, c'est que j'ai manqué à mon devoir... J'aurais pas dû boire, ce soir-là. J'savais que j'étais le seul pilote à posséder son IFR, le seul capable de faire des évacuations d'urgence en tout temps, pis j'ai bu quand même parce qu'elle m'avait dit que je l'écœurais. J'me suis ramassé au poste de police avec les Indiens pour m'être battu avec un de ses clients. C'est vrai que j'étais poire de l'aimer... Faut être poire pour aimer une pute comme je l'ai fait, pour endurer de coucher dans un lit qui a jamais le temps de refroidir... mais j'pensais qu'elle portait mon bébé et j'étais prêt à tout pour avoir un enfant. Quand mon copilote est venu me sortir de prison pour une médivac[19],

---

19. Médivac: évacuation d'urgence.

j'étais dégrisé. Ça te donne une idée du temps que ç'a pris pour me trouver. J'savais pas encore que c'était elle qui avait des complications... Je l'ai appris en la voyant sur la civière. Ça m'a donné tout un choc. On a décollé pour Québec à cinq heures du matin. J'l'entendais crier malgré le bruit des moteurs que j'poussais à fond. J'oublierai jamais ça. On était en vue d'la piste où attendait l'ambulance quand le docteur est venu me taper sur l'épaule pour me dire qu'y avait plus rien qui pressait... mais que le bébé était correct... J'étais comme toi: j'avais envie qu'on m'batte, qu'on me tue. Le médecin a dit qu'elle serait probablement morte de toute façon... mais moi j'sais qu'on aurait pu atterrir à Québec ben avant pis peut-être que là-bas ils l'auraient sauvée. J'vois encore l'ambulance qui attendait pis j'me vois arriver quelques minutes trop tard, des minutes qu'on avait perdues à m'chercher... Elle avait pas de famille, personne pour exiger des explications, personne pour payer son enterrement... Ça fait que c'est moi qui ai payé tout ça pis j'ai adopté Martin.

— Comment t'as su qu'y était pas de toi?

— D'une façon ben simple pis ben courante: d'après les calculs. J'avais dit au docteur que je l'trouvais gros pour un prématuré. C'est là qu'il m'a appris que le bébé était pas prématuré et qu'au contraire il était plutôt petit pour un bébé à terme. Tu vois, j'suis pas un ange, Luc. Des gaffes, j'en ai fait. Des erreurs aussi. De pilotage pis de comportement. J'pourrai jamais oublier les cris de c'te femme-là dans l'avion... même si on me battait ou m'emprisonnait. Toi, tu pourras jamais oublier l'avion de Papillon que t'as «crashé» en faisant un voyage de drogue... C'est là notre punition, p'tit frère... Notre vraie punition, c'est notre mémoire... On pourra jamais vraiment oublier, mais dis-toi au moins que c'est juste d'la tôle, qu'il y a personne de mort...»

Sa pipe s'étant éteinte, Émile la fourra dans sa poche et posa ensuite sa main à laquelle il manquait des phalangettes sur la sienne. Il eut l'impression que leurs blessures se joignaient, se fondaient l'une dans l'autre.

Il ouvrit les yeux sur ce visage que la beauté et la laideur se partageaient et sut que le grand aigle était venu le cueillir pour l'emmener avec lui dans ses abîmes glacés. Que le grand aigle le chargerait sur ses ailes robustes pour le soustraire aux condamnations des hommes. Qu'il était là pour prendre son âme et l'emmener en lieu sûr.

«J'm'en retourne dans le Grand Nord.

— J'pourrai pas t'suivre.

— J'sais, mais t'es à un cheveu d'être pilote professionnel. Il te restait seulement à passer l'examen théorique pis le *flight test*... Veux-tu toujours faire ta vie là-dedans?»

Il n'y avait que ce regard d'un bleu intense et lumineux penché sur lui. Ce regard dans lequel il était resté pris la première fois et qui, à ce moment-là, semblait aspirer la partie vitale de son être. La partie qui devait être épargnée de la déchéance et de la destruction pour lui permettre de renaître.

«Oui, j'veux toujours faire ma vie là-dedans.»

Il cédait son cœur, son âme à ce regard. Il confiait son unique raison de survivre.

«Ça sera pas facile de te placer, avec un dossier, mais dans la brousse, c'est faisable. Quand t'auras fini ton temps, j't'aiderai. Promesse de pilote. Pour moi, c'est sacré.

— Pourquoi tu fais ça? Pourquoi tu m'as aidé?»

Pourquoi devait-il remettre son âme entre les mains de ce grand prêtre? À moins que ce ne fût entre celles du diable?

«J'le dois au monde des pilotes. C'est une dette... Ça s'rait ben long à t'expliquer, pis tu vas sans doute penser que j'suis fou d'avoir encore le sens de l'honneur pis de croire en la fraternité des gens de l'air... J'sais qu'il y a des crosseurs dans la gang... mais j'pense pas que t'en sois un... J'pense pas être poire pis j'pense pas que tu profites de moi... T'as plutôt été réticent tout l'long à m'accorder ta confiance... Même maintenant, tu t'méfies... Tu comprends pas encore pourquoi j'fais ça, pourquoi j't'ai adopté comme mon propre frère... Tu vas l'comprendre avec le temps... Du moins, j'l'espère.»

Émile fit une légère pression de ses doigts. Il s'agrippa alors frénétiquement à cette main et la serra dans les siennes. Le contact de la peau lisse lui fit réaliser qu'il n'avait jamais osé serrer cette main de cette façon.

Émile engloba alors leurs mains réunies de sa main indemne et les étreignit fortement.

«J'viendrai t'chercher quand tu sortiras de prison, p'tit frère. Promis.»

Il se jeta sur cette promesse comme un naufragé sur une bouée de sauvetage. Il avait besoin de cet espoir lointain. De cette rive à atteindre. De ce phare pour le guider dans la nuit et la tempête.

«Faut que j'y aille... J'peux dire à Sylvie de venir te voir?»

Il fit signe que oui et accompagna d'un regard dépendant la silhouette du grand aigle venu récupérer son âme d'oiseau pour la mettre à l'abri. Elle se confondit à la silhouette de l'instructeur marchant dans l'herbe après l'avoir laissé pour son premier vol solo. Cet homme partait avec tout ce qui restait de lui après la chute. Il avait fouillé dans les décombres et les débris avec son regard perçant et avait trouvé le cœur du petit moineau qui palpitait encore. Il l'avait pris, l'avait enveloppé de sa main mutilée et l'avait emporté, promettant de le remettre en place quand la faute serait expiée. Promettant de lui redonner vie après l'incarcération. De lui redonner le ciel et le soleil après l'ombre du cachot.

Il écouta les pas virils. Il se sentit tout à coup vide et las. Nul et sans attrait aux yeux de Sylvie qui allait le remplacer à son chevet. Il n'avait plus d'ailes pour la rejoindre.

Quand elle entra, il se détourna vers la fenêtre. Il avait mal partout dans sa poitrine. Partout dans sa tête. Dans tout son être pétri par l'amour et la honte. Elle lui toucha l'avant-bras et le fit frissonner.

«T'as la main froide.»

Froide comme au jour de l'examen en vol quand elle l'attendait avec des œufs pour consacrer sa réussite. «C'est en t'attendant», avait-elle répondu. Et lui il avait répliqué: «Est-ce que ça te tente d'embrasser un pilote qui a l'air d'une omelette?»

Mais là, ce n'était pas d'une omelette qu'il avait l'air mais d'une bouillie informe de fourberie et de maladresse. D'oiseau, il était revenu à sa forme première d'animal terrestre sans intérêt.

Un silence gênant les sépara un peu plus. Les glaça davantage.

«T'as le cœur en compote, pas vrai?»

Il l'entendit pleurer.

«J'ai tout gâché... Reste pas avec un imbécile comme moé.

— Voyons, Luc! Parle pas de même.

— T'es pas obligée... On est pas mariés... J't'ai menti... J'ai passé mon temps à t'mentir, à te faire accroire que j'étais quelqu'un d'autre, un pilote ou un boursier... C'est l'autre que t'aimes, pas moé. Pas le vrai Luc... Le vrai Luc, c'est celui que tu vois sur le lit d'hôpital. C'est lui, le vrai Luc. Celui qui a passé d'la drogue pis qui s'est fait prendre parce que son avion a «crashé».

— Dis pas ça, Luc. C'est toi que j'aime.»

Elle s'appuya la tête contre son épaule.

Instinctivement, il plongea la main dans la crinière de la belle lionne qui tremblait contre lui et mesura toute l'ampleur du mal qu'il lui avait fait.

Elle tremblait, elle l'audacieuse, la déterminée, l'orgueilleuse. Elle qui s'était fait tatouer une fleur à la naissance du sein et qui avait pensé au condom lors de leur première relation. Elle tremblait, la belle lionne qui n'hésitait pas à sortir ses griffes pour défendre son droit à l'accomplissement de soi.

Il lui devait d'être assez fort pour la chasser.

«J'veux être correct avec toé, Sylvie. T'as pas à rester.

— Tu m'forces pas: j'reste parce que j'en ai envie.

— Vraiment? T'as envie de te retrouver avec un gars qui va faire d'la prison? Et si j'perds mes licences, t'auras envie de te retrouver avec moé? Penses-y. J'vais passer en cour criminelle... J'ai plus d'avenir, Sylvie. Toé non plus, t'en as pas avec moé.

— J't'attendrai.

— J'aurais accepté que tu m'dises ça seulement quand j'serais parti en avion pour travailler. Non, Sylvie, gâche pas ta vie à cause de moé... Va-t'en. J'te ferai signe quand ça ira mieux. Pour l'instant, j'ai besoin d'être tout seul... Va-t'en. Laisse-moé.»

L'irruption de l'infirmière annonçant la fin de l'heure des visites le libéra du fouet qu'il devait faire claquer.

Sylvie l'embrassa une dernière fois et il sut qu'il n'aimerait jamais une autre femme comme il l'avait aimée. Son corps souffrit et se délecta de ce baiser d'adieu, puis il la regarda sortir de sa chambre. De sa vie. À pas souples et silencieux de félin.

Il s'attarda aux fesses admirablement moulées dans la paire de jeans, pensa aux autres hommes qui désormais pourraient les convoiter et se fit violence pour maintenir sa décision d'accorder à sa belle lionne la liberté qu'il venait de perdre.

Dès qu'elle échappa à son regard, il devint jaloux de tous ces autres hommes qui avaient la possibilité de la séduire et de la conquérir. Il alla même jusqu'à penser qu'au voyage de retour avec Émile celui-ci n'avait guère de chances parce qu'il présentait son côté défiguré en conduisant.

Il se sentit odieux et prisonnier de cet amour capable de le conduire à la folie. Elle libre, il devenait l'esclave de sentiments vils et venimeux. Elle libre, il était condamné à perpétuité à la privation et au désir de sa crinière chatouillant son menton, de sa hanche contre la sienne, de ses yeux, de sa bouche, de son ventre.

Elle libre, il n'avait pour toute consolation que la certitude d'avoir agi pour son bien à elle. La certitude d'avoir été grand dans sa petitesse. D'avoir été correct. Et propre.

Elle libre, il était déjà prisonnier bien avant de se retrouver derrière les barreaux. De se retrouver ici... en cellule. À compter les pas de l'agent de correction qui revient pour sa ronde de nuit. Lui fera-t-il la grimace? Tentera-t-il d'attiser la colère dans l'œil indifférent du devoir, à défaut de lui inspirer la moindre compassion?

Shlick! L'œil est là, dans son rectangle, comme l'œil de Dieu dans son triangle. L'œil qui voit à ce que justice soit rendue. L'œil froid, insensible. Étranger à sa souffrance. À son angoisse. À sa détresse. Comme l'œil de Dieu dans son triangle, posé sur la faute de son père. Posé sur sa carcasse broyée et ses tripes sectionnées. L'œil de la froide condamnation. De l'implacable loi du talion: œil pour œil, dent pour dent.

Cet œil du jugement qu'il désirait sur son lit d'hôpital, qu'il recherchait vainement dans le visage d'Émile, il est là, à prendre note de sa présence. Il est là, dénué de sentiment et d'expression. Platement là, dans son rectangle, à le regarder sans le voir. À ne montrer aucun signe de contrariété lorsqu'il lui tire la langue. Shlick! Tel numéro, présent.

C'est vrai, il n'est plus que le numéro inscrit au dos de sa chemise. Il n'est plus qu'une énième cuillerée de compote aux fruits pourris.

On l'a dépouillé de tout: vêtements, cheveux, nom, dignité, avenir. De tout, sauf de sa mémoire qui collabore avec les valets du Temps à le punir.

Il n'a plus rien pour se défendre. Pour se protéger de la Solitude qui s'en prend maintenant au petit oiseau qui est dans sa tête. Il a épuisé tous ses souvenirs, écoulé en trois jours tout son passé et brûlé ses amours et ses amitiés sur le bûcher de sa faiblesse.

Le voilà acculé au pied du mur. Les ailes brisées à force de se débattre dans la cage, le duvet arraché sur le crâne, le petit oiseau agonise. Tombé du perchoir, le bec dans ses croûtes et ses crottes, il répète inlassablement le numéro qui devait le maintenir en vie mais qu'il n'a plus le cœur de porter. Car il est ailleurs, le cœur, sous l'aile du grand aigle.

Et lui il hésite à l'introduire dans sa cellule car il a peur de l'ascendant de cet homme. Peur de comprendre avec le temps le sens véritable de son amour fraternel et de son dévouement. Peur de la dépendance et de l'attachement qu'il éprouve. Peur de n'exister que par lui.

Oui, il a peur du pouvoir d'Émile. Du pouvoir de son regard dans lequel il reste toujours pris à patauger, du pouvoir de sa main mutilée qui a repris les commandes d'un avion de brousse. Du pouvoir de sa silhouette marchant dans l'herbe après l'avoir laissé pour son premier vol solo.

Il a peur d'avoir recours à son aide pour résister à la torture de la Solitude. Peur d'en faire son complice pour déjouer les valets du Temps. Peur de cette promesse sacrée de pilote qui a uni leurs mains. Cette promesse qui seule pourra insuffler la vie au petit oiseau. Qui seule pourra transplanter son cœur.

Il a peur de lui faire une place ici, avec lui, sur sa couche de prisonnier. Peur de se blottir contre lui. De se réfugier définitivement sous son aile. De lui livrer entièrement son âme.

Qu'il soit grand prêtre ou diable, c'est de ses propres sentiments qu'il a peur. De sa propre soumission. De sa propre impuissance.

Si peu d'espace sépare la vénération de l'esclavage. Si peu d'espace qui peut être facilement franchi en mille six cent trente-huit jours d'incarcération.

Si peu de choses, aussi, peuvent achever l'oiseau moribond. Si peu de choses qui peuvent facilement survenir en mille six cent trente-huit jours d'incarcération.

Couvre-feu. On éteint les lumières. Les valets obéissent aux ordres du Temps: il est l'heure de dormir.

Il enlève sa salopette-combinaison, se glisse sous la couverture glacée et crasseuse. L'oiseau balbutie faiblement «ULP 12311» en guise de dernières paroles. Il va

246

mourir sous peu et le laisser avec son petit cadavre refroidi sur le plancher de la cage. Le laisser avec ses ailes pétrifiées, ses pattes raidies et son bec entrouvert. Il ne faut pas.

Il ne veut pas. Alors, il fait place au souvenir de la douce chaleur émanant du frère dormant à ses côtés. Il accorde au grand aigle l'autorisation de se poser dans sa cellule pour veiller sur la vie de l'oiseau qui est dans sa tête.

Avec qui s'éveillera-t-il demain ou dans mille six cent trente-huit jours? Un frère ou un tyran? Un grand prêtre ou le diable? Un grand aigle ou un homosexuel?

Il l'ignore et sait seulement qu'il s'éveillera demain et dans mille six cent trente-huit jours sans avoir à constater la mort de l'oiseau en lui.

8

Le pilote

—Tiens, Pilote, prends ça.

Jimmy lui offre un morceau de chocolat dans le dos d'Alfred. Depuis qu'il est revenu du pavillon d'isolement, on ne l'appelle que par ce surnom attribué par Jack. Question de l'amadouer, sans doute. De le dédommager, le récompenser d'avoir soutenu devant le comité disciplinaire qu'il s'était fracturé le nez accidentellement. Ce détenu a une telle influence, une telle autorité ici. Autant sur ses semblables que sur certains agents de correction, dont Verrue-au-menton. C'est à croire qu'il les tient tous dans sa main, qu'il leur dicte tous la conduite à suivre. «Bon, vous l'appellerez Pilote, maintenant.» Et voilà que tout le monde le désigne ainsi et que lui il se protège du mieux qu'il peut pour résister à l'effet que cela lui procure. Un effet stimulant, exaltant, réconfortant.

Il doit demeurer lucide. Résister à ce qui le gonfle ainsi et veut l'entraîner vers les nues d'où il regardait grouiller la vermine. Pilote. On le reconnaît comme tel malgré ce numéro sur sa chemise. On le hisse au-dessus des murailles surmontées de barbelés. N'est-il pas un symbole de liberté? N'a-t-il pas les aptitudes requises pour s'arracher du sol où traînent les boulets des forçats? Ne lui voue-t-on pas un certain respect? Une certaine admiration? Comme il est difficile d'y résister! Et de résister également à ce qui veut le souder aux autres. L'intégrer aux autres. Depuis son séjour au pavillon d'isolement, ils le considèrent comme l'un des leurs. N'a-t-il pas prouvé qu'il pouvait résister à la torture de la solitude sans flancher? Qu'il pouvait obéir aux lois de leur jungle sans se concilier les faveurs de l'autorité en devenant un délateur?

Oui, il doit demeurer lucide. Vigilant. Méfiant même. Ne pas se laisser porter aveuglément par ce surnom sur les eaux apparemment calmes de l'intégration au milieu. Il doit résister au courant qui l'entraîne avec les autres dans le sillage de Jack. Résister à la facilité. À l'effet sécurisant d'être imbriqué dans un ensemble. Protégé par lui, certes, mais également noyé en lui. Il doit se tailler une place. Sans rien devoir à personne. Rien. Pas même un morceau de chocolat.

— Non, merci. J'en veux pas.

— Fais pas l'fou: c'est d'la part de Jack.

— Tu lui diras que j'suis allergique au chocolat.

— De la gomme, d'abord?

— J'suis allergique à la gomme aussi.

— Ça irait encore ben mieux pour toi si tu l'prenais.

— Mange-le, toé.

Alfred, qui a tout entendu, ordonne, d'un ton bourru:

— Hé! vous deux! Au travail! Vous êtes pas ici pour niaiser!

Avec un haussement d'épaules, ils obéissent au contremaître dont l'irascibilité contribue grandement à alourdir l'atmosphère déjà déprimante de ce lundi précédant la semaine de Noël. Ébranlés par des visites ou par la réception de cartes de souhaits, les détenus aimeraient oublier que sans eux on prépare la fête. Qu'en dehors de ces murs on court, on achète, on emballe des cadeaux. Qu'on décore des sapins, des vitrines, des salles de classe. Que dans les églises on monte des crèches, et dans les cuisines, des gâteaux.

Alfred aurait-il eu la visite de sa femme, pour être dans un tel état? Qui sait si une bonne âme n'a pas appris à ses enfants quelle sorte de travail faisait leur papa au loin? Il y a toujours de ces bonnes âmes dans les bonnes familles pour inoculer une dose massive de lucidité aux petits qui se font relire la lettre de leur papa qui pense à eux. De ces bonnes âmes qui jugent que les enfants ont droit à la vérité mais qui n'hésitent cependant pas à les emmener voir le Père Noël.

Tout comme les autres, il travaille, lui aussi, pour oublier que dehors on prépare Noël. Que dehors, dans sa famille, ce Noël-ci sera marqué par la honte; et que cette honte, c'est lui qui l'a apportée sous le toit qui coule. Pour oublier qu'il n'a reçu ni lettre, ni visite, ni téléphone. Pour oublier qu'on l'a déjà oublié.

Sur l'heure de midi, lors du retour en cellule pour le comptage, Jimmy tente une seconde fois d'établir une liaison entre lui et Jack.

— Envoye, Pilote, prends le chocolat. Ça t'engage à rien.

— J'suis allergique, j'te dis. Si tu veux l'donner absolument à quelqu'un, donne-le à Alfred: ça va p't'être le rendre de meilleure humeur.

— J'pense pas qu'un chocolat va changer grand-chose au fait que le bien-être social a placé ses deux plus jeunes dans des familles respectables.

—Ah! C'est pour ça...

—Ouais... Sa femme lui a appris ça hier.

—Donne-lui quand même, ça va p't'être le consoler.

—Donne-lui, toi.

La tentation est forte. Pourquoi ne pas accepter cette gâterie pour la donner à ce pauvre type dont la femme vient de perdre la garde de ses deux plus jeunes enfants? Pourquoi lui, le fils indigne, ne ferait-il pas ce cadeau au père indigne? Ce serait là une façon de compatir à sa douleur et d'établir un lien.

—Prends-le pis donne-lui.

—Qu'est-ce que tu vas dire à Jack?

—Que t'es allergique au chocolat mais que tu l'as donné à Alfred.

—Pas question. Donne-le à Alfred toé même.

Le risque est trop grand. Le piège trop flagrant. Accepter la moindre chose de cet homme, c'est contracter une dette qui ne s'acquittera qu'avec sa soumission.

Dommage pour Alfred, mais une des premières lois de cette jungle, c'est de sauver d'abord sa propre peau. Pas question d'être altruiste. Sauver sa peau et se mêler de ses affaires, voilà les deux principales règles de conduite à l'intérieur des murs.

Il ne doit pas faiblir ni s'apitoyer sur un autre que lui-même. Il ne doit pas accepter le premier maillon de la chaîne qui l'assujettirait à Jack.

—Moi, j'peux pas l'donner à Alfred. C'est pour toi. Jack me pardonnera jamais de l'avoir donné à un autre que toi.

—Remets-le à Jack, d'abord.

—T'sais pas sur quoi tu craches, Pilote. Ça s'rait tellement plus simple si t'acceptais.

252

— J'sais c'que j'veux pis c'que j'veux pas. C'est tout.

Jack n'a plus de pouvoir sur lui maintenant qu'il n'a plus peur. Maintenant qu'il ne rase plus les murs et se permet de converser avec Jimmy tout en sachant qu'il n'est qu'un intermédiaire.

Avant, il avait peur de tout ce qu'il ignorait. Peur de la souffrance engendrée par les coups puisqu'il ne s'était jamais battu. Peur de ses réactions en pavillon d'isolement, de sa faiblesse sous les tortures de la solitude.

Avant, il croyait n'être pas en mesure de payer le prix pour se libérer de la peur. Se libérer de ce talon d'Achille que Jack visait immanquablement. Mais maintenant qu'il a reçu des coups et fait du «trou», maintenant qu'il s'est muni d'un ange gardien en la personne d'Émile, il sait être capable de payer de nouveau ce prix pour demeurer libre. Il ne veut plus jamais devenir l'esclave de la peur. L'esclave de Jack et de Verrue-au-menton. L'esclave du mal qu'on peut lui faire. L'esclave de son corps qu'on peut blesser, de son esprit qu'on peut aliéner.

L'esclave de ce bout de chocolat que Jimmy devra rapporter à son maître.

9

Alfred

Alfred n'est pas là, ce matin, pour les houspiller. Curieusement, ce qui manque le plus aux hommes, ce n'est pas tant la supervision des tâches que sa manière bourrue de les distribuer et de vérifier le travail. Sa manière de propriétaire d'atelier de carrosserie qui leur fait oublier qu'ils exécutent là les travaux forcés inhérents à leur sentence d'emprisonnement.

Les hommes travaillent vite et bien. Il ne sert à rien de flâner puisque Alfred ne viendra pas les fouetter et leur faire accroire, ne fût-ce que durant un bref instant, qu'il faut donner du service.

Alfred absent, ils exécutent les travaux avec efficacité, comme des écoliers qui veulent faire honneur au professeur estimé qui les laisse seuls pour l'avant-midi. Quand il reviendra, ils redeviendront turbulents pour le faire choquer.

Quand il reviendra, ils redeviendront des employés d'atelier de carrosserie qu'il faut sans cesse surveiller et stimuler.

*   *

*

Il ne reviendra pas. Ne reviendra plus. Alfred s'est suicidé. Les agents de correction l'ont découvert durant la nuit, les veines des poignets ouvertes. D'urgence, ils l'ont transporté à l'infirmerie, où il a rendu l'âme.

Y a-t-il Quelqu'un en haut pour recevoir l'âme de ce père indigne? Y a-t-il au paradis un atelier de carrosserie pour lui permettre d'être heureux durant l'éternité à réparer des véhicules accidentés sans avoir à vendre des voitures volées pour améliorer le sort de sa famille?

Sa femme le pleurera-t-elle? Ses enfants respecteront-ils son souvenir?

Y a-t-il Quelqu'un, là-haut, pour l'âme de ce prisonnier qui s'est évadé par la mort?

Il n'y croit pas et pourtant il prie. Il souhaite, il espère. Pourquoi la mort réveille-t-elle automatiquement chez lui l'idée d'un dieu et d'un paradis quelconques? Est-ce pour *la* justice? Celle qui est impartiale, dénuée d'intérêts et de préjugés? Celle qui équilibrerait sans tricher les plateaux du bien et du mal et qui jamais ne ferait pencher la balance avec des pièces d'or? Est-ce pour obtenir enfin JUSTICE que l'homme s'est inventé un dieu et un paradis quelconques?

Un silence religieux règne au-dessus du silence imposé. Les hommes mangent en automates ravitaillant la machine humaine. La nouvelle du suicide d'Alfred s'est répandue à la vitesse d'une lumière éteinte, soufflée subitement sur l'une des pauvres bougies éclairant leur caveau.

Personne ne pleure mais tous réfléchissent. Combien d'entre eux pensent à imiter son geste? L'atmosphère est grave, recueillie et triste. L'atmosphère est celle qui devrait régner dans les salons funéraires. Ici, personne pour offrir des condoléances en supputant l'héritage, personne pour réciter le chapelet près du cercueil et raconter ensuite des blagues dans la pièce voisine.

Ici, pas de veuve éplorée et personne pour déplorer la perte. Pour mentir, feindre et calculer.

Ici, pas de cher disparu mais la disparition de l'un des leurs. Ici, c'est le chagrin dépouillé de cérémonies et de paroles. C'est la révolte sourde. La réflexion.

Ici, c'est la solidarité qui rattache les cocons des pommes pourries. Qui les suture ensemble, blessure contre blessure, là où ça saigne, dans le trou laissé par Alfred.

Ici, c'est la solidarité qui vient le greffer aux autres.

La solidarité qui le fait communier avec tous ces crânes rasés parmi lesquels Alfred a retrouvé sa dignité.

10

Noël

C'est Noël. Joyeux Noël, Luc! C'est mercredi aussi. Joyeux mercredi! Dans seulement mille six cent vingt-quatre jours, il franchira l'enceinte du pénitencier.

Pourquoi est-il si amer et révolté en ce jour de fête? N'ont-ils pas eu, hier, la messe de minuit à six heures, suivie d'un réveillon? N'ont-ils pas eu, ô délice, une pointe de tourtière à déguster?

On devrait rayer ce jour sur le calendrier des détenus. Enlever toutes les dates des cases et les noyer dans la confusion et l'anonymat. Jour un, jour deux, avec pour fête le changement du chiffre des dizaines, des centaines et des milliers. C'est tout. Ils n'ont pas besoin de plus. Surtout pas de savoir qu'à l'extérieur c'est l'abondance, la joie, les cadeaux, les chants et les réunions de famille autour d'une dinde. Non, ils n'ont vraiment pas besoin de savoir qu'à l'extérieur on célèbre la messe à minuit alors qu'ici ce sera à six heures, vu les circonstances.

Ils n'ont vraiment pas besoin que l'on pointe du doigt ces circonstances. Que l'on insiste sur le fait qu'ils ne sont pas des enfants de chœur. Ils le savent; ils ont volé, triché, tué. Mais, enfants, comme tout le monde ils se cherchaient des péchés à confesser et affectionnaient le petit Jésus sur la paille. Enfants, ils étaient eux aussi tout près des portes du paradis et ils n'enviaient pas encore les riches, pour qui il était aussi difficile d'y pénétrer que pour un chameau de passer par le chas d'une aiguille. Enfants, comme tout le monde ils avaient les mains propres malgré la confiture de leur tartine. Comme tout le monde, ils chantaient à Noël. Ils rêvaient. Ils priaient pour les bons et les méchants, ignorant qu'un jour ils seraient dans la deuxième catégorie et que les portes d'un pénitencier se fermeraient sur eux.

Hier à minuit, il a entendu son voisin de cellule sympathiser avec un gardien. Il n'en croyait pas ses oreilles. Le détenu était censé dormir et le gardien, sévir. Mais c'était Noël.

«Hé! le gardien! Qu'est-ce que tu fais ici? T'as pas de famille avec qui fêter? C'est Noël pis t'es en d'dans avec nous autres. Ça t'écœure pas? T'as rien fait, toi. J't'aime pas pis j'm'aime pas pis j'aime personne, mais joyeux Noël quand même!

— Joyeux Noël à toi aussi! Tâche donc de dormir.»

Tout le monde tâchait de dormir mais personne ne réussissait. Dehors, c'était Noël pour tout le monde et dans toute leur famille. On imaginait, on se rappelait, on s'en voulait.

Lui, il s'en voulait d'avoir surestimé ses capacités de pilote et sous-estimé le facteur de la température élevée. Il avait étudié dans son manuel d'apprentissage qu'une température élevée et humide de surcroît exigeait une plus grande distance de roulement au sol, autant pour le décollage que pour l'atterrissage, mais c'était pour lui une notion abstraite. Il savait qu'il pilotait beaucoup plus d'une façon instinctive que cérébrale et il en était venu à douter de l'utilité de l'apprentissage théorique. Quel incrédule petit oiseau il a été!

C'est son erreur de pilotage qu'il se reproche et non le fait d'avoir transporté des stupéfiants. Le mal qu'il a pu faire lui apparaît aussi abstrait que les notions du cours théorique. Quel crime si terrible a-t-il donc commis en facilitant l'approvisionnement en haschisch des sous-sols de la classe bourgeoise? Dans dix, vingt ou trente ans, considérera-t-on son délit avec cette même indulgence qu'on a aujourd'hui pour le trafic de l'alcool du temps de la prohibition?

Non, vraiment, c'est son erreur de pilotage qu'il se reproche le plus, ainsi que le fait d'avoir trahi ses parents et amis et de les avoir conséquemment entraînés dans sa chute.

Cloche pour le dîner. Les cellules se déverrouillent toutes ensemble automatiquement et le flot des hors-la-loi coule d'un débit régulier et discipliné vers le réfectoire, charriant dans ses eaux troubles et profondes les souvenirs de ces anciens petits garçons chantant des cantiques.

Jimmy l'accoste.

— Jack a quelque chose pour toi. Quelque chose à quoi tu peux pas être allergique.

— Quoi?

— Le modèle réduit d'avion.

— Jack a acheté ça?

— Ouais... Pour ton cadeau de Noël.

— C'est pas sérieux. T'sais, quand on a piloté un vrai avion, des bébelles de même, ça ne nous dit rien.

Menteur! Triple menteur! Ce qu'il a pu rêver de ce jouet! Ce qu'il a pu craindre qu'un autre ne l'achète avant lui! Et voilà, c'est fait: Jack se l'est procuré pour l'attirer.

Et lui s'est vu contraint de démontrer que la possession de cet objet ne l'intéressait nullement.

Ici, en tout temps et avec tout le monde, il ne doit rien laisser paraître de ses goûts et de ses faiblesses. Ici, il doit être solidaire tout en étant d'abord parfaitement égoïste et prudent. Il doit être solidaire tout en étant solitaire et bien veiller à protéger son cocon de la moindre indiscrétion. N'y laisser s'infiltrer aucune goutte d'eau qui finirait par l'inonder avec le temps.

Ici, la solidarité joint les cocons des larves qu'ils sont avec le fil de la misère commune, du partage des mêmes peines, des mêmes tâches, des mêmes plats, du même temps et de la même révolte.

Ici, la solidarité coud les cocons dans l'ombre... mais il doit veiller à ce qu'aucune aiguille ne transperce l'enveloppe vitale du sien.

11

L'objet de la nouvelle religion

L'aumônier l'accueille dans son bureau. Souriant, poli, visiblement embarrassé, il lui offre chaise et cigarette.

— J'fume pas, merci.

Il s'assoit en même temps que cet homme dans la cinquantaine qui dégage à la fois une impression de douceur et d'autorité.

Un moment de malaise. Ils semblent déconcertés tous deux de se retrouver dans la même pièce.

N'a-t-il pas fait clairement comprendre, dès son admission, qu'il n'avait pas l'intention de jouer la comédie du jeune campagnard repentant? Et l'ecclésiastique n'a-t-il pas semblé s'en accommoder, abandonnant sans coup férir son rôle d'intermédiaire auprès du divin Metteur en scène? Alors, pourquoi l'avoir convoqué?

— Ça va, Luc?

Entendre prononcer son nom lui fait un bien immense mais il n'ose pas s'en délecter. Il n'ose pas introduire dans l'intimité de son cocon cette chaleur bienfaisante qui en chasserait l'humidité glaciale. Méfiant, il se permet de se décontracter légèrement à l'idée que ce prêtre a enfreint le règlement pour expédier la lettre d'Alfred à ses enfants.

— Ça s'endure... mais Alfred me manque beaucoup.

— Oui, ça doit. Malgré son tempérament bougon, je sais qu'il était très aimé.

— Oui... Y nous donnait l'impression de travailler dans une vraie *shop*, des fois.

Il aimerait le remercier d'avoir pris un risque en postant la lettre du disparu et d'avoir contribué peut-être à lui rendre sa dignité auprès de ses petits, mais il ne trouve pas la manière. De toute façon, le moment est-il bien choisi maintenant qu'un léger remords suinte sur les parois de son cocon? Maintenant qu'il se reproche de ne pas lui avoir donné ce morceau de chocolat? Qui sait si ce présent d'un fils indigne à un père indigne n'aurait pas détourné les intentions suicidaires du contremaître? Avoir su, il aurait pris le risque d'avoir des ennuis avec Jack.

— Pauvre Alfred! Que Dieu ait son âme!

— Vous croyez qu'Il en voudra, de son âme?

Il ne peut s'empêcher d'être amer, sarcastique, et conçoit mal que l'œil de Dieu, dans son triangle, ait la moindre compassion pour l'âme d'Alfred. Dieu punit. Dieu se venge. Dieu renverse le bulldozer sur celui qui travaille un dimanche.

— Oui, Luc, Il en voudra... Dieu est miséricorde.

La voix du prêtre est douce, sincère, persuasive. Son regard, respectueux et confiant lorsqu'il le pose sur le crucifix de bâtonnets de *popsicle* accroché au mur.

— Tu te souviens du bon larron?

— Le gars qui était crucifié avec Lui?

— Oui, c'est ça... Jésus était crucifié entre deux bandits. Y'en a un des deux qui passait son temps à sacrer. Ça fait que l'autre lui a dit: «Ferme donc ta gueule, arrête de chialer; on a ce qu'on mérite, nous autres, mais lui y'a rien fait. Hé! le Messie, tu penseras à moi quand tu seras au ciel.» Et là Jésus lui a répondu: «Aujourd'hui même, tu seras au paradis avec moi.» Oui, Luc, Il en veut, de l'âme d'Alfred, comme de la tienne... et comme de celle de tout le monde. Il ne fait pas de différence.

Cette façon d'adapter le dialogue et de faire entrer au pénitencier cet Être sans préjugés l'ébranle fortement. Il se sent faiblir, ramollir dans sa détermination d'interdire à quiconque l'accès de son cocon. Même à Dieu. Surtout à Dieu.

Son regard louche vers le crucifix artisanal, œuvre d'un détenu. Il a envie de faire exception pour Celui-là. De l'accepter chez lui avec autant de spontanéité qu'Il a accepté le larron au banquet éternel. Il baisse les armes devant l'entrée du cocon. Hésite en imaginant Alfred travailler pour Celui-là dans un atelier paradisiaque.

— Je sais que tu es révolté contre Dieu, Luc.

— Peut-être.

— On est tous révoltés contre Lui à un moment donné. Surtout quand ça va mal. Mais c'est pas Lui qui fait mal aller les choses. C'est ça que tu dois comprendre. Lui, il est là pour pardonner.

Voilà où il voulait en venir: le pardon, la confession, l'aveu de ses fautes. Il se raidit. Il reprend les armes. Jamais! Jamais il ne tombera à genoux devant cet homme, jamais il ne baissera la tête pour voir ses souliers rappelant ceux du curé de son village, venu les bénir lors de la visite paroissiale et disant à son père incapable de s'agenouiller: «Reste assis, Jo. T'es ben assez puni d'avoir travaillé un dimanche.» Non, jamais!

— C'est pas pour que tu te confesses que je t'ai fait venir ici.

Ce prêtre le désarme et balaie d'un regard bienveillant toute son agressivité.

— Luc, tu as reçu des nouvelles de tes parents.

L'aumônier s'empare d'une feuille et, la voyant trembler entre ses doigts, il la redépose aussitôt.

— Qu'est-ce qui est arrivé chez nous?

— C'est ton père.

— Il est mort?

Depuis le retour de son père après un séjour de deux mois à l'hôpital, il a toujours considéré comme miraculeux de le voir vivant chaque matin. Si peu d'énergie circulait en lui. Si peu de rêve alimentait son âme. Ce qu'il l'avait trouvé léger et fragile quand il l'avait déposé dans le cockpit de l'avion! Ce qu'il avait été frappé par ce corps décharné et inhabité! Par ce poids plume qui lui avait donné l'impression de s'échapper déjà de ses bras vigoureux.

— Oui. Il est décédé dans la nuit du premier janvier.

Le terme «décédé» lui fait moins mal. Il a quelque chose d'officiel, d'inscrit dans les registres, d'abstrait. Quelque chose qui amortit le choc et dévie momentanément la douleur. Il se retrouve devant une pierre tombale après qu'il fut mort et enterré. Après que les autres se furent occupés de pleurer, de prier et d'organiser les obsèques.

— Comment... comment ma mère a-t-elle pris ça?

— Mal.

— Est-ce que j'peux lui téléphoner?

— Non... Elle le souhaite pas.

— Pourquoi dites-vous qu'elle veut pas me parler?

— Parce que je lui ai téléphoné... et elle me l'a dit.

Il souffre. Il s'indigne contre cette femme devenue, dès le jour fatal, l'alliée du curé. La douleur menace d'envahir, de s'infiltrer partout.

— Elle t'a envoyé une lettre.

— Elle sait pas écrire.

— C'est ta sœur Julie qui l'a écrite. Est-ce que tu veux que je te la lise ou préfères-tu la lire toi-même?

— Lisez-la... De toute façon, j'suis l'dernier à être au courant.

Il s'insurge contre cette violation du droit à la confidentialité et lorgne vers le crucifix avec rage.

— C'est le règlement, Luc. J'y peux rien. Les autorités ont jugé bon de me soumettre ton courrier. Tu es très renfermé et on connaît mal tes réactions.

Il en veut à ce prêtre de collaborer avec les autorités. D'avoir eu l'indiscrétion, voire l'indécence de prendre connaissance de cette lettre qui lui était destinée.

— Nous l'avons reçue hier.

Ce «nous» l'irrite, éparpille partout l'agressivité sur l'âme tantôt balayée par le regard bienveillant qui s'applique maintenant à déchiffrer l'écriture de Julie.

— «Samedi, 4 janvier 1968»... Elle voulait dire 69.

Cette rectification lui rappelle son unique joie du premier janvier: celle d'avoir changé d'année un mercredi, jour prévu de sa libération en 73.

— «Papa est mort dans la nuit du jour de l'An en avalant toutes ses pilules.»

Une pause. Un regard surveille ses réactions. Il n'est pas certain d'avoir bien compris et, d'un signe de tête, il incite le prêtre à poursuivre.

— «Le curé a pas voulu chanter de messe... à cause que c'était un suicide.»

Un suicide! Son père! C'est bien ce qu'il avait compris et c'est bien ce qu'il ne voulait pas accepter. Plus rien ne protège l'entrée du cocon et la douleur déferle en lui comme un raz de marée.

— «On l'a enterré hier. Y'avait presque personne au cimetière.»

— C'est d'ma faute, avoue-t-il en imaginant les siens au cimetière, la gorge nouée par la douleur et la honte. C'est d'ma faute... J'ai pas fait exprès... C'est d'ma faute... D'ma faute... J'l'ai tué... J'ai tué mon père.

D'une voix hachée, gutturale, mal contrôlée, il crache des mots et des bouts de phrase comme s'il pouvait ainsi se débarrasser de sa souffrance mais elle lui reste collée dans l'âme. Collée à toutes les images de son enfance tissées sur un canevas qu'il embrasse d'un seul coup d'œil. Collée à la trame des labours où la chaîne de ses pas suivant ceux de son père a donné lieu à des récoltes et à des naissances sur la paille.

«D'ma faute... D'ma faute», hoquette-t-il désespérément, pulvérisé par son impuissance à s'amender, à réparer. Incapable de se retenir, de se contenir devant cet homme qui s'est soumis au règlement du pénitencier en lisant cette lettre avant lui. Il ne devrait pas... C'est dangereux. Son cocon va bientôt être inondé et il va périr... Oui, il va périr... S'ouvrir les veines, lui aussi. Partir... Mourir dans ses chaînes.

Il ne sait plus très bien ce qu'il dit mais il entend seulement sa voix rauque d'animal blessé.

Il sent alors une présence près de lui. Une main sur son crâne glacé et rasé. Une main qui, doucement, pratique une brèche dans le barrage qui tente de harnacher le torrent de ses émotions. Alors, les larmes jaillissent, abondantes, chaudes et salées. Elles coulent partout sur ses joues, ses lèvres, et tombent sur ses doigts. Il s'en veut de s'abandonner à la main qui pétrit maintenant son épaule dans un geste consolateur. Il s'en veut de pleurer devant l'aumônier et d'apprécier sa présence près de son cocon inondé.

D'apprécier sa main, tantôt sur sa tête, comme celle de son père lors de la bénédiction paternelle. Sa main qui a béni elle aussi, baptisé, pardonné, donné la communion et l'extrême-onction. Sa main qui a posté la lettre d'Alfred et offert des cigarettes aux détenus, enfreignant ainsi le règlement. Sa main qui a composé le numéro de téléphone de sa mère et a tremblé en prenant sa lettre.

— Pleure un bon coup... Ça va t'faire du bien.

Cette proposition fait redoubler ses sanglots malgré lui. Malgré l'obligation qu'il s'était imposée de ne jamais laisser voir son talon d'Achille.

Il se sent vulnérable, sans aucune défense, et se fait penser à Émile qui sanglotait contre la portière de l'auto. Que pense le prêtre? Quel est son véritable rôle ici? Mettra-t-il les autorités au courant de sa réaction? Leur apprendra-t-il qu'il a pleuré un bon coup et qu'il n'y a plus lieu de s'inquiéter?

Il doit se ressaisir. Limiter les dégâts. Libérer l'entrée du cocon où s'est aventuré le prêtre. Après tout, cet homme est de ceux qui dirigent cet établissement. De ceux qui refusent le service religieux aux suicidés.

— Pourquoi pas de service religieux? demande-t-il avec colère.

— C'est comme ça pour les suicidés.

— Alfred en a pas eu?

— Non...

— Pis Dieu, là-dedans, hein? Pourquoi Il en voudrait, d'Alfred et de mon père? Qu'est-ce qui m'prouve qu'Il en veut, de leurs âmes, hein? C'est juste des paroles, que vous dites.

— Les lois de l'Église sont imparfaites parce qu'elles sont faites par des hommes et que les hommes sont imparfaits. Mais Lui Il est la perfection même. Il sait ce qu'il y a au fond du cœur de chaque homme. C'est avec Lui qu'Alfred et ton père ont eu à s'arranger.

— Ça vous adonne ben de l'avoir de votre bord, celui-là.

Il lorgne le crucifix, canalisant sa souffrance pour la transformer en révolte. C'est le seul moyen qui lui reste pour colmater la brèche. D'un geste brusque, il s'essuie les yeux du revers des manches.

— Je sais c'que tu peux ressentir, Luc.

— Non, vous l'savez pas.

— T'es pas le premier détenu à pleurer, ici. J'en ai vu d'autres. Ça fait vingt-deux ans que j'suis aumônier dans des pénitenciers. J'ai rencontré des gars bien plus durs que toi qui ont fondu en larmes. Y'a pas de honte là-dedans... Y'a pas de danger non plus. Ça reste entre nous.

— Ah oui? Comme la lettre?

— T'aurais aimé mieux apprendre ça tout seul dans ta cellule?

— ...

— Ça fait partie de mes fonctions d'annoncer les décès aux détenus, et puis nous surveillons de près les hommes de l'atelier de débosselage. C'est souvent épidémique, le suicide. Surtout dans le temps des fêtes... Et surtout que ton père lui-même s'est suicidé: automatiquement, tous les membres de la famille vont se sentir coupables.

— C'est moé, le coupable, pas les autres. C'est moé qui est icite.

— Ici, tu paies pour ton délit. Ton père avait ses raisons.

— C'est moé, sa principale raison. J'leur fais honte. Ma mère veut même pas m'parler.

— Ça prend du temps pour pardonner... Elle n'est pas prête.

— Mon père non plus m'a pas pardonné... Y vient d'le prouver.

— Non, Luc. Le seul message à comprendre dans le suicide de ton père, c'est son cri de détresse. Tout comme Alfred, il était rendu au bout du rouleau et ne voyait pas d'issue. Pour lui, la mort était une solution... mais c'est dur pour ceux qui restent. Pense à ta mère un peu: elle a sûrement des choses à se reprocher.

— Comment ça s'fait que vous savez ça?

— C'est pas sorcier. Vingt, vingt-cinq ans de vie conjugale, ça laisse pas mal de place pour faire des erreurs, non?

Il ne sait jusqu'à quel point sa mère peut avoir conscience de la cruauté mentale qu'elle a exercée sur son mari car elle le faisait d'une façon instinctive et héréditaire.

Ayant été élevée à baisser la tête, le ton et les yeux, elle s'alarmait de voir son homme émerger de la masse soumise. De le voir défier les commandements de l'Église pour poursuivre ses ambitions. Elle était née avec la peur et avait grandi avec elle. Non pas la peur associée à un danger réel mais la peur latente, pénétrante et paralysante comme un rhumatisme. La peur du lendemain. La peur d'avoir faim, d'avoir froid, d'avoir tort, d'avoir l'air fou. La peur des qu'en-dira-t-on et de l'échec. La peur de l'enfer.

Et son homme lui faisait peur. Peur à en périr. Et elle s'évertuait à l'empêcher de commettre ce sacrilège ambitieux, jusqu'à ce que, par un beau dimanche, la fatalité lui donne raison. Dès lors, ses prières d'exhortation se sont mutées en litanies accablantes. «J'te l'avais ben dit. J'le savais, aussi.»

Dès lors, le coupable, à moitié vivant dans sa berçante, se voyait mettre sa faute sous le nez tous les jours. Se voyait accusé par des soupirs, des lamentations, des silences éloquents. Et sans doute pensait-il à ce que tout le monde chuchotait dans son dos, à savoir qu'il aurait été souhaitable qu'il meure dans l'accident. Mort, il n'aurait pas eu à subir la perpétuelle condamnation de sa femme.

Il doute vraiment que sa mère puisse reconnaître une part de responsabilité dans ce suicide, car cela relève d'un courage qu'elle n'a pas et qu'elle n'a jamais eu. Elle n'a pas la force de porter une telle faute et de tels remords. Dans le désarroi, elle se rabat sur la religion et sur ce qui lui a été enseigné par des générations de femmes résignées à leur condition. C'est ainsi qu'elle a agi lors de l'accident. Mais aujourd'hui la religion a refusé d'accorder le service dû aux morts et il y a un panier de fruits pourris à sa disposition. Mieux qu'un panier, c'est une poubelle où grouille la vermine de la société. Une poubelle où l'on a jeté le fils maudit et dans laquelle elle peut se débarrasser de ses remords. Se défaire de tous ces déchets toxiques générés par sa part de responsabilité. Il est là, le coupable, c'est évident. Elle et les autres ne sont que des victimes. Voilà qui arrange les choses, réhabilite le nom du défunt et essuie tant bien que mal la honte au front.

Lui ayant jeté tout cela par la tête, elle se barricade avec les autres dans sa douleur. Dans sa maison au toit qui coule et où, même en pensée, il se sent indigne de revenir.

Oserait-il émerger des immondices pour joindre sa douleur à la leur que la main de sa mère lui enfoncerait vite la tête. «Dans ta poubelle. C'est toi, le coupable. C'est de ta faute. Viens pas nous salir!» Elle ferme déjà le couvercle, ignorant le bras tendu sur lequel elle a jadis trouvé du soutien. Et elle scelle le couvercle pour enrayer les émanations nauséabondes. Elle ferme, verrouille la porte de sa maison. Et lui se retrouve orphelin. De père, de mère, de frères, de sœurs. Le cœur lesté de leurs fautes et remords, il sombre vers le fond de la poubelle, résigné à expier. À payer.

C'est la dernière chose qu'il peut faire pour sa mère: se laisser caler, alourdi de tout ce qu'elle a fait pour lui. Pour eux. Alourdi de tous les souvenirs où elle s'est dévouée, donnée. Alourdi de tous ces gestes de pauvresse à récupérer la viande autour de l'os et à repriser habilement la chemise de son premier vol solo.

C'est la dernière chose qu'il peut faire pour elle: se laisser descendre avec le poids de cette faute qu'elle n'a pas la force de porter.

— Si j'étais pas icite, mon père se serait pas suicidé.

— Tu le sauras jamais, Luc.

La similitude avec la cruelle maîtresse d'Émile, morte en route pour l'hôpital de Québec, le frappe. Il se sent davantage uni à cet homme. Solidaire de lui. Victime comme lui de la torture de l'incertitude.

— C'est comme si j'venais de perdre toute ma famille... Ma mère veut pas m'parler.

— Laisse-lui du temps, Luc. Sois patient. T'as un de tes frères qui t'a écrit. Sa lettre est arrivée en même temps que celle de ta mère.

Quel soulagement! C'est sûrement Daniel, le sixième enfant et deuxième fils. Le frère tant attendu après les jumelles suivies de deux filles. Celui avec qui il a vite fait de partager le lit, les jeux et les travaux.

—Il demeure loin, celui-là, dit le prêtre en lui remettant une enveloppe contenant une carte de Noël.

Loin, Daniel? Son frère cadet a-t-il quitté le foyer pour travailler comme il en avait l'intention? Un coup d'œil à l'écriture le frappe. C'est exactement la même que celle qui se trouve en marge de certains paragraphes dans le *Plein vol*. Fébrilement, il découvre une carte représentant le Père Noël guidant son attelage de rennes au-dessus d'un paisible village.

La perspective aérienne de l'ensemble le saisit. Elle le ramène à ce temps heureux, ce temps béni où il pouvait, lui aussi, survoler toits, pignons et clochers. Ému, il effleure du doigt la poudre rêche imitant le scintillement de la neige. Rêche comme un papier abrasif, pour lui récurer l'âme de cette crasse de fond de poubelle. Une vague de reconnaissance le submerge à l'idée qu'on ait pensé à lui autrement que pour le condamner.

Il ouvre. Se délecte de cette écriture familière.

«Salut, p'tit frère»... Voilà ce qui a confondu l'aumônier.

—C'est Émile, dit-il à l'intention du prêtre, se prenant lui-même au jeu de ce prétendu lien de parenté.

Je t'envoie de mes nouvelles. Je suis rendu à Schefferville et j'ai été embauché pour piloter un Otter. La compagnie possède un DC-3 et j'espère bien pouvoir le piloter un jour. Je remettrai mon IFR en force.

Si tout va bien, je vais essayer de m'établir ici avec Martin et ma mère.

Je t'envoie la réplique miniature de mon Otter. Je l'ai baptisé CF-LUC en ton honneur car je compte bien qu'un jour tu pourras le piloter.

Les gars ici l'appellent le Grand Blanc, et moi ils me surnomment le Grand, j'sais pas pourquoi. Ça fait que je t'envoie le Grand Blanc du Grand.

Bon courage,

Émile.

P.-S. Écris-moi à poste restante, Schefferville, pour l'instant.

Le grand aigle plane au-dessus de la cage du petit oiseau. Loyal, il renouvelle son serment de remettre le cœur en place, lui inoculant à distance la dose nécessaire à sa survie. Par ces quelques phrases, il le met en contact direct avec le monde de l'aviation de brousse et tout ce qu'il comporte d'errance, d'instabilité, d'espoir et de passion.

Le grand aigle lui prépare un nid au nord. Il lui réserve un avion qu'il a baptisé *CF-LUC*: *Charlie Foxtrot – Lima Uniforme Charlie.*

Un avion que l'aumônier dépose sur son bureau en disant: «C'est très joli.»

L'avion amerrit dans les remous de son âme. Bondit sur les flots. Combat le vent instable de ses sentiments.

Il s'en empare. Le tourne et retourne entre ses doigts tremblants, le cœur palpitant et la gorge serrée.

L'objet est de la main d'Émile, patiemment et habilement travaillé dans un bloc de pin. Il mesure à peine trois pouces et constitue la réplique exacte d'un Otter sur flotteurs. Avec beaucoup de minutie, l'échelle, les haubans et l'hélice, qui tourne sur l'axe d'une épingle, ont été reproduits au moyen d'allumettes et de cure-dents.

Il se remémore toutes les figurines d'animaux qu'Émile a sculptées pour son fils. Ces figurines qui séjournaient dans le fond de sa poche et qu'il sculptait dès qu'il en avait l'occasion, se sortant quelquefois un bout de langue lorsque le travail exigeait sa concentration.

Il se rappelle avoir été jaloux de ce fils, de la place qu'il prenait dans le cœur d'Émile. Oui, jaloux de ce petit bonhomme qu'il trimbalait ainsi partout avec lui et qu'il pouvait rejoindre aisément du bout des doigts quand bon lui semblait. Jaloux de sa présence perpétuelle dans la pensée et le cœur de cet homme. Jaloux du sens que son adoption avait donné à la vie d'Émile.

Et voilà que cet avion lui apprend que lui aussi est présent tout entier dans la pensée et le cœur de cet homme. Que lui aussi a séjourné dans le fond de sa poche avec le canif. Que lui aussi a été trimbalé partout dans les cieux du Grand Nord. Voilà qu'il apprend que pour lui aussi Émile s'est assis quelque part dans ses moments libres. Que pour lui aussi les copeaux se sont accumulés à ses pieds.

Voilà qu'il se sent vraiment adopté, lui qui vient d'être exclu par les siens.

Voilà qu'il se sent ramassé par cette main mutilée qui a donné naissance à l'objet. Ramassé au fond de sa poubelle et placé dans la chaleur de ce cœur où habite déjà le petit bonhomme aux taches de rousseur.

Voilà qu'il se découvre un frère, lui qui se croyait orphelin. Un frère qui, comme lui, ne saura jamais sa part de responsabilité dans la mort d'un être cher. Un frère qui, comme lui, a déjà sangloté sans retenue. Qui, comme lui, se sentira coupable jusqu'à la fin de ses jours.

L'avion a réussi à se poser sur les flots agités de son âme et il se dirige vers le quai pour y être amarré, subissant encore l'assaut du vent instable de ses sentiments.

La présomption de complicité d'Émile dans le réseau de trafiquants de stupéfiants vient de tomber. Ne reste dans le creux de sa main mutilée que cet attachement profond et incompréhensible à son égard. Ne reste que l'identité du grand prêtre.

Le diable n'est plus pour dévier les soupçons et donner une explication logique au comportement d'Émile, car le diable n'aurait pu créer cet objet avec tant d'affection. N'aurait pu penser ainsi à lui à chaque coup de couteau dans le sens du bois, chaque coup de pinceau, chaque goutte de colle. Non, le diable n'aurait pas pris la peine de l'adopter après s'être servi de lui. Au contraire, il se serait normalement évanoui dans le Grand Nord sans laisser de traces et sans intention de tenir cette promesse faite sur le lit d'un blessé.

— Il est très habile, ton frère. Il a suivi des cours?

— Y'a pas suivi de cours. Y'a commencé ça pour rééduquer sa main.

— Qu'est-ce qui est arrivé à sa main?

— Elle a été gravement brûlée et ils ont dû l'opérer deux fois. Il a failli la perdre et on lui a amputé deux bouts de doigt. Au début, on lui faisait faire de l'exercice avec une balle, pis après y'a eu l'idée de travailler des p'tits blocs de bois avec son canif. C'est comme ça qu'il a commencé... Depuis, j'l'ai toujours vu faire ça.

— Vraiment très habile. Vous semblez très liés, tous les deux. C'est ton frère préféré, je gage.

— Oui.

Cette préférence ne semble ni choquer ni sous-entendre une anormalité quelconque. L'attitude du prêtre le réconforte et le rassure. Il se prend à son propre jeu. Se ravitaille de cet amour fraternel en toute quiétude.

Quel mal y a-t-il à considérer Émile comme son frère? Quel danger y a-t-il à le préférer à ceux et celles qui lui sont unis dans la chair? Le lien entre eux n'est-il pas plus solide, plus sûr que les liens du sang? L'amour de ce frère adoptif venu le ramasser au fond de la poubelle n'est-il pas plus fort que celui de sa propre mère qui l'y a enfoui sous les remords?

Et puis l'aumônier semble considérer comme providentielle et salutaire l'existence de ce frère lointain.

— En voilà un qui t'a pardonné et t'a même fait un cadeau de Noël. Laisse du temps aux autres et profite qu'il soit là. Vous êtes pilotes tous les deux, d'après ce que j'ai compris?

— Oui, mais lui il a beaucoup plus d'expérience. Il a déjà sept mille trois cents heures de vol.

— Et toi?

— Oh! moi, j'suis juste un moineau à comparer... J'ai à peu près deux cents heures mais j'vais travailler avec lui là-bas. J'vais commencer au bas d'l'échelle.

— Tu es chanceux d'avoir quelqu'un qui va s'occuper de toi quand tu vas sortir d'ici. C'est pas tout le monde qui a cette chance. La plupart des gars récidivent parce qu'ils n'ont personne d'honnête à qui faire confiance en sortant... et personne d'honnête qui veut leur faire confiance. Tu es vraiment chanceux d'avoir ce frère-là.

L'avion est solidement amarré au quai et le vent instable de ses sentiments ne tourmente plus son âme. Il suffisait pour cela d'adopter Émile. De le considérer vraiment comme un frère.

L'approbation et les conseils du prêtre, qui l'encourage à garder contact avec ce frère béni, lui procurent une grande paix et c'est avec une émotion non dissimulée qu'il caresse le fuselage du bout de l'index.

Est-ce dangereux d'afficher ainsi ses sentiments? De se dévoiler? De se montrer tel qu'il est dans toute sa vulnérabilité et sa dépendance vis-à-vis d'Émile? Vis-à-vis de cet objet qu'il a envie de serrer sur son cœur? Non. Il a confiance en l'aumônier, qui aurait pu le noyer tantôt dans son cocon inondé, et il lui est reconnaissant de n'avoir pas insisté pour mêler Dieu à leurs affaires.

— Oui, j'suis chanceux de l'avoir... Pas d'danger que j'l'oublie, avec c't'avion-là.

— À propos...

Le prêtre fronce les sourcils et poursuit, en le regardant droit dans les yeux:

— Es-tu au courant que tu ne peux pas le garder dans ta cellule?

Trop tard. Maintenant qu'il a montré son attachement pour cet objet, on le lui confisque. Pourquoi a-t-il désobéi à cette ligne de conduite de ne jamais dévoiler ce qui fait sa joie ou son malheur à l'intérieur de ces murs? Pourquoi est-il si naïf? Si faible aussi? Pourquoi n'a-t-il pas gardé en mémoire que l'homme qui est devant lui compose avec l'autorité de Dieu et avec celle du pénitencier? Qu'il obéit aux commandements de l'Un et observe les règlements de l'autre? Pourquoi? Tout simplement parce qu'il avait besoin d'une présence, d'une chaleur humaine.

Qu'il avait besoin de pleurer son père et de parler d'Émile.

— On pourra l'inscrire sur ta liste d'objets personnels et te le remettre à ta libération.

L'homme tend la main pour reprendre l'avion. Instinctivement, il ébauche le geste de le garder, se ravise et le remet en serrant les mâchoires.

Il s'entraîne à ne plus montrer ce qui fait sa joie ou son malheur.

— Ça me peine beaucoup, Luc, mais cela pourrait être source de conflits. C'est risqué de le garder en cellule.

L'aumônier considère gravement l'objet au creux de sa main et manifeste des signes d'embarras, soupirant et lançant un regard interrogateur au crucifix.

—Pensez-vous qu'Il me l'aurait repris, Lui? demande-t-il, exploitant l'hésitation évidente du prêtre.

—Non, Il ne te l'aurait pas repris.

Cette réponse le sidère, ainsi que l'expression triste de l'homme.

—C'est dur pour moi, Luc... Si tu savais comme c'est lourd à porter, votre souffrance. La tienne, celle d'Alfred... et celle des autres. Lui, Il la supporte, votre souffrance... Moi, je ne suis qu'un homme... Tu t'es risqué à me montrer ton attachement, et là tu as peur... Si tu veux, on va être quittes: moi, j'vais t'avouer que ça me déplaît de reprendre ton cadeau de Noël. J'vais t'avouer aussi que mes supérieurs me reprochent souvent ma familiarité avec les détenus et trouvent que je ne m'occupe pas beaucoup des affaires de Dieu... Mais Il est amour. Il est pardon... C'est Lui que je veux imiter et représenter ici.

Le prêtre ne quitte pas le crucifix des yeux et son attitude traduit une foi réelle et profonde.

Intimidé, il ne sait plus quoi répliquer à ce disciple de Jésus et reconsidère la possibilité de l'accepter dans son cocon. De nouveau, il baisse les armes, relâche la garde.

—Je vais tenter de convaincre les autorités, Luc, mais je ne garantis rien. Je peux utiliser comme argument que ce frère-là est ta plus belle assurance de non-récidive et de réinsertion sociale.

L'espoir timidement se pointe le nez dans la boue et les débris de l'inondation. Il prend courage, accorde une confiance totale et aveugle à l'homme qui admet n'avoir lui-même guère confiance en ses moyens.

— Je pourrais leur garantir que tu serais très discret à propos de cet objet.

— Oui, promis... J'en parlerai pas à personne.

— Que ce frère, c'est tout ce qu'il te reste...

Ce frère? Non. Il ne peut laisser l'aumônier argumenter avec un mensonge. Ce serait vouer à un échec certain son intervention auprès des autorités. À la simple consultation de son dossier, cette fausseté serait automatiquement relevée et exploitée à son détriment.

Le vent instable de ses sentiments s'élève de nouveau. Non. Il ne peut plus garder l'avion attaché au quai avec ces mensonges. Il doit défaire ces nœuds avant qu'on ne coupe bêtement la corde.

— J'vous ai menti: c'est pas mon frère... Pas mon vrai frère.

— Ah? J'ai cru, en lisant... C'est ton ami?

Il hésite à employer ce terme, à étiqueter ainsi sa relation avec Émile, mais l'absence totale d'allusion à une amitié particulière, dans l'attitude du prêtre, le met en confiance.

— Oui, c'est mon ami.

— C'est ton frère en Jésus-Christ aussi, ne l'oublie pas.

— J'pense pas qu'y soit ben pratiquant.

— Il pratique l'enseignement du Christ, c'est ça le principal. J'imagine que c'est un homme qui a beaucoup souffert, un homme qui est seul... Je me trompe?

— Non.

Ces paroles réhabilitent l'amitié suspecte. Redorent le blason que les préjugés et la mesquinerie s'étaient employés à défraîchir. Il retrouve Émile. Renoue avec cette joie et cette émotion qu'il savourait dans le cockpit de l'avion en sa compagnie. Il regagne l'ami venu lui pardonner sur son lit d'hôpital. Venu se confier aussi.

Il rejoint cet homme que la souffrance et la solitude ont modelé selon des schémas qui ne correspondent pas à ceux de la société.

Et surtout il se permet de goûter en paix à cette amitié, concentrant toute son attention sur l'objet de bois qui l'exprime admirablement.

— Ce n'est qu'un objet, Luc. Tu ne dois pas perdre de vue ce qu'il représente. Ne fais pas comme les païens qui perdent de vue ce que la statue représente, pour ne voir que sa valeur matérielle.

Oh non! Pas de danger. Comment peut-il oublier la nouvelle religion à laquelle l'a initié le grand prêtre? Comment peut-il oublier l'encens de tabac et de lotion après-rasage? Comment peut-il oublier son enseignement, son dévouement? Oh non! Ce n'est pas l'objet qu'il désire comme tel, mais bien tous ces petits coups de couteau, toutes ces petites touches de peinture et de colle. C'est pour rejoindre cette main mutilée qu'il veut l'avoir en sa possession. Cette main qui l'a extrait d'un vulgaire bloc de bois tout comme elle l'a extrait, lui, de la masse des rampants.

C'est le symbole de l'amitié et de sa nouvelle religion dont il a besoin en ce lieu de perdition et d'hostilité.

— J'perdrai pas ça de vue, pas plus que vous avez perdu de vue c'que représente votre crucifix de bâtons de *popsicle*.

L'aumônier sourit.

— Prie pour qu'Il m'inspire quand j'irai intercéder pour toi.

— J'ai jamais été tellement pieux, confesse-t-il. J'pense qu'Y m'entendra pas... et pis... j'me rappelle plus de mes prières.

— Les formules, c'est pas important. Laisse aller ton cœur tout simplement et fais-Lui confiance. Il ne te trahira jamais.

L'aumônier lui fait penser au berger abandonnant son troupeau pour retrouver la brebis égarée. Et lui il est cette brebis tondue bêlant dans un buisson d'épines. Il apprécie que le berger le dépêtre et le prenne dans ses bras, sans toutefois être convaincu de vouloir réintégrer le troupeau. De vouloir obéir à sa houlette et brouter dans les pâturages choisis par lui.

En fait, tout ce qu'il espère du plus profond de son être, c'est de pouvoir se retirer dans son cocon avec cet objet sur son cœur. De pouvoir s'enfermer avec lui et s'enrouler autour de lui comme une chenille imparfaite, forgeant le cordon ombilical qui devra l'alimenter tout au long de sa métamorphose.

À regret, le berger n'insiste pas et dépose la brebis rétive.

— Bon, on verra, soupire-t-il en se levant pour le reconduire. Je te tiendrai au courant, Luc.

Derrière la porte attend l'agent de correction pour le raccompagner jusqu'à sa cellule. Derrière la porte, c'est l'univers sordide des cocons entassés les uns sur les autres. Qu'adviendra-t-il du sien, tout détrempé?

Qu'adviendra-t-il de Luc Maltais lorsqu'il franchira cette porte? Lorsqu'il redeviendra un numéro, un énième criminel? Qu'adviendra-t-il de lui avec ce décès qui l'accable et l'accuse?

Il s'arrête, se retourne vers le prêtre, rencontre son regard plein de compréhension et de compassion.

Ce qu'il peut lui être reconnaissant d'avoir pris la peine de voir autre chose qu'un criminel en lui! Intimidé, il baisse la tête et bafouille.

—Des fois... quand vous direz votre messe..., ben... si ça vous adonne... pis si c'est faisable..., est-ce que vous pourriez penser à mon père?

Il lui semble que cet homme bénéficie plus de l'attention du Christ que lui.

—Oui, je prierai pour ton père, Luc, et pour toi aussi. Nous pouvons prier ensemble, si tu veux.

—Je... je ne suis pas prêt... Ça fait trop longtemps... et puis...

Et puis il y a ce garçon de treize ans en lui qui s'insurge et lui interdit de s'agenouiller devant un prêtre. Avec un prêtre.

—Alors, prie à ta manière, Luc... Il t'écoutera. Prie à ta manière et ne désespère pas: ça peut prendre du temps.

* *
*

Du temps, il en a eu pour prier. Pour douter. Pour pleurer.

Il en a eu pour retourner dans son enfance, auprès de son père. Pour retrouver la main qui le bénissait au jour de l'An et qui, au fil des saisons, l'initiait aux mystères. La main qui savait plonger dans le vagin d'une jument pour secourir le poulain à naître et qui savait également rompre le flot de la vie dans la gorge des bêtes, en automne.

Il en a eu pour retrouver cette main et pour la perdre lors de l'accident. Pour perdre son enseignement, ses bénédictions et ses marques d'affection.

Du temps, il en a eu pour espérer et se méfier. Pour croire au prêtre et le soupçonner d'être de connivence avec les autorités.

Il en a eu pour monter et relever la garde à l'entrée du cocon. Pour baisser et reprendre les armes. Permettre et interdire l'entrée à Celui que la société a condamné à mourir entre deux bandits notoires.

Il en a eu pour écrire et déchirer une lettre à Émile. Pour lire et relire sa carte de Noël.

Il en a eu pour corriger le garçon rebelle de treize ans. Il en a eu pour lui donner raison.

Il en a eu pour assécher son cocon, pour réparer convenablement la faille du barrage. Il en a eu pour tout chambarder.

Il en a eu pour aimer. Pour haïr. Pour être reconnaissant. Pour être rancunier.

Il en a eu pour avoir honte. Pour avoir peur.

Il en a eu pour se juger et juger les autres. Pour se condamner et accuser.

Du temps, il en a eu pour imaginer le pire et le meilleur au fond de la poubelle de vermine. Il en a trop eu, de sorte qu'à la convocation de l'aumônier il se sent l'espoir comme une montgolfière dégonflée.

De sorte qu'il suit l'agent de correction sans hâte et sans crainte, bien déterminé à montrer son indifférence quelle que soit la décision.

— Bonjour, Luc. Assieds-toi. Comment ça va?

Il résiste à l'homme qui lui sourit. Il aimerait simplement lui dire qu'il a eu trop de temps. Mais il se tait. Il se prépare à masquer sa peine ou sa joie. Il se barricade l'âme.

— Dieu a exaucé tes prières.

Impossible. Ses prières ne se sont jamais rendues jusqu'à Lui puisqu'elles ont toujours été interceptées par le pouvoir du grand aigle.

— J'ai pas prié... Ben... pas beaucoup...

Il ment. Il sait qu'il s'est retrouvé à genoux au pied de son lit comme un gamin. Qu'il a même retracé quelques bribes de son «Je crois en Dieu».

Il a tout essayé, en désespoir de cause. Il s'est agrippé à la robe bleue de la Vierge et il a baisé les pieds troués du Crucifié. Avec et sans formule, il a imploré tous les saints pour finalement appeler à son secours l'âme de son père. Mais seul le silence absolu du gouffre éternel a répondu à ses appels et supplications.

Aucun signe ne lui est parvenu de l'au-delà. Aucun pressentiment. Aucune communication extra-sensorielle. Rien.

Alors, il s'est tourné vers le grand prêtre de sa nouvelle religion.

— Hum! De toute façon, Lui Il sait. Il voit le fond de ton cœur.

— Ça doit pas être ben à son goût, ce qu'il voit.

— Tu crois ça?

Oui, effectivement. Dieu doit être très contrarié d'avoir été limogé avec tout son arsenal de messes, de prières, de temples et de statues, pour être remplacé par ce grand prêtre défiguré, une carte de Noël et une miniature de bois.

Il hausse les épaules. Il s'en veut quand même d'agir comme le garçon de treize ans en révolte. Pourquoi ne montre-t-il pas toute sa reconnaissance à cet homme qui fait apparaître l'avion? Est-ce par prudence? Par orgueil? Par entêtement? Par faiblesse? Son cocon a-t-il été si malmené qu'il ne peut s'ouvrir à personne? Et si c'était cela, la réponse du Crucifié? La réponse du gouffre éternel?

— Tu dois être prudent. S'il t'arrive quoi que ce soit de fâcheux avec cet objet, je ne pourrai rien faire pour toi.

Veux-tu reconsidérer la question et le mettre en sécurité avec tes objets personnels?

— Non... J'veux le garder.

Il s'en empare un peu brusquement. Cette prise de possession accélère les battements de son cœur.

Et si c'était cela, la réponse du Crucifié et le signe de l'au-delà? Il doute de ses convictions devant celles du prêtre. Il se sent envahir par une vague de reconnaissance et de honte.

— Merci... Je... euh... Vous aurez pas de trouble avec moé... C'est ben plus vous qu'Y a écouté... Moé... j'suis juste... juste un pécheur.

Ce mot qu'il a tant de fois répété dans son enfance. «Priez pour nous, pauvres pécheurs.» Qu'il a tant de fois ânonné sans n'y rien comprendre et sans imaginer que le terme s'appliquerait à lui un jour. Les pécheurs, c'étaient les autres. C'étaient une masse d'êtres destinés aux flammes éternelles. C'étaient des adultes ayant commis des péchés graves, des crimes. C'étaient ceux qui peuplaient les prisons. Et voilà qu'il en fait partie. Qu'il se considère comme l'un de ces êtres déchus pour qui l'on prie mais que l'on méprise intérieurement. Que l'on rejette. Que l'on exclut.

Voilà qu'il se confesse aussi. Qu'il baisse la tête et aperçoit les souliers du prêtre qui s'approche de lui.

Le garçon de treize ans le somme de réagir et de tenir tête au complice de Dieu mais il n'en fait rien.

— Nous sommes tous des pécheurs, Luc.

— Pourquoi vous êtes pas tous en prison, d'abord?

— On est tous en prison quand on n'a pas la conscience en paix. C'est pas nécessaire d'avoir des barreaux pour être en prison... Tu peux libérer ta conscience, Luc.

Libérer sa conscience? Comment le peut-il avec ce nouveau dieu qui s'empare de son âme? Avec cette relique de bois à laquelle il s'agrippe?

Il regarde les souliers de suède gris, si différents de ceux du curé, noirs et bien cirés. Ce sont là des souliers d'homme et non ceux d'un représentant d'une institution. Ces souliers-là ne veulent pas le fouler ni l'écraser, mais seulement l'accompagner dans ce parcours difficile de l'exclusion.

— J'veux pas tricher avec vous... pis Lui... J'sais juste une chose, c'est que j'regrette d'être icite... pis de faire honte à ma mère pis à ma famille... J'm'en veux... mais... j'suis pas sûr que ça soit d'la contrition. J'ai menti à mes parents et amis, j'les ai trahis... pis j'pense pas que même si vous m'donnez l'absolution, j'vais finir par oublier tout ça.

— J'apprécie ta franchise, Luc... As-tu la ferme intention de ne plus recommencer?

— C'est certain.

— Alors, je t'absous de tes fautes au nom du Père, du Fils et du Saint-Esprit, amen.

Le prêtre dessine une croix sur son front avec le pouce. Il trouve ce rite banal, enfantin, et conçoit mal que cet homme puisse s'y conformer, d'autant plus qu'il ne ressent aucun soulagement. Aucune libération tangible de sa conscience. Il se sent aussi fautif, aussi indigne. Rien ni personne ne pourra libérer sa conscience. Il trouve l'Église prétentieuse d'avancer cela. Prétentieuse et simplette d'avoir élaboré les formules et les gestes qui ont pour mission d'éponger la lie des âmes.

Il étreint légèrement l'avion pour bien sentir les saumons d'aile presser la chair de sa paume et il se voit transporté d'allégresse et d'émotion. C'est comme s'il venait tout juste de serrer la main d'Émile. Comme si ce nouveau dieu lui offrait non pas le pardon de ses fautes passées mais l'espérance de ses réalisations futures. Comme si ce dieu lucide lui ouvrait toutes grandes les portes du ciel où il l'attend et lui donnait la paire d'ailes capables de l'y emmener.

12

Les mondes parallèles

Une visite pour lui qui n'en a jamais eu. Cela l'énerve, le dérange. Ralentissant le pas derrière l'agent de correction, il se demande qui cela peut bien être. Un membre de sa famille? Lequel? Sa mère, peut-être. Que fera-t-il devant sa mère? Aura-t-il le courage de la rencontrer? Le voilà tout bouleversé à l'idée qu'elle lui ait pardonné. Bon Dieu! Il sait, il sent qu'il va éclater en sanglots si elle manifeste la moindre clémence, la moindre tendresse... Ou c'est peut-être Daniel, son frère... Impossible, il est mineur et ceux-ci ne sont pas admis à visiter les prisonniers. Ne restent que les jumelles, pour qui il s'est démené afin de leur offrir des noces convenables. Oui, il est fort probable que ce soient elles...

Cette perspective l'enchante. Avec elles, il pourra s'évader mentalement en ressassant les souvenirs de noces. Rire de nouveau de ce qu'elles l'ont fait danser sur ses chaussettes selon la coutume et se remémorer la générosité de l'oncle Mathias qui a épinglé un billet de vingt dollars à leur robe lors de la danse de la mariée. Avec elles, il pourra se détendre et revivre une des époques dont il est le plus fier. Et peut-être retrouver dans leurs yeux la reconnaissance et le respect qu'elles lui vouaient alors. Il a tellement besoin d'être autre chose qu'un échec humain et une erreur de pilotage. Tellement besoin qu'on souffle la poussière sur les pages du registre de ces doubles noces qu'il a rendues possibles grâce à son travail acharné. Tellement besoin d'être revalorisé. D'être reconnu comme l'aîné qui a accompli son devoir. Tellement besoin d'être pardonné par des membres de sa famille. Le mariage ayant amorti le choc des épreuves, il est normal que ses sœurs soient les premières à lui manifester de l'indulgence. Qui sait si elles ne sont pas enceintes ou même déjà mères de jolis poupons dont elles vont lui montrer des photographies? Il peut s'être passé tant de choses en un an. Oui, voilà déjà un an et un jour qu'il est incarcéré.

Hier, il a fêté cet anniversaire et établi le bilan de sa détention. Bilan rassurant s'il en est. Encourageant aussi, puisqu'il a déjà entrepris son secondaire II. Son cocon est plus que jamais bien calfeutré. Hermétiquement isolé par des couches et des couches de limbes qui le protègent des autres. Il s'y voit comme à l'intérieur d'une bulle abandonnée sur des flots mouvementés. Une bulle à l'épreuve des coups et à l'intérieur de laquelle il s'est arrimé à la miniature du Grand Blanc.

Patient et immobile comme un fœtus, il se sert du temps pour se construire. Pour s'instruire et instruire l'oiseau qui est dans sa tête. Il se sert du temps qui doit les mater pour se parfaire tout en respectant les lois du panier de fruits pourris. Il se sert du temps pour se créer un univers en dehors de la réalité. Pour se fabriquer une matrice qui lui permette de croître en sécurité.

Aux yeux des autres détenus, il est le Pilote. C'est ainsi qu'on l'appelle, avec une pointe de respect. Attribué à l'origine dans le but évident de le pousser dans les bras de Jack, ce surnom lui sert maintenant de passe-partout. On l'accepte et on accepte de lui qu'il s'isole dans son univers. Même Jack s'est résolu à ne plus le convoiter, après de multiples tentatives de corruption encouragées par la complicité de Verrue-au-menton. Que de pâtés chinois trop salés et de verres de lait suri il a cependant dû ingurgiter pour en arriver à cette paix relative!

En un an et un jour, d'Émile il a reçu l'avion miniature, une carte de Noël et une lettre auxquelles il a répondu après maints brouillons.

En un an et un jour, il a écrit une cinquantaine de lettres à Sylvie sans jamais les lui envoyer. En un an et un jour, il s'est résigné au suicide de son père, s'apprivoisant à l'idée qu'il n'était pas l'unique responsable de toutes les pilules avalées ce soir-là. Que certaines d'entre elles pouvaient être attribuées à sa mère, à la douleur, à la fatalité et à tout ce qu'il ignorait qui pût miner ce grand malade.

En un an et un jour, il a été remué par la foi de l'aumônier et l'apparition de cet Être sans préjugés dans le décor carcéral.

Mais, en un an et un jour, il n'a jamais eu de visite et il ne sait pas à quoi s'attendre. Fébrile, anxieux, il est à la traîne du gardien, l'estomac contracté et les mains glacées.

Clé, porte. Ouvre, ferme. «Passe ici, tasse-toi là. Attends.» Encore une porte et il se retrouve dans un couloir vitré, longé par une série de chaises. Vis-à-vis de chacune d'elles, un guichet constitué d'une ouverture circulaire permettant de communiquer verbalement. Il se sent dans une cage de verre dont un pan est ouvert sur le monde extérieur. Sur Émile qui l'attend. Qui le voit.

Aussitôt, la honte l'écrase. Elle lui fait courber l'échine.

Le voilà catapulté hors de sa bulle, étranglant dans ses doigts coupables son nombril sanguinolent. Tout ce qu'il a réussi à construire en un an et un jour s'écroule sous le regard bleu du grand aigle. Il n'est plus qu'un oisillon aux ailes brisées claudiquant dans l'herbe.

— Salut, p'tit frère.

La voix qui lui provient est forcée, déformée, intimidée par la présence d'un gardien dans le poste d'observation.

— Salut.

Il n'ose regarder Émile, qui semble aussi figé que lui. Pourquoi est-il venu? Pourquoi l'a-t-il obligé à sortir de son cocon? Il n'est qu'un fœtus informe et vulnérable. Pourquoi l'extirper de sa matrice et le faire comparaître devant lui?

— T'as maigri, dit la voix.

— Ça doit être mes cheveux... Y sont rasés.

Il passe la main sur ses cheveux drus et prend davantage conscience de sa déchéance. Il regarde les manches de sa chemise de bagnard, pense au numéro qu'il porte au dos et souhaite douloureusement qu'Émile cesse de le voir dans cet état.

Amoindri, lamentable, coupable, il se mordille l'intérieur des joues jusqu'à ce qu'un goût de sang lui envahisse la bouche.

— J'savais pas que c'était pour être comme ça, dit-il finalement sans oser regarder son visiteur.

— T'as jamais eu de visite?

— T'es le premier.

— Personne de ta famille n'est venu?

— Non.

— Sylvie non plus?

—Non.

Voilà un bilan plus sombre qui fait se détacher un à un les limbes protecteurs dont il s'était entouré.

—J'savais pas... que... c'était comme ça... En arrière d'une vitre.

—Moi aussi, c'est ma première fois. C'est pas facile d'entrer ici.

La voix d'Émile se veut enjouée, détendue, mais il a beau faire, il n'y parvient pas.

—Comment ça, c'est pas facile?

—Faut remplir des formules, se faire fouiller. J'ai eu envie d'leur dire que j't'apportais une lime à fer cachée dans ma manche, mais j'pense pas qu'ils m'auraient trouvé drôle.

Il rit par nervosité, trouve désolant que l'on ait soumis Émile à une fouille.

—Alors, comment ça va, p'tit frère?

—Ça va. J'ai réussi mes examens de secondaire I et j'ai commencé mon secondaire II. Les fins de semaine, j'étudie le *Plein vol*... J'suis à la veille de l'connaître par cœur.

Il débite tout cela d'un trait, le regard accroché à l'ouverture circulaire dans la vitre.

—Et pour ton père, est-ce que tu t'en sors?

—Oui, ça va... Je... j'essaie d'oublier.

L'affliction qu'il perçoit chez Émile le touche. Il aimerait détacher ses yeux de cette foutue ouverture circulaire mais il appréhende de tomber dans ceux de son interlocuteur. Ce serait pour l'instant comme tomber en chute libre dans le bleu du ciel sans aucun parachute. Une douleur étrange lui enserre les poumons. L'oiseau qui est dans sa tête ne parvient pas à se calmer et virevolte partout, se heurtant aux barreaux de la cage. Surexcité et exalté en présence du grand aigle, il est hors de contrôle et risque de ne pas survivre à cette dose massive inoculée d'un seul coup. Rompu à la solitude et à la privation, il a survécu avec des doses minimales et les deux lettres qu'il a reçues ainsi que la miniature du Otter ont amplement suffi à entretenir le feu de sa passion. Jamais il n'a imaginé recevoir un jour la visite d'Émile. C'est trop. Il craint que le feu de cette passion le consume et que l'oiseau trépasse de cette overdose.

Au fil des jours, à l'intérieur de son cocon, Émile s'est peu à peu transformé en un être abstrait, désincarné. Un être lointain dont les traits se sont évanouis pour se confondre avec le désert blanc et se perdre dans l'identité du grand prêtre ou du grand aigle. Dans l'identité de ce qui le surpasse, le guide et l'attend.

Au fil des jours, il s'en est fait un dieu qu'il ne parvient pas à adapter à l'homme qui se trouve devant lui. Un dieu qu'il n'ose même pas regarder.

— J'l'aimais bien, ton père... J'l'ai vu deux fois... Y'était sympathique. J'pense qu'il t'aimait beaucoup. T'as au moins eu la chance de lui donner son baptême de l'air.

— Oui... mais j'comprendrai jamais pourquoi y'a fait ça. J'saurai jamais jusqu'à quel point c'est d'ma faute. T'sais, j'te comprends, à c't'heure, pour Suzie.

Enfin il lève les yeux et son regard rencontre celui de l'homme qui subit la même torture que lui. Il n'y a plus de dieu, plus de grand prêtre, plus d'aigle, mais simplement un homme au visage partagé par la beauté et la laideur. Un homme qui le comprend. Qui le console et le respecte. Un homme qui garde son regard dans le sien et lui offre un sourire amical et doux.

La douleur relâche l'étreinte sur ses poumons et lui permet de goûter à cette amitié. L'oiseau se calme et se perche. Il rajuste l'image de l'homme, tantôt brouillée par celle d'un dieu, et remarque les cheveux noirs ondulant dans le cou d'Émile ainsi que son teint basané.

— T'as ben les cheveux longs!

— C'est la mode.

— Ah oui? Dehors, vous avez les cheveux aussi longs?

— C'est pas tellement plus long que tu les avais, t'sais.

Effectivement, ce n'est pas tellement plus long. C'est fou mais il a perdu toute notion de la vie qui se déroule à l'extérieur du pénitencier.

Il regarde Émile derrière la vitre et prend cruellement conscience qu'ils ne font pas partie du même monde.

Avec sa peau dorée par le soleil, ses cheveux chatouillant sa nuque et sa veste de cuir patinée par l'usure, Émile fait partie du monde des vivants. De ceux qui vont où ils veulent, mangent ce qu'ils veulent et s'habillent comme ils veulent. Il fait partie de ce monde de l'extérieur qui grouille, choisit et bâtit. Et lui il fait partie d'un monde parallèle et souterrain. Un monde obscur, humide, implacable. Un monde dur où déambulent des carcasses blêmes et identiques, aux crânes rasés. Il fait partie du monde des morts. Des socialement morts.

Comment Émile le perçoit-il? Quelle image a-t-il de ce petit frère amaigri et dépouillé de tout ce qui composait sa personnalité?

— J'dois avoir l'air fou, se surprend-il à dire.

— T'as plutôt l'air malheureux... Ça doit être dur..

— Au début surtout... mais on s'habitue.

«S'habituer» n'est pas le terme exact mais c'est le seul qui lui vient à l'esprit. Ce serait trop long d'expliquer à Émile la fabrication de ce cocon dans lequel il se terre jusqu'à la fin de sa détention. Trop long d'expliquer qu'à l'instar de l'autruche il se creuse un grand trou pour s'y enfouir la tête et ne pas voir.

Ne pas voir sa déchéance. Ne pas voir la vermine. Ne pas voir la différence entre le monde des morts et celui des vivants.

— J'me suis installé à Schefferville. Ma mère a déménagé cet été. Ç'a pas été facile de lui faire quitter Montréal, à cause de ses frères.

Ce monde où l'on voyage, déménage avec armes, bagages, pincement au cœur et folles espérances.

— Comme ça, la compagnie a l'air d'être correcte?

— Oui... jusqu'à date. Cet hiver, j'vais être copilote sur le DC-3. J'ai profité d'un *ferry flight* pour aller renouveler mon IFR.

— C'est quoi, un *ferry flight*?

— C'est un voyage pas payant, sans passager, quand il faut transporter un avion sur les lieux du travail ou parce qu'il est endommagé. Imagine-toi que l'ingénieur a découvert des débuts de fissures dans une des cloisons du Grand Blanc... J'l'ai laissé à Saint-Jean-d'Iberville, où on va le réparer.

— Le Grand Blanc? Ah oui?

— Ça te dit quelque chose, hein?

— Oui... Y'est vraiment beau, celui que tu m'as fait. L'aumônier en revenait pas.

— J'en suis fier.

Le langage d'Émile le séduit et le blesse tout à la fois, soulignant à grands traits noirs le décalage qui existe entre eux. Entre ce qu'ils vivent. Entre sa stagnation obligatoire au fond du caveau et les aventures excitantes et valorisantes d'un pilote de brousse.

De quel intérêt peut-il donc être pour Émile? Qu'a-t-il à raconter de cette enfilade de jours menant péniblement à sa libération? De la lente et inévitable désintégration de sa nature sociale?

— J'pense que t'as des chances d'entrer comme gars de quai, là-bas.

— Y me reste trois ans et huit mois, mille trois cent trente-sept jours.

— Tu comptes ça en jours?

En heures, en minutes, en secondes. Il calcule des éternités, soustrait des siècles à des millénaires. Cela fait des siècles qu'il croupit ici. Émile ne s'en aperçoit-il pas? Non. Ils ne font pas partie du même monde. Ils ne sont pas soumis au même temps.

Il est un mort qu'un vivant encourage à ressusciter. Qu'un vivant observe derrière sa vitre.

— Vu que j'me suis établi là-bas, j'pourrai pas venir te visiter ben souvent.

Tant mieux, pense-t-il, sans le dire et sans le croire vraiment. La perspective de ne plus revoir cet homme le rassure et l'attriste. Bien sûr, il n'aura plus l'âme complètement retournée par l'existence de ce monde extérieur qui vit sans lui, mais il n'aura plus cette présence amicale qui le réconforte et l'encourage.

Vient bientôt le moment de la séparation.

— Salut, p'tit frère.

Ils ne peuvent se toucher. Ne peuvent sentir la chaleur de leurs mains. Une vitre froide les isole chacun dans leur monde.

Émile se lève. Sa taille l'impressionne aussi fortement que lors de leur première rencontre, et en plus, cette fois-ci, non seulement il le trouve grand mais il se sent terriblement petit devant lui. Alors, humilié par ce sentiment d'être une nullité, il abandonne le regard bleu pour se repaître des cicatrices de la joue droite et des cheveux légèrement clairsemés autour de l'oreille mutilée. Il se sent faible et méchant, d'autant plus qu'il était parvenu à oublier le côté hideux de ce visage.

Émile lui tourne sèchement le dos, atteint par ce seul regard qui s'est attardé sur ses cicatrices.

Aussitôt, il regrette son geste. Qu'il est lâche et traître de s'être servi de cette arme abstraite qu'est le regard! Cette arme sournoise du non-dit, non-écrit, qu'il peut aisément renier. «Un regard? Quel regard? Moi, j't'ai regardé drôlement? Mais non, tu te trompes, mon vieux.»

Mille regrets et excuses affluent à ses lèvres, mais les dire et les offrir, ce serait admettre qu'il vient d'infliger une blessure cruelle et inutile. Ce serait agrandir la plaie avec des mots. Rendre concrète l'arme du regard. N'est-il pas préférable de s'assurer le bénéfice du doute?

Il remarque la largeur des épaules d'Émile, amplifiée par le blouson d'aviateur, et pense au petit prince qui s'y juchait pour gouverner ce colosse et transformer en cheval docile cet ancien boxeur. Il y a tant de force et de vulnérabilité chez cet homme. Tant de contradictions entre cette capacité de se défendre à coups de poing et cette sensibilité extrême qui le rend sans défense devant le moindre regard. Cette sensibilité à fleur de peau brûlée qui dévoile à tout venant son talon d'Achille.

Mille regrets et excuses affluent dans son cœur mais il laisse partir l'ami sans rien dire et emporte dans son cocon l'image de ces puissantes épaules sans défense devant la méchanceté. Devant la hargne du monde des socialement morts.

Convaincu que ce regard restera désormais entre eux et que son visiteur est aussi conscient que lui de l'utilisation de cette arme sournoise, facile à nier, il se retire piteusement dans son cocon et s'arrime à l'objet de son nouveau culte, espérant du plus profond de son être qu'Émile ne sectionnera pas le cordon ombilical qui l'alimente du monde extérieur. Du monde des vivants où il lui prépare une place quelque part sur un quai dans le Grand Nord.

13

Le nouveau

Cette nuit encore, il l'a entendu pleurer et cela l'a empêché de dormir. Il se sentait concerné par le nouveau locataire de la cellule d'en face, ce jeune homme chétif et dépressif parachuté dans leur fosse à déchets depuis deux jours, avec un cocon si mince qu'il en est transparent. Pauvre garçon! Sa peur est si apparente et son désespoir si évident. Quelqu'un devrait lui apprendre à cacher son talon d'Achille. Oui, quelqu'un devrait lui apprendre...

Il se regarde dans le miroir de métal vissé au mur tout en faisant mousser le savon avec le blaireau. C'est toi, ce quelqu'un, lit-il sur le visage qu'il s'apprête à raser. «Pourquoi moi?», se surprend-il à répliquer à haute voix.

Oui, pourquoi lui? Il a juste ce qu'il faut d'adresse et de lucidité pour manœuvrer dans ce milieu sordide et il doit constamment consolider et réparer son propre cocon. Pas question de le quitter pour aller aider à solidifier celui du voisin.

Il ne peut risquer d'abandonner sa bulle, ne fût-ce qu'un instant, pour porter secours à ce jeune qui se débat dans les flots tourmentés. Son cordon ombilical est devenu si ténu qu'il risquerait de se rompre et, celui-ci rompu, il partirait à la dérive et finirait par se noyer lui aussi. Plus rien ne le rattacherait à ce nid qu'Émile est censé préparer pour lui, quelque part dans le Grand Nord. Mais où, dans le Grand Nord? Est-ce encore à Schefferville ou ailleurs? Voilà plus d'un an qu'il est sans nouvelles de lui. A-t-il eu un accident? S'est-il écrasé quelque part dans la toundra avec son cœur de moineau sous l'aile? Qu'est-il arrivé? Est-ce que, blessé par le regard sur ses cicatrices, il s'est tout bonnement débarrassé de ce petit cœur ingrat? Ce serait compréhensible, après tout. Il ne mérite guère mieux après avoir été si lâche, si mesquin. Peut-être aussi que la compagnie n'a pas tenu ses promesses, l'obligeant ainsi à redevenir un nomade et à reprendre son ancienne adresse de poste restante?

Il lui suffirait d'écrire pour savoir, mais il craint tellement de ne pas recevoir de réponse qu'il préfère demeurer dans l'incertitude plutôt que de se voir coupé définitivement d'Émile et du monde des vivants. Oui, il préfère laisser le doute gruger et affaiblir le lien qui les unit plutôt que de provoquer une rupture en écrivant le premier, avouant ainsi sa culpabilité dans l'utilisation de cette arme sournoise et indéniable du regard.

Dans ces conditions, il est évident qu'il ne peut porter secours à qui que ce soit. Et pourtant... Pourtant, il a de la difficulté à soutenir son propre regard et il se sent une part de responsabilité dans le crime qui a mérité une sentence de sept ans à ce garçon frêle, inoffensif et craintif. N'a-t-il pas mis le feu à la quincaillerie familiale sous l'influence de la drogue? De cette drogue maudite qu'il a jadis transportée à bord de l'avion de Papillon?

Avant l'arrivée de ce garçon, son crime se résumait à avoir trahi parents et amis et il se reprochait bien plus son erreur de pilotage que le transport illégal de stupéfiants. Mais maintenant... il pense à tout le mal qu'il a causé indirectement. Il pense à tous ceux et celles qui se sont accoutumés, petit à petit, pour devenir un jour dépendants de ces substances et agir sous leur influence néfaste. Oui, il se sent vraiment une part de responsabilité et ne parvient pas à dormir quand il perçoit les sanglots étouffés dans l'oreiller. Comme il ne parvient pas à avoir de l'appétit quand il voit Jack le convoiter scandaleusement sous l'œil complice de Verrue-au-menton. Voilà qu'il ne parvient même plus à célébrer convenablement ce mercredi où il ne lui reste que neuf cent trente jours à purger.

«C'est chacun pour soi, icite, tu l'sais bien», dit-il à ce détenu de vingt-trois ans qui passe le blaireau sur ses joues et son menton. Comme il aimerait le convaincre! Lui faire comprendre le danger qu'il court. Mais ce détenu conserve encore une navrante honnêteté dans le regard et quelque chose d'un enfant qui veut réellement réparer ses fautes.

Ce détenu lui glace le sang lorsqu'il prend le rasoir. «Une chance qu'il est imberbe! Il pourrait s'ouvrir les veines avec ça.»

C'est vrai, bon sang! Il pourrait s'ouvrir les veines avec ça. Une chance qu'il est imberbe! Faut-il qu'il soit jeune! Dix-huit, paraît. Il a l'air d'en avoir quatorze ou moins, d'après ses épaules étroites, ses membres délicats et son fin visage à la peau douce. Oui, on dirait un gamin terrifié. Un gamin oublié, abandonné, complètement perdu. Un gamin aux grands yeux bleus pleins de détresse, anciennement pleins de rêves. Pourquoi a-t-on traîné ce cocon si mince qu'il en est transparent en face du sien qui s'arrime à presque rien? Pourquoi avoir mis cet être pitoyable dans le trou où il s'enfonce la tête pour ne rien voir?

Et pourquoi ce prisonnier qui achève de se raser lui adresse-t-il des reproches? Pourquoi le charge-t-il de la mission de venir en aide au nouveau venu?

C'est illogique. Suicidaire. Il n'a pas envie de périr ici, lui. Il n'a pas envie de se perdre pour sauver le misérable gamin qui sanglote la nuit. Après tout, ce n'est pas lui qui l'a induit en tentation, pas lui qui l'a forcé à inhaler ses premières fumées de haschisch.

Avec des gestes brusques, il s'asperge le visage à maintes reprises, espérant que l'homme du miroir reprendra ses sens, mais, à son grand désarroi, il retrouve le brin d'honnêteté qui subsiste en lui et le désir insensé de réparer ses torts.

*   *
*

Il a suffi d'un sourire pour l'approcher. De lui demander son nom pour l'attacher à ses pas. «Ro... Ronald», a bégayé le garçon, encore marqué par les étapes humiliantes de son admission. Dès lors, le nouveau s'est accroché désespérément à lui, greffant son regard au sien, se jumelant à lui pour tous les déplacements et réclamant son attention pour ses confidences.

Quelques jours plus tard, Jimmy a usé du même procédé pour approcher la jeune proie et préparer la mainmise de Jack sur cette chair blanche. Il devenait alors urgent de renseigner Ronald sur l'existence des vieux requins ou vieux *wolfs*[1] condamnés à de longues sentences et rôdant à la recherche de puceaux comme lui. Effrayé plus que scandalisé, celui-ci tremblait déjà à l'idée de refuser l'invitation de Jimmy à une partie de ballon volant.

—J'serai ja... jamais capable. Qu'est-ce que j'vais lui... lui dire, Luc?

—Que t'aimes pas ça, jouer au ballon.

---

1. Requin, *wolf*: détenu homosexuel (occasionnel ou non), jouant le rôle de l'homme dans un rapport sexuel.

— Il va... va s'fâcher.

— Non. Va pas là, c'est tout. Jack est dans le pavillon des condamnés à vie. T'as qu'à rester avec moé, icite, dans notre pavillon. Au gymnase, tout le monde y va.

— T'es déjà allé?

— Une fois.

— Pis? Qu'est-ce qu'ils t'ont... t'ont fait?

— Y m'a battu... J'ai eu le nez cassé pis le *screw* a fermé les yeux.

— J'ai peur, Luc... T'as vu... vu comment j'suis ammanché... J'pourrai ja... jamais m'défendre contre eux... eux autres.

— Moé non plus, j'sais pas tellement m'battre.

— Ouais, mais t'es pas un grin... un gringalet comme moi. J'suis p'tit pis... pis faible. J'l'ai toujours été. Quand j'étais jeune, j'changeais de trottoir à chaque... chaque fois que j'voyais un ba... un baveux, mais ici j'peux pas changer de trottoir.

— T'as rien qu'à pas te rendre au gymnase.

— O.K. C'est vrai que j'aime... j'aime pas jouer au ballon. J'ai ja... jamais été bon dans les sports.

— Dans quoi t'étais bon?

— Tu vas rire.

— Non.

— Dans le dessin. J'aime beaucoup dessiner. J'aurais aimé ça être des... dessinateur de mode.

— Tu dois aimer ça travailler en coiffure, d'abord?

— Oh oui! Ça m'a toujours attiré. À côté d'la quin... quincaillerie, y'a... y'avait un salon pis je regardais par la... la fenêtre. C'est fou, j'ai pas pensé quand j'ai mis le... le feu. Y'a... y'a des cannettes qui ont explosé pis blessé un pom... un pompier. J'sais pas pourquoi j'ai... j'ai fait ça. J'avais déjà pensé à mettre le... le feu pour ramasser l'ar... l'argent des assurances parce qu'on était sur le bord d'la fail... d'la faillite. J'l'avais même dit en far... en farces à des clients... J'comprends pas que... que je l'ai fait pour le... le vrai.

Qui pourrait comprendre ce qui s'est passé dans ce cerveau? Qui pourrait expliquer ce changement soudain de personnalité? Pourquoi, tout à coup, ce garçon timoré et sensible s'est-il transformé en pyromane avant de se rendre au souper de la fête des Mères donné par sa sœur aînée? Qui était-il lorsqu'il répandait l'essence et craquait l'allumette?

— Pourquoi tu prenais d'la drogue?

— Pour faire comme tout... tout l'monde.

— C'est pas tout l'monde qui prend d'la drogue.

— J'étais bien quand... quand j'en prenais. J'avais pas peur... pis j'voyais des belles couleurs... pis des beaux tissus. T'as pas idée comme ça pouvait être beau... T'en as ja... jamais pris?

— Non. Juste transporté.

— Ça... ça coûtait cher pis on n'avait pas les moyens. J'volais l'argent dans... dans la caisse. C'était pas... pas correct pour ma mère.

Sa mère. Ce qu'il pouvait l'adorer! Ça frisait presque l'inceste. Il ne tarissait pas d'éloges à son égard et considérait son père comme un être fade, méthodique et ennuyeux qui avait tenté d'atténuer l'éclat de cette reine en la reléguant au sombre appartement situé au-dessus de la quincaillerie.

— Ça lui a fait du bien quand... quand il est mort. C'est comme si elle avait re... repris vie. T'aurais dû la voir au ma... au magasin: une vraie reine.

— Est-ce qu'elle savait que tu te droguais?

— Non... J'ai pas été correct a... avec elle. Aujour-d'hui, elle a d'la mi... misère. Elle est v'nue m'voir hier... Pauvre maman! ses che... ses cheveux ont vraiment besoin d'une teinture.

Encore sous le choc, Ronald était au bord des larmes. Il ne s'habituait pas à voir sa mère derrière une vitre. À être privé de son parfum et du goût de son rouge à lèvres. Il ne s'habituait pas non plus au rationnement de ses cigarettes et au sevrage des hallucinogènes. Ayant acquis une dépendance psychologique, il présentait de sérieux troubles de mémoire et de concentration et sombrait faci-lement dans de profondes dépressions. Et lui il était là pour l'aider. Le relever. Le protéger. Il veillait sur lui comme le grand frère qu'il avait été dans sa famille. Comme Émile. Il lui racontait des histoires de chantier, lui promettait des tours d'avion lors de leur libération et l'incitait à la méfiance et à la prudence.

Ronald suivait ses conseils toujours en tremblant. Toujours en manque de quelque chose ou de quelqu'un. Faible, il ployait facilement sous le fardeau de la solitude et remettait alors en question le danger de fraterniser avec Jimmy.

Dans ces moments-là, il avait envie de le gifler et de le secouer pour le ramener à la réalité, mais il se ravisait en pensant que ce cerveau confus était son œuvre. En se rappelant qu'il avait participé à la destruction de ces cellules et de cette personnalité.

Il se ravisait aussi parce que Ronald lui permettait d'échanger des confidences et qu'ainsi il pouvait ressus-citer Émile par la parole et le souvenir. Le fait d'en parler lui redonnait plein droit d'espérer ce nid quelque part dans le Nord. C'était comme s'il prenait Ronald à témoin. Quelqu'un saurait dorénavant qu'il y avait eu serment.

Émile ne pouvait plus se défiler. C'était enfantin mais plus il garantissait qu'Émile l'attendrait à la porte du pénitencier le 6 juin 1973, plus il se sentait en droit d'y croire. C'était enfantin et dangereux de s'aventurer dans cette voie. D'autant plus dangereux qu'il avait failli à la promesse faite à l'aumônier à propos de l'avion miniature. Pourquoi diable l'a-t-il montré à Ronald? S'est-il cru libéré de sa promesse du fait qu'on avait transféré cet aumônier qui avait prétendument atteint le stade d'une trop grande familiarité avec les détenus?

Paradoxalement, il s'est senti fautif et heureux de le montrer, tout comme un père présentant son bébé adultérin. Mais maintenant il espère que le cerveau embrouillé de Ronald n'a pas enregistré son attachement pour cet objet.

—Hé! J'en r'viens pas d'l'avion que tu... tu m'as montré hier! lui répète son protégé en revenant des douches.

À regret, il constate que Ronald a été vivement impressionné et il tente de simuler l'indifférence.

—Ouais.

—Surtout que c'est tout lui qui... qui l'a fait avec ses mains. Hé! C'est pas cro... croyable. T'as dû être content!

—Ouais.

—Tu parles d'un cadeau! J'connais per... personne qui ferait ça pour... pour moi.

—Ta mère.

Il veut détourner la conversation de cet objet auquel il s'arrime, quitte à voir s'assombrir le visage de son compagnon.

—Oui, ma... ma mère. Ça va être la veille de Noël demain. Comment c'est... comment c'est, Noël en d'dans?

310

— Ça fesse dur.

— On a pas l'droit d'avoir des ca... des cadeaux?

— Pas supposé.

— Toi, comment ça s'fait que t'as eu... t'as eu ton avion?

— C'est grâce à l'ancien aumônier. Personne est au courant à part toé. Faut que t'en parles à personne. Tu me l'jures?

— Oui... j'te... j'te l'jure. Penses-tu qu'on peut te voler dans ta cellule?

— Ça existe, des rats de cellule.

— C'est quoi, ça?

— Ben, ceux qui volent dans les cellules des autres. Avise-toé jamais de faire ça. On a déjà tué un rat de cellule pour une palette de chocolat.

— C'est gai comme... comme con... conversation deux jours avant Noël. J'sais pas comment j'vais passer au tra... travers.

— On communiquera par les tuyaux. Les *screws* font semblant de pas entendre, dans ce temps-là. Si c'est Frère Tuck qui est de garde, on aura pas de problèmes; y'est correct.

— C'est celui qui... qui est grand et gros?

— Ouais. Toute une pièce d'homme. Une chance qu'il est pas malin!

— Il doit être pas mal mieux que... que Verrue-au-menton. Il m'énerve, celui-là! Tou... toujours en train de nous surveiller.

— Y'est de combine avec Jack. Le v'là!

L'agent les toise sévèrement avant de déverrouiller et de les escorter en faisant claquer ses talons.

Un objet insolite attire leur attention. C'est un sac devant la porte de Ronald. Posé là comme un présent.

Plus ils approchent, plus le claquement des talons se fait insistant et plus Ronald devient nerveux. Qu'est-ce donc? Pourquoi l'agent ne réagit-il pas à la présence de ce sac incongru dans le couloir?

Rendu à proximité, il devine aisément la forme d'une boîte de tabac et de tablettes de chocolat à travers la toile.

— Touche pas au sac, marmonne-t-il entre ses dents à l'intention de Ronald tandis que Verrue-au-menton tourne la clé dans la serrure.

— Hein? souffle le nouveau, les yeux rivés aux gâteries qu'il discerne à son tour.

— Envoye, Pilote!

Verrue-au-menton l'empoigne rudement par l'épaule et le pousse dans la cellule.

— Touche pas au sac! crie-t-il en tombant par terre.

Aussitôt, il se relève et regarde par le judas demeuré ouvert. Trop tard! Ronald vient d'entrer avec le sac.

Verrue-au-menton lui décoche un regard victorieux et ferme brusquement le judas avant de marteler le corridor de ses durs talons tandis qu'il boit l'amère coupe de la défaite avec ce détenu de vingt-trois ans qui le regarde dans le miroir.

Ronald vient de mordre à l'appât. Ce n'est plus maintenant qu'une question de temps avant que l'hameçon ne s'enfonce dans ses chairs.

14

Partage

«Ma belle lionne, je suis tellement heureux aujour-
d'hui qu'il faut que je le dise à quelqu'un. J'espère que tu
ne m'en voudras pas d'avoir pensé à toi. C'est vrai que je
ne t'ai jamais envoyé de lettre.»

Il s'arrête. Il reluque avec découragement la pile de
lettres destinées à Sylvie et qu'il n'a jamais expédiées,
chacune d'elles ayant échoué à traduire ce qu'il ressentait
vis-à-vis d'elle et de la réclusion. Dans les premiers temps
de son incarcération, il avait l'impression d'écrire avec la
direction du pénitencier perpétuellement penchée par-dessus son épaule. Alors, il a pris la décision d'écrire sans
intention d'envoi, croyant ainsi parvenir à écrire *la* lettre.
La bonne. La vraie. Celle qui dirait tout à Sylvie et ne
dévoilerait rien à la direction. Est-ce ce soir qu'il réussira
à se livrer totalement par les mots? Est-ce ce soir qu'il
aura le courage de cimenter par ces mots les mouvements
de son âme? Est-ce ce soir qu'il parviendra à arrêter
l'instant?

Est-ce ce soir que, victorieusement, il adressera l'enveloppe et se délectera du goût subtilement sucré du
timbre?

Plein d'espoir et de confiance, il poursuit sa rédaction.

«Je suis presque rendu à la moitié de mon temps et j'étudie en secondaire III. J'espère que tu peux voir que j'ai fait des progrès. Et toi, comment vas-tu? Comment vont tes études? Je ne t'en voudrai pas de t'avoir fait un autre chum. Je veux que tu te sentes bien à l'aise avec moi. Je veux demeurer ton ami.»

Ce qu'il peut être faux! Comment peut-il espérer se livrer totalement en écrivant de telles inepties? Jamais, au grand jamais, il n'a renoncé à demeurer son amant. Jamais il n'a descendu Sylvie de son piédestal. Elle est et sera toujours la flamme qu'il protège contre les vents malsains d'une sexualité déviée par la privation. Et toujours il l'aimera et la respectera, évitant scrupuleusement de l'associer à ses actes solitaires.

Il se sent fourbe et hésite à poursuivre. N'est-il pas en train de négocier l'amitié de Sylvie?

Faut-il qu'il soit dépossédé et seul pour prétendre qu'il ne lui en voudra pas, pourvu qu'elle lui conserve son amitié! Faut-il qu'il ait besoin de parler à quelqu'un! Sa joie est si grande. Si grande...

Il abandonne papier et crayon et se met à arpenter sa cellule. En trois enjambées, il se retrouve devant la fenêtre grillagée, collée à la nuit de janvier. Volte-face. Trois enjambées, son pied touche la cuvette.

Volte-face. Quelqu'un. Le dire à quelqu'un! Quelqu'un doit savoir qu'Émile lui a écrit. Qu'à l'occasion de la nouvelle année il lui a envoyé une carte de souhaits. Bon Dieu! Il le croyait mort!

Volte-face. Oui, au fin fond de lui-même, il croyait à un accident fatal, et plus le silence s'éternisait, plus il devenait plausible que le Grand Blanc se fût écrasé quelque part dans la toundra avec l'aigle à son bord.

314

Volte-face. Sa peur était si grande, son angoisse si viscérale à l'idée que le regard bleu d'Émile ne viendrait plus jamais s'emparer du sien, qu'il s'inventait des histoires de rancune et de punition à propos du regard malfaisant qu'il avait jeté aux cicatrices.

Volte-face. Il s'attardait à cette possibilité. Se laissait gruger par les remords et s'interdisait d'écrire le premier. D'écrire tout court, dans la crainte de ne recevoir aucune réponse.

Volte-face. Mais lorsqu'il a reconnu l'écriture sur l'enveloppe, un grand soupir de soulagement lui a gonflé la poitrine. Dieu merci, il était vivant! Choqué, frustré peut-être, mais vivant. À cet instant, il a su qu'il avait craint le pire.

Il cesse ses allées et venues, s'empare de la carte exposée sur la tablette et l'ouvre, le cœur battant, comme si c'était pour la première fois.

Salut, p'tit frère,

Excuse-moi de ne pas t'avoir écrit avant, mais j'ai eu beaucoup d'ouvrage. J'ai fait trois contrats à Fort Chimo et ma mère a failli redéménager à Montréal parce que je n'étais jamais à Schefferville. Maintenant, je suis un peu plus fixé et je suis devenu chef pilote de la compagnie, ce qui m'a demandé un surplus de travail. J'ai de six à douze gars sous ma responsabilité, dépendant des saisons et des contrats, et j'essaie d'être juste avec eux. Ce n'est pas facile parce que les compagnies ont l'habitude d'exploiter les pilotes. Fais tes prières pour que je conserve mon poste tout en les faisant respecter.

Bon courage,
Émile.

P.-S. Remarque que tu ne t'es pas cassé le bras à m'écrire. Donne-moi de tes nouvelles, maudit sans-cœur. Hi! Hi! Hi!

Il sourit en replaçant la carte. Quelle joie, quel soulagement de relire ces lignes qui lui remémorent la loyauté d'Émile! Il doit dire à quelqu'un ce qu'il ressent. Son cœur va finir par lui exploser dans la poitrine tellement il est dilaté par le bonheur.

Il retourne à sa lettre, mordille l'efface puis termine d'un jet.

«Émile m'a écrit. Ça faisait plus d'un an que j'étais sans nouvelles de lui. Je le croyais mort mais je me disais qu'il était fâché contre moi. Il est devenu chef pilote de la compagnie. J'imagine qu'il n'aura pas de misère à me faire une place. Il n'a pas l'air d'être fâché. Luc qui pense à toi.»

Voilà. C'est dit. C'est écrit mais pas encore sorti de son cœur.

Vient-il d'écrire *la* lettre? La première qu'il enverra? Sceptique, il la relit, puis, lentement, la déchire.

Non seulement il ne l'enverra pas, mais il ne la conservera même pas. Elle ne traduit rien, strictement rien de ce qu'il ressent. C'est la plus imparfaite des lettres. La plus fausse aussi.

Qu'il est seul! Mais seul avec cette joie qui n'arrête pas de se dilater en lui.

Il entend des pas dans le corridor puis le tâtonnement métallique d'une clé dans la serrure. C'est Ronald qui revient de la salle communautaire où, tout en faisant mine de regarder la télévision, il a joué aux cartes et probablement grossi sa dette envers Jack. Avec quelle inconscience, quelle imprudence il gobe l'appât! «Tu t'trompes, Luc. Jack est un bon... bon gars. Il m'a dé... défendu l'autre fois au gymnase.» Avec quelle naïveté il croit en la protection de ce requin! C'en est désolant et choquant.

Mais pourquoi Jack tarde-t-il tant à le ferrer? Pourquoi lui laisse-t-il tant de corde? Pourquoi n'a-t-il pas encore profité des occasions qui se sont présentées pour exiger le paiement de ses faveurs? Pourquoi laisse-t-il si longtemps à Ronald l'illusion d'une relation amicale? Que mijote-t-il? Ronald ne serait-il lui-même qu'un appât pour une plus grosse prise? Lui, en l'occurrence?

Il secoue la tête. Que va-t-il penser là? Est-il en train de devenir fou? Paranoïaque? À force de se barricader dans son cocon, il imagine que tout le monde le persécute. À force d'être seul, il prend sa méfiance pour de la prudence et voit la réalité déformée par les nombreuses membranes protectrices. Peut-être que c'est Ronald qui a raison de s'adapter au milieu plutôt que de s'en isoler.

Il entend cogner trois coups sur le tuyau, répond en actionnant la chasse d'eau de sa cuvette puis se colle l'oreille au judas.

— J'ai gagné, chuchote Ronald.

— Combien?

Cinq coups discrets contre la porte, équivalant à cinq cigarettes. Est-ce vraiment gagner que de soustraire cinq cigarettes à l'énormité de sa dette? Autant soustraire cinq étoiles du firmament. Pourtant, il devine Ronald si heureux. Comme si la chance venait de lui sourire pour de bon. Pauvre lui! Il n'a rien gagné à jouer avec les complices de Jack, sinon l'inéluctable progression d'un piège en lui. Combien de temps encore pourra-t-il se délecter de l'appât avant de découvrir l'existence de l'hameçon caché? Combien de cigarettes?

Il aimerait le mettre en garde encore une fois et il déplore le fait que leurs moyens limités de communication ne le permettent pas. Comment lui faire comprendre par chuchotements et bruits codés toute la subtilité et l'efficacité des manœuvres de Jack? Et à quoi bon, finalement, puisque Ronald commence à douter du bien-fondé de ses admonitions? Devra-t-il se contenter de partager avec lui aujourd'hui ce qui demain le fera pleurer? Un grand coup et un petit, signifiant «bravo!», auxquels répondent deux petits coups. «Et toi, quoi de neuf?»

Comment traduire sa joie? Ce bonheur au bord de l'éclatement? Comment le contenir plus longtemps et pourquoi le contenir? N'est-il pas sans danger? Complètement indépendant du pénitencier et des manigances de Jack?

— Émile m'a écrit, chuchote-t-il, les lèvres collées au judas comme à un confessionnal.

Un grand coup, un petit: «Bravo!» Quelqu'un sait maintenant. Quelqu'un comprend sa joie et la partage.

Il s'appuie le front contre la porte et sent doucement le bonheur se contracter, se condenser pour habiter son cœur sans danger. Tout doucement, il le sent traverser incognito le corridor et l'unir à cet autre homme qui partage également son malheur.

15

L'impitoyable hameçon

Beaucoup de choses les unissent maintenant. Des choses qui peuvent paraître insignifiantes, voire puériles, aux gens du dehors. Tantôt c'est un échange de regards, une communication par code, le cadeau d'une gomme pour souligner que la moitié de sa sentence est écoulée. Tantôt des mots d'anglais que Ronald, parfait bilingue, lui enseigne, tantôt des confidences sur ceux qui les attendent. Ainsi, Ronald a une idée de plus en plus claire du chef pilote qui viendra le cueillir à la porte du pénitencier, et lui a de plus en plus d'estime pour la mère de son compagnon. Âgée d'une quarantaine d'années et fort séduisante d'après la photographie que Ronald garde toujours sur lui, elle vient lui rendre visite tous les dimanches, rôdant autour de la cage de son petit telle une mère animale, l'assurant de son amour. De sa clémence. De sa patience à l'attendre. Et, à chacune de ces visites, Ronald est invariablement troublé. Partagé entre la joie et la honte. Entre la reconnaissance et le désespoir. Il rit, il pleure. Il raconte comme son sourire est doux et indulgent. Comme il s'est langui d'elle derrière la vitre. Il a mal et espoir, douleur et bonheur confondus dans le même cœur. Larmes de joie sur ses joues imberbes de puceau.

Et, chaque dimanche, il attend son retour du parloir avec inquiétude. Il a beau le mettre en garde, le conseiller, le secouer, Ronald n'a pas épaissi d'une seule couche son cocon transparent. On le voit comme dans une membrane amniotique, son existence tenant au cordon le reliant à sa mère. Tout le monde le voit dans son cocon: détenus, agents de correction, direction. C'est dangereux. Pourquoi n'agit-il pas? Pourquoi ne suit-il pas ses conseils? Pourquoi ne veut-il pas croire que, du moment où il vaincra la solitude, il sera fort?

Et puis il y a cet hameçon. Cet hameçon qu'il voit à travers la membrane. Cet hameçon qui s'enfonce de plus en plus pour atteindre les centres vitaux.

Pourquoi Ronald ne veut-il pas croire au danger qu'il court? Pourquoi fraye-t-il si imprudemment avec les requins de l'établissement? «T'es dans les pa... patates, Luc. Jack est pas com... comme tu l'dis. C't'un chic type. T'en fais pas pour... pour moi. Tu devrais v'nir jou... jouer aux cartes avec nous autres.»

Et l'insouciant petit poisson de frétiller autour des requins et de s'amuser. Et de s'endetter, croyant bien naïvement qu'on usera de tolérance quand viendra le temps d'acquitter.

Mais à quoi bon penser à tout cela? Il devrait plutôt mémoriser les abréviations et symboles d'un rapport météorologique. «E pour estimé, *estimated*.» Il apprend le terme anglais. Le répète à haute voix en tentant d'avoir la prononciation juste. N'est-ce pas là la langue de l'aviation? Tant de termes anglais y sont employés qu'un unilingue francophone doit forcément les apprendre.

Estimated? Comment Ronald prononçait-il cela? «Estai-mè-tède»? Il ne sait plus et s'impatiente. Pourquoi tarde-t-il tant? Il devrait être revenu depuis au moins une heure. S'il était là, il n'aurait qu'à frapper sur le tuyau afin qu'il le lui chuchote. Mais il est parti après le dîner dans son cocon transparent pour aller se nourrir d'affection maternelle. Se serait-il attardé à la salle commune au lieu de revenir lui rendre compte de cette visite comme il a coutume de le faire? Possible. Surprenant mais possible, après tout, quand on est un petit poisson peureux fréquentant des requins.

Des bruits de pas et de trousseau de clés. C'est lui. Enfin.

Il écoute. Il attend que les pas du surveillant s'éloignent puis il frappe trois coups sur le tuyau.

Rien.

Il frappe de nouveau. Épie le silence. Espère le bruit de la chasse d'eau.

Rien. Voyons! Il utilise le code une dernière fois, conscient qu'il peut ainsi alerter le surveillant.

Toujours rien.

Qu'est-il arrivé? Pourquoi ne veut-il plus lui parler? La mère aurait-elle finalement sorti ses griffes dans sa juste colère, déchirant ce cocon si mince qu'il en est transparent?

Comment passera-t-il le temps jusqu'à l'heure du souper, où il pourra le voir?

Il reprend le *Plein vol*, se concentre sur les derniers conseils concernant la connaissance des conditions atmosphériques, et réfléchit devant le dessin comique d'un ange dans la marge, vraisemblablement de la main d'Émile.

Il lit le paragraphe ainsi illustré. «En suivant ces conseils, vous trouverez l'aviation beaucoup plus agréable, vous risquerez moins votre vie et celle des autres et ne vous exposerez pas à vous réveiller tout à coup chez les anges... ou ailleurs[1].»

Quelque chose d'insidieux et d'amer lui monte à la gorge. Il ferme le livre.

C'est ici, ailleurs.

* *
*

Ailleurs. Ronald regarde ailleurs chaque fois qu'il tente d'intercepter son regard. Il rase les murs, la tête basse, cachant une sévère blessure à l'œil gauche.

Il porte la honte sur ses épaules chétives, le désespoir dans ses yeux humides.

Traînant les lambeaux de son cocon déchiqueté, il évite manifestement de rencontrer son regard et il s'isole dans sa cellule.

L'hameçon vient de s'incruster.

Blessé, piégé, le petit poisson gigote au bout de la ligne de Jack.

* *
*

— Jack? demande-t-il en le rejoignant, le lendemain, sur le trottoir menant au gymnase pour l'exercice matinal.

Ronald lève vers lui un regard piteux et pitoyable.

— J'ai ser... servi à payer une de ses det... dettes. J'ai chié du sang à ma... à matin.

— Va voir le doc.

— C'est mieux pas...

---

1. Extrait de *Plein vol*, de Pierre Rivest.

Ronald baisse la tête, fuit de nouveau son regard, sa présence. Il n'a plus rien de l'attitude militaire qu'il est censé présenter, se traînant plus qu'il ne marche.

—Y t'ont battu?

—C'est rien.

Cette voix brisée, au bord des larmes, l'atteint. Il aimerait pouvoir poser la main sur cette épaule frappée par la malédiction et accorder son pas à celui de l'être blessé, violé et humilié à ses côtés, mais il ne peut pas. Ce serait attirer l'attention des gardiens sur l'état lamentable de son compagnon. Sur la non-observation du règlement, qui exige que tout déplacement s'effectue en parade et deux par deux. Par réflexe, il bombe le torse, garde la tête droite et les épaules rejetées vers l'arrière, comme si le fait d'être un exemple de rigidité militaire relevait la moyenne de leur duo.

—Ben, envoye! Dis-le! s'impatiente le petit poisson haletant de souffrance dans l'air froid et sec de ce lundi matin.

—Dire quoi?

—Que tu... que tu me l'avais bien dit.

Non. Jamais il ne dira cela à qui que ce soit. Il se ferait trop penser à sa mère.

—Ça change rien de dire ça.

Avec soulagement, il voit alors se relever la tête de son compagnon et son pas s'accorder enfin au sien.

16

Doutes

Finie la journée de travail. En voilà une autre de moins à purger. Depuis qu'il a dépassé la mi-temps, c'est-à-dire la moitié de sa sentence, il s'encourage de savoir qu'il lui en reste moins à faire qu'il n'en a déjà fait.

D'un pas rapide, il s'éloigne de l'atelier de mécanique automobile où on l'a transféré dès la fin de son secondaire II. Que d'avantages il a retirés de ce changement! Premièrement, celui de pouvoir se déplacer seul sur le trajet atelier-gymnase, étant donné le nombre impair de détenus de cet atelier. Cela lui donne un sentiment de liberté de n'être plus jumelé à quelqu'un d'autre que Ronald, avec qui il a appris à accorder son pas sur le trajet gymnase-pavillon unicellulaire. Deuxièmement, il aime examiner et déterminer la nature et l'importance des défectuosités mécaniques et des réparations. Cela le revalorise. Cela l'enrichit d'une expérience qui lui sera profitable en aviation et, pour se stimuler, il s'imagine toujours que ce sont des moteurs d'avion qu'il répare. Finalement, il n'a plus à supporter la compagnie de Jimmy, ce collègue de l'atelier de débosselage, qui commençait sérieusement à lui porter sur les nerfs avec son attitude servile à l'égard de Jack.

L'évocation de ce parrain de l'intérieur lui fait automatiquement penser à Ronald et, pour éviter de s'apitoyer sur cette victime, il se rabat sur la phrase qu'il a mentalement répétée tout au long de la journée: «Schefferville radio, this is Otter *Lima Uniform Charlie*. Over!» Il la répète sans relâche, la lançant comme un jalon dans l'avenir, l'enfonçant, la consolidant. Il la récite à perpétuité comme une prophétie devant s'accomplir.

Cette phrase, il la veut parfaite. Prononcée sans accent. Hier, Ronald la lui a fait répéter dans les douches, mais aujourd'hui il hésite sur le mot *uniform*. Doit-on prononcer «i-you-ni-form» ou «u-ni-form»? Il a oublié. L'apprentissage réel de cette langue seconde suscite énormément d'interrogations du genre et nécessite beaucoup plus d'études que n'en comporte le cours secondaire. Savoir que «John and Mary are going to school» ne lui a été d'aucun secours pour comprendre l'échange radio entre la tour et le pilote, heureusement traduit dans le *Plein vol*. Quelle ironie que cette langue qualifiée de «seconde» puisse généralement faciliter l'accès aux premiers postes à ceux qui la maîtrisent!

En réalité, c'est la langue du pouvoir et de l'argent. La langue des maîtres pour qui lui et ses semblables ont travaillé à saigner leur propre forêt. La langue de la James MacLaren Company, de la Eddy, de la Canadian International Paper. La langue qu'il refusait d'apprendre mais qu'il laissait abâtardir la sienne.

Les œillères bien ajustées à son casque de bûcheron, l'horizon limité au pain à gagner, il s'est vu contraint de n'être qu'un serviteur, qu'un employé qu'on peut remplacer par une machine.

Tant et aussi longtemps qu'il n'a été qu'un rampant obstinément unilingue francophone, force lui fut de n'être qu'un esclave chez lui. Mais maintenant qu'il désire faire partie des gens de l'air, maintenant que son horizon s'est considérablement élargi, il se doit d'occuper l'espace aérien de sa province. Il se doit d'être maître chez lui dans le ciel. L'anglais est la langue de l'aviation? Soit, il l'apprendra! Et il prendra sa place.

Voilà le gymnase. Il rejoint le groupe de son pavillon. Juxtapose son épaule à celle, si chétive, de Ronald.

Les instructeurs les laissent aux bons soins des agents, qui jappent des ordres. «Une, deux, une, deux...» Au pas, ils réintègrent leurs cellules afin qu'on les compte.

— Salut, chuchote-t-il sans détourner la tête. C'est-y «i-you-niform» ou «u-niform»?

— «I-you». «I-you». Tiens, c'est pour toi. Bonne fête, poisson d'avril!

À la dérobée, Ronald lui glisse quatre morceaux de chocolat. Touché qu'il ait pensé à lui en ce jour d'anniversaire, il ne peut cependant faire abstraction de la manière dont cette denrée rare a été obtenue. Ronald est maintenant un serin[1]. Un serin connu, avoué, utilisé. Il sert de monnaie d'échange et d'acquittement de dettes et, à défaut d'être en mesure de se rebeller, il s'est résigné à son sort.

Est-ce la fraîcheur de cette fin d'après-midi ou le ciel pluvieux qui le fait frissonner?

— Merci... T'as pas oublié.

— C'est pas tout... tout l'monde qui est né... né poisson d'avril.

Quelques pas sur le trottoir bordé par l'herbe d'un jaune maladif et délavé qui réapparaît entre des îlots de neige sale.

---

1. Serin: détenu homosexuel, occasionnel ou non, jouant le rôle de la femme.

— Comment ça se fait que tu... que tu t'tiens encore avec une pu... une putain comme moi?

— Parce que tu parles anglais, répond-il d'un ton moqueur.

Ronald s'amuse de cette repartie. Elle le déride, lui fait oublier sa déchéance.

— Tous les Québécois qui par... qui parlent anglais sont des sortes de pu... putains.

Encore quelques pas et le passage d'une corneille dans l'air humide.

— T'as pas reçu de carte?

— Non.

— Même pas d'Émile? Même pas de ta... de ta mère?

— Émile a pas le temps, pis ma mère aimerait autant oublier qu'elle a eu un fils comme moé.

— Si la mi... la mienne savait que son fils est rendu... est rendu une ta... une tapette...

— T'es pas une tapette. T'es pris pour le faire, c'est pas pareil.

Il accroche son compagnon avant qu'il ne sombre dans les remous que provoquent les visites de sa mère et il détourne la conversation d'elle.

— T'as pas peur de t'faire prendre quand tu l'fais?

— Pas quand c'est l'tour de garde de Verrue-au-menton.

— Ça te fait quoi?

— Quoi?

— Ben, d'être un serin.

— On s'habitue.

— Aimes-tu ça, à c't'heure?

—Non, mais ça... ça m'dérange plus. Ils peuvent ben... ben faire c'qu'ils veulent, j'me sacrerai ben d'eux autres quand j'vais sortir d'ici. Ils peuvent ben pen... penser c'qu'ils veulent aussi. T'sais qu'il y en a qui pré... qui prétendent que tu m'réserves pour... pour toi.

—Sont malades.

C'est absurde. Grotesque. Sur quoi se base-t-on pour avancer une telle chose? Sur cette relation amicale? Cette aide mutuelle? Et lui, sur quoi s'est-il basé pour soupçonner Émile d'avoir les mêmes intentions?

—T'as déjà fait... fait l'amour avec... avec une femme?

—Oui.

—Moi, ja... jamais. Comment c'est?

—C'est... c'est merveilleux.

Merveilleux de rouler avec Sylvie dans un lit et de s'étendre sur elle. Merveilleux de respirer son parfum, de sentir le chatouillement de ses cheveux, de caresser sa hanche et de nouer sa langue à la sienne.

Merveilleux de se donner et de s'accomplir dans le ventre d'une femme en étant inspiré par l'amour.

Le souvenir de cette sexualité saine le lave de toutes les déviations engendrées par l'incarcération.

Ici, sexualité rime avec besoin. Et souvent avec violence. C'est une fonction physique qui cherche à s'accomplir par tous les moyens. Une surabondance de testostérone qui rend agressif à défaut d'être évacuée. Ici, la sexualité dévie parce qu'elle ne suit pas son cours normal. On a élevé un barrage sur la rivière impétueuse pour l'arrêter complètement. Alors, elle se gonfle et gonfle les testicules, cherchant la faille par où s'écouler et se creusant un nouveau lit en dehors des voies tracées par la nature. Un lit accidenté et tortueux qui charrie autant de boue que d'eau.

— Ça doit... doit t'manquer?

— Ben sûr.

— T'aimerais ça qu'elle vienne... vienne te voir à la place d'É... d'Émile?

— J'veux pas qu'elle me voie comme ça. Parlant d'Émile, j'lui ai écrit.

— C'est pas trop... pas trop tôt. Tu voulais le faire lan... languir ou quoi?

— J'savais pas quoi dire. J'me sentais mal de l'avoir regardé de travers. J'voulais pas en parler mais j'savais pas comment expliquer pourquoi j'lui avais pas écrit.

— Qu'est-ce que t'as... t'as trouvé, en fin... en fin de compte?

— Que j'pensais qu'y m'avait oublié pis que j'voulais pas le déranger.

— C'est plutôt sa femme que tu vou... voulais pas déranger. Elle doit pas trouver ça ben... ben drôle qu'il s'occupe de toi.

— Y'a pas d'femme.

— Mais tu m'as dit qu'il avait... qu'il avait un p'tit garçon.

— Oui, y'a un p'tit garçon adopté.

— Il est pas ma... marié?

— Non.

— Ah? J'ai toujours cru... cru qu'il était marié. Quel âge il a dé... déjà?

— Trente-quatre.

— Un vieux gar... garçon... Hum! tu trouves pas ça... pas ça louche?

— Dans quel sens?

— Qu'il prenne soin de toi. Me semble que tu vois pas ça à tous... tous les jours. Tout à coup qu'il serait un... un *wolf*? Tu y as jamais pensé?

— Non, jamais.

Il ne doit pas. Il ne peut pas avouer que oui, il y a pensé dès le début. Ses confidences ont atteint leur limite. Il ne doit rien dévoiler de ce qui existe comme confusion au-delà de cette limite.

— Y'est loin d'avoir l'air d'une tapette, défend-il avec ardeur.

— Jack non plus. T'sais, y'a pas juste les grin... les gringalets comme moi qui l'sont, termine Ronald en se risquant à lui donner un petit coup de coude dans les côtes, histoire de le taquiner.

Il se résout à rire. D'une façon artificielle, il lui semble, car il n'en a aucune envie. Sans le vouloir, Ronald a exhumé les doutes angoissants qu'il avait enfouis. Sans le savoir, il a remis en question la sexualité d'Émile et les fondements de son amitié.

Du bout des doigts, il touche les carrés de chocolat dans sa poche, se demandant s'il ne devra pas se prostituer un jour pour payer les faveurs d'Émile.

17

Le loup

L'heure du comptage. Les détenus réintègrent leurs cellules et attendent que l'on s'assure que personne ne s'est évadé.

L'heure de l'abrutissement, de l'amoindrissement, où ils ne deviennent que des numéros présents.

Absent, le numéro regagne automatiquement sa dignité. «Tel prisonnier s'est évadé», criera-t-on entre les coups de sifflet. En s'évadant, ils s'évadent du numéro, s'évadent de la masse anonyme. En s'évadant, ils retrouvent leur nom, leur personnalité. Ils redeviennent quelqu'un.

Mais lui, tous les midis, il s'évade au nez de ses surveillants et monte à bord du Grand Blanc, prononçant mentalement, dans un anglais impeccable: «Schefferville radio, this is Otter *Lima Uniform Charlie*. Over!» Il pousse la manette des gaz et s'envole... au-dessus de la toundra, abandonnant sa chemise de bagnard avec le numéro inscrit dans le dos, abandonnant la cellule exiguë et l'horaire astreignant. Abandonnant les pas des valets du Temps et le tintement de leurs trousseaux de clés.

Oui, tous les midis, il s'empare de la miniature du Otter baptisé *CF-LUC*, s'assoit sur le lit et, par la magie de l'imagination, se transporte aux commandes de l'appareil. Selon les conditions météorologiques existantes, il s'invente des plans de vol, des passagers, des cargaisons. Il se trace des routes, se crée des points de repère et des conversations avec la radio.

Il devient le pilote. Il devient quelqu'un. Il se projette dans l'avenir avec force. Avec conviction. Plus rien de sa déchéance n'existe, le temps d'une envolée. Le temps du comptage.

Avec émotion, il tâtonne délicatement dans la pile de sous-vêtements où il a l'habitude de cacher l'objet sacré. Il recherche le contact de la dérive verticale au bout de ses doigts fouineurs. Il aime cette présence pointue, solide, dissimulée dans la molle lingerie. Ce rêve palpable qu'il cueille pour lui seul. Mais voilà que ses doigts ne rencontrent aucune pression enivrante et que c'est l'inquiétude qui point en lui. Que se passe-t-il? Où est son avion? Sa main se fait plus impatiente, plus exploratrice. Elle plonge délibérément dans les caleçons et camisoles, au risque d'endommager l'objet fragile.

Rien. Il n'y est pas. Ce n'est pas possible! Il sort les pièces de lingerie une par une, les déplie, les inspecte. Rien. L'avion a disparu.

C'est comme si on venait de le séparer brusquement de son placenta. Le souffle coupé, le cœur saisi, il regarde l'amoncellement désordonné de sous-vêtements, incapable de comprendre ce qui se passe. Pourtant, il était là hier, avant le coucher. Il l'a tourné et retourné religieusement entre ses doigts comme on dit sa prière du soir. Il était bel et bien là. Qu'est-il arrivé?

Il promène un regard hébété autour de lui. Serait-il somnambule? L'aurait-il pris sans s'en rendre compte? Il lui est déjà arrivé de s'endormir avec l'objet sur son cœur dans ses nuits d'insomnie. Peut-être est-il tombé sous le lit durant son sommeil.

Il se jette à quatre pattes, promène son regard sous le lit, y glisse une main anxieuse, fouille frénétiquement autour de la cuvette puis réalise avec horreur qu'on le lui a volé. Terrassé, il demeure agenouillé, sans aucune réaction, lorsqu'il entend le surveillant glisser le judas pour noter sa présence.

Qui? Qui a osé s'introduire dans son cocon pour le voler? Outre l'ancien aumônier, une seule personne connaissait l'existence de cet avion: Ronald.

Ronald qu'il croyait son ami. Ronald qu'il a aidé, qu'il fréquente malgré qu'il soit devenu le serin à tout le monde. Ronald maintenant rat de cellule! Pourquoi? Pourquoi lui porte-t-il un coup si fatal? Pourquoi s'est-il sournoisement glissé dans son cocon-forteresse pour en saboter le centre vital? Pourquoi a-t-il pénétré jusqu'au cœur comme un ver immonde et lâche?

La colère, la rage succède à l'ahurissement. Il serre les dents, serre les poings en imaginant le petit cou de Ronald dans ses mains. Petit cou qu'il étrangle jusqu'à la révulsion des yeux. Jusqu'à la mort.

La cloche du dîner. Elle le rappelle à l'ordre. À la réalité.

Il se ressaisit. Il se lève lentement et élabore une stratégie pour coincer le rat de cellule et le forcer à remettre l'objet auquel il est arrimé depuis bientôt deux ans et demi.

* *
*

Salle des douches. Ronald occupe la cabine adjacente à la sienne. Ce rat de cellule soupçonne-t-il le danger qu'il court d'être voisin de lui dans l'une des cabines les moins exposées à la vue des agents de correction? Devine-t-il que, cette fois-ci, ce n'est pas pour des cours d'anglais qu'il lui a donné rendez-vous? Poltron jusqu'à l'os, n'a-t-il pas décelé l'incroyable violence qui habite la victime du vol d'avion miniature?

Il semble que oui et pourtant il l'a suivi jusqu'ici, l'air résigné, comme un condamné à mort pressé d'en finir. Cette attitude équivaut, à ses yeux d'offensé, à un aveu et justifie la violence qui, chez lui, n'a jamais atteint un stade si critique. Quoi donc! Cette mauviette que lui seul ne terrorisait pas a osé commettre cet acte d'une ingrate cruauté à son égard! Pourquoi cet être méprisé de tous s'en est-il pris à lui que tous respectent? Lui qui n'a jamais craché sur la putain stagnant au bas de la hiérarchie carcérale, lui qui n'a jamais reproché les fautes, les dettes, les faiblesses. Lui qui s'est toujours mêlé de ses affaires.

Il ne mérite pas cela. Il ne mérite pas d'avoir été trahi si odieusement. Ce qu'il va lui faire payer cher ce délit dès que le gardien sera hors de vue!

Le savon lui glisse des mains, lui tombe sur le gros orteil. Il ne se penche pas pour le ramasser, tremblant de tout son être malgré la température élevée de l'eau qui gicle sur son corps. Les yeux rivés à la casquette de l'agent de correction qui s'éloigne, il ressent une constriction au niveau de la gorge, conscient qu'il n'est plus maître de la violence qui le possède. Plus maître de la rapidité avec laquelle il bondit dans la cabine de Ronald pour le saisir à la gorge et serrer de toutes ses forces.

Le rat de cellule se débat à peine lorsqu'il lui enfonce la pomme d'Adam avec ses pouces. Tout mou entre ses mains vindicatives, il se laisse aller, ferme les yeux sous le jet de la douche.

— Donne-moé mon avion, maudit enfant d'chienne!

Il le brasse rudement pour en faire sortir un son. Une excuse, une explication.

Ronald plie les genoux, s'affaisse contre lui.

Aussitôt, il lâche prise, épouvanté. Qu'a-t-il fait là, lui qui n'a jamais employé sa force contre personne? L'aurait-il tué?

Il serre contre le sien ce frêle corps d'homme qui s'appesantit, ferme le robinet d'eau chaude et frictionne vigoureusement le dos à hauteur des omoplates saillantes.

— Ronald, bon Dieu! Meurs pas, pour l'amour! Fais-moé pas ça!

Il tapote les joues imberbes, renverse la tête de sa victime afin que l'eau froide puisse couler sur son front.

— Meurs pas, pour l'amour! Meurs pas! supplie-t-il.

«Ne fais pas de moi un criminel au même titre que les autres. Ne fais pas de moi un assassin», traduit sa panique.

Il ne voulait pas serrer si fort ni si longtemps. Il ne voulait pas le tuer.

Un battement de cils le délivre d'une incroyable tension.

— Ronald, souffle-t-il à l'oreille inconsciente, réveille-toé.

Anxieusement, il caresse le crâne rasé qui vient de tomber sur son épaule. Qu'en déduirait le surveillant s'il les surprenait, nus et enlacés dans la même cabine de douche? Qui pourrait croire qu'il a failli tuer celui qu'il étreint avec soulagement?

Les bras minces du serin à tout le monde lui enserrent la taille.

— Ferme l'eau, j'ai... j'ai froid, dit-il alors en se blottissant contre lui.

Le contact de ce corps, de cette peau le remue. Il y a si longtemps qu'il n'a tenu quelqu'un dans ses bras! Si longtemps que des bras ne se sont noués à sa taille! Des bras vivants, chauds, expressifs. Combien de fois a-t-il embrassé son oreiller en pensant à Sylvie? Combien de fois a-t-il roulé ses couvertures afin qu'elles épousent la forme grossière d'un corps et lui tiennent lieu d'ourson en peluche pour s'endormir?

Combien de fois a-t-il recréé l'illusion d'une présence sur sa couche de prisonnier? Tantôt illusion bienfaisante de dormir avec son frère Daniel, tantôt illusion euphorique de tenir Sylvie.

Il ferme l'eau.

— C'est pas... pas moi... C'est Jack, confesse Ronald en cherchant refuge au creux de son épaule.

Il l'en empêche, le repousse fermement. Justifiée et plus maîtrisée, la colère refait surface et bannit le moindre fléchissement à l'égard du traître.

— C'est toé qui lui as dit! Y'a juste toé qui le savais. Pourquoi tu m'as fait ça, maudit chien sale?

— J'pouvais pas... pas faire autrement... J'me suis trop... trop endetté.

— T'avais qu'à payer avec ton cul, comme d'habitude. Tu savais que j'y tenais comme à la prunelle de mes yeux. Tu m'as vendu, maudit Judas!

— J'pouvais pas... pas faire autrement, com... comprends donc. T'aurais dû... dû m'tuer. Ça m'aurait rien... rien fait. J'suis fait. J'suis fi... fini... Fi... fini de toute façon.

— Maudit rat de cellule!

— Ils m'ont menacé de s'en prendre à ma... à ma mère. Ils m'ont dit que leurs a... amis de l'extérieur étaient pour... pour y faire payer mes det... mes dettes d'en d'dans.

— C'était à toé de m'écouter. J'te l'avais ben dit aussi! lui crache-t-il dans sa fureur.

Ronald éclate en sanglots. Cache son visage dans ses mains tremblantes.

Un silence pénible fait suite à cette phrase qu'il s'était promis de ne jamais dire. Il remarque des gouttes qui se détachent à intervalles réguliers de la pomme de douche pour tomber sur la tête de Ronald.

— Arrête de pleurer, ça donne rien.

Des sentiments contradictoires le déchirent. Il hait cet homme qui lui fait tant pitié. Il éprouve de l'affection pour ce rat pris au piège. Il a simultanément envie de lui donner une raclée et de le consoler.

Il se sent dépourvu à l'extérieur de son cocon et ne sait plus comment réagir. Une phrase de l'aumônier lui revient en mémoire. «Ce n'est qu'un objet, Luc. Tu ne dois pas perdre de vue ce qu'il représente.»

Qu'un objet. Et voilà qu'un homme-vermine comme lui se tortille de souffrance à cause de cela. Voilà qu'une pomme pourrie a failli en exterminer une autre.

Outre sa nouvelle religion, cet objet ne représente-t-il pas le pouvoir de la chaleur humaine? Le pouvoir de l'amitié qui subsiste en dépit du temps et de la distance? Le pouvoir de la fraternité?

— Jack veut... veut que tu t'rendes au... au gymnase demain.

— Parfait. Y m'aura pas comme ça.

— Fais attention, Luc. Il est pas tout... tout seul, pis Verrue-au menton est de gar... de garde demain.

— J'ai pas peur de lui.

— Fais attention quand même.

Le regard inquiet de Ronald l'émeut, l'apaise et, curieusement, lui insuffle du courage. Il se sent fort devant un être si faible; propre, devant celui qui se prostitue.

— Tu vas voir: demain, j'vais l'ravoir, mon avion.

* *
*

— Ton avion? Quel avion? demande Jack en feignant l'ignorance.

Cette réplique le met hors de lui, ainsi que la manière détachée avec laquelle Jack sort un à un les vêtements sport de son sac pour les déposer sur le banc du vestiaire.

— T'sais c'que j'veux dire. Donne-moé-le ou j'te pète la gueule même si j'sais pas m'battre.

Il reluque les joueurs en train de se changer pour une partie de ballon volant et tente de repérer ceux qui prêteraient main-forte à son interlocuteur. Hélas, il lui semble qu'ils sont tous de mèche avec lui. Tous prêts à obéir à ses ordres.

Jack défait maintenant un à un et sans se presser les boutons de sa chemise.

— T'es donc pas gentil, mon pilote.

— J'suis pas ton pilote.

Profitant du fait que Jack est en train d'enlever sa chemise, il se rue sauvagement sur lui et le jette par terre. Aussitôt, des bras s'emparent de lui et le maîtrisent facilement.

Jack se relève en ricanant, lance sa chemise sur le banc et enfile lentement son t-shirt.

— Ben oui, t'es mon pilote. Tu t'penses malin de sauter sur moi pendant que j'ai les bras occupés? T'es pas ben prudent.

D'un regard, il ordonne qu'on le libère.

— Allez, vas-y. Casse-moi la gueule.

— Tes gorilles vont m'sauter dessus.

— Non. C'est juste entre toi pis moi. Promis. Vas-y.

Il lance le poing mais, avant même qu'il n'atteigne la bouche grimaçante, il reçoit un coup formidable à l'estomac, suivi d'un crochet au menton. Étourdi, le souffle coupé, il s'écroule.

Des rires autour de lui le forcent à se relever. À reprendre le combat. Mais, déjà affaibli, il ne réussit qu'à porter un coup, pour en recevoir trois qui l'étendent de nouveau au sol.

Qu'il aimerait savoir se battre comme Émile! Il se croyait si fort, hier, d'avoir failli tuer Ronald.

— C'est c't'avion-là que tu veux dire?

Jack le dépose par terre, à hauteur de ses yeux. Il vient pour s'en emparer mais un pied lui écrase aussitôt la main.

— Tut! tut! Relevez-le, vous autres.

On le remet sur pied.

— T'as des *guts*, toi. J'aime ça. Tu m'plais beaucoup.

Jack le détaille avec un sourire pervers.

— T'as une belle gueule mais va falloir t'apprendre à être gentil.

— Ça m'tente pas.

— Pis ça, ça te tente-tu?

Jack lève le pied au-dessus de l'avion miniature.

— Ça te tente-tu d'le voir écrasé?

Il se tait, incapable de détacher les yeux de la réplique qui a demandé tant d'heures pour son exécution. Incapable de faire abstraction de la main mutilée qui, patiemment, l'a extraite d'un vulgaire bloc de pin. Cette main sauvée

de l'amputation, elle-même patiemment et courageusement remodelée et rééduquée.

— C'est rien qu'un objet, lance-t-il avec mépris.

— Non. Pas pour toi. C'est plus que ça pour toi. C'est
ton ami qui l'a fait. Ton ami pilote.

— C'est rien qu'un objet pareil, répète-t-il en simu-
lant l'indifférence.

— Comme ça, j'peux l'écraser?

Lentement, la semelle se soulève pour écraser le
Grand Blanc.

— Non. Fais pas ça!

Le pied de la brute s'immobilise.

Ce n'est qu'un objet et pourtant il ne peut assister à
sa destruction. Il ne peut subir sa perte. Depuis des jours,
des semaines, des mois, il lui tient lieu de cœur.

Que ferait-il sans lui? Que serait-il sans lui? Comment s'évaderait-il de ce lieu infect? Comment survivrait-
il? «Ne fais pas comme les païens», disait l'aumônier.
Trop tard: il est païen et ne peut pas envisager de voir les
ailes écrabouillées et les flotteurs arrachés.

— T'as juste à être gentil pis j'te le remets.

— Pas question que j'devienne comme Ronald. J'ai
pas de dettes envers personne icite. J'suis régulier.

— C'est vrai, t'es régulier pis ça m'plaît. C'est juste
avec moi que tu vas être gentil. Avec personne d'autre.
Promis. J'te veux pour moi. Pour moi tout seul.

Jack s'approche et, de l'endos de la main, lui caresse
une joue. Brusquement, il se soustrait au geste en lui
exprimant son dégoût:

— Tu m'écœures.

La main traverse sur le menton et le force à regarder
bien en face celui qui lui caresse de nouveau les joues.

— Laisse-toi faire, mon pilote... Ça f'ra moins mal...
Aussi bien t'y habituer, on n'sait jamais: ça pourrait t'servir quand tu retrouveras ton ami. Y t'attend pas pour rien,
t'sais. Y doit t'aimer beaucoup pour t'avoir fait un beau
p'tit avion de même... pis t'avoir promis d'en piloter un
vrai quand tu vas sortir d'ici.

Il constate avec effroi que Ronald a tout dit. Tout
dévoilé de sa relation avec Émile. Il est encore temps de
tout nier.

Une formidable énergie déferle en lui. Il tente de se
dégager. Aussitôt, le pied de Jack se soulève au-dessus du
Grand Blanc.

Il ferme les yeux. Il ne veut pas voir se briser les ailes
et la dérive verticale où son nom est écrit. Cette dérive
qu'il tâtait avec dévotion dans sa pile de sous-vêtements.
Non! Il ne veut pas voir voler les haubans et l'hélice
cure-dent tournant sur l'axe d'une épingle. Il ne veut pas
entendre le bruit d'écrabouillement sur le plancher de
ciment. Il ne veut pas voir cet avion écrasé comme un
mauvais présage attirant la malchance sur tous ceux qui
gravitent autour. Non. Il ne veut pas que le travail de la
main d'Émile soit anéanti par le pied de cette brute.

— Non! Fais pas ça! crie-t-il. Fais pas ça!

— Alors, tu vas être ben gentil, mon pilote.

Des mains le forcent à s'agenouiller. Il ouvre les yeux,
aperçoit la main de Jack qui descend la braguette.

— Ben gentil, mon pilote.

* *

*

Il s'est brossé, rebrossé les dents. Lavé, relavé sous
le jet puissant de la douche. Il s'est rincé la bouche, s'est

raclé la gorge et a craché tant qu'il a pu sans parvenir à se débarrasser de cette souillure en lui. Sur lui.

Maintenant prostré devant sa cuvette, il a des haut-le-cœur mais ne parvient pas à vomir.

Vomir ce qui s'est introduit en lui pour le corrompre. Vomir sa honte. Vomir sa révolte. Vomir sa haine.

Les yeux pleins d'eau, il regarde flotter des petits morceaux de papier. Ce sont les lettres destinées à Sylvie. Ces lettres où il a tenté de s'expliquer et d'expliquer l'amour qui l'a jadis transfiguré en bel oiseau blanc venant cueillir l'hymen de la pureté. Cette pureté qu'on vient de lui arracher brutalement.

Il actionne la chasse d'eau. Non. Sylvie est trop propre. Elle n'est plus une fille pour lui. Non, elle ne peut cohabiter avec Jack, cet être perverti, dans sa pensée. Ce serait lui faire affront et il aime trop sa belle lionne pour cela.

Il s'empare du dernier paquet de lettres, continue de les déchirer en menus morceaux. Il ne se reconnaît plus le droit de l'importuner. Elle n'est plus pour lui. Ou c'est plutôt lui qui n'est plus pour elle. C'est lui qui est indigne.

Ronald l'appelle par les trois coups usuels sur le tuyau. Il actionne la chasse d'eau mais demeure à son poste, poursuivant sa tâche.

Il hait Ronald pour tout ce qu'il lui a fait subir aujourd'hui. Il hait Jack. Il se hait. Oh oui! comme il se hait! De nouveau, des nausées l'indisposent et, de nouveau, il fait des efforts pour vomir. Pour se débarrasser de *cela*. Rejeter *cela*. Et cela, c'est Jack, c'est la honte, c'est la souillure. Cela, c'est ce qui l'a pénétré de force pour le salir. Cela, c'est ce qui s'est servi de lui pour satisfaire de bas instincts. Des instincts anormaux, en marge du grand livre de la Nature que son père lui a appris à lire. Et il a beau se dire qu'enfermer des hommes ensemble dans une cage est aussi contre nature, il ne peut admettre cette transgression des lois de la procréation.

Cela, c'est ce qui le dégoûte. C'est ce qui l'humilie. C'est ce qu'il rejette de toutes ses fibres. De tout son être. Cela, c'est ce qui le rend coupable et l'amoindrit. Le rabaisse au rang de simple orifice pour la débauche.

Cela, c'est ce qui l'a violé dans son corps et sa nature d'homme. C'est ce qui l'a profané. Cela, c'est ce qu'ont subi et subissent encore des milliers de femmes dans les ruelles ou les lits conjugaux. Des milliers de femmes et de filles pénétrées, envahies, empalées par l'organe mâle. Cela, c'est l'inavouable péché gluant contre son sexe.

Trois coups d'appel proviennent de la cellule de Ronald.

— Mange d'la marde, marmonne-t-il à son intention.

Il actionne la chasse d'eau, regarde tourbillonner les bouts de papier et pense que demain peut-être l'inavouable péché gluant tournera avec ses matières fécales.

De nouveau un haut-le-cœur le plie en deux et le laisse tout ruisselant de sueur après d'incroyables efforts. Quand donc se débarrassera-t-il de *cela*?

Il lorgne avec colère la miniature du Grand Blanc par terre et se répète qu'il doit le détruire lui-même afin d'être libéré de Jack. Le détruire totalement. L'écraser comme la Vierge écrase le serpent. Celui du vice et de la corruption. Celui qui rampe dans cet égout et s'introduit de force dans les orifices. Oui, il doit l'écraser. Mettre un terme au pouvoir de Jack sur lui en le privant de cet otage. «Oublie pas que ça va être ben facile pour moi d'le reprendre, ton p'tit avion, si le cœur te dit d'être pas gentil avec moi. Pis si c'est pas ton avion, j'prendrai ton livre d'étude. T'aimerais pas ça, j'pense, retrouver les pages un peu partout dans les poubelles pis les bols de toilette.»

Oui, il doit détruire cet objet et déchirer lui-même son *Plein vol*, quitte à s'expliquer avec Émile.

Déterminé, il se lève, approche son pied du Grand Blanc. Demain, il en donnera les débris à Jack, lui faisant savoir qu'il s'est également débarrassé de son livre. Alors, il aura la paix et s'enfermera à double tour dans son cocon pour se laver et oublier.

Il lève le pied. Haut. Très haut. Ce n'est qu'un objet. Avec Jack, il a été faible et émotif, mais ici il se doit d'être fort et insensible. Il se doit d'ignorer les nombreux coups de couteau dans le sens du bois et la minutie des lettres d'identification sur la dérive et sous les ailes: *CF-LUC*. «Schefferville radio, this is Otter *Lima Uniform Charlie*. Over!»

Que volent en éclats ailes et haubans, pourvu qu'il soit libre! Libre? Le sera-t-il un jour? Une phrase de Jack résonne dans sa tête comme une condamnation. «Aussi bien t'y habituer... Y t'attend pas pour rien, t'sais.» Ainsi donc, dans les registres de ce désaxé, Émile serait du même acabit que lui. Émile serait un de ses semblables.

Son pied retombe pesamment près de l'objet, qu'il considère avec amertume. Il songe qu'avec leurs trois pouces d'envergure ces ailes-là l'ont emprisonné à tout jamais. Qu'avec son nom écrit sur la dérive verticale une dette énorme a été contractée sans sa signature. Il songe que, tout petit et léger qu'il soit, cet objet n'en demeure pas moins un boulet attaché à sa cheville. Un boulet dont il ne pourra jamais se départir.

Il se laisse tomber sur le lit. S'étend sur le dos, une main derrière la nuque.

Trois coups encore au tuyau. Il ne veut rien savoir de Ronald. C'est lui, le responsable. Lui qui a rapporté ses confidences à Jack. C'est par sa faute s'il en est rendu là. S'il en est réduit à *cela*.

Cela qui s'est enfoncé dans sa chair contre sa volonté et a agressé jusqu'à la plus infime de ses cellules. Cela qui provoque sa répulsion, son aversion, et qu'il suppose n'être que les prémices du vice. Cela qui confirme ses doutes et affirme qu'Émile est probablement comme cela. Non. Il ne veut pas. Il rejette l'idée. Non. Émile n'est pas comme cela.

Et pourtant... Depuis les tout débuts, le doute. Depuis les tout débuts, l'insistance du parfum et de la main sur l'épaule ou dans les cheveux. Premier cours théorique: troublante proximité derrière lui, incompréhensible adoption... Et cette blague de mauvais goût alors qu'il était ivre, à propos du capitaine soumettant son copilote à ses anomalies sexuelles. Était-ce vraiment une blague? «J'ai pas abusé de toi, toujours?», s'enquérait-il le lendemain en apprenant qu'ils avaient dormi ensemble. Cela signifiait-il qu'il avait déjà abusé d'un jeune homme? Était-ce encore une blague ou bien une manière subtile de sonder ses réactions?

Comme cela? Pas comme cela? Sylvie disait non, Jack et Ronald sous-entendent que oui. Qui a raison? La femme se sentant désirée ou des hommes reconnaissant leurs propres intentions dans les agissements d'un des leurs? Et lui, que pense-t-il? Que croit-il? Lui, il a peur et il ne sait pas. Lui, il ne veut pas qu'Émile soit comme cela. Pas son grand aigle. Il ne veut pas qu'il ait mis son cœur de petit oiseau en sécurité sous son aile savante pour l'obliger à faire *cela* un jour. À payer avec *cela* et comme *cela*. Son sphincter se resserre instinctivement.

Comme il aimerait le détester! Comme il aimerait concasser le boulet attaché à sa cheville! Comme il aimerait être en mesure de cracher au visage de l'aigle et lui dire: «Tu peux ben l'garder, mon cœur, c'est rien qu'une enveloppe vide. J'en ai rien à foutre de ton siège de capitaine d'Otter.» Mais voilà, il ne peut pas. Il faudrait pour cela qu'il devienne mécanicien ou cultivateur. Il faudrait qu'il n'ait pas touché à cette drogue, pas mordu à cet appât.

Mais voilà, il a touché à cette drogue qu'il convoitait ouvertement, assis dans l'herbe. Cet homme lui a inoculé la première dose et dès lors il a su que plus rien ne serait pareil. Il aurait dû avorter dans l'œuf et ne laisser que des coquilles à la main mutilée qui venait le prendre, mais, au lieu de cela, il s'est progressivement habitué aux effets euphoriques que lui procuraient ses jeunes ailes. Oui, il aurait dû avorter dans l'œuf... comme il devrait aujourd'hui se vider de sa substance, toutes veines ouvertes, comme on se vide de son sang. Il devrait lui échapper, filer entre ces doigts auxquels il manque des phalangettes. Oui, il devrait se vider de sa substance. Se purger de cette drogue et briser le joug de la dépendance. Il faudrait pour cela qu'il devienne mécanicien ou cultivateur. Mais lorsque, penché sur la voiture à réparer ou la moisson à récolter, il entendra le ronron d'un avion dans le ciel, son être entier souffrira de ce manque et aspirera à s'envoler. À se détacher de la terre, lourde de misère. Non, il ne pourra plus jamais être libre. Il faudrait pour cela retourner au temps où seules les ailes des oiseaux glissaient dans l'air, mais, là encore, il sait qu'il serait celui qui, le regard perdu dans l'azur, caresserait le rêve d'Icare ou de Léonard.

Il faudrait qu'il se vide de sa substance de pilote, mais voilà, il ne le peut pas. Il ne le veut pas. Il est trop tard pour un sevrage. Le mal est fait. Le stade critique de la dépendance est dépassé depuis longtemps.

L'appât est avalé. Digéré. Dissout dans ses veines, son cœur, son cerveau, ses tripes. Insidieusement administré au compte-gouttes des cartes de Noël, des lettres et de la visite, l'appât s'est mélangé à la drogue et à la substance de son être. L'appât est présent partout en lui, dans toutes ses cellules aujourd'hui agressées et violées.

Dans sa bouche et dans son rectum où l'hameçon concrétisera sa domination lorsqu'il quittera cette geôle et deviendra l'esclave des désirs et anomalies d'Émile. «Aussi bien t'y habituer: ça pourrait t'servir quand tu retrouveras ton ami. Y t'attend pas pour rien, t'sais. Y doit t'aimer beaucoup pour t'avoir fait un beau p'tit avion de même... pis t'avoir promis d'en piloter un vrai quand tu vas sortir d'ici.» «Bon, c'est l'temps d'payer, mon pit[1]», disait le capitaine sans scrupules de la blague en préparant l'acte de sodomie. Non, il ne sera plus jamais libre, à moins de se vider de son sang. Toutes veines ouvertes. Son sang vicié, intoxiqué. À moins de s'évader de son corps, tout simplement.

Il pense à son père et à Alfred avec recueillement. Pour eux, c'était sans issue, mais il n'est pas temps de mettre fin à ses jours. Pas tout de suite, du moins. Il lui reste quelque chose à accomplir avant ce départ. Il ne veut pas mourir bêtement dans un cachot. Être enterré bêtement comme une bête que personne ne pleure. Disparaître comme cela de la surface de la terre sans avoir joui pleinement de ses ailes. Sans avoir volé jusqu'à l'ivresse, en commandant de bord, au-dessus de la toundra. Il ne veut pas mourir sans avoir vécu cela. Sans avoir occupé le siège du capitaine d'un Otter.

«Schefferville radio, this is Otter *Lima Uniform Charlie*. Over!» Il se tourne sur le côté et regarde le Grand Blanc par terre, sachant très bien que jamais il ne crachera au visage du grand aigle. Que jamais il n'aura le courage de vider son cœur de petit oiseau de sa substance.

---

1. «Pit» ou «ti-pit»: copilote, dans le jargon des pilotes de brousse.

Mais il n'y a plus de grand aigle, constate-t-il avec tristesse. Il a été trompé. Il n'y a qu'un loup affamé qui tient le cœur du petit oiseau en otage. Un loup solitaire au pelage à moitié brûlé. Un loup gourmand qui met sa patte mutilée sur tout ce qui passe, que ce soit la croupe parfumée de la femme d'un riche commerçant ou celle négociable des prostituées. Un loup qui se vautre dans la boue et roule son pelage miteux dans la poussière. Un loup obscène qui bafoue les sexes et se réserve une proie fraîche. Qui, de l'extérieur du pénitencier, a tendu l'appât alléchant au-dessus du bourbier où il se débat. Un appât irrésistible, camouflé sous une paire d'ailes à l'allure innocente et une dérive verticale portant l'identification *CF-LUC*.

Un loup qui lui a fait contracter une dette énorme à son insu. Dette qu'il devra acquitter en se soumettant à ses déviations sexuelles. «C'est l'temps d'payer, mon pit.»

Non, il n'y a plus de grand aigle mais seulement ce loup qui l'attend. Ce vil marchand de sexe qui a investi en lui. Malgré lui.

Il n'y a plus d'admiration, de vénération, mais seulement un profond dégoût et une aversion grandissante. Seulement une sainte horreur de ce visage défiguré et de ce corps athlétique entretenu régulièrement par le conditionnement physique. Seulement une répulsion viscérale inspirée par cette bouche, ce parfum de lotion après-rasage, cette proximité, cette façon de fumer la pipe et cette blague dégoûtante.

Non, il n'y a plus de grand aigle mais seulement un petit oiseau dépassé par la dette contractée. Dépassé par ces actes commis en marge du grand livre de la Nature enseigné par son père. Un petit oiseau enfermé qui attend qu'on remette son cœur en place. Son cœur qui palpite encore entre les crocs avides du loup.

Un petit oiseau qui s'empare du Grand Blanc et le pose sur sa poitrine.

Qu'il est lourd! Lourd comme un boulet. Lourd comme son indignité. Comme son désespoir.

«Aussi bien t'y habituer... Y t'attend pas pour rien...», rappelle la voix irresponsable.

S'habituer à ce fardeau. À ces intrusions indésirées dans son corps.

S'habituer à l'humiliation et à l'immolation de sa chair sur l'autel érigé du phallus.

S'habituer à écrire en marge du grand livre de la Nature. À laisser le serpent préparer ses orifices pour l'assouvissement des désirs du loup.

S'habituer à se laisser écraser par ce fardeau dans l'espoir de se purifier un jour dans les cieux froids et cristallins.

18

Les poussins éparpillés

Une visite pour lui. C'est sûrement Émile. Vraisemblablement, le loup s'inquiète du silence de la proie convoitée. Comme il a bien fait de ne pas répondre à la lettre du mois de septembre et à la carte de souhaits du temps des fêtes! Ce silence a amené Émile à douter de l'efficacité de l'appât tendu au-dessus du bourbier. Le «p'tit frère» a-t-il mordu? Ce silence laisse supposer que oui, laisse supposer que non. C'est son principal allié pour l'instant. Il doit apprendre à s'en servir pour garder le loup aux portes du pénitencier et l'encourager à tendre sa ligne. L'encourager à habiller l'hameçon d'appâts appétissants telles les photos glissées à l'intérieur de la carte de souhaits. Photo du Grand Blanc amarré au quai de la compagnie. Photo de la base dans son ensemble et d'un canyon spectaculaire connu sous le nom d'Eaton Canyon. De quoi lui mettre l'eau à la bouche et augmenter les révolutions du cœur du petit oiseau.

Oui, pour l'instant, le silence et la froideur sont ses principaux alliés. Il doit à tout prix afficher une certaine indifférence devant Émile afin de lui faire perdre de l'assurance et de semer le doute en lui.

Mais comment parviendra-t-il à afficher cette certaine indifférence quand dans tout son être montent l'agressivité et la rancœur? Il a tellement envie de l'injurier, de le dénigrer. De lui dire qu'il n'est qu'une merde en liberté. Qu'un obsédé. Tellement envie de lui crier par la tête qu'il voit de plus en plus clair dans son jeu depuis que Jack ne cesse de confirmer ses doutes à chacune des relations qu'ils ont. «J'le comprends de t'aimer, Pilote: t'es spécial. T'es naïf, mais chez toi c'est *cute*. À sa place, j'ferais exactement pareil.» Ah! comme il aimerait lui apprendre qu'il est justement de moins en moins naïf au fur et à mesure qu'il fait l'apprentissage de cette forme de prostitution. «C'est pas la fin du monde, Pilote. Ça va t'servir avec lui, prends-en ma parole. Déjà que c'est pas facile de s'placer les pieds comme pilote. Crache pas sur c'te chance-là.»

Toute une chance, en effet, d'avoir cet ami d'«en dehors» qui utilise les mêmes procédés que ses ennemis d'«en dedans» pour arriver à ses fins!

Ah! Seigneur! Comment parviendra-t-il à ne pas cracher sa hargne et son dégoût sur ce visage mi-beau, mi-laid, équipé d'une paire d'yeux captivants que le grand prêtre et le diable ont tour à tour hantés?

Il s'arrête subitement. Devant lui, Frère Tuck fait un bout de chemin tout seul, puis, ne se sentant pas suivi, s'arrête et se retourne.

— Quelque chose qui ne va pas, Pilote?

— Euh... ça me gêne... J'ai pas souvent de visite.

— J'sais... mais vous devriez être content. C'est sûrement quelqu'un qui vous aime. Préférez-vous ne pas le voir?

— Euh... non... Je...

Frère Tuck fait exception en vouvoyant respectueusement les détenus. «C'est inné, j'ai été élevé comme ça», dit-il pour expliquer le phénomène. Issu d'un milieu de travailleurs miniers dans la région de Val-d'Or, il a dû s'exiler jeune pour entrer au pensionnat des frères et y poursuivre des études devant le mener à la prêtrise. Mais, l'appel de Dieu se faisant attendre, il a opté pour mille métiers, mille misères, roulant sa corpulence impressionnante un peu partout et échouant finalement à l'ombre des barreaux, qu'il s'est donné pour mission d'ensoleiller par son sourire et sa droiture. Fort comme un bœuf et doux comme un agneau, Frère Tuck a toujours su mériter son respect, et présentement, en tant que détenu bouleversé à l'idée de rencontrer son visiteur, il aimerait pouvoir lui dire tout ce qui remue en lui. Tout ce qui tourne pêle-mêle dans sa tête comme dans une sécheuse de linge. Mais les règles du milieu lui interdisent de fraterniser avec ce valet du Temps qui ne s'est jamais abaissé à l'amoindrir.

— Allez, venez.

Il suit, docile, se plaisant à imaginer Frère Tuck sans son uniforme et son trousseau de clés. Sa passion pour la chasse n'étant un secret pour personne, il l'imagine vêtu en chasseur, attendant avec arme et bagages l'arrivée d'un avion de brousse qui le conduira vers les sites de migration des caribous.

— Vous êtes déjà allé au caribou?

— Au caribou? Non. C'est mon rêve, mais ça coûte cher.

— J'vais piloter dans ce bout-là quand je sortirai d'ici.

— Ah oui?

— P't'être qu'un jour j'vais vous piloter.

— Je nous le souhaite, Pilote, je nous le souhaite.

Il faudrait pour cela qu'il accède un jour au siège du capitaine d'un Otter. Il faudrait pour cela qu'il tourne autour de l'appât et fasse mine d'y être intéressé, quitte à y mordre avec précaution et à y sacrifier quelques plumes.

Maudit soit Émile de l'avoir piégé avec ce rêve trop grand pour lui! Ce rêve qui lui fait suivre docilement Frère Tuck le conduisant au loup.

Maudit soit Émile d'avoir survécu à cet accident qui l'a défiguré et déséquilibré! Maudit soit-il de l'avoir ramassé dans l'herbe, de l'avoir choisi, adopté! Maudit soit-il pour le prix exorbitant qu'il devra payer à ce grand frère capable de le hisser sur le siège de gauche[1] d'un Otter!

Un ressentiment puissant l'anime, scande ses pas. Pour la première fois depuis son incarcération, il se sent supérieur à quelqu'un. Et ce quelqu'un, c'est Émile. Pas n'importe qui mais celui qu'il a toujours considéré comme plus grand que lui. Bien au-dessus de ses défaillances, à planer dans un monde de perfection. Bien au-dessus de l'immondice numérotée du dépotoir humain, à se laisser porter par les grands souffles.

Cette fois-ci, il ne baissera ni la tête ni les yeux devant lui. Il ne bafouillera pas en passant une main nerveuse sur ses cheveux drus de prisonnier.

Cette fois-ci, il se sent drôlement supérieur. Drôlement propre d'avoir survécu au milieu sans vraiment se corrompre. Drôlement astucieux d'avoir bénéficié d'un statut d'exclusivité avec Jack sans en devenir le pantin. D'avoir limité les dégâts et l'accès à une partie de son anatomie, préservant ainsi farouchement le reste de son identité et de son intimité. Drôlement prévoyant d'avoir finalement développé un antidote dans ses fibres, qui ont massivement et totalement rejeté chacun de ces actes.

---

1. Le siège de gauche est habituellement réservé au commandant de bord.

Oui, il possède l'antidote de ce poison qu'Émile lui administre en même temps que la drogue. Antidote qui lui permettra de déjouer les plans du loup et d'accéder au siège du capitaine. Et, quand il aura les fesses bien collées à ce foutu siège, elles ne serviront plus jamais à acquitter de dettes contractées sans son consentement. Il utilisera alors l'antidote à doses massives. «Tel est pris qui croyait prendre.» Avec quelle satisfaction il pourra déverser sur Émile un regard méprisant du haut de ce siège!

Ah oui! il se sent supérieur et dresse un bilan hâtif à mesure qu'il approche du parloir. Un bilan qui lui donne confiance et le raffermit dans la décision de rencontrer cet homme qui croit être en mesure de se l'approprier. Ne vient-il pas de recevoir ses résultats de promotion en classe de secondaire V? Résultats plus que satisfaisants qu'il rêverait d'expédier à cette demoiselle Massicotte qui lui tapait sur les doigts en lui faisant épeler le mot «éléphant». «PHANT, grand niaiseux!» Qu'il aimerait que cette maudite pimbêche constate jusqu'à quel point elle s'est trompée! Niaiseux, celui qui réussit les examens de fin d'année avec une note de quatre-vingt-deux? Niaiseux, celui qui converse en un anglais rudimentaire avec Ronald? Niaiseux encore, celui qui a acquis une solide expérience en mécanique? Ah! qu'il aimerait lui écraser le nez sur ces résultats et lui faire savoir qu'il est, de surcroît, parvenu à se protéger de la vermine! Oui, il est parvenu à se protéger de la pourriture et de la moisissure. Il est demeuré presque indemne, contrairement à Ronald, et, chaque matin, le miroir de métal lui renvoie l'image d'un homme à l'expression virile et non celle d'une épave dénaturée. D'un homme qui se sent cependant indirectement responsable de la déchéance de son voisin d'en face mais qui ne peut plus rien devant l'agonie du petit poisson gigotant au bout de la ligne de Jack. Qui ne peut plus rien pour le décrocher de cet hameçon. Plus rien pour le remettre à l'eau.

Un homme qui n'est que le témoin impuissant de cette destruction et de cette dilution de l'âme en milieu carcéral. L'âme qui se gangrène, qui noircit et finit par puer. L'âme de Ronald qui s'est perdue dans la *slush* pénitentiaire. Qui en a adopté la couleur, le goût, l'odeur.

Oui, Ronald s'est perdu. Il n'est plus ce qu'il était à son arrivée ici, mais un autre, complètement différent. Non pas physiquement, puisqu'il a conservé la même délicatesse de corps et la même finesse de traits, mais dans ses manières, qui trahissent l'habitude de la soumission à l'acte homosexuel et l'acquisition des gestes pouvant y mener.

Il s'est perdu et il ne se retrouvera probablement jamais plus puisqu'il a touché de nouveau à la drogue, se mettant le doigt dans le monstrueux engrenage qui le broyera et le transformera en bouillie informe. Ses dettes grossissent, s'accumulent, se règlent à la sauvette, souvent avec violence et abus. On l'utilise à toutes les sauces. On se le prête, on l'échange, on le troque. On l'oblige à tout et à n'importe quoi. Avec n'importe qui. Dernièrement, lors de ses jours de code[2], il a avalé un condom rempli de mescaline sous les ordres des contacts extérieurs et il a pu ainsi l'introduire dans le pénitencier. On lui a fait boire par la suite un mélange d'eau, de shampooing et de détergent pour qu'il le régurgite. Ronald n'est plus qu'un système digestif à la merci et à l'emploi de Jack.

Afin de pouvoir répandre sur sa langue la poudre qui le fera s'évader momentanément de sa condition, il met à la disposition de ses créanciers les deux extrémités de ce système servant habituellement aux fonctions alimen-

---

2. Jours de code: jours de congé accordés par la Commission nationale des Libérations conditionnelles lorsqu'un détenu a purgé le tiers de sa sentence.

taires. Oui, Ronald est devenu une loque et, chaque fois qu'il le voit, il se demande si celui-ci n'a pas acheté son premier joint de la première cargaison de stupéfiants qu'il a transportée. Et chaque fois il se sent responsable d'une certaine manière. Et chaque fois il ne peut faire autrement que de sourire et de saluer ce malheureux compagnon, le traitant comme son égal sans toutefois lui faire de confidences.

Oui, il a réussi à naviguer sur cet océan de pourriture sans trop se polluer ni contaminer son cocon. Et de cela il est fier. Et à cause de cela il garde la tête haute et se sent drôlement supérieur à Émile qui patauge et manigance dans la fange. Émile qui est l'esclave de ses propres désirs. Des désirs anormaux et puissants qui l'obligent à agir de la même manière que Jack pour les satisfaire. Des désirs peut-être encore plus obscènes et que, à défaut de les assouvir avec un adulte, il tentera peut-être d'assouvir avec un enfant. Avec Martin, en l'occurrence.

Cette hypothèse décuple son sentiment de supériorité face à Émile. Ou plutôt il rabaisse Émile à un niveau bien en deçà du panier de fruits pourris. Bien en deçà de Ronald la putain, de Jack le requin et de tous ces criminels qui ont volé et tué.

En faire un pédophile, c'est le rabaisser au plus bas niveau. Celui que les criminels les plus endurcis méprisent et condamnent. Celui qui ne fait même pas partie de la hiérarchie carcérale, car, ici, quiconque est reconnu coupable de tels crimes sur des enfants est passible de mort. Non pas de cette mort légale, sanctionnée par le marteau d'un juge et nouée au cou avec précision par des mains expertes, mais la mort clandestine, annoncée par un billet sous la porte et exécutée avec les moyens du bord quand le surveillant a le dos tourné.

Enfoncer la tête d'Émile dans cette merde lui procure un tel sentiment de supériorité doublé d'une telle colère qu'il craint de perdre le contrôle en sa présence. Qu'est-il en train d'imaginer là? Pourquoi invente-t-il ces horreurs? Émile ne peut pas être si abject et obscène. Il ne s'en prendrait jamais à ce petit prince qu'il endormait affectueusement sur son cœur en le berçant.

Pourquoi éprouve-t-il le besoin de démolir cet homme? Est-ce pour se donner raison de vouloir abuser de ses largesses et de ses faiblesses avec l'intention bien arrêtée de le bannir dès qu'il aura les fesses collées à son siège de capitaine de Otter?

Pourquoi de telles pensées surgissent-elles dans son cerveau? Est-il en train de devenir fou? Pourquoi tous ces doutes l'assaillent-ils à quelques pieds de la porte le séparant de son visiteur? Que fera-t-il lorsqu'il le verra? Sera-t-il en mesure de lui sourire et de lui apprendre que c'est jour de fête aujourd'hui puisque c'est mercredi?

Dans une dernière tentative pour se ressaisir, il porte son regard sur Frère Tuck que son imagination dépose au quai de la compagnie au retour d'une fructueuse chasse aux caribous, s'entretenant avec le chef pilote venu vérifier les opérations. Fumant calmement sa pipe, celui-ci recueille les commentaires élogieux concernant le capitaine du Grand Blanc et lui lance un regard complice qui dit simplement: «J'suis fier de toi, p'tit frère.»

La colère et la rancœur s'évanouissent. Frère Tuck ouvre la porte, lui offrant de rencontrer ce regard derrière la vitre et d'entendre ces paroles: «Salut, p'tit frère.»

— Salut, p'tit frère.

Ces paroles, c'est lui qui les dit à Daniel venu le visiter pour la première fois.

Décontenancé, il demeure debout pendant que son jeune frère détourne la tête. Visiblement, Daniel regrette de se retrouver devant cette cage vitrée en présence de cet inconnu au crâne rasé qu'on prétend être son frère. Il a conservé l'image du gaillard robuste aux yeux pleins de rêves, vêtu d'une veste sentant la gomme d'épinette, et il ne peut s'ajuster à celle de l'homme amaigri et renfermé affublé d'un uniforme.

Une éternité se passe avant qu'il réponde.

— Salut.

Une autre éternité à chercher que dire, que faire, que simuler. À penser de part et d'autre comment liquider cet entretien éprouvant.

Finalement, il s'assoit face à ce jeune frère à qui il servait d'oreiller au petit matin.

— T'es tout seul?

— Oui. J'm'en viens travailler à Montréal avec Julie. Elle a déjà un p'tit appartement avec son *chum*. Rien de ben grand. J'couche à terre mais ça fait rien.

— Dans quoi tu vas travailler?

— J'sais pas encore... J'veux m'essayer dans la construction.

— T'as lâché l'école?

— Oui. Ça fait deux ans.

— T'aurais pas dû... Moé, j'viens de terminer mon secondaire IV.

De quel droit se permet-il de signifier sa désapprobation quant à l'abandon des études? Il a perdu ses privilèges d'aîné en manquant aux devoirs qui les accompagnaient et dont le premier consistait à donner le bon exemple. Quel exemple a-t-il donc donné pour se retrouver ici?

— C'pas c'que j'voulais dire... T'es ben libre de faire c'que tu veux pour les études... Julie aussi. C'est plus de mes affaires. Seulement, j'ai compris que des fois on a des jobs plus payantes, c'est tout.

— De toute façon, c'était difficile de faire autrement.

— J'imagine...

Difficile de faire autrement à cause de la misère et de la honte qu'il a engendrées. Il se retrouve à la case départ devant son frère. Avec le même état d'âme que lorsqu'il descendait du fourgon cellulaire dans un cliquetis de chaînes. C'est comme si c'était hier. Comme si ces trois dernières années de châtiment n'avaient rien absous, rien effacé. Rien atténué de l'effet corrosif des remords.

Comme si, d'un coup sec, on arrachait le sparadrap et la croûte en même temps. Cette croûte qui s'est formée au fil des jours et sous laquelle il croyait guérir. Il n'en est rien.

— Comment va la mère?

Aussi bien presser la plaie lui-même. Faire couler ce pus accumulé sous la croûte.

— Mieux. Elle a fait comme un genre de dépression. Elle passe son temps à dire le chapelet, à c't'heure, pis à aller à la messe. Est rendue à Mont-Laurier avec les plus jeunes... Pas loin d'la cathédrale. Elle a mis Julie à porte.

— Pourquoi?

— Parce qu'est tombée enceinte de son *chum*. Elle dit que c'est un mauvais exemple pour les autres.

— Comment Julie prend ça?

Un regard suffit à lui faire comprendre la détresse de cette sœur chassée du nid familial à cause du petit être en gestation.

À lui faire comprendre également jusqu'à quel point sa mère a été déréglée par l'obéissance aux commandements de cet être diabolique qu'est Dieu, réservant le même traitement à celle qui porte la vie qu'au fils indigne l'ayant exposée au danger de la drogue.

Il presse davantage la plaie. Pour en finir avec ce pus.

— C'est depuis la mort de p'pa qu'elle est comme ça?

— Oui.

— Est-ce qu'elle a dit que c'était d'ma faute?

— Oui. Tout le mal qui nous est arrivé par après, c'est à cause de toi, paraît. On a été obligés de déménager. C'était plus vivable, là-bas. À Mont-Laurier, les gens nous connaissent moins. Fallait pas prononcer ton nom... Elle a brûlé toutes tes affaires, tes photos. T'es mort, pour elle.

— Pis vous autres, qu'est-ce que vous pensez? Toi, penses-tu que c'est à cause de moé que p'pa...?

— J'sais pas... J'voulais t'voir... J'avais oublié à quoi tu ressemblais.

Il veut l'interrompre, lui faire savoir que ce n'est pas à cela qu'il ressemblait, mais à quoi bon? Personne ne pourra se rappeler qu'il ressemblait à son père avant l'accident. Personne n'a de photos de lui. Même plus sa mère. Elle les a détruites. Elle n'a rien conservé de lui. Elle l'a enterré pour de bon, jusque dans le souvenir de ses frères et sœurs.

Ainsi donc, les payes qu'il lui a rapportées depuis l'âge de quatorze ans n'ont pas suffi à plaider sa cause. Ni même à l'inscrire quelque part en elle. Tout a été effacé: le bon comme le mauvais.

Il a mal et il surveille avec appréhension la bouche de ce jeune homme de dix-neuf ans. Que lui apprendra-t-elle encore qui va le déchirer?

— Tout le monde ménage la mère, de peur qu'elle retombe.

— Retombe?

— Oui, en dépression. Ç'a pas été beau beau, t'sais. Moé, j'dis que c'est ça qui est arrivé à p'pa: une dépression... De toute façon, malade comme y'était... P't'être qu'y avait trop mal c'te nuit-là pis qu'y a trop pris de remèdes.

— Tu penses vraiment ça?

— J'pense que ça peut pas être tout de ta faute. J'avais envie de te l'dire, parce qu'à force de se l'faire répéter on finit par y croire. Les plus jeunes sont embarqués là-d'dans.

— Pis les autres? Pis les jumelles?

— Elles veulent que j't'annonce que t'es «mon oncle». Gisèle a eu un couple de jumeaux, pis Denise, une fille. Mais elles en veulent pas douze pis elles pensent prendre la pilule... M'man est contre, tu comprends.

— Comment ça?

— Le bon Dieu est pas d'accord, paraît. Marie-Ange, elle, elle s'est mariée avec le docteur chez qui elle travaillait comme bonne. Y'est tombé veuf. Elle l'a marié même si y avait vingt ans de plus qu'elle et trois enfants. Est enceinte de lui.

— Pis Jules et Raymond, ça leur fait quel âge?

— Dix-sept ans. Y travaillent tous les deux à la Plywood.

— Et Colette?

Il veut savoir tout ce qui s'est passé durant son absence. Comment ses frères et sœurs ont grandi. Ce qu'ils pensent. Ce qu'ils font. Ce qu'ils feront.

Il est le bagnard derrière la vitre qui a soudain la faculté de voir évoluer ceux qui composaient sa famille. Ceux pour qui il a abandonné le chemin de l'école à treize ans.

Il est le paria impuissant qui constate les torts qu'il a causés. Le fantôme muet qui subit les conséquences de son crime. Celui dont le bras ne soutiendra plus jamais la faible femme peureuse récitant son chapelet. Celui dont les mains ne masseront jamais les épaules fatiguées des jumeaux s'éreintant à la manufacture de contre-plaqué ni ne changeront les couches de ses neveux et nièces.

Il est son propre fantôme errant dans les décombres, foulant à ses pieds le nid défait de sa naissance et regardant s'échapper dans toutes les directions les poussins sans défense.

Il est son propre fantôme cherchant la fale chaude et généreuse qui l'a couvé et ne trouvant qu'une fale dénudée, blottie contre le mur froid d'une cathédrale.

Une fale sans chaleur et sans vigueur, qui retient avec son chapelet ses derniers petits. Une fale qui s'affale de désespoir. Qui s'affole et s'affaiblit sous le vent.

Le vent puissant, aveugle, qui souffle sans discernement et sans ménagement, traînant la paille et les plumes dans la poussière. Roulant la fille-femelle féconde jusque dans les bas-fonds de la ville.

Il est son propre fantôme, constatant sa propre mort parmi les siens. Son propre fantôme conservant ses remords. Conservant sa honte qui le mord au flanc. Le mord au dos. De-ci de-là. Avec chaque mot, chaque poussin que le vent charrie.

Il est son propre fantôme impuissant à recoudre le nid et à rapailler les petits.

L'entretien tire à sa fin. Maladroit, Daniel cherche à lui tirer sa révérence en douceur.

— Bon, ben... j'pense que j'vais y aller.

— Tu leur diras bonjour.

— Ouais... Ben sûr.

— Tu veux m'laisser ton adresse à Montréal? J'pourrai t'écrire.

—Ben... c'est que... enfin... c'est pas chez nous... J'sais pas si Julie ou son *chum*... Enfin, tu m'comprends?

Oui, il comprend. C'est chacun pour soi, désormais. Le vent a soufflé trop fort. Pendant trop longtemps. Ils se sont tous arrimés à quelque chose, chacun de leur bord. Qui à un veuf, qui à un appartement, qui à une miniature de Otter. Ils essaient tous de s'en sortir, chacun à leur manière. Ils essaient tous de se reconstruire sans intention d'utiliser les débris éparpillés du nid familial. Ils refont les bases, s'accrochent à des intersections de rue, à des signatures de contrat de mariage. Petit à petit, ils bâtissent chacun leur nid avec ce qui leur tombe sous la main. Se nourrissant des miettes du petit pain sur lequel il a craché.

Il comprend. Il est encore trop tôt et les fondations sont encore trop fragiles pour risquer de les voir s'effondrer sous le poids de l'oiseau coupable. Celui dont les ailes ambitieuses ont fait tomber par terre le nid familial.

Il comprend.

—C'était juste pour te donner des nouvelles. J'ai pas l'intention d'aller m'installer chez vous quand j'vais sortir d'icite. Aie pas peur. J'ai une bonne place où aller... J'ai même une job.

—Ah oui? En mécanique?

—Non. En aviation... J'vais être pilote de Otter. C'est Émile qui va m'faire rentrer. Y'est rendu chef pilote d'une grosse compagnie à Schefferville.

—J'suis content pour toé. Ben content. C'est c'que t'as toujours voulu. Bon, ben, salut!

—Bonne chance, p'tit frère.

Celui-ci déguerpit. Qu'était-il venu chercher? Que rapporte-t-il, outre un incroyable malaise?

Et à lui, que reste-t-il, outre cet incroyable goût de cendre?

Frère Tuck le précède tout au long des corridors. Désormais sans famille, le fantôme suit. Il ne lui reste qu'une porte où frapper quand on lui ouvrira celles du pénitencier. Qu'une seule porte où on lui répondra: celle d'Émile.

Il ne lui reste qu'une seule main à saisir. Une main mutilée à laquelle il manque des phalangettes. Une main capable d'aller puiser la forme dans le bois et la jouissance dans son corps.

Il ne lui reste qu'un seul regard à rencontrer. Celui du grand prêtre, qu'il aurait préféré en fin de compte être celui du diable. Pourquoi Émile n'a-t-il pas tout simplement été complice des trafiquants de stupéfiants? Cela aurait été si simple de régler ses comptes avec lui à la sortie du pénitencier.

Acculé au pied du mur de cette compagnie d'aviation à Schefferville où il a des chances d'être embauché, il se fait penser à sa mère au pied du mur de la cathédrale, son être entier noué à la miniature du Otter comme elle a le sien noué à son chapelet. Ne se réfugient-ils pas tous deux dans leur religion pour résister au vent?

Mais pourquoi résister? Pour qui? Pourquoi ne pas se laisser emporter? Pourquoi ne pas se gaver d'illusions?

Tiens, pourquoi ne boirait-il pas de la broue[3], ce soir? Paraît que Jimmy en a préparé d'une excellente qualité avec de la cire à chaussures Nugget.

— Vous allez tout oublier ça quand vous serez pilote à Schefferville, dit Frère Tuck, profitant d'un moment d'intimité.

---

3. De l'anglais *home brew*: bière ou vin fait à la maison. Par extension, boisson artisanale et clandestine fabriquée dans les établissements carcéraux et souvent dangereuse à consommer.

Il s'arrête, interdit. Observe ce valet du Temps qui a capté sa détresse. Il lui fait penser à un gros grillon à carapace lançant un fil à l'insecte pris dans la toile d'araignée. Personne ne doit le voir. Personne ne doit savoir. Ce lien fragile entre eux doit être inconnu et des autorités et des autres détenus. La moindre familiarité entre geôliers et prisonniers peut être interprétée comme une forme de favoritisme envers un délateur. Frère Tuck le sait. Lui aussi.

Frère Tuck reprend vite son rôle. Lui, le sien.

Ce soir, au lieu de boire de la broue, il roulera précieusement ce fil de soie afin de s'en servir pour se construire un nid quand il sortira d'ici.

19

Révélations

«J'le pensais pas de même», est-il écrit en lettres majuscules sur le front du directeur.

«J'suis pas de même», aimerait-il lui faire savoir. Mais à quoi bon? Un surveillant zélé l'a surpris en flagrant délit avec Jack lors d'une tournée de rangées et a déposé un rapport d'offense. Infraction commise: relation homosexuelle.

Les membres du comité disciplinaire ont étudié son cas, consulté son dossier. Hormis sa première infraction au sujet du pâté chinois trop salé, il a été jusqu'à maintenant un bon exemple.

Mais voilà, leurs visages rembrunis et sévères lui font comprendre qu'ils sont déçus d'apprendre que ce bon exemple forniquait avec une crapule telle que Jack. Une crapule qui leur donne du fil à retordre. Puissant à l'intérieur autant qu'à l'extérieur, Jack a étendu son réseau de corruption jusque dans les rangs des gardiens et il aura fallu qu'un «nouveau» remplace Verrue-au-menton au moment propice pour enfin lui mettre le grappin dessus. En pleine action. Avec son favori.

Le dégoût se lit facilement sur les lèvres qui prononcent la sentence. «Un mois de détention en isolement.»

De quoi le rendre fou. De quoi l'achever avant sa libération. L'aplatir complètement sous le rouleau compresseur.

Un mois au trou. Que restera-t-il de lui lorsqu'il quittera le pavillon d'isolement?

Il aimerait leur faire comprendre pourquoi il a agi de la sorte. Leur expliquer que dans son for intérieur il demeure hétérosexuel et qu'il a commis ces actes contre son gré. Mais, avec dédain, les juges se détournent de lui, le classant dans la même catégorie que Jack et Ronald. «Qui se ressemblent s'assemblent.» Ici, c'est plutôt: «Qui on assemble de force finissent par se ressembler.»

Oui, après mille six cent cinquante-deux jours de détention, il a fini par ressembler aux autres aux yeux des autorités. Agressif, hypocrite, décadent, il a, tel un caméléon, adopté les couleurs du milieu. «Pareil aux autres. Pas mieux que les autres malgré un dossier presque vierge», transpire-t-il de ces hommes qui ont mandat de le corriger.

«Échec», aussi, transpire-t-il dans le geste désabusé du directeur qui referme le dossier. Le clou qu'il croyait avoir redressé est aussi croche qu'avant. Aussi croche que les autres. Pas de différence. On n'a qu'à les extraire, un par un, du bois pourri pour voir combien ils sont tordus et rouillés tous tant qu'ils sont.

«J'suis pas un criminel. J'suis pas une tapette», rêve-t-il de leur crier par la tête avant d'être conduit à son cachot. Mais à quoi bon? Depuis le premier jour de son admission, il a tenté de faire valoir une différence entre lui et les autres. Mais devant l'inutilité du geste, il s'est résigné à se conformer aux règlements, espérant qu'au fur et à mesure qu'il purgerait sa peine il perdrait progressivement son statut de criminel. Mais voilà qu'à cinquante et un jours de sa libération une sentence le ramène au même niveau que Jack, Ronald et les autres.

Voilà que les regards se font durs, fermés, outragés et dégoûtés.

Voilà que l'on renonce à faire de lui un être en mesure de fonctionner normalement et proprement dans la société.

Voilà qu'on l'amoindrit, qu'on le rabaisse. Voilà qu'on l'humilie en le traitant et en le jugeant comme un désaxé sexuel.

«J'suis pas une tapette.» Mais voilà, il vient d'être condamné à un mois d'isolement pour avoir été pris en flagrant délit de rapport homosexuel.

Traînant le regard et l'âme, il talonne l'agent, ne sachant où cacher sa honte et son désespoir.

Les yeux du comité disciplinaire ont percé et fouillé son cocon infect, scandalisés par l'être abject qui y séjournait. Au trou, cette horreur! À l'ombre, ces larves qui s'accouplent en marge du grand livre de la Nature! Loin de la vue, ces êtres pervertis!

Qu'on les enferme! Qu'on les isole! Qu'on les punisse!

«Au trou, la tapette!», trahit l'attitude de l'agent qui lui ouvre la porte et lui lance la salopette.

— Change-toi.

Il se dévêt, remet les pièces de son uniforme que l'autre lui arrache des mains. Il n'y a plus droit. Il n'est même plus digne de le porter. N'eût été une certaine décence, on l'aurait laissé expier sa faute nu comme un ver, à se tortiller de honte. Nu comme Adam et Ève cachant leurs organes génitaux après la faute.

«J'suis pas une...», mais à quoi bon? Il vient d'être condamné sous cette accusation et se résigne à enfiler les hardes qui indiquent qu'il est tombé en deçà de ses habits immatriculés. En deçà du niveau acceptable de tolérance des gens normaux.

Le voilà marqué au fer rouge. Jamais il n'oubliera ce jour. Ces regards de mépris. Jamais il n'oubliera la longue attente face au poteau de la cour pendant que ses juges délibéraient. Face à toute la population carcérale, qui pouvait aisément deviner pourquoi Jack et lui attendaient leur verdict, debout et immobiles sous les vents âpres et instables d'avril. «Tiens, le pilote... J'le pensais pas de même... Avec Jack, en plus.» Ce n'est pas l'opinion de ses semblables qui le mortifie mais celle du personnel. De ses instructeurs, de Frère Tuck, de l'aumônier. De tous ceux-là qui croyaient qu'il avait survécu en se tenant la tête hors de l'égout. Comment pourra-t-il de nouveau croiser leurs regards? Chaque fois, ce sera comme une brûlure infligée à son âme. Comme la honte d'Adam et Ève cachant leurs organes génitaux.

Qu'il se sentait faible, face au poteau! Faible et coupable d'avoir consenti à renier sa virilité pour sauver sa miniature d'Otter et son livre d'apprentissage. Sauver ce qu'il croyait être son identité. Son centre vital. N'a-t-il pas lâché la proie pour l'ombre? Rescapé des choses purement matérielles au détriment de son âme qui périssait? «Ce n'est qu'un objet», l'avait prévenu l'aumônier... Quelle différence entre ce qu'il est devenu et le détenu qui a craché sur un pâté chinois trop salé! Quelle différence, devant le poteau, entre celui qui s'y tenait seul et propre, convaincu de la légitimité de ses actes, et l'autre en compagnie de la crapule avec qui il s'est prostitué! Devant qui il s'est abaissé à abdiquer sa virilité.

Jamais il n'oubliera. Qu'est-il devenu? Qui ou quoi a eu raison de l'homme qui se tenait seul et propre devant le poteau? Il a peine à croire qu'il fut cet homme.

La porte du cachot se ferme avec un bruit sourd et métallique. Il a peine à croire qu'il échoue exactement dans la même cellule d'isolement. Avec les mêmes taches de saleté au mur, le même matelas miteux, probablement la même salopette. Rien du décor n'a changé, sauf lui. Sauf cette pourriture en lui, cette âme gangrenée qui n'a su survivre sans se salir.

Rien n'a changé dans la machine pénitentiaire sauf les fruits pourris lentement réduits en purée avec le temps.

Sauf la haine immense qui l'habite. Haine de l'homme qu'il est devenu. De l'homme avec qui il est devenu ce que le comité disciplinaire a jugé qu'il était. Haine de l'homme pour qui il est devenu tout cela.

Rien n'a changé, sauf cette haine qui n'a d'égal que son désespoir.

* *
*

Il ne reste que cinquante jours avant sa libération. Cinquante. Un chiffre rond. Il devrait fêter mais il ne cesse de penser aux trente jours d'isolement qu'il lui reste à purger.

Fêter quoi? Cette catastrophe en fin de détention? Ce trou béant dans lequel on l'a jeté? Cette poubelle sans fond du Temps?

Fêter qu'il a été court-circuité et débranché? Fêter qu'une partie de son être a approuvé le verdict des juges?

Il n'a pas le cœur à fêter. Ni à pleurer. Ni à crier. Il n'a le cœur à rien et il fixe dans le vide un vide immense en lui.

Drôle de réaction, lui qui était si haineux hier.

Il ne bouge pas et il reste là, sur son grabat. Devant ce vide. Devant ce gouffre. Devant ce Temps.

Dehors, les autres font l'exercice du matin. Cela lui manque.

Après, ils iront travailler dans leurs ateliers. Cela lui manquera.

Cet horaire qui découpe et compartimente le temps dans des tâches à accomplir lui manque terriblement. Sans lui, il bascule dans le vide, incapable de s'inventer des jalons. Habitué à se servir de ceux qu'on a prévus pour lui, il se sent désemparé et demeure prostré sur son lit, attendant il ne sait quoi.

* *
*

Le «il ne sait quoi», c'est cette heure de sortie qui lui permet d'accomplir quelques pas à l'intérieur de la cour grillagée. De tourner en rond dans ce carré de terre battue d'à peine cent pieds sur cent pieds, histoire de faire circuler le sang et de prendre un peu l'air. Histoire de ne pas perdre totalement l'habitude de communiquer avec ses semblables.

On dirait un troupeau de bipèdes dans un zoo. Un troupeau sans but, sans maître, sans direction et sans âme. Un troupeau de zombis fraîchement sortis de leurs tombeaux, l'air hagard et le teint livide.

Se peut-il qu'il ait, lui, cette apparence? Qu'il ne se distingue plus du reste de ces hommes? Lui qui, par la force de la pensée, a tant de fois réussi à s'échapper de ce lieu morbide?

Il s'arrête de marcher, s'approche de la haute clôture surmontée de barbelés et regarde le pavillon unicellulaire, juste en face. Son regard glisse sur les fenêtres du deuxième étage en les comptant. «Un, deux, trois, quatre, cinq.» C'est là; c'est sa cellule. C'est de là qu'au tout premier jour il regardait cette cour en se promettant de ne jamais y échouer. C'est de là que, frissonnant, il voyait déambuler des fantômes vêtus de salopettes-combinaisons informes. C'est de là qu'il paniquait à la simple idée d'une enceinte à l'intérieur de l'enceinte.

Que de temps depuis ce premier jour! Que de métamorphoses pour survivre! Le voilà devenu fantôme, les yeux levés vers la fenêtre de sa cellule. C'est là que se trouvent son *Plein vol* et les cartes de navigation qu'Émile lui a données lors de sa dernière visite en novembre. C'est là que, caché dans la pile de sous-vêtements, le Grand Blanc attend la prochaine envolée. C'est là qu'il a conservé lettres, photos et cartes de souhaits. C'est là qu'il vivait, qu'il étudiait et espérait.

Que fait-il ici, mort debout, les doigts accrochés au grillage?

— J'en connais un qui aimerait ça être à ta place, dit Jack en l'abordant.

Il ne répond pas. Il sait de qui il s'agit. C'est sûr que Ronald aimerait être à sa place puisqu'il a lui-même demandé à être transféré au pavillon d'isolement afin de bénéficier d'une protection efficace. Il a accumulé tant de dettes de drogue qu'il lui est pratiquement impossible de toutes les acquitter. La semaine dernière, il a été battu dans les douches pour avoir refusé d'accéder aux désirs d'un gros goujat qui venait d'en acheter une. «Tu l'as fait avec lui, lui et lui, et tu ne veux pas le faire avec moi? Tiens, prends ça!»

Et il l'a pris dans le ventre. Et sur la gueule. Y laissant trois dents et de la vomissure sur le carrelage, avec en prime un viol avec un manche à balai.

Désormais, pour lui, il ne peut y avoir de sécurité que dans cette prison à l'intérieur de la prison. Faut-il qu'il soit traqué pour espérer ainsi être condamné au trou!

—Oh! *Come on*, Pilote, tu vas pas m'bouder tout l'long comme ça! J'te jure que j'le savais pas que c'était pour être un nouveau *screw*. Penses-tu que ça m'plaît d'être ici?

—J'suis pas une tapette, moé, réplique-t-il en le dardant du même type de regard que ses juges.

—Moi non plus, j'suis pas une tapette, se défend aussitôt Jack.

—Une chance encore!

—J'suis pris pour le faire, c'est pas pareil. Toi, tu vas sortir d'ici bientôt. Moi, pas avant des années, p't'être jamais. J'suis pas plus une tapette que ton ami pilote. Lui aussi, y'est pris pour le faire, d'après c'que j'ai vu.

—Ouais, parlons-en, d'après c'que t'as vu... Tu parles d'la fois que t'arrêtais pas d'le r'garder au parloir?

—Ben oui, c'est la seule fois que j'l'ai vu. Remarque que ça frappe, une face de même. Comment tu veux pas regarder? C'est toujours ben pas d'ma faute si t'étais assis à côté d'moi... J'pouvais pas faire autrement que d'le voir.

—T'étais pas obligé d'le dévisager comme une bête de cirque.

—Bah! Tant qu'à voir, c't'aussi bien de voir comme il faut.

—De toute façon, dans l'temps tu m'avais dit que c'était le genre de gars à capoter sur un jeune comme moé pour en faire son serin. Pis là, aujourd'hui, tu changes ton refrain. C'est plus tout à fait ça. Là, c'est rendu qu'y est pris pour le faire.

—Penses-y: à part les putes, y doit pas avoir beaucoup de chance avec les femmes.

—Pis?

—Ben, y'est aussi mal pris que nous autres en d'dans.

En disculpant Émile, il est évident que Jack cherche à se disculper lui-même mais il ne réussit qu'à les mettre dans le même bain. Qu'à confirmer qu'ils sont deux obsédés du même acabit. Deux loups aux crocs avides.

Il s'en éloigne avec colère et dégoût, se reprochant encore la précipitation avec laquelle il a écrit à Émile après la visite de son frère. Se reprochant sa faiblesse, sa dépendance à son égard. Son comportement de gigolo se montrant intéressé par l'appât.

— Sauve-toi pas... J'ai pas fini.

— J'veux rien savoir de toé.

— Écoute, Pilote, j'pouvais pas te l'dire dans l'temps, parce que j'voulais pas t'perdre. C'était mon jeu de continuer à te faire accroire que ton ami était pire qu'y est en réalité. J'savais que t'étais tout perdu dans cette histoire-là pis j'en ai profité. Écoute, il l'est p't'être même pas, tapette. On sait jamais.

— Branche-toé! Tu viens juste de dire qu'à part les putes y'a pas grand femmes pour lui... pis qu'y est pris pour le faire.

— C'est ça, y'est pris. Me semble que si jamais y'est de même, ça s'comprend, non?

— Qu'y soye de même, ça peut s'comprendre, mais pas qu'y pense m'acheter.

— Énerve-toi pas: ce gars-là fera jamais les premiers pas. C'est pas son genre. Y t'achalera jamais.

— Pourquoi tu dis ça?

— Parce qu'y est bourré de complexes, ça s'voit. C'est pas le genre à faire les premiers pas avec une femme, encore moins avec un homme. Y va t'laisser tranquille.

— Pourquoi tu m'dis ça aujourd'hui?

— Parce que tu vas sortir bientôt.

— Pis? Qu'est-ce que ça peut ben te faire?

— Ça fait que j'veux pas que t'aies des ennuis avec ça pis que tu t'brouilles avec ce gars-là. C'est ta seule planche de salut, Pilote. Profite de tout c'qu'y va vouloir te donner: y te demandera jamais rien en retour.

— T'es un beau salaud de m'avoir fait accroire qu'y était aussi cochon que toé.

— Tut... tut... tut... les gros mots. J'suis pas si cochon que ça: j'me débrouille avec c'que j'ai, c'est tout... D'la minute que j't'ai vu, tu m'as plu, Pilote. J'ai tout fait pour t'avoir pis te garder. J'suis ici pour longtemps, moi.

— Ferme ta gueule... J'veux plus rien savoir de toé.

Rien savoir de tout ce gâchis. De toutes ces saletés et faussetés. De tout le mal qu'il a pensé d'Émile.

De tous ces efforts pour le salir et apprendre à le haïr.

De toute cette expérience acquise contre ses propres tendances pour être en mesure de rembourser un jour la dette et cracher par après sur le créancier du haut d'un siège de capitaine.

Non, il ne veut pas savoir qu'il a été manipulé, exploité. Qu'il a servi de canal d'évacuation au débordement de cette sexualité malsaine sur laquelle on a érigé un barrage.

Et surtout, il ne veut pas savoir qu'il s'est prostitué pour rien et qu'il aurait très bien pu éviter cette tache dans son dossier.

Il ne veut pas savoir mais il sait. En quelques phrases, Jack a tout résumé de l'irréparable gâchis. En moins d'une minute, il a condensé deux ans de honte. Deux ans de haine inutile.

Il ne veut pas savoir mais il sait maintenant qu'il n'y a pas de loup au pelage brûlé qui l'attend aux portes du pénitencier. Qu'il n'y a pas de loup qu'il pourrait se permettre de botter en temps voulu.

Il ne veut pas savoir mais il sait maintenant qu'il n'y a qu'un aigle dehors. Un aigle loyal qui jamais ne fera les premiers pas. Qui jamais ne fera payer ses faveurs par des actes indésirés. Un aigle qui remettra son cœur de petit oiseau en place sans rien demander.

Il ne veut pas savoir mais il sait qu'il se sentira éternellement petit en sa présence. Éternellement bas et fautif d'avoir sali ses ailes savantes de l'inavouable péché gluant.

Il ne veut pas savoir mais il sait qu'il sera à jamais redevable.

Il ne veut pas savoir mais il sait qu'il vient de perdre l'unique suprématie que lui octroyait l'orientation sexuelle d'Émile. Il ne veut pas savoir mais il sait qu'il vient de perdre le peu de confiance que lui apportait cette suprématie.

L'heure de sortie est terminée. Ils doivent réintégrer leur cellule. En silence. En ordre.

Une cellule nue, froide et vide vers laquelle il traîne tout ce qu'il ne veut pas savoir.

*   *
*

Savoir qu'Émile ne l'importunera pas à sa libération change radicalement toutes les données. Il doit faire volte-face. Opérer un cent quatre-vingts degrés, comme on dit en navigation. Jeter par-dessus bord l'idée erronée qu'il aura à prouver sa reconnaissance avec ses charmes.

De prime abord, il se sentait comme une péripatéti-tienne privée de ses moyens. Que faire? Que dire pour le remercier? Pourquoi Émile était-il si bon? Comment pourrait-il le rembourser? Il se sent maintenant grandement fautif d'avoir été victime du délire carcéral qui lui a fait ranger Jack et Émile dans la même catégorie. Pourquoi a-t-il porté foi aux divagations de la crapule de l'ombre, perdant du même coup confiance dans les promesses de l'aigle de lumière?

Il se remémore la dernière visite, celle de novembre justement où Jack a dévisagé sans vergogne celui qu'il assurait être du même acabit que lui. C'était l'époque où il se sentait drôlement supérieur à Émile. Drôlement plus propre à chacun des cadeaux, qui ne manquaient pas, à commencer par les vieilles cartes de navigation de Dyke Lake, d'Indian House et d'Ashuanipi, couvrant la région de Schefferville, puis celles de radionavigation de l'espace aérien inférieur, différents types d'examens théoriques et, pour couronner le tout, cet argent qu'il avait économisé à son intention depuis qu'il avait cessé de boire. Mais autant il se sentait propre, autant il était dépassé par l'énormité de sa dette. «Pourquoi tu fais ça?», avait-il demandé, découragé par le remboursement à faire. «J'me prépare un bon pit.» «Une bonne pute», avait-il traduit automatiquement.

«C'est l'temps d'payer, mon pit», disait le capitaine sans scrupules de cette blague de mauvais goût à laquelle Émile faisait allusion en état d'ébriété. Mais, cette fois-là, il était sobre et déterminé à le demeurer. Cette fois-là, c'est lui, la victime du délire carcéral, qui remplaçait le mot «pit» par celui de pute.

Une pute qui ne pourrait rien refuser. Une pute à vie, presque. Mais voilà, Émile ne fera jamais les premiers pas. N'exigera jamais qu'il se prostitue. Tout ce qu'il demande, ce sont des intérêts sur l'argent économisé. Rien de plus. Se préparer un bon pit semble le récompenser largement. Quel homme étrange, qui donne tant et demande si peu! Et ce peu, il le lui donnera en devenant le meilleur pit du Grand Nord. Il a jusqu'au 6 juin pour se perfectionner. Quarante-neuf jours exactement, dont vingt-neuf à passer ici, sans son livre. Sans ses cartes, ses papiers, son crayon. Ici, dans le vide et le dénuement le plus complet. Au cœur même de la solitude et du silence.

C'est ici et maintenant qu'il doit accoucher de ce pilote qu'il a nourri durant ces années de détention. Ici, sans aucune aide ni témoin. Dans un dénuement total. Ici, sans livre, ni papier ni crayon. Ici, dans cet espace réduit. Dans la case aux multiples X; la case dans la case qui est dans la case. Dans la solitude aux multiples X et le silence aux multiples X.

C'est ici qu'il doit renverser la vapeur. Se servir de ce qui devait l'anéantir pour se restructurer.

Il s'assoit au pied du lit, face à la fenêtre élevée, et capte un coin de ciel. À quelle hauteur approximativement se trouve ce stratus? Quel front annonce-t-il? Quelle direction, le vent? Quelle pression barométrique? Quelle visibilité possible?

À partir de ce qu'il voit, il élabore tout un système météorologique, puis, les yeux fermés, il prend les commandes de l'avion et cale l'altimètre, là, à sa droite. Élévation de Squaw Lake, mille six cent seize pieds. «Carb-heat cold, throttle crack, mixture rich, master on, magnetos on both, start[1].» Il vérifie la pression d'huile, la température, le tachymètre. Il assigne une place à chaque instrument dans l'espace. À l'aide de son imagination, il se bâtit un simulateur. Il voit s'éveiller les aiguilles sur la face des cadrans, frémir la boussole et la bille de l'indicateur de virage.

---

1. Litanie qui sert d'aide-mémoire pour démarrer un avion, habituellement apprise en anglais.

Par la puissance de cette imagination, il entend le moteur, il l'écoute, analysant chaque bruit lié au mouvement des pistons. Il glisse sur l'eau, utilisant les ailerons pour contrer l'effet du vent qu'il décide être est-nord-est, et s'abrite à gauche de la longue île pour débuter sa course et développer la puissance nécessaire pour arracher l'appareil des flots. C'est fait, il s'élève. Il monte. Il découvre le paysage au fur et à mesure qu'il gagne de l'altitude.

Se remémorant la carte de Dyke Lake, il reproduit la topographie des lieux. À gauche, des plateaux troués de milliers de lacs. On dirait une éponge. Au sud, sud-est de Schefferville, de grands bassins d'eau tous orientés nord-ouest, sud-est, comme s'ils s'étaient tous pliés à la volonté du même phénomène géologique. Au nord-est, l'immense lac Attikamagen, puis un plateau. Comment s'appelle le lac qui se trouve sur ce plateau? Voyons! Il a tant de fois regardé et étudié cette carte. Il se concentre. Retty. Oui, c'est ça! Retty Lake. Il parle tout haut. En anglais. La langue de l'aviation.

Il promène un œil sur ses instruments, débite dans son microphone qu'il se rend au sud du lac Tudor avec un groupe de biologistes pour étudier la faune aquatique. «Schefferville radio, this is Otter *Lima Uniform Charlie*. Over!» Le voilà parti.

Il n'a pas de livre mais il a sa mémoire et son imagination. Sans papier ni crayon, il dessine un simulateur dans l'espace qui l'entoure. Tantôt, au lieu d'errer désœuvré dans la cour, il étudiera les vents, le ciel, les nuages, et tentera de prévoir les fronts.

Il n'a plus besoin de son livre, qu'il connaît par cœur. Plus besoin de la réplique du Grand Blanc pour s'évader.

Il vient de passer du concret à l'abstrait. D'ancrer définitivement les notions apprises.

Il n'a plus besoin du matériel pour développer l'immatériel. Plus besoin de rien pour revenir habiter l'oiseau qui est dans sa tête. L'oiseau qui piaille d'impatience derrière les barreaux.

*　*
*

Les barreaux sont là, devant ses yeux. Devant ses mains. Entre lui et les autres. Entre le monde des morts et celui des vivants.

Il peut les scier, les arracher, les couper au chalumeau.

Ils sont là. Pour vingt-cinq jours encore. Après, ils seront derrière. Dans son dos. Il se promet de ne plus jamais avoir leur ombre projetée sur son visage et il pense soudain à Émile. À son visage mi-beau, mi-laid qui l'enferme à perpétuité. À ces barreaux invisibles qu'il ne pourra jamais scier, arracher ou couper au chalumeau. À cette prison d'où il ne pourra jamais s'évader.

S'évader des regards de pitié, des moues de dégoût. S'évader du recul des femmes. Pourquoi aucune d'entre elles n'a-t-elle pris la peine de le voir du côté indemne? Pourquoi aucune d'entre elles n'a osé dormir avec le grand prêtre au profil intact et beau? Pourquoi aucune d'entre elles ne s'est introduite dans cette geôle pour le libérer? Si elles savaient quel merveilleux mari il ferait! Quel père affectueux il est déjà! Si elles savaient quelle belle âme habite l'enveloppe charnelle repoussante.

Repoussante à cause du feu qui, un jour, lui a sauté au visage. Qui, un jour, lui a rogné l'oreille et mordu la main.

La main, jadis nouée dans un gant de boxe puis ensuite retenue par un filet de vie au-dessus du panier d'amputation. La main victorieuse, réchappée du néant avec des séquelles de son combat. La main qui commande les deux mille quatre cents chevaux-vapeur d'un DC-3 et qui, un jour, l'a cueilli dans l'herbe. La main qui ne demanderait pas mieux que de caresser les hanches d'une femme.

D'une femme qui saurait le voir. Qui saurait l'aimer. Qui saurait se réfugier dans ses bras protecteurs et se perdre dans le bleu de ses yeux. D'une femme qui saurait lui faire l'amour à la lumière et lui donner un enfant.

Un enfant dans ses bras musclés, si tendrement cajolé. Un enfant sur son cœur endormi, si maternellement bercé. Un enfant de lui qui saurait prouver qu'il était beau avant et qu'il l'est encore pour la moitié du visage.

Visage d'Émile qui le hante et lui rappelle que le grand aigle est enfermé à perpétuité dans la prison de sa laideur. Qui lui rappelle qu'aucune femme jusqu'ici n'a manifesté l'intention de l'en libérer. Qui lui rappelle l'homme brisé, sanglotant convulsivement après s'être soustrait au geste consolateur qui avait touché l'oreille par mégarde. «Touche pas ça!»

Ça, cette horreur dans laquelle il est enfermé sans espoir de libération. Cette horreur qui le prive d'affection, de tendresse et de sexe. Ça, entre lui et les autres. Entre lui et les femmes. Ça qui sera là jusqu'à sa mort.

Sa mort à cercueil fermé. Pour que personne ne puisse se rappeler son visage. Sa mort qui le libérera enfin de cette prison sans barreaux.

Barreaux devant lui dressés. Pour vingt-cinq jours encore. Barreaux qu'Émile a franchis pour lui porter secours. Pour lui porter amour sans rien demander en retour. Amour tout court. Tout beau. Tout doux.

Doux comme le regard de l'aigle qui se fait doux quand il pardonne. Quand il berce l'enfant.

Doux comme le chatouillement de ses plumes qui effleurent l'oisillon.

Doux comme son profil de grand prêtre empreint de sagesse, qu'aucune femme n'a vu. Pourquoi donc? Où est cette femme? Où est la femme qui saura le rejoindre et l'aimer dans son corps et dans son âme?

Serait-elle en lui? Quelque part en lui depuis le viol? Depuis ce séisme qui a renversé les bases des choses établies. Depuis ce chaos d'où elle aurait jailli spontanément. D'où elle serait née de l'agression. Où se cache cette âme qui se sentait solidaire de toutes les femmes pénétrées sans leur consentement et immolées sur l'autel érigé du phallus?

Elle est là, quelque part en lui. Douce et aimante. Là qui cherche à libérer le grand aigle de sa prison.

Là à se faire répudier, renier par lui.

Lui qui la repousse, l'étouffe et l'enfouit. Qui la craint et craint le langage qu'elle lui tient, la nuit, pendant l'acte solitaire. Le langage qui veut le persuader de se libérer de son identité sexuelle afin de franchir les barreaux de la prison d'Émile. Afin de couler directement de son âme à son âme et de le faire s'évader des griffes de la solitude. Le faire s'évader de son visage qu'aucune femme n'a encore aimé. Le faire s'évader de son corps qu'aucune femme n'a honoré dans sa chair.

Oui, il la sent quelque part en lui, cette âme de femme qui a vu et aimé le côté indemne et s'est déjà endormie avec le grand prêtre.

Cette âme de femme résolue à libérer l'homme de la prison de sa laideur. Cette âme convaincue qu'elle seule en a la responsabilité et la capacité. Qu'elle seule est en mesure d'aimer au-delà de...

* *
*

Au-delà de la clôture grillagée. Au-delà de la haute muraille surmontée de rouleaux de barbelés. Au-delà des miradors. Loin, bien plus loin que peut porter le regard des gardes armés, voyage le petit oiseau.

Poussé dans le dos par un vent d'ouest, le voilà rendu au lac Brisson au-dessus duquel il évolue en cercles, étudiant le parcours de la piste improvisée. Consciencieux, il définit l'endroit où ses flotteurs devront toucher l'eau, cherche à détecter les roches à fleur d'eau et à évaluer la profondeur et l'accès de la grève pendant que ses passagers s'excitent comme des boy-scouts en survolant le site de leur campement de chasse.

«Hé! Pilote!» Un coup de coude amical dans ses côtes. C'est Frère Tuck habillé en chasseur. Frère Tuck qui lui a fourni un fil pour son nid.

«Hé! Pilote!» Frère Tuck se transforme subitement, emprunte les traits rudes de Jack et son sourire malicieux.

— T'as pas besoin de mon *windsock*[2], aujourd'hui?

— Non, ça va; le vent est bon. J'allais atterrir là. C'est pas l'temps de m'déranger.

— C'est ça, atterris.

Jack s'amuse de le voir si loin de lui. Si loin du lieu. Il entre dans le jeu, participe à ces évasions qui s'accomplissent sous le nez des gardiens. La première fois qu'il s'est fait demander une cigarette, il a tout de suite répliqué: «Me semblait que tu fumais pas, toi. — C'est pas pour fumer, c'est pour me faire un *windsock* — Un quoi?» Il lui avait pris la cigarette des doigts, l'avait tendue dans le vent pour en évaluer la direction et la vitesse. «Deux cent quarante degrés, à quinze milles à l'heure à peu près. Merci. — Qu'est-ce que tu fais là? — Mon bulletin mé-

---

2. *Windsock*: manche à vent.

téorologique.» Éberlué, Jack s'était fait expliquer tout le système qu'il avait élaboré pour peaufiner ses études. Ainsi, il lui avait appris que la fumée de cigarette se voyait transformée en manche à vent et que les miradors devenaient les points cardinaux de l'immense boussole où se perdaient leurs pas. La hauteur de la muraille lui servait d'unité de mesure pour déterminer l'altitude des couches nuageuses et il estimait l'humidité relative à la condensation des gouttelettes sur les poteaux de clôture. «T'es spécial, Pilote.» Il y avait de l'admiration dans l'expression de Jack et, soudainement, du respect. À partir de ce jour, le mécréant participait modestement à ces évasions en fournissant la manche à vent et le laissait s'envoler avec une pointe de fierté et de satisfaction à voir un des leurs déjouer ainsi le système coercitif.

— T'as atterri, là? J'peux t'parler?

— Faut que j'décharge ma cargaison.

— Laisse ça aux chasseurs... Quand bien même t'aurais un moins gros *tip*. C'est un jour spécial, aujourd'hui.

Il abdique, laisse la cargaison aux chasseurs, retourne à la réalité. C'est vrai que c'est un jour spécial puisque c'est leur dernier jour de trou.

Il éprouve cependant des scrupules à sentir un lien entre lui et ce détenu à vie. Entre lui et cette crapule. Mais, indéniablement, ce mois de détention les a rapprochés. Oui, ce mois d'isolement les a dégagés des dépôts et résidus que l'immersion prolongée dans la fange carcérale avait laissés sur eux.

Ce mois d'isolement a partiellement restauré leur identité, ne laissant que deux hommes aux doigts accrochés au même grillage. Deux hommes qui s'en évadent par la force de l'esprit.

— Demain, on r'tourne avec les autres. T'en as plus pour bien longtemps, toi?

— Vingt jours.

— T'es sûr que ton ami va être là?

— Oui.

— C'est rare, un ami de même. Prends-en soin. Moi, j'pensais en avoir un... pis je l'ai tué quand je l'ai surpris au lit avec ma femme.

Jack a le don de tout résumer. De raconter sa vie et son délit en quelques mots. Impulsif, jaloux, violent, il a poignardé ami et femme dans le lit conjugal.

— J'connais un *screw* qui va apprendre les règles du jeu.

Maintenant froid, vindicatif et dominateur, il prépare son retour parmi les autres avec l'intention bien arrêtée de conserver son pouvoir.

— J'ai hâte de r'tourner aux cuisines.

L'avenir, pour lui, se résume aux mille possibilités que lui assurent les chaudrons. Roi de la casserole momentanément destitué, il compte reprendre son trône et régner de nouveau.

— Toi, tu vas être au ciel dans pas grand temps, hein, Pilote?

Nouveau coup de coude amical.

— J'vais dire comme le mauvais larron que nous racontait toujours l'ancien aumônier: «Quand tu seras au ciel, tu penseras à nous autres, des fois.»

— Ben sûr.

Comment pourrait-il en être autrement? Lorsqu'il sera libre dans le ciel lumineux du Grand Nord, il aura toujours une pensée pour les hommes de l'ombre au fond de leur poubelle. Qui s'agitent et se tortillent, vermine entrelacée à la vermine, cherchant à sortir. Cherchant à survivre. Cherchant à jouir.

Il aura une pensée pour cet homme qu'il a mille fois tué dans son imagination. Mille fois empalé sur les pieux de la vengeance. Cet homme qui, au cours de ce dernier mois, a participé à ses évasions quotidiennes et communié avec son rêve.

—J't'aimais ben, Pilote. Tu vas voir que ton pâté chinois va être bon, à c't'heure. Bonne chance dehors!

20

La porte s'entrouvre

Cela se voit. Ses cheveux récemment tondus le trahissent. Les gens vont le pointer du doigt, se retourner sur son passage. Du premier coup d'œil, ils vont savoir qu'il sort de prison.

On le reluquera comme un être dangereux. On éloignera de lui femmes et enfants en durcissant les poings. On le rejettera. Que fait-il hors de sa poubelle, celui-là? Qui lui a permis de côtoyer les bonnes gens? Qui a remis cette pomme pourrie dans le panier? Elle risque de contaminer celles qui sont saines.

Cela se voit. Il a le mot «criminel» inscrit sur le front. Personne ne voudra de lui. Personne ne lui fera confiance. Personne du monde des vivants n'acceptera ce revenant du monde des morts. Du monde parallèle de l'ombre où la vermine s'entrelace à la vermine. Non, personne, sauf Émile.

Mais Émile est une exception. Son agent de gestion de cas ne cesse de le lui répéter. Très rares sont les détenus qui réussissent à décrocher un emploi lors de leur libération conditionnelle et très rares sont les citoyens qui consentent à signer pour eux.

Il a, paraît-il, une chance inouïe de se réhabiliter. Une chance qui a pesé lourd dans la balance de la CNLC[1] lorsqu'elle a étudié son cas en vue de l'octroi d'une libération conditionnelle.

De savoir qu'Émile est une exception confirme la règle que le reste de la société n'a pas envie de le voir. Ou revoir. Il ne fait plus partie de ces gens corrects qui mènent une vie correcte. Pendant quatre ans et huit mois, il a côtoyé ceux qui ont porté atteinte à leur sécurité et il a purgé cette peine pour y avoir également porté atteinte. De quel œil verront-ils le retour de cet ex-bandit? A-t-il une place parmi eux? Une place autre que celle réservée par Émile au bas de l'échelle devant le mener au siège de capitaine? Autre que ce modeste emploi d'homme à tout faire et d'aide-mécanicien rémunéré par le gîte et le couvert? Non, il n'a pas encore sa place parmi eux mais simplement un port d'escale où descendre de la galère traversant l'océan du Temps. Simplement un point d'appui où il aura à forger les leviers pour soulever le monde. Le monde nouveau et propre où il se donnera corps et âme pour satisfaire aux exigences de la compagnie et honorer la signature d'Émile.

Ah! si les gens savaient jusqu'à quel point il est déterminé à s'amender! À se réhabiliter et à s'intégrer à eux. Il est prêt à tout faire pour obtenir leur indulgence. Pour devenir Monsieur Tout-le-Monde. Mais voilà, les gens ne savent pas. Il a le mot «criminel» imprimé sur son crâne rasé alors que la mode est aux cheveux longs. Autant il lui a été impossible d'établir qu'il n'était pas un criminel lors de son incarcération, autant il lui sera impossible d'établir qu'il ne l'est plus à sa libération. «Si t'es pas un criminel, qu'est-ce que tu faisais là, avec ceux qui ont volé

---

1. CNLC: Commission nationale des Libérations conditionnelles.

et tué?» Son histoire d'être né pour un petit pain et d'avoir voulu s'en libérer ne convaincra personne. La grande majorité n'est-elle pas née pour ce même petit pain sans pour autant contrevenir à la loi pour en obtenir un plus gros? Que dira-t-il pour sa défense lorsque dehors se dressera un nouveau tribunal et que siégeront de nouveaux juges? Comment plaidera-t-il sa cause devant les parents d'un drogué? Que dira-t-il si on lui demande la nature de son délit? Que fera-t-il dehors?

Dehors où on peut encore le lapider. Où on peut le refuser. Le dénigrer. Le blâmer. Le condamner. L'exclure. Que fera-t-il parmi ces gens qui ont le pouvoir de l'isoler?

Comment parviendra-t-il à se comporter en citoyen ordinaire alors que de tout son être émanent les effluves nauséabonds de la poubelle?

Comment surmontera-t-il cette peur qui le gagne? Ce trac fou? Cette panique devant la liberté? Dans cinq jours, on ouvrira la porte de sa cage et il a peur de sortir. Peur du dehors. Aussi incroyable que cela puisse paraître, il a autant peur de sortir d'ici qu'il avait peur d'y entrer.

À part Émile, il ne connaît plus personne de ce monde parallèle des vivants et personne de ce monde n'est inté-ressé à connaître l'homme plein de bonne volonté qu'il est devenu. Même pas sa mère accrochée à son chapelet, ni ses frères et sœurs qui échafaudent difficilement leur nouveau nid.

À part Émile, qui serait assez fou pour faire confiance à un homme qui n'a pour seule photographie de lui que celle de son casier judiciaire, face et profil, avec son numéro au bas?

Personne.

À part Émile, qui serait assez imprudent pour caution-ner un homme qui a déjà trahi? Qui risquerait son nom, sa réputation, son poste, pour un homme qui a un lourd passé et un avenir inconsistant?

Personne.

À part Émile, il n'y a personne qui l'attend.

Il a peur. Terriblement peur. La liberté l'effraie. La société l'effraie. Elles lui sont maintenant inconnues. De pures étrangères avec qui il ne sait plus composer. Il est terrifié à l'idée de rencontrer Papillon ou le père de Sylvie par hasard. Ou, pire, Sylvie elle-même, tenant la main d'un autre gars sur le trottoir. Il sait que sa belle lionne ne viendra plus jamais ronronner dans ses bras mais il ne veut pas la voir avec un autre. Il ne veut pas qu'elle le voie tel qu'il se voit dans le miroir.

Jamais il n'aurait cru que tous ces jours qu'il biffait sur son calendrier le menaient à une si grande peur. Jamais il n'aurait cru s'échapper d'un gouffre pour tomber dans un autre aussi grand. Jamais il n'a perçu les portes du pénitencier comme de simples cloisons séparant deux gouffres où l'on peut se perdre. Se noyer.

Mais pourquoi a-t-il si peur? Il est prêt. Fin prêt. Tout a été arrangé, calculé, par son agent de gestion de cas. Toutes les conditions de sa libération ont été établies et les dispositions prises avec la police de Schefferville afin qu'elle assure sa surveillance.

Pour sa part, Émile s'est organisé afin de faire coïncider un voyage d'affaires au ministère des Transports avec l'épreuve de son examen théorique pour l'obtention de son brevet de pilote professionnel.

Tout baigne dans l'huile. Il ne devrait pas avoir si peur et être figé par la panique devant son miroir.

Mais cela se voit. Il ne trompera personne. Tous ceux qui vont le rencontrer vont savoir d'où il sort. Et lui il ne saura pas quelle attitude adopter, quel comportement avoir. Encore sur la corde raide, il vivra dans la crainte de ne pas respecter les conditions de sa libération et de se voir automatiquement réincarcéré. La surveillance obligatoire qu'effectueront les agents de police de Schefferville lui rappellera qu'il n'est pas tout à fait libre et qu'il n'a pas fini de payer sa dette envers la société. Elle lui rappellera également que ces mesures visent à protéger le public et que par conséquent il demeure un danger potentiel.

Lui, un danger? Lui qui tremble devant la porte entrouverte? Lui, dépaysé et désemparé avec son 131,16 $ en poche? Lui qui hésite à se pointer le nez dehors, un danger?

Pour qui, bon Dieu? Si ces gens savaient comme il a peur! Mais ils ne doivent pas savoir. Personne ne doit savoir. Il ne faut jamais dévoiler ses faiblesses. En dedans comme en dehors, il faut se prémunir d'un cocon et ne dévoiler la faille à personne, exception faite d'Émile, lui-même une exception de l'avoir nourri de cette denrée rare qu'est l'amitié, lui-même avec une faille redoutable balafrant son visage, lui-même vulnérable au moindre regard.

Mais Émile a deviné sa peur. Il a découvert son talon d'Achille, qu'il protégera quand s'ouvriront les portes du pénitencier.

Émile sera là et, pour lui seul, il se doit de prouver au reste du monde qu'il mérite sa confiance et son amitié.

21

Envol

Mercredi, 6 juin 1973, 10 h.

Jour zéro. Il entend se fermer les portes du pénitencier derrière lui. Non pas les portes par où il est entré à bord du fourgon cellulaire, mais celles destinées aux visiteurs et aux employés.

Aussitôt, son attention est attirée par tous ces véhicules qui rutilent au soleil sur le terrain de stationnement de l'établissement. Que c'est bête! Il avait fini par perdre de vue l'utilité de ces moyens de locomotion, ne les percevant que comme des objets servant à faire travailler les détenus. Mais là il trouve charmant de voir étinceler les pare-brises dans le méli-mélo des couleurs des carrosseries. Charmant également de savoir que ces véhicules sont en attente et que tantôt leurs propriétaires les prendront pour rentrer chez eux ou faire l'épicerie ou chercher l'enfant à l'école.

Il cligne des yeux comme un animal trop longtemps resté dans l'obscurité, contemplant les voitures garées servant à accomplir ces gestes de la vie d'«en dehors». Gestes anodins pour qui n'en a jamais perdu l'usage, mais qui, à ses yeux, dégagent aujourd'hui un charme indéfinissable.

Il effectue quelques pas, aperçoit les jeunes arbres du parterre qui déploient un feuillage d'un vert éclatant. D'un vert tout neuf et vigoureux. Son regard se porte vers le nord-ouest. Cap 315, à une heure de vol, c'était chez lui. C'est d'où il vient, en tout cas, et d'où il vient c'est plein d'effervescence à ce temps-ci de l'année. Plein de gomme de sapin qui s'égoutte au bout des pitounes et plein d'éclosions dans les labours engraissés de fumier. Il peut, s'il le veut, y aller. Personne ne l'en empêchera et cela lui suffit pour goûter au privilège de la liberté. D'ailleurs, il attend Émile. «Monsieur Simard a téléphoné pour avertir qu'il sera légèrement en retard. Tu peux attendre en dedans, si tu veux», a offert le directeur avec un sourire taquin, connaissant son impatience à sortir au plus vite du pénitencier. Puis, l'accompagnant jusqu'à la porte du bureau, il lui a serré la main. «Bonne chance, Luc.» Voilà, il n'était plus un numéro. Il avait regagné son statut d'humain et, tout doucement en lui, la fierté longtemps piétinée relevait la tête.

Un autobus passe. Où va-t-il? En ville, évidemment, mais où en ville? Il n'est jamais monté à bord d'un autobus municipal mais il y a maintes fois rêvé, enfant, quand les villégiateurs lui décrivaient les merveilles de la métropole. Il peut, s'il le veut, «prendre l'autobus» et se laisser promener. Personne ne l'en empêchera. Il est libre et cela lui suffit. Il est libre et il marche dans l'allée menant au trottoir, se demandant si sa boucle de ceinture représentant un cheval au galop n'est pas trop voyante ou sa tenue vestimentaire trop démodée. Après tout, il porte exactement les mêmes vêtements que lors de son admission il y a quatre ans et huit mois, et déjà sa chemise à carreaux lui fait sentir que la flanelle est hors de saison.

En posant le pied sur le trottoir, il éprouve un sentiment étrange. Voilà. Il est vraiment hors des limites du centre de détention. Ce trottoir appartient à tout le monde. À tous ces gens du dehors qui vont, viennent, courent ou flânent. Ce trottoir mène partout dans les choses de la vie. À l'école, au restaurant, à l'église, au travail, chez l'ami, chez le cordonnier, chez le médecin ou la coiffeuse. Ce trottoir, c'est un cordon de ciment qui relie les êtres entre eux et aux choses. Tant de souliers l'ont foulé aller retour, tant de pas y ont écrit une histoire, et voilà que ses bottes de bûcheron y écrivent la sienne: celle, toute timide, de ses premiers pas hors du panier de fruits pourris. Et voilà que l'émotion le saisit à la gorge et qu'il se promet de ne plus faire de faux pas. Plus jamais de faux pas qui le ramèneraient en circuit fermé. À tourner en rond sans aller nulle part. Ici, s'il le veut, il peut aller partout. Tous les azimuts lui sont permis. Il peut emprunter ce trottoir et marcher durant des heures en découvrant les multiples facettes de la vie. Personne ne l'en empêchera. Il est libre et cela lui suffit. D'ailleurs, il attend Émile.

Jour zéro. Il croise une femme qui promène son bébé dans une poussette. Un bébé qu'elle ne cesse de couver d'un regard tendre. Il la regarde: elle marche avec calme et assurance. On dirait une reine présentant le monde à son prince ou à sa princesse. «Vois le ciel bleu, c'est pour toi, mon enfant», semble-t-elle lui dire. «Sens le soleil sur ta peau, écoute le merle à la recherche de l'insecte. C'est à toi, tout cela. Et l'arrêt de l'autobus au coin de la rue et l'odeur de l'asphalte réchauffé et celle de la pelouse que les ouvriers paysagistes viennent de tondre, tout cela est pour toi, mon enfant.»

Tout cela serait-il pour lui également, songe-t-il, le cœur attendri par la beauté de cette image de mère et par la profondeur du lien qui existe entre la femme et l'être tout propre suçant son pouce. Il sent chez elle le désir de montrer le droit chemin à cet enfant qui n'a pas encore fait ses premiers pas. «Marche droit devant, petit ou petite, cette femme-là sera toujours derrière toi», pense-t-il en s'arrêtant pour la contempler. Aussi illogique que cela puisse paraître, il a l'impression d'être lui aussi un bébé sans défense et sans malice, attendant d'être présenté au monde. Se sentant observée, la femme lève les yeux vers lui et le gratifie d'un sourire. Alors il fond de bonheur sur le trottoir chaud, la saluant gauchement au passage, la remerciant presque de lui offrir tout cela. Et le bleu du ciel et le cri du merle et l'arrêt de l'autobus au coin de la rue. Et chacun des brins d'herbe qui luisent au soleil. Tout cela est pour lui ainsi que le sourire de cette femme qui vient de l'adopter sans le savoir.

Jour zéro. Il arpente le trottoir devant le centre de détention, les mains dans les poches et le visage offert à la caresse du soleil, gobant toutes les images que la vie lui offre, toutes les odeurs, tous les sons, toutes les couleurs. Il est fasciné par le va-et-vient des véhicules. Chez lui, à la campagne, c'est à peine s'il en passait deux à l'heure. Deux à l'heure, et sa mère était en mesure d'en identifier le propriétaire. «Ah! ça, c'est la machine d'Untel... Il doit aller chez Untel pour telle affaire.» Ici, ce sont tous des inconnus. Personne ne le connaît et il ne connaît personne. Bravo. L'anonymat le protège et c'est en toute quiétude qu'il jouit de ses premiers instants de liberté. Ah! ce que c'est bon! Bon! Il n'a de comptes à rendre à personne. Ni aux autorités du pénitencier ni à Émile. Il n'appartient à personne d'autre que lui-même. À personne d'autre que ce bébé sans défense et sans malice qui vient de sortir de son cocon, clignant des yeux à la lumière. Ce bébé qui découvre le monde pour lui et en lui et qui, sur le trottoir, écrit la préface de la nouvelle histoire de sa vie. Et qui, sur le trottoir, réapprend à compter en repartant à zéro.

Jour zéro. Une bagnole rose, barbouillée de fleurs, de cœurs, de notes de musique et de graffiti surgit dans son champ de vision. Insolite, excentrique, contestataire avec des symboles de «Peace and Love» un peu partout, elle monopolise les regards et déclenche diverses réactions sur son passage. Que c'est drôle de la voir se mêler au cortège des voitures ordinaires! À elle seule, elle exprime toute la vitalité et l'audace de la jeunesse. Sa mère aurait sûrement fait une syncope de la voir rouler sur leur terne chemin de sable. Amusé, il suit le déplacement de la sympathique petite voiture, qui se dirige vers le terrain de stationnement du pénitencier et se gare effrontément derrière un coupé austère.

Jour zéro. Éberlué, il voit Émile s'en extirper et s'avancer vers lui. Sa haute stature et sa démarche lui rappellent l'homme qui marchait dans l'herbe après l'avoir envoyé pour son premier vol solo.

Jour zéro. Quelque chose de sa liberté prend fin. Est-ce dû à l'oiseau en lui qui s'est réfugié dans le regard d'un bleu intense et lumineux? Est-ce dû à son épaule qui s'est laissée couver de la main chaude? «Viens, p'tit frère.» Est-ce dû à ses pas qui ont abandonné l'écriture de son histoire sur le trottoir pour suivre l'homme? Oui, quelque chose de sa liberté prend fin. Quelque chose d'impénétrable qui lui fait comprendre qu'il ne pourra pas écrire seul cette nouvelle histoire.

Jour zéro. Émile le coiffe d'une casquette arborant le logo de la compagnie d'aviation, cachant ainsi discrètement son crâne rasé d'ex-détenu. «Merci.»

Jour zéro. Il remarque qu'Émile porte une casquette identique inclinée sur l'oreille droite, tentant de camoufler lui aussi son talon d'Achille.

— Reconnais-tu mon ancienne Volks?

— Ah! C'est elle?

— Elle a changé de poil, hein? J'l'ai vendue au fils de mon cousin quand j'ai déménagé à Schefferville. Pas besoin d'te dire qu'il est du genre hippie.

— C'est... c'est un peu voyant.

— Malheureusement oui, mais c'est bien pratique pis bien gentil d'sa part de m'la prêter. L'inconvénient quand on voyage en avion, c'est qu'on est à pied après qu'on a atterri. Allez, monte.

Jour zéro. Il prend place dans le véhicule à l'intérieur duquel cependant rien n'a changé et il reconnaît la portière contre laquelle sanglotait convulsivement l'homme brisé cachant son moignon d'oreille. «Touche pas ça.»

Jour zéro, il se sent devenir captif du souvenir. Captif du regard bleu dans lequel il s'enlise. Captif de la main mutilée actionnant le levier du changement de vitesse.

— Pour commencer, on va aller voler... Ça fait drôle de dire ça dans les circonstances, non?

Captif de cette blague qui veut le détendre. Captif de l'horaire de la journée et de la générosité de son bienfaiteur. Captif de l'éclosion de milliers de papillons dans sa poitrine à la pensée de tenir enfin un appareil entre ses mains. Captif de la nervosité qui mouille ses paumes.

— Viens!

Jour zéro. Il sautille. Timide et gauche dans les pas du grand aigle à l'aéroport de Sainte-Thérèse, impressionné par l'accueil chaleureux et respectueux qu'on réserve à cet ancien instructeur.

Jour zéro. Il picore au passage l'admiration évidente des anciens élèves pilotes reconnaissant leur maître. Admiration qui s'apparente à la sienne et la normalise.

— Monte.

Jour zéro. Il obéit, monte à gauche dans le Cessna 150. À droite, Émile réitère l'exploit d'y caser ses grandes jambes.

Jour zéro. Hémorragie subite de ses connaissances. Ne reste qu'une litanie dans son cerveau qui travaille à vide. «Carb-heat cold, throttle crack, mixture rich, master on, magnetos on both, start.» *Carb-heat cold*? Où ça, le *carb-heat*? Il regarde le tableau de bord, les cadrans, mais ne trouve rien de ce qu'il cherche.

Il s'accroche à la litanie et se voit transporté malgré lui dans la cabine tordue du Cessna 170B. L'hélice tourne encore en faisant voler des feuilles et des bouts de branches et l'essence s'écoule de l'aile droite presque arrachée. L'avion fracassé refait lentement surface, émergeant des profondeurs de son être où il l'avait englouti.

Ahuri, il tente de maîtriser le tremblement de ses mains sur les commandes mais n'y parvient pas.

— Calme-toi, p'tit frère.

La voix douce d'Émile le rejoint dans cet avion écrasé. Elle le prend en charge, l'amène à formuler son désespoir.

— J'suis plus capable d'le partir. C'est comme si ç'avait été un rêve... Un autre que moé qui pilotait. J'suis plus capable.

Il éclate en sanglots. Accomplit des efforts surhumains pour s'arrêter. Pour arrêter l'écroulement de son univers. La dernière fois qu'il a pleuré de la sorte, c'était à la mort de son père devant l'aumônier.

Le mauvais larron, Jack et les évasions fictives à bord du Grand Blanc défilent comme les scènes d'un mauvais film qu'il veut oublier. «Quand tu seras au ciel, tu penseras à nous autres.» Il ne sera pas au ciel. Il n'est plus capable.

Il n'est pilote que dans sa tête. Que dans le surnom que lui ont octroyé les détenus.

Il ne sait que piloter des simulateurs imaginaires et il vient d'échouer lamentablement dans le cockpit d'un avion d'entraînement.

Un bras l'enlace. Une main lui tapote l'épaule.

— Calme-toi. Laisse-moi faire. J'vais t'le donner en vol.

Jour zéro. Il regarde la grande main se poser sur la manette des gaz. La main gauche, intacte et belle avec un fin duvet recouvrant les phalanges. Il regarde le poignet large et puissant, l'avant-bras poilu que découvre la manche roulée de la chemise.

Il y a quelque chose de sexuel là-dedans. Quelque chose d'étonnamment viril et dominateur qui ne laisse aucun doute sur le rôle à tenir lors d'une éventuelle relation. Quelque chose qui l'effraie dans la phrase préfigurant sa soumission. «Laisse-moi faire.»

Jour zéro. L'avion décolle. L'arrache à la terre. L'arrache à sa peur et à ses larmes. À la dérobée, il épie le profil indemne du grand prêtre dans son étrange beauté.

Jour zéro. Quelque part en lui, l'âme d'une femme vibre devant la prison de chair brûlée détenant le grand aigle à perpétuité. Quelque part en lui, l'âme d'une femme accepte de se soumettre aux désirs de cet homme qui lui offre l'horizon.

— Tiens, prends.

Jour zéro. L'horizon en cadeau. Là, au bout de son regard. L'horizon à faire basculer sur une aile et sur l'autre. Il sait le prix à payer et pose les mains sur les commandes.

Jour zéro. Émile s'appuie contre la portière et allume sa pipe. Le parfum de lotion après-rasage et de tabac lui dilate les narines, le grise et l'assujettit.

Jour zéro. Avec délice et douleur, il respire l'encens de sa religion.

*   *
*

Soir zéro. Il l'a suivi partout comme un enfant reconnaissant qu'on gâte après une dure épreuve.

Il s'est laissé nourrir au casse-croûte de l'aéroport, bouffant avec gourmandise deux hamburgers, des frites et un grand verre de cola bien froid sous le regard amusé d'Émile.

Il s'est laissé vêtir selon la mode du jour et les exigences du Grand Nord. S'est laissé conduire à l'aéroport de Dorval pour y subir son examen théorique. S'est laissé féliciter et serrer. «T'as passé avec soixante-dix-neuf. Maudit que j'suis fier de toi, p'tit frère!» S'est laissé récompenser. «On va aller se régaler dans un bon restaurant.»

Soir zéro. Il l'a suivi partout. Jusqu'à la réception du motel pour la location d'une chambre, rougissant comme une vierge en voyage de noces.

Soir zéro. Il est en face de lui. À la table d'un bar après qu'ils ont rangé leurs bagages et nouveaux achats dans leur chambre. «Viens, j'te paye un verre.»

Soir zéro. Il l'a suivi partout jusqu'à ce verre de bière entre ses paumes transies et ce jus d'orange dans la main mutilée.

— Tu n'bois plus du tout?

— Non.

— Même pas ce soir? Même pas pour fêter l'événement?

— J'bois une vodka-orange sans vodka; personne s'en doute. À la tienne, p'tit frère.

Soir zéro. Il trinque, désarçonné par la sobriété d'Émile, qui ne se livrera pas à jeun. Conscient qu'il n'admettra jamais ses tendances et ne fera jamais les premiers pas. Conscient surtout que c'est lui qui devra les faire.

— Pourquoi t'as décidé de ne plus boire?

— C'est toi qui m'as fait réfléchir quand j'suis allé te voir à l'hôpital.

— Comment ça?

— C'est quand tu m'as parlé d'la mère de Martin. J'me rappelais pas de t'avoir dit que c'était une putain. C'était une chose que j'avais dite à personne de peur que Martin l'apprenne un jour et voilà que c'est moi qui le disais quand j'étais saoul. J'savais que si j'continuais à boire, un jour ou l'autre je l'aurais dit devant le p'tit. Pis ça, j'le veux pas. J'veux pas qu'il sache. Dans sa tête, j'suis son père pis sa mère est morte dans l'avion en accouchant. Ç'a été une bonne chose de ne plus boire. Ça m'a permis de t'économiser d'l'argent.

— Y'm'semble que t'aurais pu t'acheter quelque chose dont t'avais envie, avec c't'argent-là.

— Justement, j'avais envie de m'occuper de toi.

Soir zéro. Il observe cet homme qui ne fera jamais les premiers pas mais qui tente subtilement de lui faire comprendre ses désirs. La chambre de motel, les cadeaux, les repas, cette bière, tout cela a un prix. Un prix qu'il n'exigera jamais et qu'il lui laisse accommoder à sa discrétion.

Soir zéro. Il vide son verre. Il en demande un autre pour trouver le courage et, inconsciemment, pour faire succomber cet homme et l'enivrer jusqu'aux aveux qu'il s'est promis de ne faire à personne.

— Mets juste un peu de vodka, c'est pas grave. Personne le saura. J'aimerais ça que tu fêtes avec moé.

—J'ai pas besoin d'boisson pour fêter. Tu peux pas savoir comme j'suis content pour toi. À la tienne.

Soir zéro. Il trinque. Il s'enivre rapidement, son seuil de tolérance étant très bas.

—Comment c'est, à Schefferville?

—La compagnie? C'est bien, jusqu'ici. Tu vas surtout travailler au garage. On a trouvé un gars de quai formidable. C'est Georges, un Montagnais... Un de mes amis. Tu vas l'aimer. C'est mieux que tu sois dans la mécanique: on apprend beaucoup à réparer les avions. Y'a un de mes *chums* qui a un Cessna 172 sur flottes. C'est pas ce qu'il y a de plus performant, mais, pour te refaire la main, c'est l'idéal. Tu passeras ton médical[1] là-bas. Tu m'as l'air d'être en pleine forme même si t'as pas mal maigri. Pis on finira la pratique sur le 172. Cet automne, tu viendras passer ton *flight test*. Ça répond à ta question?

—Euh... non... J'voulais dire: en dehors de l'aviation. Comment c'est?

—Les gens font pas d'histoires, là-bas. Ils veulent pas savoir d'où tu viens pis c'que t'as fait avant. Ils se mêlent de leurs affaires, mais ils sont très solidaires. Très unis. Ils viennent tous d'ailleurs pour travailler à la mine, pis comme ils s'ennuient tous un peu, ils fraternisent facilement. Tu vas être bien, là-bas.

«Vois le beau petit nid que je t'ai préparé», lui fait savoir maladroitement son créancier.

—Pis pour les femmes?

Il cherche à voir la déception, la jalousie, mais ne perçoit qu'un sourire triste. «Vois surtout comme je t'aime», trahit l'attitude de l'homme.

---

1. Médical: examen médical obligatoire qui valide le brevet de pilote.

— Pour les femmes, t'auras pas d'misère. Tu peux t'faire une blonde dans pas grand temps. Surtout si t'es pilote.

— Pis toé, tu t'en es fait une?

Anxieux, il épie les moindres mouvements d'Émile, la moindre expression, le moindre soupir, espérant qu'une femme là-bas a eu l'audace d'aller sauver cet homme dans sa prison de chair brûlée.

— J'ai abandonné tout espoir en ce qui concerne les femmes.

Tout espoir d'être libéré par l'une d'elles. Tout espoir d'être vu du bon côté. D'être aimé et caressé. C'est pire qu'il ne l'avait imaginé. Le grand aigle dans son cachot n'espère aucun pas de femme venant le délivrer.

Soir zéro. Le sourire triste semble l'implorer d'être ce pas faisant battre le cœur. D'être les mains écartant les barreaux devant ce visage mi-beau, mi-laid.

— J'suis devenu un vieux garçon sage. J'vis avec ma mère et mon fils. J'bois plus. Ça m'arrive des fois de m'payer une fille, mais de moins en moins. Ça fait un temps, ça.

Haussement d'épaules suivi d'un rire qui tente d'effacer ce sombre tableau, mais la geôle est décrite avec réalisme. Une geôle sombre, infecte, glaciale que visitent un enfant et une vieille femme incapables de l'en délivrer.

— Y'était temps que j'me range; j'fais dans le très sérieux comme chef pilote.

Très sérieux aussi, ces cheveux gris qui se sont faufilés sur les tempes. Très sérieuse, cette incarcération à perpétuité qui laisse vieillir l'homme dans sa solitude. Très sérieux, ce devoir de l'en libérer.

Soir zéro. Il tremble devant la prison et demande une autre bière. Il lui faut s'enivrer pour réaliser sa mission et pénétrer ces murs inviolables.

Activité sur l'estrade. Le spectacle va bientôt commencer. «Rince-toi l'œil, p'tit frère.»

Soir zéro. Il est ivre et regarde danser les filles nues, se sentant observé par Émile qui fume calmement la pipe. Il ne peut dire si elles sont belles ou laides, car il ne s'attarde pas à leur visage. Son regard se fixe ailleurs sur leur corps, là où la privation a cristallisé ses désirs.

Soir zéro. Son corps d'homme réagit. Il obéit à ses pulsions. Bannit dans ce moment d'excitation la mission à accomplir. «Qu'il aille au diable! J'suis pas comme ça. De toute façon, il ne le demandera jamais.»

Soir zéro. Émile fait venir une danseuse à leur table. Il la lui offre sans l'ombre d'un doute en s'éclipsant en douce.

Soir zéro. Émile lui a tout donné sans rien demander en retour et il n'osera jamais le faire. Il n'en tient qu'à lui de demeurer devant la porte de la prison, faisant mine d'ignorer celui qui croupit derrière les barreaux. Faisant mine de ne pas entendre sa plainte timide.

Soir zéro. Brutalement, presque bestialement, il laisse le torrent de ses instincts emporter le barrage érigé pendant cinq ans. Il laisse la fille s'interroger sur sa précipitation.

— Tu m'as l'air d'être en manque, toi. J'aurais plutôt pensé ça de ton *chum*, avec la face qu'il a. T'aurais pas fait d'la taule, par hasard?

Soir zéro. Il hait cette femme qui crache sur Émile. Il hait toutes les femmes qui ont épaissi les murs de sa prison.

Soir zéro. Il paie celle qui a démasqué l'ex-détenu. Il la quitte avec un goût amer et le germe de la colère. Pourquoi n'a-t-elle pas pris la peine de reconnaître l'étrange beauté du grand prêtre? C'est à elle et à toutes les autres qu'incombe la tâche de le délivrer.

À elles, non à lui.

*   *

*

Instant ultime. Moment de vérité. Il pénètre dans la chambre éclairée par l'enseigne lumineuse de ce motel de troisième ordre. Forcément, il pense à tous ceux et celles qui ont franchi ce seuil avec les jambes flageolantes de la première relation sexuelle et il revit le trac qui l'habitait lorsqu'il avait loué une chambre du genre pour y faire l'amour à Sylvie. Comment s'y prendra-t-il? Par quoi commencera-t-il? Échouera-t-il comme il a échoué aux commandes de l'avion d'entraînement, ce matin? Les gestes qu'il a appris en marge du grand livre de la Nature l'abandonneront-ils pour le laisser en pleurs devant Émile? Quelle sera la réaction de celui-ci? Collaborera-t-il à sa propre évasion?

Il approche du lit. L'homme dort dans sa prison, ayant abandonné tout espoir de délivrance.

Il se dévêt silencieusement. Aperçoit dans le miroir la silhouette de son corps amaigri, qui lui rappelle la sollicitude d'Émile et sa manière toute maternelle de veiller sur son état de santé. «Mange, mange. Ça va te faire du bien.» Manifestait-il le désir d'un dessert, d'une boisson gazéifiée, d'une bière, qu'Émile avait déjà une main levée pour appeler la serveuse et l'autre sur le portefeuille pour régler la consommation. «C'est à cause de la coupe de cheveux», plaidait-il sans réussir à le convaincre. «Non, non, t'es maigre de partout. T'avais les cheveux assez courts quand j't'ai connu.» «Quand tu venais t'asseoir dans l'herbe, les yeux pleins d'impossibles rêves, et que je t'y ai cueilli», traduisait le regard doux et prévenant. Alors, il se taisait. Il se laissait dorloter, refoulant la honte. Il ne pouvait tout de même pas lui avouer que cet amaigrissement était dû au mois de détention dans le pavillon d'isolement. Encore moins lui apprendre le motif de ce châtiment: relation homosexuelle. C'eût été restreindre sa marge de manœuvre. Se priver de toute possibilité de retraite. Avouer cela, c'eût été se jeter dans la gueule du loup.

Il se regarde et ne se reconnaît plus. Où est le jeune bûcheron aux épaules robustes? Qui est cet homme aux côtes apparentes et au crâne tondu? Comme il a changé! Il ne se reconnaît plus et ne parvient pas à accepter ce qu'il est devenu. Ni ce qu'il a fait dans le lit de la danseuse tantôt. Cette manière agressive qu'il a eue de la posséder. Comme si elle n'était qu'un trou pour y jeter toute sa frustration. Qu'un appareil servant à vérifier le bon fonctionnement de son organe mâle et à mettre à l'épreuve ses fonctions viriles. Pas la moindre gentillesse à son égard. Pas l'ombre d'une émotion. Il a payé et il s'est soulagé. Il s'est défoulé. Avec colère, mépris, et le désir inavoué de venger Émile pour son incarcération à perpétuité. Pourquoi aucune d'entre elles, bon Dieu?... Sont-elles toutes aveugles?

Il se regarde et il ne s'aime pas. Ne s'accepte pas. Le pénitencier a eu raison de lui. A eu raison de sa raison. Il n'est plus lui-même. Il n'est plus personne. Il n'est qu'une cuillerée de purée échappée du moule à broyer les hommes. Qu'une motte de terre dans la main mutilée. C'est à elle désormais qu'il revient de le modeler.

Avec mille précautions pour ne pas l'éveiller, il rejoint Émile et bénit la chaleur qui l'a contraint à rejeter de lui-même les couvertures, lui épargnant ainsi le geste de dévoiler un corps d'homme. C'est peu, mais pour lui, c'est énorme. C'est un pas. Peut-être une indication suggestive.

Il s'allonge contre le dos de l'homme. S'appuie sur le coude pour le regarder dormir. À son grand désappointement, Émile lui présente son profil gauche. Il aurait préféré celui de chair brûlée et d'oreille rognée. Celui qui lui donnerait raison de se retrouver nu contre lui. Ce grand prêtre qui dort paisiblement dans toute sa sagesse et son étrange beauté lui noue la gorge d'émotion. Que fait-il là? Pourquoi le déranger dans son sommeil? Comment croire à l'existence d'une prison?

Un sentiment confus et puissant bouillonne en lui, le remuant. Reconnaissance, admiration, vénération, pitié, tendresse, il ne sait quel nom lui accorder et il se voit emporté par lui comme par un fleuve vers la mer.

Désespérément, il s'agrippe aux berges lisses de sa raison, aux faibles roseaux de son identité sexuelle, mais le fleuve l'emporte, l'amenant à plonger les doigts dans la tignasse épaisse de l'homme. À jouir de la douce chaleur captive des cheveux. Le voilà en terrain vierge. Qui d'autre que lui a caressé la tête d'Émile? Outre sa mère, qui, avec douceur et émotion, a glissé les doigts dans ces cheveux denses frisant légèrement sur la nuque? Qui a noté l'invasion des poils gris sur les tempes, annonçant le vieillissement? Personne. Personne d'autre que lui. Que ce bagnard frissonnant qui sent se dresser ses cheveux drus sur son crâne. Bon Dieu! Pourquoi aucune femme... n'est venue rejoindre cet homme dans sa prison? Pourquoi aucune femme ne s'est étendue ainsi avec lui sans être payée? Pourquoi? Ce n'est pas à lui de le faire.

Il retire ses doigts. Sent une fraîcheur qui lui reproche sa fuite. Non, il ne doit pas se dérober. Il ne doit pas se soustraire à sa mission. C'est maintenant ou jamais qu'il doit changer le cours de leur relation. C'est maintenant ou jamais qu'il doit dépasser la frontière de la normalité. Transgresser les lois immuables du grand livre de la Nature. Écrire dans la marge. Avoir le courage d'identifier comme étant l'amour ce fleuve puissant qui le charrie. Qui les charrie. C'est maintenant ou jamais qu'il doit se diluer dans ce sentiment et renoncer à son identité. Renier sa virilité et se perdre dans ce fleuve comme la goutte de pluie. Ce fleuve si vaste et si puissant qu'il est impensable de le limiter à la simple fonction d'un organe féminin ou masculin. C'est maintenant ou jamais qu'il doit s'abandonner au courant qui le mène à contre-courant dans un bouillonnement confus de remous surgis du fond de son enfance de petit-garçon-cherchant-à-voir-sous-les-jupes-des-petites-filles. C'est maintenant ou jamais qu'il doit suivre le fleuve qui se jette dans la mer, s'y noyant, goutte par goutte et dans son ensemble. S'y mariant. S'y confondant. S'y unissant et devenant à son tour marée et salé. Marée d'amour incontrôlable qui le fait trembler près de l'homme endormi. Il est encore temps de s'enfuir avec son cœur de petit oiseau remis en place puisque le grand aigle n'insistera pas pour qu'il lui prouve sa reconnaissance. Mais la marée bouscule l'oisillon sautillant sur la grève. Elle le pousse, le roule comme un caillou au pied de l'enceinte qui maintient le grand aigle en captivité.

Et voilà que, tout tremblant, il se pose de nouveau dans les cheveux comme dans un nid confortable et chaud. Son nid. Voilà qu'il pénètre entre les barreaux et que doucement il glisse la main sur l'épaule et les pectoraux saillants. Que graduellement il s'habitue au duvet recouvrant la poitrine. Voilà qu'il descend maintenant jusqu'au bout des doigts de cette main capable de commander les 2 400 chevaux-vapeur d'un DC-3. Cette main qui, ce matin, a tapoté son épaule pour le consoler dans l'avion d'entraînement. Cette main qui a guidé, pétri, façonné le pilote en lui.

Voilà qu'il est prêt à accepter la marginalité et les angoisses découlant de l'acte qu'il s'apprête à commettre.

Voilà qu'il est prêt à se jeter aveuglément et passionnément à la mer. Prêt à se soumettre. À se livrer et à s'échapper avec le grand aigle hors de leur prison de chair. Hors de la prison de leur sexe.

Émile marmonne, échappe un long soupir et se retourne vers lui, son corps entier reposant contre le sien. Curieusement, il n'éprouve aucun dégoût. Aucun dédain à se laisser pénétrer de cette chaleur émanant de ce corps d'homme. À se laisser couver par le grand aigle. Son cœur bat fort. Il n'est plus personne. Rien qu'un sentiment sans identification de sexe. Rien que la force du fleuve capable d'arracher les portes de la prison et d'emporter l'enceinte.

— C'est toi...?

La voix est endormie avec une intonation d'incrédulité. De surprise. C'est la voix du condamné à perpétuité qui croit rêver qu'on tente de le délivrer.

— Oui.

«Oui, moi qui te ferai évader de ton corps. De ta solitude. Des tabous et préjugés de la société. Moi qui suis venu te chercher pour t'emmener dans cette marge où je pourrai t'aimer en paix.»

— Qu'est-ce qu'y a?

— Chut! Laisse-toé faire.

C'est à lui maintenant de se laisser faire. De se laisser dépuceler et initier aux gestes appris en détention. C'est à lui de se laisser nourrir de tendresse et abreuver de caresses. De se laisser guider vers la sortie qu'il ne distingue plus à cause de sa vue affaiblie par une trop longue stagnation dans l'obscurité.

C'est à lui de se laisser déculpabiliser par l'initiative qu'il prend de le séduire. De le frôler de sa main tout le long de la poitrine et du ventre pour pénétrer enfin sous le slip.

—Mais qu'est-ce que tu fais là, pour l'amour?

D'un bond, Émile se retrouve assis tandis qu'il retire vitement la main. Du coup, il se sent misérable, honteux, vicieux.

—Excuse-moi, p'tit frère, mais j'suis pas du genre... enfin... tu vois c'que j'veux dire... J'suis pas comme ça.

Quelle gaffe! Quelle méprise! Le regard d'Émile le juge. Il y voit de l'indignation et du mépris pour qui n'observe pas ce qui est écrit dans le grand livre de la Nature. Lui non plus, il n'est pas «comme ça» malgré le fait qu'il a été condamné à un mois d'isolement pour relation homosexuelle.

—Moé non plus, j'suis pas comme ça! J'suis pas de même, réplique-t-il au directeur de prison qu'il retrouve dans l'expression d'Émile.

—Pourquoi, d'abord?

—C'était... c'était juste pour... enfin... pour voir.

Il ne sait plus que dire pour sa défense.

—Voir quoi?

—Rien... Oublie ça, c'est tout.

Émile est furieux. Brusquement, il s'arrache du lit et se dirige vers la fenêtre. Son souffle est saccadé et sa voix étranglée quand il dit:

—Voir de quoi un infirme peut se contenter?

Grand silence. Quelle grave blessure il vient d'infliger involontairement! Au lieu de libérer cet homme, il vient de le torturer dans son cachot. Au lieu de faire prendre un nouveau tournant à leur amitié, il vient de la mettre en péril. Quel oisillon maladroit il est d'avoir fouillé avec son petit bec pointu dans la plaie du grand aigle, réveillant ainsi sa douleur! Sûrement qu'il va s'envoler. Le quitter définitivement. L'abandonner à son sort.

Il entend Émile qui ne parvient pas à contrôler sa respiration. Il le voit haleter, la main droite crispée dans le rideau. Il ne peut supporter de le voir souffrir plus longtemps. Il doit se sacrifier pour sauver Émile des miasmes de la pitié qui empoisonnent son existence.

—Excuse-moé... C'était pas pour voir. J'crois que là-bas... j'suis devenu comme ça.

—Cherche pas à nier que j'te fais pitié. J't'ai vu regarder les danseuses, Luc. Viens pas m'faire accroire que t'es aux hommes.

Il doit le convaincre à tout prix. Ne pas le laisser sur cette impression (pas tout à fait fausse, d'ailleurs) qu'il lui inspire de la pitié.

—J'ai pas été capable, tantôt, avec la fille... Pis si tu veux savoir pourquoi j'ai tant maigri, t'as qu'à aller vérifier dans mon dossier. J'ai fait un mois de trou avant de sortir parce que j'ai été pris sur le fait avec un gars.

Cette confession le glace. Comme si elle le vidait de son sang. Il tremble maintenant de tous ses membres et se sent étrangement nu. Étrangement laid et difforme. Comme Adam fuyant le regard de Dieu après la faute.

Émile ne bouge pas, soufflant comme un animal jeté dans l'eau glacée, suspendu d'une main au rideau.

—J'recommencerai plus, j'te promets... Mets ça sur le compte de la boisson. Ça m'a fait perdre la tête... J'sais plus trop c'que j'fais. J't'achalerai plus.

L'argument de ces choses qu'on s'était bien promis de ne dire ou de ne faire à personne et qu'on trahit sous l'effet de la boisson semble porter ses fruits. La respiration se calme peu à peu, la main abandonne le rideau, le bras tombe lourdement.

Il en profite pour se réfugier sous les couvertures du lit voisin.

Émile revient, se laisse tomber assis et, les coudes sur les genoux, se prend la tête à deux mains. Cette tête qu'il a été le seul à caresser par amour. Cette tête qu'il voulait libérer de tout à tout jamais. Cette tête dans laquelle désormais il ne saura plus ce qui se passe.

— N'en parlons plus, veux-tu?

— Oui, souffle-t-il, au bord des larmes, agonisant sur la berge lisse de sa raison où le fleuve l'a rabattu, les doigts accrochés aux faibles roseaux de son identité sexuelle.

* *
*

Rien n'a changé et pourtant plus rien n'est pareil. Tout au long de la journée, il s'est surpris à rougir chaque fois qu'Émile l'a regardé. Et chaque fois il a retrouvé le jugement et la condamnation du directeur de prison dans son attitude.

Rien n'a changé. Tout comme hier, il l'a suivi partout dans les corridors du ministère des Transports et dans les entrepôts, mais, au lieu d'être gâté comme l'enfant qui a subi une dure épreuve, il se sentait traité comme celui que l'on n'aurait pas adopté si l'on avait su qu'il présentait une telle tare.

Rien n'a changé et pourtant Émile ne l'appelle plus «p'tit frère» et évite les gestes chaleureux à son égard. Gestes dont il a fait amplement usage envers le fils de son cousin et son copilote venus le rejoindre au cours de l'après-midi. Ces mêmes gestes qui avaient semé la confusion en lui et qui, chez les autres, créaient la certitude d'être appréciés et aimés de lui. En toute fraternité. Sans arrière-pensée ou cochonnerie du genre de celle tentée la veille.

Officiellement, rien n'a changé, mais officieusement, entre eux, plus rien n'est pareil. À grands coups de pelle, le silence a creusé un fossé d'incompréhension, de gêne, de honte, de préjugés, d'incertitude.

Officiellement, il est libre, et pourtant il se sait l'esclave du souvenir. Toujours et partout, il sentira peser sur lui l'œil de l'indignation et de la condamnation. L'œil de la société qui exécute le moucheron corrompu et égaré dans la marge. Toujours et partout, il entendra haleter Émile pendu au rideau. Toujours et partout, cette gaffe monumentale existera entre eux.

Rien n'a changé et pourtant plus rien n'est pareil à ce qu'il avait imaginé. À ce qu'il avait espéré derrière ses barreaux. À ce qu'il avait rêvé à propos du grand aigle et du petit oiseau. Tout cela n'est qu'un songe, qu'une illusion qu'il s'était forgée pour survivre. Tout a été faussé, déformé, amplifié. Ce qu'il a vécu pendant mille sept cent trois jours a complètement transformé la réalité. La sienne comme celle des autres. Et il ne parvient pas à s'adapter au monde extérieur. À s'adapter au chef pilote qui profite de ce voyage dans le Sud pour régler les affaires de la compagnie, faire réparer une radio du DC-3, ramener les pièces commandées par l'ingénieur et faire subir les tests de vol aux instruments, première classe, à son jeune copilote.

Dans sa cellule, il s'était fabriqué un grand aigle venu expressément du Grand Nord pour le cueillir. Il n'en est rien. Il n'y a qu'un chef pilote qui dote la compagnie d'un homme prêt à se donner corps et âme pour atteindre un jour le siège du capitaine d'un Otter.

Naïvement, il s'est imaginé qu'Émile ne vivait que pour lui comme lui ne vivait que pour Émile. Que pas un jour celui-ci ne s'est endormi sans penser à lui comme il le faisait sur son grabat. Mais il n'en est rien. Aux yeux d'Émile, il n'est qu'un homme rentable. Qu'un employé. Il ne bénéficie d'aucun traitement de faveur et se voit relégué au même rang que Georges, le gars de quai. Dans la sous-classe des rampants. Pas encore le pied sur le premier échelon. Bien en dessous du jeune copilote exubérant qui a réussi ses tests. Avec quel enthousiasme Émile l'a félicité! Avec quelle chaleur il l'a serré contre lui et avec quelle admiration ce blanc-bec regardait son capitaine! «C'est beau, mon pit.» Cette phrase l'a blessé. Ce n'était pas lui «son pit» mais cet autre encore boutonneux aux ambitions bien arrêtées. Lui, il était le mécanicien qui allait travailler sous les ordres d'un ingénieur bourru. Celui qui n'avait pas encore son brevet de pilote professionnel et ne faisait pas partie de leur confrérie. Celui qui se sentait à des années-lumière de ces officiers à l'uniforme galonné d'or qu'il croisait à l'aéroport de Dorval. Celui qui n'était pas des leurs. Celui qui venait de sortir d'un caveau avec des rêves qui ne s'ajustaient pas à leur réalité.

Rien n'a changé et pourtant il les a vus ensemble, dans la cabine de pilotage. Et pourtant il a eu mal de voir Émile, assis à droite, offrant son profil de grand prêtre initiateur au jeune novice assoiffé de connaissances. Il a eu mal de les voir se retirer ensemble dans l'univers de leurs écouteurs où les conversations avec la tour de contrôle les unissaient. Il a eu mal de voir la grande main se poser sur les manettes des gaz du bimoteur et de voir l'attention et la fébrilité du copilote. Mal de capter l'échange du moindre regard et des moindres gestes. Mal de cette communion sacrée. De cette messe à laquelle il ne faisait qu'assister en tant que passager.

Rien n'a changé et pourtant plus rien n'est pareil. Rien n'a changé de ce monde parallèle dont on l'a exclu il y a cinq ans. La vie a continué sans lui. La Terre a continué de tourner et le temps a fait son œuvre. Là, sur les tempes d'Émile. Là, chez ce copilote prometteur qui, lors de son procès, n'avait que seize ans. Le temps a fait son œuvre dans ce monde parallèle, faisant pousser les incisives du petit prince d'Émile sur sa photo d'école et unissant sa belle lionne à quelque inconnu. Le temps a fait son œuvre dans le monde parallèle de l'ombre également, le déformant, le débilitant. C'est lui qui a changé. Il ne se sent plus des leurs et il glisse sur la paroi le séparant des autres, cherchant désespérément une prise. Mais il ne trouve rien, pas la moindre aspérité, et il se ramasse en bas avec le souvenir de Ronald, de Frère Tuck et de Jack qui disait: «Quand tu seras au ciel, tu penseras à nous autres, des fois.» C'est fait. Il est au ciel, assis sur le premier siège de passager du DC-3 qui l'emmène vers le Grand Nord, et il pense à eux. Déjà. À cette tolérance dont ils faisaient preuve et à cette solidarité qui les unissait face aux autorités. Le front collé au hublot, il se perd dans le noir de la nuit avec ses compagnons de l'ombre.

Tantôt, Émile l'a invité dans la cabine de pilotage. «Viens voir, Luc.» Il n'est plus son «p'tit frère». «Tiens, tu veux prendre ma place, un temps? — Non merci, j'vais dormir un peu en arrière.»

Ce n'est pas la place d'Émile qu'il veut mais celle de l'autre. La sienne s'il n'avait pas moisi si longtemps dans sa poubelle.

Il s'est retiré, les laissant ensemble dans leur monde de radiophare omnidirectionnel, de fréquences et de vecteurs. Il n'est pas des leurs et il ne présente aucun point commun avec eux.

Il s'est retiré dans le compartiment des passagers, seul être vivant de la cargaison de pièces commandées par l'ingénieur. N'étant lui-même qu'un rouage facilement remplaçable.

Devant, dans le poste de pilotage, deux hommes naviguent, les yeux rivés à leurs cadrans lumineux et l'o-

420

reille tendue aux stations radiophoniques. Lui, il est derrière. Médusé et tenu à distance sur son siège de passager. Un monde le sépare d'eux. Un monde le sépare d'Émile, que le copilote appelle «le Grand» avec familiarité pour montrer qu'il est intime avec le chef pilote. Cela lui porte sur les nerfs de voir cet apprenti plein d'assurance prétendre qu'il connaît Émile. Personne ne connaît vraiment Émile et ce surnom est d'une facilité, d'une banalité qui ne rend justice qu'aux apparences.

«Le Grand» parce qu'il est d'abord grand physiquement, puis grand par sa vaste expérience et ses qualités exceptionnelles de pilote. Grand par l'important poste de commandement qu'il occupe, mais lui, ce Grand, il l'a vu brailler, tout recroquevillé, en se cachant l'oreille, il l'a vu serrer les poings pour défendre une barmaid, il l'a entendu souffler péniblement, la main accrochée au rideau. Lui, ce Grand, il ne le connaît pas. C'est un parfait étranger avec qui dorénavant il lui faudra composer. Il a perdu Émile. Perdu le grand aigle. Perdu la face. Perdu le respect. Perdu l'exclusivité. Perdu la tendre appellation de «p'tit frère» et la main chaude sur l'épaule. Perdu l'encens de lotion après-rasage et de tabac.

Il a perdu le tour pour avoir perdu contact trop longtemps avec la réalité. Il a perdu du temps. Perdu sa place à gauche du grand prêtre initiateur.

Il est derrière. Simple passager. Pièce rudimentaire et commune de la cargaison.

Pièce vivante à qui il ne reste que cette corde qui vibre douloureusement en lui comme au premier jour de l'œuf assis dans l'herbe. Que cette corde à faire vibrer correctement, justement, merveilleusement et parfaitement dans les cieux cristallins du Nord. Que cette corde à donner la note de l'harmonie du vol, qu'il perçoit mais qu'il ne peut encore rendre.

Que cette corde à dénouer autour des fardeaux qui surchargent son âme. Que cette corde à délester sa conscience pour tendre vers l'infini.

Que cette corde à bander comme celle d'un arc pour le propulser dans l'espace.

Que cette corde à jouer dessus avec le bec... et les pattes... et les ailes... Alouette! À jouer dessus pour y entraîner l'oisillon, musclant ses ailes et profilant sa ligne jusqu'à l'apparition des signes distinctifs d'un aigle. À jouer dessus jusqu'à la perfection.

Que cette corde pour éviter de s'en nouer une au cou. Corde tendue de là-haut vers la fosse où il croupissait, tantôt cordon ombilical, tantôt lien avec le monde extérieur, mais toujours corde de l'instrument imparfait qu'il est, entravé par les erreurs du passé.

Instrument imparfait mais combien vigoureux et tenace, semblable à l'avion de brousse aux formes grossières. Instrument imparfait dont la vibration de la corde déploie l'énergie nécessaire pour briser les chaînes et le lancer sur sa trajectoire.

Trajectoire dessinée pour lui dans la nuit des temps par la main simplette et rêveuse d'Icare, puis corrigée par celle toute divine de Léonard et enfin réalisée par celles des frères Wright sur la plage de Kitty Hawk. Trajectoire sur laquelle la main mutilée l'a gardé afin qu'il s'accomplisse.

Il est derrière. Simple passager pour l'instant. Autour de lui, c'est encore et partout la nuit. Enfermés dans la cabine, seuls les pilotes voient des routes. Pour l'instant.

Les siennes sont à venir, pas encore tracées mais réservées pour lui dans l'espace aérien au-dessus de la toundra. Les siennes sont à venir, à baliser de monts, de lacs et de rivières. À barbouiller de pluie, de neige et de grêle. Les siennes sont à venir, à visualiser tendues vers l'horizon.

Il est derrière, apprenant à décharger les choses mortes et inutiles. Apprenant que ce qu'il croyait être un aboutissement n'est que le commencement, que la course malhabile de l'oisillon au sol. Chutant, roulant, recommençant, se ruant tête baissée vers les souffles glacés du Nord jusqu'à ce que ceux-ci l'arrachent à la terre, le prennent et l'aspirent finalement.

Il est derrière, pour l'instant. Rêvant du jour où il sera seul. Devant. Maître et commandant de bord.

Seul. À s'élever, se purifier et se libérer.

22

À tire-d'aile

Dans la nuit noire file le vent sorti des cages du Nord. De quelle prison de glace s'est-il enfui pour être si mordant et si dur? Rien ne l'arrête. Il file sur la toundra. Et il hurle de sa voix des temps anciens. Pas d'étoiles au ciel: il les a toutes balayées sur son passage.

Il s'acharne avec rage sur une tente que des chasseurs blancs ont installée, soufflant à pleine force sur la toile pour la fendre ou l'arracher.

À l'intérieur, silencieux et inquiets, les hommes s'échangent des regards d'enfants perdus.

Une faible lueur tremble dans l'abri fragile. De temps à autre, ils fixent de leurs yeux angoissés une mèche formée d'une corde de jambon baignant dans du gras de caribou. Ils la surveillent et, si elle fait mine de se noyer, ils la soulèvent avec précaution. On dirait des chirurgiens assistant un cœur moribond.

Le plus âgé et le plus tendu se ronge les ongles nerveusement. Chauve, court et dodu, affublé de petites lunettes à monture dorée, il s'inquiète plus que tout autre de la flamme qui éclaire et réchauffe. Sans elle, c'est la nuit et le froid. C'est noir et froid. Comme dans un tombeau. Cette pensée l'épouvante, la pensée de son tombeau l'épouvante et lui rappelle son cœur malade. Et s'il venait à crever, bêtement, sur la toundra, parmi ses neveux et les caribous qui passent?

— Est-ce qu'on a du gras pour longtemps? demande-t-il pour la énième fois au jeune Louis, le marginal du groupe.

— Pour toute la nuit, mon oncle. Vous devriez vous coucher.

— Et pour demain?

— J'en ferai fondre s'ils ne viennent pas.

— Hum...

L'oncle hausse les épaules et soupire. Il se sent démuni. Tout nu et sans défense comme un bébé abandonné au froid.

Perdu dans l'immensité du Nord, il ne cesse de craindre et de gémir, sentant un ennemi derrière son dos voûté. Un ennemi tout de glace vêtu qui finira bien par le figer.

Où est sa belle confiance en soi qu'il démontrait à son bureau d'assurances et qui l'ancrait calmement dans son fauteuil de cuir, face à ses clients? Elle s'est vue emportée par le vent dément. Enfouie sous la neige. Noyée sous la pluie.

Dans son rôle d'homme de la toundra, il échoue. Il cède à la peur, à la panique, à la déraison, se reprochant ce désir insensé qui l'a poussé aux confins du silence et de l'espace. Désir orgueilleux de doter la salle d'attente d'un superbe trophée de chasse. Une truite empaillée avait déjà un effet si favorable qu'il ne doutait pas un seul instant du prestige que conférerait une tête de caribou exhibant son fier panache.

Mais voilà, cette fameuse tête, il a fallu venir la chercher jusqu'ici. Dans ce pays de misère, de froid et de solitude. Ce pays où on les a abandonnés. Oubliés. Le pilote a dû omettre de piquer un petit drapeau rouge sur la carte des zones de chasse pour indiquer le lieu de leur campement et plus personne ne pense à eux. Plus personne ne sait où ils sont. Non, personne ne sait qu'ils sont ici, à grelotter, à avoir faim et peur... Si peur... Voilà déjà huit jours, huit longs jours qu'ils devraient être partis d'ici. Huit jours sans provisions, sans feu, sans autre nourriture que leurs caribous.

Il jette un regard fatigué à l'amoncellement de poches de thé décolorées qu'ils utilisent pour donner un léger goût à l'eau tiède, puis se frotte les mains dans l'espoir de les réchauffer.

Un sentiment étrange et morbide l'envahit. Combien de temps tiendra-t-il encore le coup? De combien de battements son cœur est-il encore capable? Il ne veut pas mourir. Pas comme ça. Pas ici. Si loin de sa femme et de tout ce qu'il a édifié, là-bas, dans la ville. Il ne veut pas mourir de faim ou de froid, lui, un homme riche. Mourir dévoré par ces loups qu'ils ont entendus hurler, hier.

Il imagine les recherches que sa femme devra effectuer pour être en mesure de toucher la prime de son assurance-vie et il se reproche de lui avoir dit qu'il valait plus cher mort que vivant, lors de leur dernière brouille. Était-ce prémonitoire? Pourquoi s'opposait-elle à ce voyage de chasse? Son intuition féminine lui faisait-elle pressentir ce malheur qui fond présentement sur lui? Pourquoi n'a-t-il pas pris ses arguments en considération? Par orgueil sans doute, et parce qu'il ne les prend jamais en considération, ayant toujours décidé de tout. Pas question d'annuler ce voyage sous prétexte qu'il avait le cœur malade! Et puis ses neveux l'accompagnaient et, grâce à de généreux pourboires, il ferait en sorte de bénéficier d'un service hors pair. Tu parles d'un service! Cela fait huit jours qu'ils sont censés être de retour à la civilisation. C'était bien la peine de distribuer des pourboires à ces sauvages. Oui, des sauvages, tous autant qu'ils sont, Amérindiens ou autres. Des primitifs. Avec quelle effronterie le pilote leur a ordonné d'aider à décharger l'avion! «Dépêchez-vous, y'a pas juste vous autres à la chasse», qu'il leur a dit comme s'ils n'étaient tous que des nullités anonymes sous leurs habits de chasseurs. Que du bétail à disséminer le long des grands chemins de migration des hardes de caribous. S'est ensuivie une prise de bec où il a dû faire valoir ses droits à un service de haute qualité. Apparemment qu'il a été fort déplaisant, aux dires de Louis. Qui sait si ce pilote n'a pas volontairement oublié d'indiquer l'endroit précis de leur campement? Avec quelle satisfaction il pourra alors venir rassembler les ossements éparpillés par les loups, au printemps, et identifier la tente en lambeaux afin que sa femme et celles de ses neveux puissent toucher les primes d'assurance-vie, la mère de Louis, moins fortunée, n'héritant que de la possibilité de pleurer ce fils rebelle qui lui a déjà fait verser maintes larmes.

Son regard se porte sur le garçon de dix-huit ans assis à l'amérindienne en face de lui. Une longue mèche de cheveux pend devant son visage maigre que l'ébauche d'une barbe au menton allonge démesurément. À moins que ce ne soient ces cheveux de fille qui donnent cet effet. Cette idée de les porter jusqu'aux épaules! Un vrai hippie. Patiemment, le garçon travaille à transformer un os de caribou en hameçon. Le calme et l'assurance dont ce garçon fait preuve le mortifient et c'est avec beaucoup de réticence qu'il doit admettre que leur survie dépend de lui, car sans lui il n'y aurait pas de ce feu et de cette lumière. Dire qu'il l'a accepté à contrecœur, sur les instances de sa

pauvre mère! «Pour une fois que quelque chose l'intéresse, suppliait-elle. Tu es son parrain, après tout.» Surtout pour se débarrasser de sa belle-sœur au bord des
larmes, il avait cédé.

«Pour une fois que quelque chose l'intéresse.» C'était
bien dit puisque Louis avait craché sur les études et sur
l'occasion de travailler comme courtier à sa maison d'assurances à l'instar de ses cousins, préférant lire à longueur
de journée, au son de musiques barbares, un joint entre les
lèvres. Jamais cependant il n'aurait cru que ces lectures
puissent leur venir en aide un jour.

Ayant lu tout ouvrage concernant le Grand Nord, les
Montagnais, les caribous et les méthodes de survie, Louis
s'est facilement adapté à ce rude mode de vie ainsi qu'aux
inconvénients et difficultés engendrés par le retard à venir
les chercher. De plus, il s'est forgé une philosophie de la
chasse qui vient nettement en contradiction avec la leur.
Pour lui, c'est un retour aux sources, aux instincts ances-
traux. Au lieu de tirer à l'aveuglette sur le troupeau comme
ils l'ont fait, il s'est isolé et a attendu *la* bête. La sienne.
Le grand et rare albinos. Laissant passer les autres par
centaines, admirant leur panache, leur innocence sauvage,
leur curiosité, encouragé à demeurer aux aguets par le
bruit des sabots foulant les pistes. «Et s'il ne passe pas,
ton albinos? — Je serai gagnant de tous les autres que j'ai
laissés passer. — Peuh! Quelle idée!» Heureusement ou
malheureusement, il est passé. Heureusement ou malheureusement, d'un seul coup de feu, Louis l'a abattu, faisant
naître la jalousie chez les autres. Les leurs étaient moins
beaux, moins grands, n'avaient rien de majestueux. «Tu
me donnes la tête, Louis, ça sera de toute beauté dans la
salle d'attente. — Non. La tête, c'est le meilleur. J'ai
l'intention de la manger.» Ce qu'il a fait. Ce qu'ils ont fait
lorsqu'ils n'eurent plus de provisions.

Embêtant, tout cela. Mortifiant. Humiliant. Pour lui, l'oncle. Pour eux.

Il se tourne vers ses deux autres neveux, pendus du regard au visage concentré de Louis derrière la longue mèche de cheveux. Dire qu'il était si fier d'eux. De leur docilité, de leur malléabilité et de leur serviabilité. On dirait des duplicata de lui-même. Paradoxalement, cela le choque maintenant. Cela le choque ici. Il ne les voit que comme des répliques plus jeunes, plus en santé, qui s'insèrent entre lui et Louis, le reléguant bon dernier dans la hiérarchie inviolable et incorruptible de toute société luttant pour sa survie.

Soudain, un hurlement lui noue l'estomac, lui coupe le souffle. Deux hurlements. Ses neveux-duplicata reportent sur lui des regards épouvantés. On n'entend maintenant que le fleuve du vent qui rugit autour d'eux comme autour d'une petite île où ils seraient captifs. Impassible, Louis durcit maintenant la pointe de son hameçon à la chaleur de la flamme, ce qui projette des ombres sinistres sur le plafond de toile.

Nouveaux hurlements qui lui glacent l'échine.

— On dirait qu'y sont plus proches, chuchote un neveu.

Silence. Les bêtes se répondent. Est-ce une meute qui s'organise?

— Ils attaqueront pas, certifie Louis.

— T'es sûr?

— Sûr. Faut pas vous inquiéter, mon oncle. De toute façon, on a des carabines. Ce sont les caribous qui les attirent. Ils vont venir les manger.

— Nos caribous? Ils vont manger les têtes?

— Possible.

— Faudrait pas... Mon Dieu! Tout ça pour rien!

Long silence. Nouveaux hurlements tout près, puis un glissement contre la toile suivi de grognements à une cinquantaine de pas. Les bêtes se disputent la viande.

— J'vais aller tirer un coup en l'air, propose Louis.

— Non... Conservons nos munitions. Après les caribous, ce sera notre tour.

— Jamais de la vie! Pas tant que nous serons vivants.

— Nous ne pourrons pas passer l'hiver comme ça. Ils nous ont oubliés. Saleté de compagnie d'aviation! M'inspirait pas confiance, c'te gros pilote-là. Y'a fait exprès.

— Bon! Faites-vous des peurs, encore. Vous voyez bien que ça n'vole pas dans des conditions comme ça. Y'a trois jours, on a eu une tempête de neige comme c'est pas croyable, et maintenant c'est du vent et de la pluie.

Ah! comme il aime entendre cela! Comme il aime la certitude avec laquelle Louis le dit! Faudrait qu'il le redise.

— Oui, mais si j'ai été si déplaisant que ça avec lui, il peut m'en vouloir.

— Voyons, mon oncle! Vous pensez pas à ce que vous dites. J'suis sûr qu'ils ne nous ont pas oubliés. Le mieux à faire, c'est de dormir.

Cela dit, le jeune homme s'enfonce une tuque jusqu'aux oreilles et se glisse dans un sac de couchage.

— Vous soufflerez la mèche pour la nuit, pour économiser le gras... à cause des loups, conseille-t-il en bâillant.

Est-ce du courage ou de l'inconscience que de s'endormir ainsi sous un abri de toile à proximité d'une meute de loups? À moins que ce ne soit la conviction d'être hors de danger. Peu importe: le calme dont il fait preuve influence ses cousins qui, tour à tour, se glissent sous le duvet. C'est bien la première fois qu'il les voit imiter un autre que lui et il se sent trahi. Destitué. Les rôles sont inversés. Plus rien de ce qu'il était, là-bas, à la tête d'une solide maison d'assurances, ne réussit à le déloger de cette dernière place où l'instinct de conservation fait valoir ses droits.

Il observe ses neveux-duplicata, qui s'efforcent de dormir comme Louis. Sans s'en rendre compte, ils calquent maintenant leur attitude sur celle du nouveau chef. Combien de temps leur faudra-t-il pour devenir les duplicata de Louis?

— Faudrait économiser le gras, rappelle l'un d'eux.

Ce qui sous-entend qu'il vaudrait mieux souffler la mèche.

Ce qu'il fait, après s'être emprisonné dans son sac de couchage. Oui, emprisonné. C'est ainsi qu'il se sent. Ni plus ni moins comme un gros boudin destiné à figurer au menu des loups.

Immobile, les yeux grands ouverts sur le noir total, il tend l'oreille aux grognements. Un rien de tissu le sépare de ces carnassiers qui se disputent la chair des caribous. De ces crocs féroces qui broient les os. Reniflent-ils sa présence sous la tente? Son sang qui ne fait qu'un tour? Détectent-ils sa peur? Reviendront-ils dévorer ce gros boudin sans défense, incapable de fuir dans son sac de couchage? Un rien de tissu le sépare d'eux dans le noir total.

Il grelotte, maintenant. Il claque des dents. Plus de peur que de froid. Hanté par l'idée de sa propre mort et l'horreur de son cadavre déchiqueté par des bêtes. Tantôt, quand subsistait la faible lueur, subsistait également son faible courage et il déplorait que ces animaux détruisent le trophée de chasse qui l'a attiré jusqu'ici. Ce qu'il s'en fout présentement, de ce trophée! Qu'ils le mangent! Stupide orgueil que de vouloir l'exposer dans l'intention d'épater la clientèle! Qu'ils le mangent au complet, pourvu qu'ils ne viennent pas lui mordre les orteils!

Il se recroqueville. Se remémore son grand lit d'eau dernier cri dont il se rengorgeait mais qui ne pouvait empêcher que sa femme s'éloigne de lui. Qui ne pouvait empêcher qu'elle soit à des lieues de celle qui avait répondu oui au pied de l'autel, ni qu'il soit à des années-lumière de celui qui avait répondu un oui semblablement ému au pied du même autel. Tout le bien qu'il aurait pu faire avec cet amour qui les a unis lui apparaît clairement, ainsi que tout le bien qui reste à faire. Alors, il prend des décisions, des résolutions. Il va s'amender. Réparer les torts. Répandre le bonheur autour de lui. Respecter sa famille, ses employés, ses clients. Il multiplie les bonnes intentions pour démontrer qu'il a bien compris la leçon que le destin lui sert. Dieu n'aura pas l'indécence de le rappeler à Lui dans ces conditions. Pas maintenant qu'il est repentant et tout disposé à s'amender.

Ce soupçon de spiritualité le rassure. L'élève au-dessus du monde animal. Voilà qu'il n'est plus un gros boudin prêt à manger mais un être qui connaît l'Être. Un être qui a un Dieu. Un Dieu qui ne peut pas le rappeler maintenant qu'il est résolu à faire le bien. Un Dieu qu'il a passablement négligé mais qui l'accueillera quand même à bras ouverts, comme l'enfant prodigue.

L'équation simple de sa destinée étant résolue, il aspire à se détendre. En échange de sa vie, il offre tout le bien à faire autour de lui. C'est un échange honnête, il lui semble. Et pourtant en lui subsiste la crainte parce qu'il n'est pas aussi sincère qu'il devrait l'être et qu'il sent confusément que ce marchandage avec le Créateur a de quoi l'insulter.

Que faire, alors? Il ne sait plus et il se laisse aller aux larmes qu'il refoule continuellement en présence des autres, se sentant comme un bébé sans défense à la merci de ce pays cruel.

* *

*

Tic, tac, tic, tac. Fichu réveille-matin! Ce qu'il peut être bruyant! Il a perforé toute sa nuit de ses tic-tac agaçants et le voilà sur le point de sonner l'alarme. Dieu qu'il aurait aimé passer une bonne nuit! Dormir comme un ours en hibernation. Avec rien qui trotte dans la tête. Rien qui tiraille le cœur. Il faudrait être un ours pour cela et non un pilote. Il paraît que celui qu'on a retrouvé hier après qu'il eut passé trois journées sur la grève d'un lac à regarder la semelle des flotteurs de son avion naufragé dort à poings fermés depuis, sous observation à l'hôpital. Miraculeusement, il s'en est sorti indemne et, grâce au feu qu'il a été en mesure d'entretenir et à l'abri qu'il s'est construit, il a pu survivre à la tempête de neige qui s'est abattue sur la région et l'a surpris alors qu'il tentait une percée. Un vieux pilote, pourtant. Chevronné et expérimenté, travaillant pour la compagnie rivale de la leur. Ce pays ne pardonne pas. Ce climat ne pardonne pas. En l'espace d'une heure, le temps peut changer du tout au tout. Ce qu'il doit être bien, à l'heure qu'il est, ce pilote rescapé, dans un lit confortable. Il n'a qu'à s'imaginer être à sa place et ne penser qu'à sa tête qui s'enfonce mollement dans l'oreiller et à son être entier qui glisse, glisse dans les limbes du repos... Glisse, glisse de la réalité... du tic-tac du réveille-matin, du vent qui souffle à travers les fils électriques, de la pluie qu'il entend contre la fenêtre... Il ne fait pas beau... Il n'aura pas à piloter aujourd'hui... Il faudrait qu'il désarme le réveille-matin... Il n'aura pas à piloter aujourd'hui et il s'enfonce dans le néant. Il s'échappe de sa nuit pleine de trous comme une passoire.

Dring! Il sursaute. Administre une claque au réveille-matin qui roule par terre sous le lit. Ce n'est pas vrai! Pas déjà cinq heures! Pourquoi ne l'a-t-il pas désarmé? Il pleut et il vente. Pas question de voler aujourd'hui. Si un vieux pilote de la compagnie rivale s'est fait culbuter par le vent et les vagues, qu'adviendra-t-il de lui, un débutant? D'ailleurs, le chef pilote l'a bien averti hier: pas question de décoller sans l'autorisation du pilote du Otter, responsable des opérations sur flotteurs.

Il tâtonne sous le lit avec humeur, met fin à la sonnerie brutale et demeure un long moment le bras pendu, la main par terre, enfonçant son visage dans l'oreiller, soulagé de n'avoir pas à effectuer son premier vol aux commandes du DHC-2 Beaver auquel il vient d'être affecté. Avec ce temps, il n'est pas question qu'il aille risquer sa peau même si le groupe de chasseurs qu'il doit aller chercher accuse déjà un retard de huit jours. De toute façon, le chef pilote le lui a formellement interdit.

Quelle saison! La pire qu'ils ont connue depuis des années, aux dires des deux compagnies d'aviation, qui s'entendent sur cet unique point. Pluie, brouillard, vents violents, giboulée et, tout dernièrement, une formidable tempête de neige ont souvent cloué les avions au sol et causé des retards considérables, autant chez les chasseurs qu'aux camps de la SEBJ[1].

Le désordre et le mécontentement règnent sur les quais d'embarquement. Aucun pilote ne réussit à rejoindre son appareil sans essuyer le feu nourri des reproches des chasseurs qui veulent «aller dans le bois» et des responsables du ravitaillement qui s'alarment au sujet de la nourriture, de l'essence ou du gaz propane qui manquent soit à Duplanter, au lac Pau ou au lac Brisay. Un peu plus

---

1. SEBJ: Société d'Énergie de la Baie-James.

patients parce que rompus aux caprices du climat, les biologistes n'insistent que par une présence soutenue qui fait bien comprendre qu'il ne faudrait tout de même pas attendre que le frai ou la migration soient terminés.

Que de fatigue aussi, accumulée chez les pilotes! Fatigue due au stress du mauvais temps. Aux longues heures de vol en s'alimentant de café et de sandwichs avalés en vitesse, la main sur les commandes, les écouteurs bien ajustés aux oreilles pour étouffer les plaintes et jérémiades de ceux qui sortent en retard. Qui ont eu peur. Qui ont eu froid. Qui ont eu faim. Qui ont manqué un rendez-vous important. Raté une grosse affaire.

Ceux qui n'avaient plus de pilules à se mettre sous la langue. Plus d'insuline. Plus de feu. Plus de cigarettes.

Fatigue due aux mauvaises nuits passées à bord de l'avion posé sur un lac quelconque dans l'attente d'une éclaircie. D'une accalmie.

Fatigue accumulée de toute la saison estivale, avec ses journées de vingt heures d'ensoleillement qui permettent de multiplier les milles et les heures de vol pour consolider et ravitailler les camps du complexe hydroélectrique de la baie James, échelonnés sur la toundra qu'aucune route ne rejoint encore.

Fatigue jointe à la grippe qui a sévi et qui a fait que le pilote du Beaver a développé une pneumonie, ce qui l'a forcé à céder son siège de capitaine à un autre. Et cet autre, c'est lui. Quelle chance il a! Normalement, ce poste aurait dû échoir au pilote du Cessna 185, mais celui-ci l'a refusé. Issu d'une famille aisée où il n'a jamais eu à fournir d'efforts, il s'est engagé sur un coup de tête soi-disant pour faire de lui un homme et il considérait que c'était chose faite. Par conséquent, il ne voyait pas comment le surplus de travail qu'exige le chargement et le déchargement d'un Beaver pouvait augmenter l'admiration que les siens lui voueraient assurément pendant au moins une décennie. Alors, forcément, le choix du chef pilote s'est arrêté sur lui. Forcément, parce qu'il n'y a guère de pilotes compétents disponibles à ce temps-ci de l'année; parce qu'il travaille pour la compagnie depuis plus d'un an comme aide-mécanicien et possède quelque deux cents heures d'expérience aux commandes d'un hydravion Cessna 172; aussi parce qu'il est doué et a été fortement recommandé par le capitaine du Otter, à qui il a servi de copilote pour un contrat de trois semaines au camp de Grande-Baleine. Quelle chance, tout de même, de passer directement d'un Cessna 172 au Beaver! Dommage que ce ne soit pas pour aujourd'hui! Avoir su, il aurait beaucoup mieux dormi. Quand on s'attend à ce que le lendemain soit le grand jour, on hérite invariablement d'une petite nuit. Il n'a qu'à se rendormir en se faisant accroire que c'est dommage quand en réalité il est soulagé. Aurait-il peur? Lui, peur? Alors pourquoi est-il soulagé, car, à n'en pas douter, il l'est. À lui-même, il peut bien se le confesser. Serait-il un peureux?

Il ouvre grand les yeux à cette pensée comme si l'on venait de lui lancer un seau d'eau froide à la figure. De quoi a-t-il peur? S'il n'était pas prêt, le chef pilote n'aurait pas signé son affectation. Et il a signé sans aucune hésitation après lui avoir fait accomplir quantité d'exercices pour mettre ses capacités à l'épreuve. «Parfait. Pas de problème. Tu l'as.» Et il a signé en lui recommandant de ne décoller que sur les ordres du capitaine du Otter. «Tu l'as.» Curieux. Lui, il n'est pas sûr de l'avoir. Pas sûr d'être familiarisé avec la hauteur des flotteurs à l'amerrissage... Mais puisqu'il a signé... De toute façon, pourquoi s'en faire? Il ne volera pas aujourd'hui.

Pourtant, il se lève et regarde machinalement par la fenêtre. Une lueur blafarde et délavée se faufile à l'est, sous de sombres masses nuageuses, faisant pâlir les lumières bleues de la piste d'aviation de l'autre côté de la rue. Le vent souffle la pluie contre la vitre. Non, il ne volera pas aujourd'hui. Pourtant, il se prépare un café, se fait frire deux œufs et du bacon, et déjeune en écoutant la radio. «Aujourd'hui, averses avec éclaircissement en fin de journée.»

— T'as dit la même chose hier: tu passes ton temps à t'tromper, réplique-t-il, maussade, s'évertuant à étendre son beurre froid sur la rôtie.

Pourquoi ne s'est-il pas acheté de la margarine? Il sait bien qu'il n'a jamais le temps de faire ramollir le beurre.

Non, il ne volera pas aujourd'hui, et pourtant il se prépare un gros thermos de café et trois sandwichs en tempêtant contre le beurre durci qui a troué le pain. Et pourtant il vérifie ses cartes de navigation, peigne ses cheveux trop longs et sa belle barbe blonde qui lui donnent l'air d'un pouilleux, d'après Lulu, l'ingénieur. Lui, il trouve qu'il a plutôt l'air d'un explorateur. Et pourtant il ferme la radio, verrouille la porte de sa roulotte et grimpe dans son tacot.

Prévoyant de se rendre d'abord dans la côte du radar, d'où il pourrait avoir un aperçu d'ensemble des conditions météorologiques, il opte finalement pour la base marine, située à trois milles de Schefferville, convaincu, par le va-et-vient incessant des essuie-glace, qu'il ne volera pas. Alors, que fait-il là, en route pour la base de Squaw Lake? «J'm'en vais voir... Juste voir», marmonne-t-il. Voir si tout est correct. Si le Beaver a bien passé la nuit. Si les câbles ont résisté. Et les sandwichs et le thermos, c'est pourquoi? «Au cas où... On n'sait jamais.»

Le voilà rendu en haut de la côte menant au quai. La lueur blafarde et délavée à l'est semble avoir réussi à soulever les masses nuageuses sous lesquelles elle s'était

438

faufilée, et elle permet à une lumière froide et pâle de découper la silhouette dansante des avions amarrés et celle des cargaisons entassées sous de grosses bâches gonflées par le vent. À droite, dans le petit chalet habité par le dispatcher, c'est encore le repos du guerrier, protégé, semble-t-il, par l'immense panache de caribou fixé au fronton.

Derrière les essuie-glace qui vont et viennent, certifiant sans cesse qu'il ne volera pas, il contemple la base déserte. Dieu qu'il a hâte de revenir de son premier voyage en tant que commandant de bord et de ramener ses premiers passagers à bon port! Mais, pour revenir, il lui faudra d'abord partir, ce qui ne se fera pas aujourd'hui. Soulagé tout en étant déçu par la situation, il demeure un long moment à admirer les appareils, le cœur battant d'émotion, puis il coupe le contact, s'empare du thermos et des sandwichs et descend à pas lents malgré le vent qui lui rabat la pluie en pleine figure. Il considère un moment le nez obtus-têtu du Beaver, puis grimpe à bord et s'assoit aux commandes. L'odeur particulière de l'appareil l'enivre. Une odeur de métal et d'essence. Il ferme les yeux, s'installe sur le siège du capitaine. C'est de cela qu'il avait envie. Venir s'asseoir dans cet avion qu'on lui confie: *son* avion. Venir faire connaissance avec lui, s'intégrer à lui. Se souder à lui. Habituer ses fesses au siège, ses bras à la distance des manettes, ses pieds à l'emplacement des pédaliers. S'habituer au bruit de la pluie sur la carlingue. Sur la vitre. S'habituer au ballottement des vagues.

Il ne volera pas aujourd'hui, et pourtant...

* *
*

Ils ne viendront pas aujourd'hui, alors aussi bien tenter sa chance à la pêche. Louis s'étire dans son sac de

439

couchage bon marché puis s'en extirpe en prenant bien garde de ne pas toucher la toile de la tente, imbibée d'eau. Il écoute. Toujours ce même vent. Cette même pluie. Non, ils ne viendront pas aujourd'hui. Quel rêve formidable il a fait: cette jeune Inuit qui se frottait le nez au sien en riant. Ce qu'elle était jolie et chaude! Brrr! Contrairement à ce matin.

Il réprime un frisson, jette un regard d'envie sur son oncle encore endormi dans son sac de couchage conçu pour résister aux températures polaires. Ce soir, s'il faut encore ménager le gras de caribou, ils dormiront deux à deux afin que tous bénéficient de la même chaleur. Plus question qu'il grelotte alors que ces messieurs roupillent confortablement au chaud dans leur duvet dispendieux. Ils sont tous égaux, maintenant. Ils sont tous égaux, ici. Il n'y a plus de préséance, de bienséance. Il n'y a que des hommes dans la toundra. Le froid, la faim, la peur et la solitude les ont tous nivelés.

Il s'attarde à étudier chez son oncle ce quelque chose d'humain qu'il n'y avait pas auparavant. Est-ce l'absence des lunettes, la barbe de deux semaines, le bout du nez rougi par le froid qui en est la cause? Difficile à dire. Il l'a toujours vu en complet et cravate, affichant une assurance virant facilement à l'arrogance en sa présence. Est-ce parce qu'il a pleuré cette nuit? Est-ce parce qu'il dépend de lui dont il ne voulait pas au sein du groupe à l'origine? Redeviendra-t-il ce qu'il était dès qu'il retrouvera la civilisation? La civilisation: quel mot trompeur où se cachent des sauvages en uniforme et en beaux habits!

D'un mouvement sec de la tête, il balance la mèche de cheveux devant ses yeux, enfile ses bottes et sort.

Encore une fois, l'immensité de la toundra le saisit. Il ne s'habitue pas à cet horizon au bout de l'horizon. À cet espace incommensurable et vierge. À cette étendue

440

sans arbres couverte de lichen et de rochers et où voyagent les caribous.

Il reste longtemps à contempler la toundra. À vibrer devant le spectacle grandiose et saisissant des lourds nuages gris traînés par le vent. Poussés par le vent, semblant s'éventrer sur les écueils des buttes. «Tu ne m'auras pas», semble-t-il dire à ce pays intransigeant. À ce vent qui emmêle ses cheveux d'adolescent marginal et lui offre de se mesurer à la vie. La vraie. Celle qu'il risque de perdre. Celle qui n'atteint sa réelle valeur qu'en comparaison avec la mort. Celle qu'il recherchait le long des corridors des collèges, le long des rues encombrées de disciples de Ramakrishna, le long du fleuve, un joint entre les lèvres. La vie qui bat et se débat. La vie aux lois immuables et dures. La vie sans discernement de classes. Sans discernement de règnes. Celle des loups valant autant que la sienne.

Il regarde ce qui reste du carnage de cette nuit. Ce qui reste du trophée de son oncle. Et il sourit amèrement au souvenir de la vanité des hommes. De la sienne comme de celle des autres, puisqu'il apprécie que les carnassiers aient épargné la belle fourrure blanche de son caribou.

Ils ne viendront pas aujourd'hui, alors aussi bien tenter sa chance à la pêche. À l'aide de son couteau de chasse, il taille un morceau de viande qu'il accroche à l'hameçon fabriqué la veille et se rend près du lac, réfléchissant au moyen de se fabriquer une pipe pour fumer la mousse noire proliférant sur les troncs des épinettes, déçu d'être à la merci de ce besoin de fumer. Où donc a-t-il lu que cette mousse aux propriétés légèrement hallucinogènes alimentait les calumets de paix? Il a lu tant de livres dernièrement que toutes ses connaissances se sont fondues, combinant des techniques primitives à des innovations de son cru. Cet hameçon tiré d'un os, par exemple, qu'il a vu illustré dans un bouquin et auquel il a noué une corde confectionnée de lacets et de cordons, utilisant un contenant de margarine vide en guise de flotte.

— Louis! crie soudain son oncle d'une voix paniquée, capable de se rendre au bout de cet horizon.

— Quoi?

— Où t'es, pour l'amour?

Quelle question! Comme s'il pouvait être parti quelque part. Au restaurant du coin, peut-être, chercher des cigarettes?

— Ici, au bord du lac. J'pêche.

Il lance sa ligne à l'eau.

— Ah! As-tu vu c'qu'ils ont fait, les salauds?

Il parle des loups... Les salauds qui sont venus assurer leur survie aux dépens de la leur.

— Oui, j'ai vu. Espérons qu'ils aiment pas le poisson.

Nulle réponse. Après avoir uriné, l'oncle est retourné sous la tente.

Les yeux rivés au contenant qui monte et descend sur les vagues, la corde enroulée à la main, il prend place sur une pierre et guette. Devenant une pierre lui-même. Une pierre avec des yeux et un ventre qui a faim. Une pierre de chair refroidie par le vent et la pluie, luttant pour la chaleur de la vie en lui.

Ils ne viendront pas aujourd'hui, alors...

* *
*

Il ne volera pas aujourd'hui, et pourtant, étant donné que la pluie a cessé, il a entrepris de vider les compartiments des flotteurs au moyen de la pompe manuelle. Tiens donc! En voilà un qui prend l'eau... Trente coups de plus

442

que les autres. Il faudrait le signaler à l'ingénieur. Une fissure, probablement due au heurt d'une roche à fleur d'eau.

Bon! Aussi bien faire le plein d'essence et d'huile, tant qu'à y être... Ce qu'il peut aimer effectuer ces préparatifs sans toutefois risquer d'avoir à se lancer à l'aventure par ce vent et par ce temps! Brrr! Il condamne d'un coup d'œil les vagues agitées qui ont fait chavirer l'appareil d'un pilote chevronné et songe qu'il ne leur donnera pas la chance de récidiver avec ce Beaver qu'on lui confie.

— Salut. T'es pilote?

Il sursaute à la vue des deux chasseurs qui l'abordent. D'où sortent-ils?

— Ça fait trois jours qu'on campe en arrière, expliquent-ils d'un ton défait.

Voilà ce qui explique l'ombrage gris des barbes sur leurs joues et le regard trouble des lendemains de veille qu'ils portent sur lui. Condamnés à l'inactivité, ils ont fait honneur à la bouteille de gin De Kuyper que tout chasseur digne de ce nom se doit d'avoir dans ses bagages.

— C'est ta machine?

— Euh... oui. C'est ma machine.

Il porte un regard maternel au robuste Beaver défiant le vent violent de son nez obtus-têtu.

— C'est vrai que ça vole pas... ben... presque pas depuis une semaine?

— C'est vrai.

— Et ça, c'est quoi, si c'est pas un avion?

Effectivement, on entend le vrombissement d'un avion. Il scrute vainement le ciel et ne voit que des nuages balayés par le vent.

— Ça? C'est le DC-3. Il vole aux instruments.

C'est le chef pilote. Parti vers Fort Chimo. Il n'a pas besoin d'horizon, lui, pour se guider. Le chef pilote qui, pas plus tard qu'hier, a signé son affectation au Beaver après lui avoir fait pénétrer sciemment les couches nuageuses, lui conseillant de tout lâcher si ses sensations physiques lui jouaient des tours. «Lâche tout: l'avion vole tout seul. Vérifie ton cap en entrant dans le nuage puis fais la correction en sortant. L'essentiel, c'est de ne pas se laisser avoir par de fausses sensations physiques.»

Pensif, il se caresse la barbe d'un geste familier.

— Est-ce que tu penses qu'on va pouvoir rentrer?

— J'sais pas. Faudrait voir.

— Ah! C'est toi l'éclaireur?

— Oui.

Pourquoi répond-il cela? Pourquoi répond-il cela avec assurance, conservant un équilibre précaire sur le flotteur ballotté par les vagues?

— Hé! les gars! Y s'en va voir si ça passe. C'est l'éclaireur.

Deux autres chasseurs dévalent la côte en courant, faisant rouler des cailloux ferreux sous leurs bottes délacées.

— Quoi? C'est l'éclaireur? Comme ça, on a des chances de rentrer?

Devenu la cible des regards d'attente et d'admiration, il observe le haut de la côte, espérant l'arrivée du capitaine du Otter, qui doit autoriser son départ, ou, à défaut, l'éveil du dispatcher, qui peut l'annuler. Hélas, ni l'un ni l'autre ne se pointent et les regards d'admiration se font plus insistants, plus pressants.

— Bon, si vous voulez bien me pousser au large, les gars...

Pourquoi dit-il cela? Pourquoi démarre-t-il? Pourquoi glisse-t-il sur l'eau, les fesses serrées, s'imaginant que l'appareil penche vers la gauche? Il y a trois jours... un vieux pilote chevronné... plouf à l'eau... et il dort depuis à l'hôpital sous observation. Il devait savoir nager, pour s'en être sorti; lui, il ne sait pas... Que fait-il là, avec ses deux cents heures d'expérience sur Cessna 172? Là, aux commandes de cet appareil drôlement plus performant et coûteux, et dont l'un des flotteurs prend l'eau? Il guette la côte, repère les chasseurs sur le quai qui suivent ses manœuvres et lui coupent toute retraite possible. Pourvu que le pilote du Otter arrive! Ou que le dispatcher sorte en lui faisant signe de revenir immédiatement. Ce qu'il ferait volontiers, avec une mine contrariée pour satisfaire les chasseurs et sauver la face.

Il se dirige vers le bout de la baie, longeant l'île étroite orientée nord-sud pour s'abriter du vent est-nord-est, partageant son attention entre les avions de la compagnie rivale, sagement amarrés, et le sombre chalet du dispatcher, toujours endormi.

Si ces satanés chasseurs pouvaient foutre le camp, il pourrait retourner et s'attacher au quai comme si de rien n'était. Mais ils sont là, à miser sur lui et à l'idolâtrer d'avance. Quel imbécile il est! Et l'appareil qui penche vers la gauche. Vraiment? Non, c'est une idée qu'il se fait. Trente coups, ce n'est pas la fin du monde, tout de même. On a déjà vu ça. Le vieux pilote chevronné a dû en voir de bien pires que ça et... plouf à l'eau. Heureusement, il savait nager... Lui, pas. Et si l'avion coulait au large... glou, glou, glou... chavirant du côté gauche, le robuste Beaver... glou, glou, glou... son nez obtus-têtu piquant dans les flots? Non... Ça ne penche pas. Il se fait des peurs.

Voilà qu'il contourne l'île afin de pouvoir décoller face au vent, espérant passer inaperçu au nez de leurs concurrents. «Qui est cet imbécile?», diront les pilotes. «Ce héros», penseront les profanes clients. Et la tension montera d'un cran sur le quai. «Ça vole.» Et ces pilotes baisseront d'un cran dans leur estime. «Lui, c'est un brave.»

Et quel brave, à installer de ses mains tremblantes la carte de navigation sur ses genoux, vérifiant encore une fois le cap pour le lac à la Hutte sauvage, qu'il a calculé et recalculé, hier! Quatre-vingt-quatre degrés. Avec ce vent, il devra corriger légèrement pour éviter d'être déporté à droite de sa route.

Le voilà face au vent. Aux vagues. À l'inévitable décollage. Dernières et minutieuses vérifications d'usage, s'assurant deux fois plutôt qu'une du mélange des gaz, du pas de l'hélice et de la fermeture du réchauffeur du carburateur.

Il actionne la pompe des volets hypersustentateurs, qu'il règle en position de décollage, désengage le gouvernail marin, conserve les commandes tirées vers lui et pousse la manette des gaz à trente-six pouces de mercure de pression atmosphérique au carburateur. Fougueux, l'avion s'élance à l'assaut des vagues qui impriment de fortes secousses au train d'amerrissage. Bing! Bang! Bing! Il sent chacune d'elles arc-boutée et violente, s'opposant à la progression de cet appareil puissant conçu pour arracher rapidement de lourdes charges. N'ayant ni passagers ni cargaison, l'avion accuse un départ fulgurant, tel un percheron qui, déployant la force nécessaire pour traîner une pleine charge, se trouve attelé à une carriole vide. Bing! Bang! qui n'empêche en rien l'avion de prendre de la vitesse et de monter sur le redan. Soudain, il se sent descendre dans le creux d'une vague puis projeté dans les airs comme un caillou lancé sur l'eau. Il maintient la même attitude. L'avion retombe, frôlant du talon des flotteurs la tête des vagues. Une à une, elles lui administrent maintenant de petites tapes amicales pour lui souhaiter bon voyage. Il s'assure qu'il a atteint la vitesse de décollage sur son indicateur avant de se laisser aller à l'euphorie qui le gagne. Ça y est! Il a réussi! Ouf! Sans plouf à l'eau! Quelle sensation! Au fur et à mesure qu'il gagne de la vitesse, il adopte une attitude horizontale, décochant des regards vainqueurs à ces vagues dont il s'est libéré et qu'il n'a plus à craindre. Qu'elles s'agitent, qu'elles se gonflent, se multiplient, qu'elles se hérissent d'une crête blanche et écumeuse, il n'a plus affaire à elles mais au vent régulier qui le prend, l'enlève, le soulève. Qui lui fait prendre volontiers de l'altitude. 1 650, 1 700 pieds au-dessus du niveau de la mer, 1 750, 1 800, 1 850, les nuages s'effilochent autour de l'appareil, 1 900... Il perd le contact visuel avec le sol, redescend aussitôt, retrouve le grand lac Attikamagen, qu'il a l'impression d'effleurer. Il vérifie l'altimètre, soustrait l'élévation du sol à l'altitude indiquée du niveau de la mer et conclut qu'il évolue à deux cents pieds à peine au-dessus des flots gris qui se confondent aux nuages au loin. Deux cents pieds pour deux cents heures d'expérience sur hydravion. Quelle folie! Et ce ciel qui semble s'abaisser sur lui, et ce lac qui semble monter vers lui, tous deux sombres et menaçants. Comme des mâchoires d'étau. Qu'est-ce qui lui a pris? Pourquoi n'est-il pas resté dans son lit en s'imaginant être un pilote rescapé savourant le moelleux confort de son oreiller? Que dira le chef pilote? Le capitaine du Otter? Le dispatcher? La compagnie?

Des nuages s'enroulent de nouveau au fuselage puis se plaquent au pare-brise. La cabine s'assombrit, cernée de toutes parts par ce gris laiteux et opaque. Voilà que l'appareil amorce une descente. Il adopte aussitôt l'attitude cabrée de montée en pensant à ces modestes deux cents pieds entre lui et les flots déchaînés du lac Attikamagen, grand comme une mer. Perte rapide de vitesse. Qu'est-ce donc? Que se passe-t-il? Était-il en vol horizontal de croisière alors qu'il se croyait en descente? Et maintenant il lui semble que l'avion s'incline du côté gauche. Il lui semble aussi être toujours en descente... Pourtant, l'altimètre enregistre un gain de cinquante pieds. Il administre une chiquenaude à l'instrument, le croyant défectueux. Rien. Toujours la perte de vitesse et le gain d'altitude, corroborant qu'il est en montée quand il lui semble descendre de plus en plus... Quand il lui semble être incliné de plus en plus vers la gauche. Et ce gris laiteux qui le cerne, le broie, le noie. «Lâche tout, lui dicte une voix, l'avion vole tout seul.» Ce qu'il fait, fermant les yeux, le cœur battant la chamade, les genoux tremblants. Quel imbécile il est!

L'avion volera-t-il vraiment tout seul? Il se remémore le calme du chef pilote, sa confiance profonde en l'efficacité de cette manœuvre en cas de panique. L'avion vole tout seul, il n'a qu'à lui faire confiance... «Vérifie ton cap en entrant dans le nuage.» Il ouvre les yeux, enregistre quatre-vingts degrés puis les referme pour ne pas voir ces masses nuageuses qui le piègent, préférant se concentrer sur le bruit du moteur. N'y a-t-il pas justement un claquement irrégulier, une variation suspecte dans le régime? Il lui semble détecter des anomalies. Ce n'est vraiment pas le moment d'avoir une panne de moteur! Angoissé, il ouvre les yeux et sonde le cœur de l'appareil, analysant méthodiquement chacun des instruments du tableau de bord. Parfait. Tout est parfait. Il faudrait aussi qu'il se bouche les oreilles.

Et là? Que lui arrive-t-il? Qui pilote cet appareil? Qu'a-t-il à ne plus vouloir entendre ni voir ce qui se passe? «Lâche tout», qu'il a dit, et non «abandonne tout». Cesser d'obéir à de fausses sensations physiques et non cesser d'être vigilant. Ne se dirige-t-il pas vers le plateau du lac

Retty, à 2 349 pieds d'altitude? S'il conserve celle qu'il a présentement et qu'il maintient son cap, il va entrer de plein fouet dans le versant du plateau, les yeux fermés et les oreilles bouchées comme le pauvre imbécile qu'il est.

Par bonheur, la couche nuageuse se découd, offrant une trouée dans laquelle il s'engage. Qu'il est bas! Sa marge de manœuvre entre le ventre des nuages et la tête des épinettes rabougries est réduite à moins d'une centaine de pieds! Il devrait s'alarmer mais, inexplicablement, il sent grandir l'assurance en lui. Se renforcer la certitude qu'il ne lui arrivera rien. La reprise du contact visuel lui redonne tous ses moyens. Toutes ses capacités. Il n'a pas peur. Tant qu'il verra où il va, il saura agir et réagir. Ce sol ingrat et rocailleux que son appareil frôle ne le désoriente pas. Il sait approximativement où il est, au nord-est du lac Attikamagen. Il a une impression de déjà vu, de déjà vécu... Comme s'il était venu ici dans une vie antérieure. Son doigt se promène un instant sur la carte de navigation toujours déployée sur ses genoux et s'arrête en un point précis. Ici. Bientôt, il devrait apercevoir le lac Willbob, où il a l'intention d'amerrir. Le voilà, à sa droite. Il ne lui reste qu'à s'y poser en souhaitant qu'il n'y ait pas de traîtres rochers à fleur d'eau ni de vagues malignes pour culbuter l'appareil.

Il y attendra, quitte à y passer la nuit. Il n'aurait pas dû voler aujourd'hui, et maintenant il le regrette.

* *
*

Ils ne viendront pas aujourd'hui, alors il espère qu'un poisson mordra à l'appât.

Les mains engourdies sur la corde, les yeux rivés au contenant de margarine, Louis attend, se laissant éclabousser les pieds par le ressac des vagues.

Pour leur part, oncle et cousins, après avoir longuement déploré la perte des caribous dévorés par les loups, ont décidé de retourner à la chasse afin d'assurer feu et nourriture. Plus question de chasser pour un trophée. Un changement s'est opéré, cette nuit. Autant chez l'oncle que chez ses cousins. À quoi est due cette reprise en main, cet éveil de l'instinct de survie? Il ne saurait le dire mais il apprécie d'avoir maintenant des compagnons qui luttent avec lui et comme lui. Et parce qu'ils sont là-bas, dans les collines, à ramper dans la mousse enneigée, il demeure ici, les pieds mouillés, les mains gelées, immobile sur sa pierre, à surveiller la corde perçant l'eau noire.

Ils ne viendront pas aujourd'hui, alors il espère...

* *
*

Il n'aurait pas dû voler aujourd'hui, et maintenant il est pris pour attendre, grelottant de froid sur son siège de capitaine, les pantalons trempés jusqu'à mi-cuisse, ses orteils faisant gicler l'eau de ses bas de laine. Il se souvient qu'enfant cela l'amusait de provoquer de petits geysers dans ses bottes inondées, mais aujourd'hui il n'y trouve rien d'amusant.

Parce que la force du vent l'inquiétait et qu'il a entendu parler d'un pilote qui avait rempli d'eau ses flotteurs pour immobiliser son appareil, il a réitéré l'exploit de ce pilote. Échoué sur une plage de fins cailloux, les flotteurs appesantis par l'eau, il peut attendre en paix sans craindre qu'un coup de vent le renverse. Mais quel temps cela lui a pris! Et quel temps cela lui prendra si le ciel s'éclaircit et lui permet de poursuivre sa route! Que de misères! Et ces gens, là-bas, au lac de la Hutte sauvage, ces gens qu'on n'a pas pu rejoindre depuis huit jours, comment s'en sortent-ils? À court de combustible, ils doivent avoir diablement froid eux aussi. Pourvu que personne ne soit malade ou décédé. Comment l'accueille-ront-ils? C'est fou, les réactions que ces touristes peuvent avoir en de telles circonstances. Des fois ils pleurent, des fois ils engueulent, des fois ils menacent, allant jusqu'à pointer leur carabine pour qu'on les sorte. Ils ne savent plus ce qu'ils font. La panique les gagne et c'est le pilote qui écope de leurs toutes premières réactions, qu'elles soient bonnes ou mauvaises. Et habituellement elles sont mauvaises. Nul doute que celles de ce groupe en particu-lier seront parmi les pires, considérant la durée de leur isolement et leur conviction d'avoir droit à un service exclusif en tous points supérieur à celui des autres. Frustré par l'attitude exécrable de l'un d'eux, le capitaine du Otter les lui a refilés. «Tu les sortiras en deux voyages. L'im-portant, c'est de sortir les gens pour commencer. Ils sont ici.» Là, où un petit drapeau rouge était non pas piqué mais enfoncé rageusement.

D'un geste satisfait, il soupèse une petite chaudière de bonbons durs et compte cinq paquets de cigarettes que l'ancien capitaine de ce Beaver lui a laissés. «Tu leur donnes ça et le ton baisse de moitié.» Il ne doute pas une seconde que ces gâteries de la civilisation atténuent leur colère, et puis le temps qu'ils sont occupés à sucer ou à fumer permet au pilote de s'expliquer et d'excuser la compagnie.

Il sourit. Il se rend à l'évidence qu'il a terriblement hâte d'offrir ces friandises à ses premiers passagers, et il scrute le ciel. Le vent a baissé d'intensité et là-bas, vers le nord-est, l'horizon pâlit.

Peut-être qu'il volera, après tout. Aussi bien demeu-rer en état d'alerte.

*   *
*

Peut-être qu'ils viendront, après tout. Aussi bien s'y attendre.

La pluie a cessé et le vent n'est plus qu'un vent inoffensif asséchant leurs vêtements étendus tant bien que mal entre deux rochers.

Nus et groupés en cercle sous les sacs de couchage jetés sur leurs épaules, ils cuisent chacun leur tour des lanières du superbe touladi qui s'est enferré à son hameçon artisanal.

— C'est donc bon, du poisson! J'vous dis que ça fait changement du caribou, répète l'oncle d'une voix enjouée.

Et ses neveux de rire et Louis de goûter cette solidarité qui les unit. Ce rustre bonheur d'avoir fait bonne chasse et bonne pêche. Cette satisfaction primitive d'avoir assuré la survie. La vie.

Il regarde les hommes qu'ils sont devenus, assis à l'amérindienne autour d'une flamme alimentée de gras de caribou. De simples hommes sans statut social, qui mangent sans faire de manières et se partagent équitablement les rations.

Quelque chose les unit maintenant. Les soude les uns aux autres. Les rend responsables les uns des autres et chacun responsable de lui-même.

Qu'adviendra-t-il lorsqu'ils retourneront à la civilisation? Ce quelque chose d'impalpable qui les unit se dissipera-t-il? Redeviendront-ils exactement ce qu'ils étaient? L'oncle, propriétaire d'une grosse maison d'assurances en tous genres, ses deux cousins, d'habiles courtiers, et lui, un raté?

Il observe les sexes de ses compagnons qui pendent au naturel, donnant un aspect primitif et tribal à leur groupe. Cela a dû être ainsi dans les temps anciens. Quand les hommes n'étaient que des hommes luttant pour leur survie. Il lui faudra étudier cela plus à fond. Se pencher sur le côté animal de l'homme. Pourquoi n'étudierait-il pas l'anthropologie? Oui, pourquoi pas? Cela donnerait un sens à sa vie. Un intérêt à ses études.

Une clarté soudaine traverse la toile de la tente. Ils se regardent, se sourient, incrédules et craintifs.

Étant près de la sortie, il se retrouve le premier dehors, à saluer le retour du soleil.

Les pieds enfoncés dans la mousse juteuse, sa peau blanche frissonnant au vent frais, d'un vif coup de tête il rejette la mèche de cheveux qui est devant ses yeux pour mieux contempler les rayons, qui semblent avoir percé les nuages un à un pour couler sur la toundra, la baignant d'une lumière dorée, faisant luire les gouttes d'eau sur le lichen et couvrant d'un vernis brillant les roches et les rochers. Ébahi, il tourne sur lui-même, s'offrant l'horizon circulaire illimité où se font et se défont les tempêtes. Où fuient les nuages en désordre vers le sud, abandonnant les traînards qui crèvent ici et là et finissent par tomber aux mains du vent qui les démantèle.

Une grande paix règne maintenant. Celle qui, depuis des temps immémoriaux, succède aux tempêtes. Et lui, l'animal debout depuis des millénaires, il communie avec cette paix.

L'oncle le rejoint, porte à son tour un regard vers l'horizon illimité et inhabité.

— J'pense qu'ils vont pouvoir venir, maintenant, dit-il en contemplant le pays rude, sauvage et impitoyable à qui il doit d'*être* comme il aurait pu tout aussi bien devoir de *ne plus être*. Grâce à toi, on s'en est bien sortis, poursuit-il en lui posant la main sur l'épaule. Si jamais, là-bas, ajoute-t-il en pointant le menton vers le sud, tu as besoin d'aide, tu viendras me voir.

Ils se regardent. Se comprennent. Ils profitent de cet état transitoire où ni l'un ni l'autre n'est maître, vibrant au sens sacré d'être tout simplement des hommes.

* *

*

Il a survolé le campement. Repéré des hommes qui agitaient les bras et vérifié la piste imaginaire ainsi que l'approche de la rive. Amerrissage en beauté dont personne n'est témoin, les chasseurs s'occupant à lever le camp.

Un jeune homme aux cheveux longs l'aide à accoster, le gratifiant d'un sourire. Quel accueil lui réserveront les autres qui s'approchent d'un pas décidé, un court et dodu monsieur à leur tête?

—J'suis v'nu vous chercher, trouve-t-il à dire, se sentant il ne sait pourquoi en partie responsable de leur abandon.

Le court et dodu monsieur éclate en sanglots, incapable de proférer une seule parole.

—Est-ce que tout le monde est correct?

Signe que oui.

—Voyons, mon oncle, ressaisissez-vous. C'est fini! consolent mollement les neveux, le jeune homme aux cheveux longs haussant les épaules.

—J'ai ordre de sortir seulement les chasseurs. Je reviendrai plus tard pour le matériel et les caribous. Plusieurs groupes sont en retard et ça commence juste à s'éclaircir.

—On peut pas laisser le caribou... Les loups vont v'nir le manger... On peut pas le laisser. Pas au prix qu'on a payé! plaide le court monsieur dodu d'une voix étranglée par la colère et les larmes.

— J'veux pas trop charger mon avion. On va rencontrer du mauvais temps. Emmenez juste vos sacs de couchage.

— Pis le caribou.

— Vous n'en avez qu'un?

D'un signe, l'homme l'invite à le suivre. Reniflant comme un enfant injustement puni, il lui montre quatre quartiers indemnes parmi d'autres à moitié dévorés et une tête ornée d'un superbe panache.

— J'emmène pas la tête.

— J'me fous d'la tête, jeune homme. Mais cette viande-là, j'la veux... J'l'ai chassée. C'est à nous... Pas question d'la laisser ici. Pas au prix qu'on a payé.

Et, malgré lui, il éclate de nouveau en sanglots, repoussant avec brusquerie les tentatives de consolation.

— Bon. Très bien. Seulement ces quartiers-là. Dépêchez-vous, concède-t-il en s'emparant lui-même d'un quartier, comprenant que le prix qu'ils viennent de payer ne se calcule pas sur une base monétaire. C'est le prix de la peur, du découragement et de la misère. Le prix de la lutte. Le prix de ces larmes incontrôlables et humiliantes.

Il ne sait que penser de ses premiers passagers et sans doute qu'eux non plus ne savent que penser de lui. Est-il leur sauveur? Ou l'employé d'une compagnie incompétente et négligente? Comment est-il perçu? Et lui, que sait-il de ces hommes à part le fait qu'un d'entre eux s'est montré exécrable envers le capitaine du Otter venu les déposer ici?

Bientôt, ils se retrouvent à glisser sur l'eau au large, les yeux tournés vers le site du campement, chacun d'eux l'enregistrant à sa façon. Chacun des hommes retenant des choses différentes de cette mésaventure.

Il prend soin d'offrir bonbons et cigarettes, dans le but d'empêcher la litanie de plaintes, reproches et menaces dont il serait maintenant temps d'accoucher, et il fait ainsi naître une excitation et une reconnaissance dignes d'enfants vidant leur bas de Noël.

Il pousse la manette des gaz. L'impétuosité du puissant Beaver étant modérée par le poids des passagers et du caribou, l'hydravion décolle en douceur après une course sans histoire.

—Ça s'ra pas long, ça va s'réchauffer, dit-il à ses passagers transis. C'est parce que vos vêtements sont trempes.

—Les vôtres aussi, jeune homme, réplique le court monsieur dodu à sa droite en remarquant ses pantalons mouillés jusqu'à mi-cuisse.

—Ouais, les miens aussi. Fichu temps, hein?

—Fait beau soleil, maintenant.

Quelque chose dans l'intonation de cette phrase lui indique un certain scepticisme chez son client, tout comme s'il avait toujours fait beau partout à l'exception de leur lieu de chasse et qu'on aurait pu se risquer à les délivrer de cette zone sinistrée.

—On n'a vraiment pas pu... La compagnie est désolée mais ç'a été pareil partout.

—J'imagine, oui.

Toujours cette pointe d'incrédulité ironique dans l'intonation, qui l'incite à abandonner la conversation.

Il installe les écouteurs et syntonise 122,2 pour transmettre un rapport succinct sur les conditions climatiques, signalant un plafond limité à 2 250 pieds indiqués d'altitude à environ 45 milles au sud du lac à la Hutte sauvage et annonçant son intention de suivre la rivière De Pas puis

456

la chaîne de lacs conduisant au lac Attikamagen, contournant ainsi le plateau du lac Retty par la gauche.

«C'est quand même beau. — Dire que nous autres on était dans la pluie et la neige. — La prochaine fois, on viendra pas ici.» Autant de commentaires qu'il entend malgré ses écouteurs. Il ne sert à rien de leur expliquer. Ils verront bien par eux-mêmes quand il sera obligé de s'aventurer sous les nuages afin de ne pas perdre de vue la rivière De Pas. Pour l'instant, c'est vrai qu'elle est belle et rassurante, se mouvant comme un serpent brillant sur le sol inhospitalier.

Fouillant dans les bonbons et les cigarettes, ses passagers parlent tous en même temps, transformant leur peur en exploit, leur découragement en patience. Au fur et à mesure qu'ils approchent de la civilisation, leur aventure se métamorphose, faisant d'eux des héros et des victimes, et de lui un des responsables de leur abandon.

Chaque mille inondé de soleil où, le front collé au hublot, ils constatent la sérénité et la beauté de ce paysage leur donne raison de douter de la compagnie, qui n'a vraisemblablement pas tout mis en œuvre pour leur porter secours.

Le prix qu'ils ont payé retrouve sa valeur monnayable. Négociable. Le court monsieur dodu parle de remboursement, de compensation, d'indemnisation, reniant par une attitude de plus en plus mercantile celui qui a éclaté en sanglots à son arrivée. Manifestement, il en veut à la compagnie de l'avoir conduit jusqu'aux larmes. Seul le jeune homme aux cheveux longs se tait, aspirant de longues bouffées de sa cigarette et observant d'un air pensif les volutes de fumée.

Droit devant se profilent les masses nuageuses, compactes et sombres, formant une espèce d'énorme et lourd couvercle sous lequel mijote une macédoine de pluie, de vent, de neige, de brouillard et de giboulée. Il pense à avertir ses clients mais il se ravise, furieux contre lui-même d'avoir risqué sa peau et l'avion pour eux. Ils verront bien. Quel imbécile il est d'avoir décollé ce matin! Il croyait être accueilli en sauveur et il a cru l'être un court instant, et il rage d'être considéré maintenant comme complice d'une négligence criminelle. «Criminelle. J'ai bien dit criminelle», insiste le court monsieur dodu.

Ils verront bien.

— Tiens, ça se couvre, remarquent-ils.

Le serpent de la rivière De Pas vient de muer, abandonnant derrière lui sa peau rutilante aux écailles d'argent, et rampant maintenant, nu et sans attrait. Partout l'eau s'éteint comme si d'un coup la lumière venait de reprendre les diamants dont elle avait paré les vagues, ne laissant que des masses fluides austères, encastrées dans le roc. Puis un voile vaporeux s'enroule à la carlingue, file sous les ailes, estompant temporairement le paysage.

— Tiens, un nuage.

Un autre lui succède, enrobe plus longuement l'appareil et l'abandonne au profit d'un autre plus tenace, plus épais. La cabine s'assombrit et ses passagers se taisent, reportant sur lui des regards apeurés. Il perd de l'altitude afin de reprendre le contact visuel et il s'engage dans une espèce de tunnel au-dessus de la rivière De Pas, formé par les falaises des berges de chaque côté et le ventre bas des nuages. Sous eux, la rivière n'est plus qu'un boa terne paressant entre les berges sablonneuses.

Le court monsieur dodu ne parle plus, fouillant nerveusement dans la chaudière à bonbons, échappant par intervalles de forts bruits de succion comme si sa bouche se trouvait en panne sèche de salive.

— Est-ce que c'est comme ça jusqu'à Schefferville? demande le jeune aux cheveux longs en s'allumant une cigarette au mégot de celle qu'il vient de terminer.

— Oui. J'ai décollé de bonne heure, ce matin, pis j'ai été obligé d'me poser. Y'a rien qui nous garantit qu'on va le faire.

Quelle satisfaction il éprouve à fournir ces explications, constatant le changement d'attitude chez le court monsieur dodu et chez ceux qui tentaient de le consoler! Une atmosphère poignante règne dans la cabine. Ce n'est plus seulement sa peau qu'il risque mais la leur. Tout déplaisants qu'ils aient été à son égard quand brillait le soleil, il leur voue maintenant un immense respect. Ce sont *ses* passagers et il en est responsable. Il doit remplir sa mission de les mener à bon port en toute sécurité. Il doit également les rassurer, spécialement ce court monsieur dodu qui commence à claquer des dents, émiettant involontairement ses bonbons.

— C'est par ici que j'suis passé pour aller vous chercher. Ainsi nous évitons les plateaux plus élevés. S'il faut se poser, il y aura toujours de l'eau à proximité. Faut pas s'inquiéter. Tiens, prenez un peu de café, ça va vous réchauffer.

Il offre son thermos ainsi que la dernière sandwich, qu'ils se partagent.

— Excusez pour le beurre qui est en mottons... mais j'ai encore oublié de m'acheter d'la margarine, dit-il pour les dérider.

Un rire timide, hésitant, craignant d'être passible de sacrilège en un moment pareil.

— Vous avez beaucoup d'heures d'expérience? demande le court monsieur dodu.

— Et comment!

— Vous avez l'air jeune, pourtant...

— Ce doit être à cause de mes cheveux longs.

Pas question de lui dire la vérité en ce qui concerne ses heures d'expérience. Savoir qu'il en est à son premier voyage en tant que pilote de brousse suffirait à déclencher une syncope. Il s'emploie à se donner un air décontracté et il abandonne momentanément les commandes pour se choisir un bonbon.

— Est-ce qu'il en reste des rouges?

Il fouille avec un flegme d'Anglais, tout comme s'il était dans un salon, puis il sourit à son passager hébété.

— Ça vole tout seul, ces avions-là. Regardez.

— J'aime autant quand vous avez les mains sur les commandes, jeune homme.

— Comme vous voulez... Faut dire que la température s'est drôlement améliorée. On a des chances de se rendre à Schefferville.

— C'était pire que ça?

— On a eu d'la neige, d'la grêle, d'la pluie, du brouillard, du vent. Y manquait de rien.

Le court monsieur dodu se calme peu à peu, lui accordant toute sa confiance, ce qui ne fait que décupler son attention et sa prudence. Jamais encore il n'a piloté avec autant d'ardeur et de ferveur, canalisant toute son énergie et ses aptitudes à ramener sains et saufs passagers et appareil.

Telle une taupe, il progresse d'un tunnel à l'autre, d'un lac à l'autre, sous la couche nuageuse, retrouvant les points de repère dont il a balisé sa route à l'aller. Ici, un lac en forme d'oiseau, le bec tendu vers un autre lac en forme de croûte de pain; là, une presqu'île comme un des mille morceaux de ces fameux casse-tête qu'il n'a jamais eu la patience de monter. Ici encore, une élévation soudaine et incongrue. Puis c'est le lac Attikamagen, au-dessus duquel il s'engage en observant le cap, combattant une certaine sensation de claustrophobie à être coincé entre le ciel et l'eau, tous deux menaçants, se confondant au loin. Autant il redoutait le vent qui brassait les vagues à son premier décollage et griffonnait d'écume l'ardoise de l'Attikamagen, autant il en déplore maintenant l'absence qui maintient les nuages stationnaires et efface traîtreusement la surface du lac, rendant difficile, sinon impossible, l'évaluation visuelle de la hauteur de l'appareil. Tout est confondu, noyé dans le même gris, et c'est avec grand soulagement qu'il voit apparaître de nouveau la surface rugueuse du sol. À peine une quinzaine de milles et ce sera Squaw Lake.

Soudain le plafond baisse encore, se plaque à l'appareil, assombrissant la cabine. Il prend note du cap, de l'heure, vérifie sa position sur la carte et lâche tout. «Ça vole tout seul.» À cette altitude, il ne risque pas de rencontrer d'obstacle, le seul danger résidant dans la possibilité qu'un autre imbécile de son genre tâtonne en aveugle dans cette «soupe», risquant d'entrer en collision avec lui. Pourvu que non. Pourvu que ce brouillard n'emprisonne pas Squaw Lake, lui interdisant ainsi toute manœuvre d'amerrissage. Au moyen de sa vitesse et de la distance qui lui reste à parcourir, il calcule le moment approximatif où il sera rendu à destination.

Le silence règne toujours, encore plus grave depuis qu'ils se sont enfoncés au cœur des nuages. Il inspire profondément, dans l'espoir de ralentir les battements de son cœur. La gorge sèche, les mains moites, il déploie de terribles efforts pour camoufler son anxiété. Pourvu qu'il puisse amerrir. Il faut qu'il puisse amerrir. Sinon, il lui faudra rebrousser chemin et se poser sur l'Attikamagen, à condition que le brouillard ne se soit pas épaissi, fermant le piège derrière lui.

Soudain, il aperçoit une clarté diffuse. Une tache pâle sur le sombre écran dressé devant lui. Comme une goutte d'eau de javel tombée sur un torchon grisâtre. Une tache qui accuse une certaine transparence au fur et à mesure qu'il approche, laissant deviner l'amincissement de l'écran à cet endroit. Confiant, il s'y dirige, notant une correction de cinq degrés à son cap. Obéissant à cette lumière qui l'appelle.

Enfin, comme détachés un à un d'une tringle invisible, les voiles vaporeux tombent, s'étirent, se déchirent, se déchiquettent, lui offrant en cadeau la base marine de Squaw Lake.

— On est arrivés! s'exclame-t-il, conscient qu'il bénéficie d'une chance inespérée.

Celle des débutants, peut-être. Quelles divinités se sont concertées pour pratiquer cette trouée juste au-dessus du lac? Reconnaissant et soulagé, il amorce sa descente en vue de l'amerrissage, sa folle joie et sa fierté ombragées par les appareils amarrés au quai. Particulièrement celui du capitaine qui devait autoriser son départ.

De muets qu'ils étaient, ses passagers retrouvent l'usage de la parole, l'assourdissant de leurs commentaires. Il enlève les écouteurs pour mieux les savourer et boire à l'euphorie commune, se sentant lié à ces hommes, sa vie s'étant inextricablement mêlée à la leur dans les couches mystérieuses et terrifiantes des nuages tout comme les racines des arbres se nouent dans les couches profondes de la terre.

Il touche l'eau avec moins d'adresse qu'il escomptait, subissant deux bonds qui n'affectent en rien l'admiration de ses passagers. On l'applaudit. On le félicite. On le louange. On le hisse sur un piédestal. Le voilà héros. Un raz-de-marée de fierté balaie ses doutes, ses peurs, ses hésitations. Ne reste qu'un pilote dressé sur un socle, défiant les tempêtes de son regard intrépide.

— Toute votre flotte est de retour, constate le court monsieur dodu en comptant les avions.

— À moins que personne n'ait décollé, avance-t-il d'un air songeur en apercevant une longue silhouette qui arpente le quai, les mains enfoncées dans les poches, une casquette fortement inclinée sur l'oreille droite.

Une silhouette qu'il connaît bien: celle du chef pilote. Qui va, vient, tête basse, entre les cargaisons recouvertes de bâches.

Une silhouette qui assombrit son bonheur et déclenche un vif sentiment de culpabilité. De héros qu'il était, il redevient un imbécile ayant risqué sa vie, celle des passagers, l'appareil et le renom de la compagnie.

Il se sent piteux comme un cheval revenant au bercail après avoir sauté les clôtures.

— Vous avez changé de gars de quai? C'était un Indien, l'autre fois.

— Non, c'est le chef pilote.

— Il tient à vous féliciter, sans doute.

— J'penserais pas, non.

— Pourquoi? Avec toute l'expérience que vous avez…

— Justement, j'en ai pas… C'était mon premier voyage.

— …

Bouche bée, exposant un bonbon à moitié fondu sur sa langue, le court monsieur dodu le considère avec des yeux exorbités.

— J'pouvais tout de même pas vous dire ça tout à l'heure quand on était dans le mauvais temps.

— Eh… bien!… si j'avais su…

Il ne poursuit pas, laissant sa phrase en plan. Quoi, s'il avait su?

Sur le quai, la longue silhouette s'est immobilisée à l'endroit prévu pour son accostage en fin de ligne, ce qui suppose qu'on a dû avancer les trois appareils qui succédaient au sien, ce matin. Ce qui suppose qu'on a espéré et préparé son retour et anxieusement guetté le ciel.

Il s'attarde à cette longue silhouette qui l'attend et il comprend ce qu'elle exprime. À être là. Fatiguée et trempée par la pluie. Peu importe ce que dira le chef pilote, l'essentiel est ce qu'elle lui dit présentement. «J'suis content que tu sois de retour. J'suis fier de toi; tu as fait tes preuves. Je sais ce que tu vaux, mais ne recommence plus jamais ça.»

— Vous allez avoir des ennuis?

— Rien que j'mérite pas...

— J'peux glisser un bon mot pour vous, suggère le court monsieur dodu en lui offrant un pourboire de vingt dollars, qu'il refuse.

— C'est pas pour l'argent que j'ai fait ça.

— Prenez-le d'abord pour me garantir que vous allez ramener notre matériel.

— J'irai le chercher, j'vous en donne ma parole de pilote. Je ramènerai la tête aussi.

— Bof! si les loups ne l'ont pas bouffée... Oui... si ça vous convient... J'aimerais bien, oui... quoi que ce ne soit plus nécessaire. Y'a des choses plus importantes.

— J'vous la ramènerai.

— Prenez, prenez quand même, insiste le client en cherchant à introduire le billet dans la poche de son pantalon.

— C'est sacré, une promesse de pilote... Inquiétez-vous pas. Vous êtes mes premiers passagers... J'vous oublierai pas.

464

— Prends ça, d'abord... pour le souvenir, dit Louis en lui offrant son hameçon artisanal.

— Ça, j'veux bien.

— Vous êtes spécial, jeune homme, et un sacré bon pilote à part ça. Vous irez loin. C'est quoi votre nom, que je m'en souvienne?

— C'est Luc... Luc Maltais.

Table